Balzac · Das Chagrinleder

Honoré de Balzac

Das Chagrinleder

Übersetzt und herausgegeben
von Michael Scheffel

Philipp Reclam jun. Stuttgart

Französischer Originaltitel:
La Peau de chagrin

Umschlagabbildung: Der Antiquitätenhändler. Illustration von Lavieille für die erste Gesamtausgabe der *Comédie humaine* (Bd. 14, Paris 1845).

Universal-Bibliothek Nr. 2440 [4]

Gesamtherstellung: Reclam, Ditzingen. Printed in Germany 1991
RECLAM und UNIVERSAL-BIBLIOTHEK sind eingetragene Warenzeichen der Philipp Reclam jun. GmbH & Co., Stuttgart
ISBN 3-15-002440-4

Für Monsieur Savary[1],
Mitglied der Akademie der Wissenschaften

Sterne, *Tristram Shandy*[2], Kap. CCCXXII

I

Der Talisman

Ende Oktober 1829[3] betrat ein junger Mann das Palais-Royal[4] in dem Augenblick, da die Spielhäuser öffneten, in Übereinstimmung mit dem Gesetz, das eine grundsätzlich steuerpflichtige Leidenschaft schützt. Ohne lange zu zögern, stieg er die Treppe zu dem unter der Nummer 36 angezeigten Spielsaal hinauf.

»Monsieur, Ihren Hut bitte!« rief mit trockener, mürrischer Stimme ein kleiner bleicher Greis, der in der Finsternis eines Verschlages gekauert hatte, sich nun aber plötzlich erhob und in seinem Gesicht die Züge eines gemeinen Menschen zu erkennen gab.

Wenn Sie ein Spielhaus betreten, raubt Ihnen das Gesetz als erstes Ihren Hut. Ist das ein Gleichnis im Sinne der Bibel und der Vorsehung? Oder schließt man eher eine Art teuflischen Pakt mit Ihnen, indem man irgendein Pfand von Ihnen verlangt? Will man Sie vielleicht zwingen, den Respekt gegenüber jenen zu wahren, die gleich Ihr Geld gewinnen? Möchte die Polizei, die in allen Kloaken der Gesellschaft hockt, den Namen Ihres Hutmachers oder Ihren eigenen wissen, und ob Sie ihn ins Futter geschrieben haben? Oder will man etwa die Maße Ihres Schädels nehmen und eine lehrreiche Statistik über die Hirnmasse der Spieler anlegen? Die Verwaltung schweigt sich darüber aus. Aber merken Sie sich: kaum haben Sie den ersten Schritt in Richtung auf den grünen Tisch getan, da gehört Ihnen Ihr Hut ebensowenig mehr, wie Sie sich selbst gehören; Sie sind dem Spiel verfallen – mitsamt Ihrem Vermögen, Hut, Spazierstock und Mantel. Beim Hinausgehen dann zeigt Ihnen das SPIEL in Form einer grausamen, realen Satire, daß es Ihnen noch etwas läßt, und gibt Ihnen Ihre Garderobe zurück. Haben Sie indessen einen neuen Hut, so erfahren Sie zu Ihrem Schaden, daß man sich eine Spielertracht zulegen muß.

Das Erstaunen des jungen Mannes, als er im Austausch für seinen Hut, dessen Ränder zum Glück schon etwas abgegriffen waren, einen numerierten Zettel bekam, ließ deutlich eine noch unschuldige Seele erkennen; der kleine Greis, der wohl von früher Jugend an durch die hitzigen Freuden des Spielerlebens abgebrüht war, warf ihm daher einen stumpfen, teilnahmslosen Blick zu, in dem ein Philosoph das Elend des Spitals gelesen hätte, das Vagabundendasein der Zugrundegerichteten, die Spuren unzähliger Erstickungsanfälle, lebenslängliches Zuchthaus und Verbannung an den Guazacoalco[5]. Dieser Mann, dessen langes weißes Gesicht nur noch durch Darcets Gallertsuppen[6] genährt wurde, verkörperte das bleiche Bild der auf ihren einfachsten Begriff gebrachten Leidenschaft. In seinen Runzeln fanden sich die Spuren langjähriger Martern, er mußte seinen Lohn noch am gleichen Tag verspielen, da er ihn bekam. Wie die Schindmähren, die die Peitsche schon längst nicht mehr spüren, konnte ihn nichts erschüttern; die stillen Seufzer der Spieler, die ruiniert davongingen, ihre stummen Flüche, ihr trüber Blick fanden ihn stets gleichgültig. Er war die Inkarnation des Spiels. Hätte der junge Mann diesen traurigen Zerberus genauer angesehen, er würde sich vielleicht gesagt haben: »Dieses Herz ist bloß noch ein Kartenspiel!« Aber der Unbekannte hörte nicht auf diese lebendige Warnung, die sicher von der Vorsehung dorthin gesetzt worden war, wie sie den Ekel an die Türen aller Stätten des Bösen plaziert hat. Entschlossen betrat er den Saal, in dem der Klang des Goldes die lüsternen Sinne mit seinem Zauber betörte. Wahrscheinlich trieb den jungen Mann die folgerichtigste aller beredten Äußerungen Jean-Jacques Rousseaus hierher, deren trauriger Grundgedanke, glaube ich, wie folgt lautet: »Ja, ich verstehe, daß ein Mensch zum Spiel geht, aber nur dann, wenn er zwischen sich und dem Tod nichts als seinen letzten Taler sieht.«

Am Abend erfüllt die Spielhäuser nur eine gewöhnliche Poesie, deren Wirkung aber ebenso gewiß wie die eines blutrünstigen Dramas ist. Die Säle sind gefüllt mit Zuschauern und Spielern, mit ärmlichen alten Männern, die sich hierher schleppen, um sich zu wärmen, mit erregten Gesichtern, mit Orgien, die im Wein begonnen haben und dicht davor stehen, in der Seine zu enden. Die Leidenschaft herrscht hier im Überfluß, und nur die allzu zahlreiche Schar der Akteure verhindert, daß Sie den Spielteufel von Angesicht zu Angesicht erblicken. Der ganze Abend ist ein wahrhaft polyphones Stück, in dem das ganze Ensemble schreit und jedes Instrument des Orchesters unbeirrt seine Stimme spielt. Sie können dort viele anständige Menschen sehen, die Zerstreuung suchen und sie bezahlen, wie sie die Freuden des Theaters oder des Gaumens bezahlen würden oder in eine Mansarde stiegen, um sich für billiges Geld drei Monate ätzender Reue einzuhandeln. Aber verstehen Sie, wieviel Wahnsinn, wieviel Besessenheit ein Mensch in der Seele haben muß, der voller Ungeduld darauf wartet, daß ein Spielhaus öffnet? Den Morgenspieler trennt vom Abendspieler, was den gleichgültigen Ehemann von dem Liebhaber unterscheidet, der unter den Fenstern seiner Schönen schmachtet. Nur am Morgen kommen die dürstende Leidenschaft und die Gier in ihrer ungeschminkten Scheußlichkeit. Um diese Zeit können Sie einen echten Spieler bestaunen, der nicht gegessen, geschlafen, gelebt und gedacht hat, so hart ist er gegeißelt worden von seiner Sucht, den verlorenen Einsatz stets zu verdoppeln, so sehr hat er unter dem Drang nach einer Partie Trente-et-Quarente gelitten. Zu dieser verfluchten Stunde stoßen Sie auf Augen, deren Starre Sie erschreckt, auf Gesichter, die Sie fesseln, und auf Blicke, die die Karten aufdecken und sie verschlingen.

Daher zeigen die Spielhäuser nur zu der Zeit ihre wahre Größe, da sie ihre Pforten öffnen. Spanien hat seine Stierkämpfe, das alte Rom hatte seine Gladiatoren, Paris aber brüstet sich mit seinem Palais-Royal, dessen lockende Roulettetische das Vergnügen bieten, das Blut in Strömen fließen zu sehen, ohne daß die Füße des Publikums im Parterre darin auszugleiten drohen. Versuchen Sie, heimlich einen Blick auf diese Arena zu werfen, treten Sie ein! ... Wie kahl alles ist! An den Wänden, die bis in Mannshöhe mit einer schmierigen Tapete bedeckt sind, hängt kein einziges Bild, an dem die Seele sich zu erfrischen vermöchte. Nicht einmal ein Nagel steckt darin, um den Selbstmord zu erleichtern. Das Parkett ist abgetreten und verschmutzt. Ein länglicher Tisch nimmt die Mitte des Raumes ein. Die Schlichtheit der Strohstühle, die dicht gedrängt um das vom Gold abgenutzte Tuch stehen, zeugt von einer sonderbaren Gleichgültigkeit gegenüber dem Luxus bei Menschen, die doch hierherkommen, um sich für Reichtum und Luxus zugrunde zu richten.

Diesem Widerspruch im menschlichen Wesen begegnet man überall dort, wo die Seele mit großer Kraft auf sich selbst reagiert. Der Verliebte möchte seine Geliebte in Seide betten, sie in weiches orientalisches Tuch hüllen, aber er besitzt sie zumeist nur auf einem schäbigen Lager. Der Ehrgeizige träumt sich auf den Gipfel der Macht, während er sich bis in den Schmutz der Unterwürfigkeit erniedrigt. Der Kaufmann vegetiert in der Tiefe eines feuchten und ungesunden Ladens, während er ein großes Haus baut, aus dem sein Sohn, der frühzeitige Erbe, durch eine brüderliche Zwangsversteigerung hinausgejagt wird. Und gibt es etwas Freudloseres als ein Freudenhaus? Sonderbares Problem! Immer im Widerspruch mit sich selbst, betrügt der Mensch seine Hoffnungen mit seinen gegenwärtigen Leiden und seine Leiden mit einer Zukunft, die ihm nicht gehört, und so drückt er all seinen Handlungen den Stempel der Inkonsequenz und der Schwäche auf. Allein das Unglück ist auf Erden vollkommen.

Als der junge Mann den Spielsaal betrat, waren dort bereits einige Spieler versammelt. Drei kahlköpfige alte Männer saßen lässig um den grünen Tisch; ihre kalkigen Gesichter waren verschlossen wie die der Diplomaten; sie verrieten abgestumpfte Seelen und Herzen, die schon seit langer Zeit verlernt hatten zu beben, selbst wenn sie Besitztümer ihrer Frau aufs Spiel setzten, die nicht zur Mitgift gehört hatten. Ein junger schwarzhaariger Italiener mit olivfarbenem

Teint saß schweigend da, die Ellbogen auf das Ende des Tisches gestützt, und schien auf die geheimen Eingebungen zu lauschen, die einem Spieler im entscheidenden Augenblick zurufen: »Ja! – Nein!« Dieser südländische Kopf atmete Gold und Feuer. Sieben oder acht Zuschauer standen im Halbkreis und harrten der Szenen, die ihnen die Schläge des Schicksals, die Gesichter der Spieler, das Hin und Her des Geldes und der Rechen bescheren würden. Stumm, reglos und aufmerksam standen diese Müßiggänger da wie das Volk auf der Place de Grève[7], wenn der Henker einen Kopf abschlägt.
Ein großer, hagerer Mann in einem abgetragenen Frack hielt in der einen Hand ein Notizbuch, in der andern eine Feder, mit der er das Erscheinen von Rot und Schwarz notierte. Es war einer jener modernen Tantalusse, die am Rande aller Vergnügungen ihres Jahrhunderts leben, einer dieser Geizigen ohne Schatz, die mit einem eingebildeten Einsatz spielen; eine Art vernünftiger Narr, der sich über sein Elend hinwegtröstete, indem er einem Traum nachhing, und der mit dem Laster und der Gefahr so umging wie junge Priester mit den Sakramenten des Abendmahls, wenn sie ihre ersten Messen lesen. Der Bank gegenüber standen ein paar dieser gerissenen Spekulanten, Experten des Spiels, die gleich ehemaligen Zuchthäuslern keine Angst mehr vor den Galeeren haben; sie waren hergekommen, um drei Einsätze zu riskieren und den möglichen Gewinn, von dem sie lebten, sogleich heimzutragen. Zwei alte Saaldiener spazierten mit verschränkten Armen auf und ab; von Zeit zu Zeit schauten sie durch die Fenster auf den Garten hinunter, als ob sie den Vorübergehenden ihre flachen Gesichter an Stelle eines Aushängeschildes zeigen wollten.

Der Bankhalter und der Tailleur hatten den Spielern soeben jenen fahlen Blick zugeworfen, der sie zugrunde richtet, sie sagten gerade: »Faites le jeu!«, als der junge Mann die Tür öffnete. Die Stille wurde noch tiefer, und neugierig wandten sich die Gesichter dem Neuankömmling zu. Es geschah etwas Unerhörtes: Die abgestumpften Greise, die versteinerten

Angestellten, die Zuschauer und sogar der fanatische Italiener, sie alle empfanden so etwas wie einen Schrecken, als sie den Unbekannten erblickten. Muß man nicht sehr unglücklich sein, um hier Mitleid zu erregen, sehr schwach, um Sympathie zu erwecken, oder wirklich furchtbar aussehen, um an diesem Ort die Seelen erschauern zu lassen, in diesem Saal, wo die Schmerzen stumm sein müssen, wo das Elend frohlockt und die Verzweiflung zum guten Ton gehört? Nun, von all dem fand sich etwas in dem ungewohnten Gefühl, das diese zu Eis erkalteten Herzen ergriff, als der junge Mann eintrat. Aber haben nicht zuweilen auch die Henker über die Jungfrauen geweint, deren blonde Köpfe auf ein Zeichen der Revolution hin fallen mußten?

Auf den ersten Blick lasen die Spieler auf dem Gesicht des Novizen irgendein schreckliches Geheimnis; seine jungen Züge waren von finsterer Anmut, sein Blick zeugte von enttäuschten Mühen, von tausend betrogenen Hoffnungen! Der düstere Gleichmut des Selbstmordes gab dieser Stirn eine matte, kränkliche Blässe, ein bitteres Lächeln zeichnete leichte Falten in die Winkel des Mundes und der Ausdruck des ganzen Gesichts sprach von einer Resignation, deren Anblick schmerzte.

Ein verborgenes Genie funkelte auf dem Grund dieser Augen, die vielleicht von den Erschöpfungen der Lust verschleiert waren. Hatte die Wollust ihr schmutziges Siegel auf dieses edle, einstmals reine und strahlende, nunmehr entwürdigte Antlitz gedrückt? Die Ärzte hätten die gelben Ringe unter den Augen und die Röte der Wangen sicher einer Erkrankung des Herzens oder der Lunge zugeschrieben; die Dichter dagegen hätten an diesen Zeichen die Verwüstungen durch die Wissenschaft erkennen wollen, die Spuren der beim Schein der Studierlampe verbrachten Nächte. Dabei hatten eine Leidenschaft, die tödlicher ist als jede Krankheit, eine Krankheit, die unbarmherziger ist als Wißbegier und Genie, dieses junge Haupt gezeichnet, diese lebenskräftigen Muskeln verkrampft und dieses Herz zusammengeschnürt, das von Orgien, Studium und Krankheit nur flüchtig gestreift worden war. Wie die Verurteilten einen berühmten Verbrecher, wenn er ins Zuchthaus kommt, voller Achtung empfangen, so begrüßten diese in allen Martern erprobten menschlichen Dämonen einen ungekannten Schmerz, eine Wunde, deren Tiefe ihr Blick ausmaß, und erkannten einen ihrer Fürsten an der Majestät seiner stummen Ironie und an dem eleganten Elend seiner Kleidung.

Der junge Mann trug einen Frack von gutem Schnitt, doch waren Weste und Halsbinde zu sorgfältig zusammengehalten, als daß man darunter ein Hemd hätte vermuten mögen. Seine Hände waren zierlich wie Frauenhände, aber von zweifelhafter Sauberkeit; schließlich trug er seit zwei Tagen keine Handschuhe mehr! Wenn der Bankhalter und sogar die Saaldiener erschauerten, so lag das daran, daß sich in diesen feinen und zarten Zügen, in diesem natürlich gelockten dünnen blonden Haar noch die Spuren des Zaubers der Unschuld fanden. Dieses Gesicht war erst fünfundzwanzig Jahre alt, und das Laster schien darauf nur ein Zufall zu sein. Das frische Leben der Jugend kämpfte noch mit den Verwüstungen einer kraftlosen Lüsternheit. Die Finsternis und das Licht, das Nichts und das Sein rangen miteinander und bewirkten Anmut und Abscheulichkeit zugleich. Der junge Mann erschien wie ein Engel ohne Strahlen, der sich auf seinem Weg verirrt hat. Wie eine zahnlose Alte vom Mitleid gepackt wird, wenn sie ein schönes Mädchen sieht, das sich verkauft, so hätten all diese ausgepichten Lehrer des Lasters und der Gemeinheit dem Novizen am liebsten zugerufen: »Hinaus!«; der aber ging geradewegs auf den Tisch zu, blieb dort stehen und warf, ohne zu überlegen, ein Goldstück, das er in der Hand gehalten, auf das grüne Tuch, wo es auf Schwarz rollte; dann richtete er, den starken Seelen ähnlich, die quälende Ungewißheit verabscheuen, seinen Blick, der zugleich voller Ungestüm und Ruhe war, auf den Tailleur.

Das Interesse an diesem Wurf war so groß, daß die Greise nicht setzten; der Italiener aber griff mit dem Fanatismus der

Leidenschaft nach einer Idee, die ihm gerade zugelächelt hatte, und setzte seinen Goldhaufen gegen das Spiel des Unbekannten. Der Bankhalter vergaß, die Sätze zu sagen, die sich im Lauf der Zeit in eine Folge schneidender, unverständlicher Laute verwandelt hatten:

»Faites le jeu!«

»Le jeu est fait!«

»Rien ne vas plus.«

Der Tailleur legte die Karten aus und schien dem zuletzt Gekommenen viel Glück zu wünschen; Gewinn oder Verlust der Veranstalter dieses finsteren Vergnügens waren ihm gleichgültig. Jeder unter den Zuschauern wollte ein Drama und die letzte Szene eines edlen Lebens im Schicksal dieses Goldstückes sehen; aller Augen, die auf die verhängnisvollen Pappstücke geheftet waren, funkelten; doch trotz der Aufmerksamkeit, mit der sie abwechselnd auf den jungen Mann und auf die Karten blickten, konnten sie kein Zeichen der Erregung in diesem kalten, resignierten Gesicht erkennen.

»Rouge, pair, passe«, sagte der Tailleur geschäftsmäßig.

Eine Art stummes Röcheln drang aus der Brust des Italieners, als er einen nach dem anderen die zusammengefalteten Scheine sah, die ihm der Bankhalter zuschob. Der junge Mann dagegen begriff seinen Ruin erst in dem Augenblick, da der Rechen sich ausstreckte, um seinen letzten Napoleon einzusammeln. Das Elfenbein stieß mit einem trockenen Geräusch an die Münze, und pfeilschnell vereinigte sie sich mit dem Goldhaufen, der vor der Kasse ausgebreitet lag. Der Unbekannte schloß langsam die Augen und seine Lippen wurden weiß; doch bald hob er die Lider und seine Lippen färbten sich wieder korallenrot; er setzte die Miene eines Engländers auf, für den das Leben keine Geheimnisse mehr birgt, und verschwand, ohne durch einen dieser herzzerreißenden Blicke um Trost zu bitten, die die Spieler oftmals den Zuschauern zuwerfen, wenn sie ins Unglück gestürzt sind. Wieviel Ereignisse drängen sich im Zeitraum einer Sekunde zusammen und wieviel Dinge in einem Würfelfall.

»Das war wohl seine letzte Patrone«, sagte lächelnd der Croupier nach einem Augenblick des Schweigens, währenddessen er das Goldstück zwischen Daumen und Zeigefinger hielt, um es den Anwesenden zu zeigen.

»Ein überspannter Kerl, der sich ins Wasser stürzen wird«, sagte ein Stammgast und schaute ringsum die Spieler an, die einander alle kannten.

»Hätten wir's nur dem Herrn da nachgemacht«, sagte einer der Greise zu seinen Kollegen und deutete auf den Italiener.

Alle Welt schaute auf den glücklichen Spieler, der mit zitternden Händen seine Banknoten zählte.

»Ich habe eine Stimme gehört«, sagte er, »die mir ins Ohr rief: ›Das Spiel wird sich gegen die Verzweiflung dieses jungen Mannes behaupten.‹«

»Das ist kein Spieler«, versetzte der Bankhalter, »sonst hätte er sein Geld auf drei Einsätze verteilt, um mehr Chancen zu haben.«

Der junge Mann ging, ohne seinen Hut zu verlangen; aber der alte Wachhund, der den schlechten Zustand des Filzes bemerkt hatte, gab ihn ihm wortlos zurück; mit einer mechanischen Bewegung legte der Spieler die Nummer wieder hin und stieg die Treppen hinunter, wobei er *Di tanti palpiti*[8] mit so schwachem Atem pfiff, daß er die wunderschöne Melodie kaum selber hörte.

Kurz darauf war er unter den Arkaden des Palais-Royal angelangt; er ging bis zur Rue St. Honoré, nahm den Weg zu den Tuilerien und durchquerte unentschlossenen Schritts den Garten. Er ging, als ob er sich in einer einsamen Wüste befände, gestoßen von Menschen, die er nicht sah, und inmitten des allgemeinen Lärms allein die Stimme des Todes im Ohr; kurz, er war in lähmende Grübeleien versunken, wie es den Verbrechern ergehen mochte, die ein Karren vom Justizpalast zur Place de Grève fuhr, dem Schafott entgegen, das rot ist von all dem seit 1793[9] vergossenen Blut.

Im Selbstmord liegt etwas Großartiges und Schreckliches. Die Stürze vieler Menschen sind ungefährlich wie die von

Kindern, die aus zu geringer Höhe fallen, als daß sie sich verletzen könnten; aber wenn ein großer Mann zerschellt, muß er von weit oben kommen, sich bis in den Himmel erhoben und irgendein unerreichbares Paradies geschaut haben. Unversöhnlich müssen die Stürme sein, die ihn zwingen, den Seelenfrieden von der Mündung einer Pistole zu erbitten. Wieviel junge, in eine Mansarde gesperrte Talente siechen dahin und verkommen, weil ihnen ein Freund fehlt, eine Frau, die sie tröstet, und das inmitten einer Million Menschen, in Gegenwart einer Menge, die des Goldes überdrüssig ist und sich langweilt!

Bedenkt man das, so nimmt der Selbstmord gigantische Dimensionen an. Gott allein weiß, wieviel verworfene Pläne und Dichtungen, Enttäuschungen und erstickte Schreie, unnütze Versuche und abgebrochene Meisterwerke zwischen einem Freitod und der fruchtbaren Hoffnung liegen, deren Stimme einen jungen Menschen nach Paris rief. Jeder Selbstmord ist ein Gedicht von erhabener Schwermut. Wo im Ozean der Literatur stieße man auf ein Buch, das sich an Genie mit der folgenden Zeitungsnotiz messen könnte:

»Eine junge Frau hat sich gestern um vier Uhr vom Pont-des-Arts in die Seine gestürzt.«

Neben diesem Pariser Lakonismus verblaßt schlechthin alles, Dramen, Roman, ja sogar das Titelblatt: *Die Klagen des ruhmreichen Königs von Kaërnavan, den seine Kinder ins Gefängnis warfen*; das letzte Überbleibsel eines verschollenen Buches, dessen bloße Lektüre eben jenen Sterne zu Tränen rührte, der selber Frau und Kinder verließ.

Dem Unbekannten setzten tausend ähnliche Gedanken zu, die in Fetzen durch seine Seele zogen, wie inmitten des Schlachtgetümmels zerrissene Fahnen hin und her treiben; er legte, von einer Zuckung des Lebens ergriffen, das sich auch unter dem drückenden Gedanken des Selbstmords noch widerspenstig zeigte, die Last seines Verstandes und seiner Erinnerungen für einen Augenblick ab, um vor ein paar Blumen stehenzubleiben, deren Köpfe der Wind sanft inmitten des vielen Grüns wiegte, und er hob die Augen gen Himmel: graue Wolken, schwere Windstöße voll Traurigkeit und eine schwüle Luft rieten ihm, hier ebenfalls zu sterben. Er ging weiter in Richtung des Pont-Royal und dachte an die letzten Launen seiner Vorgänger. Er mußte lächeln, als ihm einfiel, daß Lord Castlereagh[10] das bescheidenste unserer Bedürfnisse befriedigt hatte, bevor er sich die Gurgel durchschnitt, und daß das Akademiemitglied Auger[11] noch seine Tabaksdose gesucht hatte, um auf dem Weg in den Tod eine Prise zu nehmen. Er sinnierte über diese Absonderlichkeiten und prüfte sich selbst; als er sich gegen das Brückengeländer preßte, um einen Markthelfer vorbeizulassen, mußte er zu seinem Erstaunen entdecken, daß er sorgfältig den Staub von seinem Ärmel klopfte, der darauf zurückgeblieben war, als jener ihn streifte. Als er an der höchsten Stelle des Brückenbogens angelangt war, sah er mit finsterer Miene auf das Wasser hinunter.

»Kein schönes Wetter, um ins Wasser zu gehen«, sagte lachend eine in Lumpen gehüllte Alte. »Die Seine ist schmutzig und kalt . . .!«

Er antwortete mit einem kindlichen Lächeln, das vom Wahnsinn seines Mutes zeugte; doch schauderte ihn jäh, als er von fern, oberhalb der Anlegestelle bei den Tuilerien, die Baracke mit einem Schild darüber sah, auf dem in fußhohen Lettern zu lesen stand: *Rettungsstation für Ertrunkene*. Monsieur Dacheux[12] erschien ihm, bewaffnet mit seiner Menschenfreundlichkeit, wie er die wohltätigen Ruderstangen in Bewegung setzte, die den Ertrunkenen den Schädel einschlagen, wenn sie unglücklicherweise wieder an die Wasseroberfläche kommen; er sah ihn vor sich, wie er die Neugierigen in Scharen anlockte, nach einem Arzt rief und die Räucherungen[13] vorbereitete; er las die mitfühlenden Worte der Journalisten, die zwischen den Freuden eines Festes und dem Lächeln einer Tänzerin geschrieben worden waren; er hörte die Goldstücke klimpern, die ein paar Flußschiffern vom Polizeipräsidenten für seinen Kopf ausgezahlt wurden. Als

Toter war er fünfzig Francs wert; als Lebender aber war er nur ein begabter Mann ohne Gönner, ohne Freunde, ohne Bedeutung, eine wahre gesellschaftliche Null, ohne Nutzen für den Staat, der sich nicht um ihn kümmerte. Ein Tod am hellichten Tag schien ihm erbärmlich, und er beschloß, während der Nacht zu sterben, um dieser Gesellschaft, die die Größe seines Lebens verkannte, einen nicht zu identifizierenden Leichnam zu hinterlassen. So setzte er denn seinen Weg fort und wandte sich in Richtung des Quai Voltaire, indem er den lässigen Schritt eines Müßiggängers annahm, der die Zeit totzuschlagen sucht.

Als er die Stufen hinabstieg, die den Bürgersteig der Brücke an der Ecke des Quais abschließen, erregten die Bücher seine Aufmerksamkeit, die dort auf der Brüstung ausgebreitet lagen; fast hätte er begonnen, um einige von ihnen zu handeln. Er mußte lächeln, steckte gleichmütig die Hände in seine Hosentaschen zurück und wollte eben wieder seine sorglose Haltung einnehmen, die von kalter Verachtung durchdrungen war, als er zu seiner Überraschung tief unten in seiner Tasche auf wahrhaft phantastische Weise ein paar Münzen klimpern hörte. Ein Lächeln der Hoffnung erleuchtete sein Gesicht, glitt von seinen Lippen über seine Züge und über seine Stirn und ließ seine Augen und seine düsteren Wangen vor Freude glänzen. Dieser Funke des Glücks ähnelte den Flammen, die über die Reste eines Papiers huschen, das bereits vom Feuer verzehrt worden ist; allein dem Gesicht erging es wie der schwarzen Asche, es verfinsterte sich wieder, als der Unbekannte, der hastig die Hand aus seiner Tasche gezogen hatte, drei dicke Sousstücke erblickte.

»Ach, mein lieber Herr, *la carita! la carita! Catarina!* Bloß einen Sou für Brot!«

Ein junger Schornsteinfeger mit aufgedunsenem schwarzem Gesicht, einem von Ruß braunen Körper und zerlumpten Kleidern hielt diesem Mann seine Hand hin, um ihm seine letzten Sous abzunehmen.

Zwei Schritte von dem kleinen Savoyarden entfernt sagte ein verschämter, alter, kränklicher, leidender Bettler, der notdürftig in einen löchrigen Teppich gehüllt war, mit dumpfer, tonloser Stimme:

»Monsieur, geben Sie mir, was Sie wollen, und ich bete für Sie ...«

Doch als der junge Mann den Alten angeschaut hatte, verstummte dieser und bat um nichts mehr, vielleicht hatte er auf dem düsteren Gesicht das Gewand eines Elends erkannt, das noch bitterer als das seine war.

»La carita! la carita!«

Der Unbekannte warf sein Geld dem Knaben und dem alten Bettler hin, verließ den Bürgersteig und ging auf die Häuser zu; er konnte den quälenden Anblick der Seine nicht mehr ertragen.

»Wir beten zu Gott, daß Sie noch lange leben«, sagten die beiden Bettler.

Als er an den Auslagen eines Kunsthändlers vorüberkam, begegnete dieser schon so gut wie tote Mann einer jungen Frau, die gerade aus einer prächtigen Equipage stieg. Mit Genuß betrachtete er diese reizende Person, deren blasses Gesicht von der Seide eines eleganten Hutes harmonisch umrahmt wurde. Ihre geschmeidige Taille und die anmutigen Bewegungen bezauberten ihn. Das durch den Wagentritt leicht geraffte Kleid ließ ihn ein Bein erkennen, dessen feine Konturen ein weißer, straff sitzender Strumpf betonte. Die junge Frau betrat den Laden und erstand dort Alben und ein paar Lithographiensammlungen; sie bezahlte mit mehreren Goldstücken, die auf dem Ladentisch funkelten und klimperten.

Der junge Mann, der auf der Türschwelle stand und dem Anschein nach damit beschäftigt war, die in einem Kasten ausgestellten Stiche zu betrachten, tauschte mit der schönen Unbekannten schnell den glühendsten Blick, dessen ein Mann fähig ist, gegen einen jener achtlosen Blicke, wie sie zufällig auf Vorübergehende fallen. Für ihn war das ein

Abschied von der Liebe und von der Frau! Aber diese letzte, bohrende Frage wurde nicht verstanden, sie hatte das Herz einer frivolen Frau nicht gerührt, sie nicht erröten, nicht die Augen niederschlagen lassen. Was bedeutete es für sie? Eine Bewunderung mehr, eine geweckte Begierde, die ihr am Abend zu sagen erlaubte: »Heute bin ich hübsch gewesen!«

Der junge Mann ging rasch zu einem anderen Schaufenster und wandte sich nicht mehr um, als die Unbekannte wieder in ihren Wagen stieg. Die Pferde zogen an, und dieses letzte Bild von Luxus und Eleganz schwand dahin, wie sein Leben bald dahinschwinden sollte. Schwermütigen Schrittes ging er an den Kaufläden entlang und musterte ohne großes Interesse die ausgelegten Waren. Als die Läden zu Ende waren, betrachtete er den Louvre, das Institut-de-France, die Türme von Notre-Dame, die des Justizpalastes und den Pont-des-Arts. Alle Bauwerke sahen traurig aus, grau vom Himmel getönt, dessen wenige helle Flecken Paris ein drohendes Aussehen gaben; wie eine hübsche Frau ist diese Stadt unerklärlichen Launen der Häßlichkeit und der Schönheit unterworfen. Die Natur selber schien sich also mitverschworen zu haben, um den Sterbenden in einen schmerzlichen Taumel zu stürzen. Er fiel der böswilligen Macht zum Opfer, deren auflösende Kraft vom Fluidum in unseren Nerven verbreitet wird, und fühlte, wie sein Organismus sich langsam zu verflüssigen drohte. Die Qualen dieser Agonie machten ihn schwanken wie Wellenschlag und ließen ihn die Gebäude und die Menschen durch einen Nebel sehen, in dem alles wogte. Er wollte sich dem Prickeln entziehen, das die Reaktion der physischen Natur in seiner Seele hervorrief, und so ging er auf einen Antiquitätenladen zu, in der Absicht, seine Sinne zu laben und vielleicht dort beim Feilschen um Kunstgegenstände die Dunkelheit abwarten zu können. Er wollte sich sozusagen Mut machen, es verlangte ihn nach einer Herzstärkung, wie die Verbrecher, die auf dem Weg zum Schafott ihren Kräften mißtrauen. Das Bewußtsein seines nahen Todes verlieh dem jungen Mann für einen Augenblick die

Zuversicht einer Herzogin, die zwei Liebhaber hat, und er trat ganz ungezwungen, das starre Lächeln eines Betrunkenen auf den Lippen, bei dem Kuriositätenhändler ein. War er nicht betrunken vom Leben oder vielleicht vom Tod? Doch bald verfiel er erneut dem Taumel und sah die Dinge wieder in fremdartigen Farben oder von einer leichten Bewegung belebt, die ihre Ursache sicherlich in einem unregelmäßigen Kreisen seines Blutes hatte, das bald schäumte wie ein Wasserfall, bald ruhig und schal wie lauwarmes Wasser war. Er bat einfach, die Lager besichtigen zu dürfen, um zu sehen, ob sie nicht etwas Ausgefallenes enthielten, das seinem Geschmack entspräche. Ein junger Bursche mit pausbäckigem Gesicht, rotem Haar und einer Mütze aus Otterfell übertrug die Aufsicht über den Laden einer alten Bauersfrau, einer Art weiblichem Caliban[14], die gerade einen Ofen reinigte, ein Wunderwerk des genialen Bernard Palissy[15]; dann sagte er mit unbekümmerter Miene zu dem Fremden:

»Schauen Sie nur, Monsieur, schauen Sie! Hier unten haben wir recht gewöhnliche Stücke; aber wenn Sie sich die Mühe machen wollen, in den ersten Stock hinaufzusteigen, könnte ich Ihnen wunderschöne Mumien aus Kairo zeigen, ein paar inkrustierte Keramiken oder Schnitzereien aus Ebenholz, *echt Renaissance*, erst vor kurzem eingetroffen und von erstklassiger Schönheit.«

In der schrecklichen Lage, in der sich der Unbekannte befand, glichen dieses rhetorische Brimborium, diese dummen kaufmännischen Phrasen den armseligen Sticheleien, mit denen beschränkte Geister einen Mann von Genie ums Leben bringen. Aber er trug sein Kreuz bis zum Schluß: er tat, als ob er seinem Begleiter zuhörte und antwortete ihm durch Gesten oder einsilbige Worte; unmerklich gelang es ihm, sich das Recht zum Schweigen zu erobern, und ungestört konnte er sich seinen letzten Betrachtungen hingeben; sie waren fürchterlich. Er war ein Dichter, und seine Seele fand unvermutet reiche Nahrung: Schon im voraus sollte er die Gebeine von zwanzig Welten sehen.

Auf den ersten Blick boten ihm die Lager ein Bild des Durcheinanders, in dem alle menschlichen und göttlichen Werke zusammengeworfen waren. Krokodile, Affen und ausgestopfte Riesenschlangen stierten Kirchenfenster an, schienen nach Büsten schnappen, Lackkästchen fangen und auf Kronleuchter klettern zu wollen. Eine Sèvres-Vase, auf die Madame Jacotot[16] Napoleon gemalt hatte, stand neben einer dem Sesostris geweihten Sphinx. Die Anfänge der Welt und die allerjüngsten Ereignisse vermählten sich hier mit grotesker Gutmütigkeit. Ein Bratspieß lehnte gegen eine Monstranz, ein Republikanersäbel lag auf einer Arkebuse aus dem Mittelalter. Madame du Barry, von Latour in Pastell gemalt, einen Stern auf dem Kopf, nackt und in einer Wolke, schien lüstern einen indischen Tschibuk zu mustern und zu überlegen, wozu die Spiralen dienen mochten, die sich ihr entgegenschlängelten.

Die Werkzeuge des Todes, Dolche, kuriose Pistolen und Stockdegen, waren wahllos mit den Werkzeugen des Lebens vermengt: mit Suppenschüsseln aus Porzellan, Meißner Tellern, durchscheinenden chinesischen Tassen, antiken Salzfäßchen und Konfektschalen aus der Zeit des Feudalismus. Ein elfenbeinernes Schiff fuhr mit vollen Segeln auf dem Rükken einer reglosen Schildkröte. Eine Luftpumpe drang in ein Auge des Kaisers Augustus, der in stummer Majestät verharrte. Etliche Porträts französischer und holländischer Bürgermeister, gefühllos in der Gegenwart wie zu Lebzeiten, erhoben sich über dieses Chaos von Antiquitäten und warfen einen fahlen und kalten Blick darauf.

Alle Länder der Erde schienen irgendeine Scherbe ihrer Wissenschaften, eine Probe ihrer Künste hierhergebracht zu haben. Es war eine Art philosophischer Kehrichthaufen, auf dem nichts fehlte, weder die Friedenspfeife der Indianer noch der grüngoldne Haremspantoffel, der Krummsäbel der Mauren oder das Götzenbild der Tataren. Es fand sich sogar der

Tabaksbeutel des Soldaten, das Ziborium des Priesters und der Federschmuck eines Throns. Diese unglaublichen Bilder wurden überdies noch von tausend Launen des Lichts umspielt, der Willkür einer Fülle von Reflexen, die dem Wirrwarr der Farben und dem harten Gegensatz von Hell und Dunkel entsprangen. Das Ohr meinte, erstickte Schreie zu hören, der Geist, unvollendete Dramen zu entdecken, und das Auge, schlecht abgedeckte Lichter zu erblicken. Zäher Staub hatte seinen leichten Schleier über all diese Dinge geworfen, deren zahlreiche Winkel und Windungen einen malerischen Reiz hatten.

Anfangs verglich der Unbekannte die drei großen, mit Kultur, mit Kulten, Gottheiten, Meisterwerken, Königswürden, Ausschweifungen, Vernunft und Irrsinn vollgestopften Räume mit einem reich geschliffenen Spiegel, dessen einzelne Facetten jeweils eine Welt darstellten. Nach diesem ersten verschwommenen Eindruck wollte er sich seine Genüsse auswählen; aber über all dem Schauen, Denken und Träumen verfiel er der Gewalt eines Fiebers, dessen Ursache vielleicht der Hunger war, der in seinen Eingeweiden wühlte. Der Anblick so vielgestaltigen Lebens von Völkern oder Individuen, von dem diese übriggebliebenen menschlichen Pfänder zeugten, lähmte vollends die Sinne des jungen Mannes. Der Wunsch, der ihn in den Laden getrieben hatte, wurde erhört: Er trat aus dem wirklichen Leben heraus, stieg stufenweise in eine Welt der Vorstellung empor und gelangte in die verzauberten Paläste der Ekstase, wo ihm das Universum in Überbleibseln und als feurige Schrift erschien, wie einst die Zukunft flammend vor den Augen des heiligen Johannes auf Patmos vorübergezogen war.

Eine Vielzahl schmerzensreicher, anmutiger und schrecklicher, dunkler und leuchtender, ferner und naher Gestalten erhob sich in Massen, in Myriaden, in Generationen. Ägypten, starr und geheimnisvoll, erstand aus seinen Sandwüsten in Gestalt einer von schwarzen Binden umhüllten Mumie; dann kamen die Pharaonen, die ganze Völker begraben hatten, um sich eine Grabstätte zu erbauen, und Moses, die Hebräer und die Wüste; sein Blick erfaßte eine eigene, antike und feierliche Welt. Eine strahlendweiße Marmorstatue, die frisch und schlank auf dem Stumpf einer Säule saß, erzählte ihm von den wollüstigen Mythen Griechenlands und Ioniens. Ach, wer hätte nicht gleich ihm gelächelt, als er auf einem roten Untergrund das junge braune Mädchen erblickte, das in dem feinen Ton einer etruskischen Vase vor dem Gott Priapus tanzte und ihn freudig grüßte? Als Gegenstück dazu eine römische Königin, die hingebungsvoll ihre Chimäre liebkoste! Dort zeigten sich all die Launen des kaiserlichen Rom, das Bad, das Lager und der Putztisch einer trägen, träumerischen Julia, die auf ihren Tibull wartet. Gewappnet mit der Macht arabischer Talismane, weckte der Kopf Ciceros Erinnerungen an das freie Rom und breitete die Seiten des Titus Livius vor ihm aus. Der junge Mann betrachtete das *Senatus populusque romanus*: der Konsul, die Liktoren, die mit Purpur gesäumten Togen, die Kämpfe auf dem Forum und das erzürnte Volk zogen langsam an ihm vorüber wie die verschwommenen Gestalten eines Traums.

Schließlich beherrschte das christliche Rom die Bilder. Ein Gemälde tat den Himmel auf, er sah die Jungfrau Maria, inmitten einer Wolke aus Gold, umgeben von Engeln, wie sie den Glanz der Sonne in den Schatten stellte und den Klagen der Unglücklichen lauschte, denen die wiedergeborene bessere Eva holdselig zulächelte. Als er ein Mosaik berührte, das aus verschiedenen Lavastücken des Vesuvs und des Ätna gefertigt war, flog seine Seele in das warme, falbe Italien: er nahm an den Orgien der Borgia teil, durchstreifte die Abruzzen, warb um die Leidenschaft italienischer Frauen und entbrannte für die weißen Gesichter mit länglichen, schwarzen Augen.

Er zitterte angesichts nächtlicher Versöhnungen, die der kalte Degen eines Ehemannes jäh unterbrach, als er einen mittelalterlichen Dolch sah, dessen Griff so fein gearbeitet war wie Spitzen und dessen Rost Blutflecken glich. Indien und seine Religionen lebten auf in einem Götzenbild, das einen mit Rauten geschmückten spitzen Hut trug und mit Glöckchen behängt und in Gold und Seide gekleidet war. Neben der grotesken Prozellanfigur verströmte eine Strohmatte, die so hübsch war wie die Bajadere, die sich darin eingewickelt hatte, noch den Duft des Sandelholzes. Ein Ungeheuer aus China mit verdrehten Augen, verzerrtem Mund und verrenkten Gliedern belebte die Seele dank der Findigkeit eines Volkes, das – einer stets gleichförmigen Schönheit müde – unaussprechliche Genüsse in der Fruchtbarkeit des Häßlichen findet.

Ein Salzfaß aus der Werkstatt Benvenuto Cellinis versetzte ihn mitten in die Renaissance, in die Zeit, da Künste und Freizügigkeit blühten, da die Herrscher sich an der Folter ergötzten, und die Kardinäle auf den Konzilen in den Armen von Kurtisanen für die einfachen Priester Keuschheit dekretierten. Auf einer Gemme sah er die Eroberungen Alexanders, auf einer Arkebuse mit Lunte die Metzeleien Pizarros und auf dem Grunde eines Helms die Religionskriege, wild, tobend und grausam. Dann stiegen die lieblichen Bilder des Rittertums aus einer blank geputzten, herrlich damaszierten Mailänder Rüstung auf, unter deren Visier noch die Augen eines Paladins funkelten. Dieser Ozean von Gerätschaften, Erfindungen, Moden, Werken und Trümmern wurde ihm zu einem endlosen Gedicht. Formen, Farben, Gedanken, alles war darin wieder lebendig; aber der Seele zeigte sich etwas, was nicht vollkommen war. Der Dichter mußte die Entwürfe des großen Malers vollenden, der diese gewaltige Palette geschaffen und die zahllosen Zufälle des menschlichen Lebens in verschwenderischer Verachtung darauf durcheinandergeworfen hatte. Nachdem der junge Mann sich der Welt bemächtigt, nachdem er Länder, Zeitalter und Reiche betrachtet hatte, kehrte er zu den Geschicken des Individuums zurück. Er wurde wieder zu einer Person, griff nach den Einzelheiten und stieß das Leben der Völker, das den einzelnen Menschen erdrücken muß, von sich.

Hier schlief ein Kind aus Wachs, das aus Ruyschs Kabinett[17] gerettet worden war, und dieses entzückende Geschöpf brachte ihm die Freuden seiner ersten Lebensjahre ins Gedächtnis. Bei dem zauberhaften Anblick des jungfräulichen Lendentuches irgendeines jungen Mädchens aus Tahiti malte ihm seine glühende Phantasie das einfache Leben der Natur aus, die keusche Nacktheit der echten Scham, die Wonnen der Faulheit, die dem Menschen angeboren ist, ein ganzes geruhsames Dasein am Ufer eines kühlen, verträumten Baches, unter einem Bananenbaum, der ein köstliches Manna spendete, ohne daß er der Pflege bedurfte. Doch im nächsten Augenblick wurde er zum Korsaren und schlüpfte in die düstere Poesie, die die Rolle eines Lara[18] besitzt, heftig angeregt durch die Perlmuttfarben von tausend Muscheln und erhitzt durch den Anblick von einigen Schwammkorallen, die nach Tang, Algen und atlantischen Stürmen rochen.

Als er etwas weiter die köstlichen Miniaturen, die azurblauen und goldenen Arabesken bewunderte, die die kostbare Handschrift eines Meßbuches zierten, vergaß er die Unwetter des Meeres. Sanft gewiegt von friedfertigen Gedanken gab er sich wieder dem Studium und der Wissenschaft hin, wünschte sich das feiste Leben der Mönche, frei von Kummer und frei von Genüssen, lag in der Tiefe einer Zelle und schaute durch ein Spitzbogenfenster auf die Wiesen, Wälder und Weinberge seines Klosters. Angesichts eines Gemäldes von Teniers kleidete er sich in den Mantel eines Soldaten oder in das Elendsgewand eines Arbeiters; er wollte die schmutzige, verräucherte Mütze der Flamen tragen, betrank sich mit Bier, spielte Karten mit ihnen und lächelte einer dicken Bäuerin mit üppigen Formen zu. Er fröstelte beim Anblick einer Winterlandschaft von Mieris oder kämpfte, als er ein Schlachtenbild des Salvator Rosa sah. Er streichelte einen Tomahawk aus Illinois und spürte, wie ihm das Messer eines Irokesen den Skalp vom Schädel trennte. Ein Rebec[19] entzückte ihn so, daß er ihn der Hand eines Burgfräuleins anvertraute; er hörte sie genießerisch die Melodie einer Romanze spielen und gestand ihr seine Liebe an einem gotischen Kamin im Abenddunkel, in dem ein gewährender Blick sich verlor. Er klammerte sich an alle Freuden, griff nach allen Schmerzen, bemächtigte sich aller Formen des Daseins und verstreute sein Leben und seine Gefühle so großzügig über die Trugbilder dieser körperlichen und seelenlosen Welt, daß das Geräusch seiner Schritte in seiner Seele widerhallte wie der ferne Klang einer anderen Welt, wie das Getöse von Paris, wenn es hinaufdringt zu den Türmen von Notre-Dame.

Als er die Innentreppe emporstieg, die zu den im ersten Stock gelegenen Räumen führte, sah er Votivtafeln, Rüstungen, geschnitzte Tabernakel und Holzfiguren an den Wänden hängen und auf den Stufen stehen. Verfolgt von den sonderbarsten Gestalten, von wunderbaren Schöpfungen, die sich auf der Grenze zwischen Tod und Leben bewegten, schritt er in den Verzauberungen eines Traumes dahin. Er zweifelte an seiner Existenz und war schließlich wie all diese kuriosen Dinge weder vollkommen lebendig noch vollkommen tot. Als er die neuen Lagerräume betrat, begann es zu dämmern; aber das Licht schien angesichts der dort angehäuften golden und silbern funkelnden Schätze überflüssig zu sein.

Die kostspieligsten Launen von Verschwendern, die in Dachstuben gestorben waren, nachdem sie mehrere Millionen besessen hatten, fanden sich in diesem weitläufigen Bazar der menschlichen Verrücktheiten. Ein Schreibzeug, das einstmals hunderttausend Francs gekostet hatte und für hundert Sous wieder gekauft worden war, lag neben einem Geheimschloß, dessen Preis einst für das Lösegeld eines Königs gereicht hätte. Das Menschengeschlecht zeigte sich hier in all dem Pomp seines Elends, in all dem Glanz seiner riesigen Nichtigkeiten. Ein Tisch aus Ebenholz, das wahre Idol eines Künstlers, nach Zeichnungen von Jean Goujon geschnitzt, hatte einst mehrere Jahre Arbeit gekostet und war vielleicht um den Preis von Brennholz erstanden worden.

Kostbare Kästchen, Stücke, von Feenhänden geschaffen, lagen achtlos übereinandergestapelt.

»Sie haben ja Millionen hier!« rief der junge Mann, als er in dem Zimmer anlangte, das eine riesige Flucht von Gemächern abschloß, die von Künstlern des letzten Jahrhunderts vergoldet und mit plastischem Schmuck versehen worden waren.

»Sagen Sie ruhig Milliarden«, erwiderte der dicke, pausbäckige Junge. »Aber das ist noch gar nichts, steigen Sie in den dritten Stock, da werden Sie Augen machen!«

Der Unbekannte folgte seinem Führer und gelangte in eine vierte Galerie, wo nacheinander vor seinen ermüdeten Augen mehrere Bilder von Poussin vorüberglitten, eine herrliche Statue von Michelangelo, einige entzückende Landschaften von Claude Lorrain, ein Gérard Dow, der wie eine Szene von Sterne aussah, mehrere Rembrandts, Murillos und Velasquez', die düster und farbig wie ein Gedicht von Lord Byron waren; ferner antike Flachreliefs, Achatbecher und wunderbare Onyxe ...! Kurz, es waren Arbeiten, die einem die Arbeit verleiden konnten, Meisterwerke in solcher Menge, daß man die Kunst zu hassen begann und die Begeisterung erstarb. Er kam zu einer Madonna von Raffael, aber er hatte genug von Raffael. Eine Gestalt des Correggio wollte einen Blick von ihm und bekam nicht einmal den. Eine unschätzbare Vase aus antikem Porphyr, deren rundumlaufende Skulpturen auf groteske Weise die freizügigsten aller römischen Priapus-Szenen darstellten und die das Entzücken irgendeiner Corinna[20] bedeutet hatte, entlockte ihm kaum ein Lächeln. Er erstickte unter den Überresten von fünfzig vergangenen Jahrhunderten, er war krank von all diesen menschlichen Gedanken, erschlagen vom Luxus und den Künsten, erdrückt von diesen wiedererwachten Formen, die ihm wie Ungeheuer, die irgendein boshafter Geist unter seinen Füßen gezeugt hatte, einen Kampf ohne Ende lieferten.

Ist die Seele mitsamt ihren Launen nicht der modernen Chemie vergleichbar, die die Schöpfung auf ein Gas zurückführt, und stellt sie nicht wie diese furchtbare Gifte her durch die schnelle Konzentration ihrer Freuden, ihrer Kräfte oder ihrer Ideen? Sterben denn nicht viele Menschen durch den Blitzschlag irgendeiner moralischen Säure, die sich plötzlich in ihrem Innern ausgebreitet hat?

»Was ist in dieser Kiste?« fragte er, als er in einem großen Kabinett angelangt war, der letzten Sammelstätte von Ruhm, menschlichen Anstrengungen, Sonderbarkeiten und Reichtümern, unter denen er mit dem Finger auf eine große viereckige Mahagonikassette wies, die mit einer silbernen Kette an einem Nagel hing.

»Oh, den Schlüssel dazu hat Monsieur«, sagte der dicke Junge mit geheimnisvoller Miene. »Wenn Sie das Porträt zu sehen wünschen, will ich es wagen, Monsieur davon in Kenntnis zu setzen.«

»Es wagen!« sagte der junge Mann. »Ist Ihr Herr denn ein Fürst?«

»Das weiß ich nicht«, antwortete der Junge.

Sie schauten einander einen Augenblick lang an, einer so erstaunt wie der andere. Schließlich deutete der Angestellte das Schweigen des Unbekannten als einen Wunsch und ließ ihn allein in dem Kabinett zurück.

Haben Sie jemals die geologischen Werke Cuviers[21] gelesen und sich in die Unermeßlichkeit von Raum und Zeit gestürzt? Hat sein Genie Sie mitgerissen, daß Sie über den grenzenlosen Abgrund der Vergangenheit hinwegschwebten, als ob Sie von der Hand eines Zauberers gehalten würden? Wenn man von Schicht zu Schicht, von Ablagerung zu Ablagerung unter den Steinbrüchen des Montmartre oder den Schieferbrüchen des Urals die Tiere entdeckt, deren versteinerte Reste vorsintflutlichen Kulturen entstammen, dann ist die Seele erschreckt, auf Milliarden von Jahren zu schauen, auf Millionen von Völkern, die von dem schwachen menschlichen Gedächtnis und der unzerstörbaren göttlichen Überlieferung vergessen wurden und deren auf der Oberfläche unserer Erdkugel angehäufte Asche die zwei Fuß Erdreich bilden, die uns Brot und Blumen spenden. Ist Cuvier nicht der größte Dichter unseres Jahrhunderts? Lord Byron hat einige seelische Erschütterungen mit Worten nachgebildet; aber unser unsterblicher Naturforscher hat ganze Welten aus gebleichten Knochen wiedererstehen lassen, hat, wie Kadmos, aus Zähnen Städte neu erbaut, hat tausend Wälder aus ein paar Brocken Steinkohle mit allen Mysterien der Zoologie wiederbevölkert, hat ganze Geschlechter von Riesen im Fuße eines Mammuts wiedergefunden. Seine Gestalten erheben sich, wachsen und beleben ganze Landschaften, die ihren kolossalen Körpermaßen entsprechen. Er dichtet mit Ziffern, er ist erhaben, wenn er eine Null neben eine Sieben setzt. Er erweckt das Nichts, ohne künstliche Zauberworte auszusprechen; er durchsucht ein Stück Gipsboden, entdeckt darin einen Abdruck und ruft uns zu: »Seht her!« Plötzlich erwacht der Marmor, der Tod wird lebendig, und eine Welt tut sich auf! Nach unzähligen Dynastien von Riesengeschöpfen, nach Geschlechtern von Fischen und Stämmen von Mollusken, kommt endlich das Menschengeschlecht, das degenerierte Produkt einer großartigen Urform, die der Schöpfer vielleicht zerschlagen hat. Erwärmt von seinem rückwärts schauenden Blick, können die armseligen, gestern geborenen Menschen das Chaos durchschreiten, eine Hymne ohne Ende anstimmen und sich die Vergangenheit des Universums in einer Art rückläufiger Apokalypse vergegenwärtigen. Angesichts dieser erschreckenden Auferstehung, die der Stimme eines einzigen Menschen zu verdanken ist, erweckt die Brosame, die wir in jener namenlosen Unendlichkeit nutzen dürfen, die allen Sphären gemeinsam ist und die wir »die Zeit« genannt haben, erweckt diese eine Minute Leben unser Mitleid. Erdrückt unter dem Schutt so vieler Welten fragen wir uns, wozu unser Ruhm, unser Haß und unsere Liebe denn gut sind; und ob man, bloß um ein nicht faßbarer Punkt in der Zukunft zu werden, das Leid des Lebens auf sich nehmen soll? Entwurzelt aus der Gegenwart sind wir tot, bis unser

Kammerdiener eintritt und uns verkündet: »Frau Gräfin läßt ausrichten, daß sie Monsieur erwartet.«

Die Wunder, deren Anblick dem jungen Mann soeben die gesamte bekannte Schöpfung vor Augen geführt hatte, bewirkten in seiner Seele dieselbe Niedergeschlagenheit wie sie im Philosophen durch den wissenschaftlichen Blick auf unbekannte Schöpfungen entsteht; sehnlicher als je zuvor wünschte er sich den Tod; er sank in einen kurulischen Stuhl und ließ seine Blicke die Phantasmagorien dieses Panoramas der Vergangenheit durchschweifen. Die Bilder begannen zu leuchten, die Gesichter der Madonnen lächelten ihm zu, und die Statuen färbten sich mit einem trügerischen Leben. Im Schutz der Dunkelheit und durch den fiebrigen Taumel, der in seinem angegriffenen Gehirn tobte, in eine tanzende Bewegung versetzt, kreisten und wirbelten all diese Werke vor ihm umher; jedes Götzenbild schnitt eine Grimasse, und die Lider der auf den Bildern dargestellten Figuren senkten sich über ihre Augen, um sie zu erfrischen. Jede dieser Gestalten zitterte, hüpfte und löste sich von ihrem Platz, schwerfällig oder leicht, anmutig oder ungestüm, je nach ihrer Lebensart, ihrem Charakter oder ihrem Wuchs. Es war ein geheimnisvoller Sabbat, würdig der Phantasien, die Doktor Faust auf dem Brocken erblickte. Aber diese optischen Phänomene, die auf die Übermüdung, die Anspannung der Sehkräfte oder die Launen der Dämmerung zurückzuführen waren, vermochten dem Unbekannten keine Furcht einzujagen. Die Schrekken des Lebens besaßen keine Macht über eine Seele, die mit den Schrecken des Todes vertraut war. Durch eine Art spöttische Mitwisserschaft förderte er sogar die Absonderlichkeiten dieses seelischen Galvanismus, dessen Wunder sich mit den letzten Gedanken verbanden, die ihm das Gefühl gaben, noch zu leben. Es herrschte eine so tiefe Stille um ihn herum, daß er in eine sanfte Träumerei verfiel, deren allmählich dunkelnde Eindrücke, von Schattierung zu Schattierung und wie durch einen Zauber, dem langsamen Schwinden des Tageslichts folgten.

Im Kampf mit der Nacht ließ der sinkende Tag einen letzten roten Widerschein aufglimmen; der Unbekannte hob den Kopf und sah ein kaum mehr beleuchtetes Skelett, das zweifelnd seinen Schädel von rechts nach links wiegte, wie um ihm zu sagen: »Die Toten wollen dich noch nicht!« Als sich der junge Mann mit der Hand über die Stirn fuhr, um den Schlummer zu verscheuchen, fühlte er deutlich einen kühlen Windzug, der von irgend etwas Haarigem herrührte, seine Wange streifen, und es schauderte ihn. Da ein schwaches Klirren von den Fensterscheiben her tönte, glaubte er, daß diese kalte, den Geheimnissen des Grabes würdige Liebkosung von einer Fledermaus herrühre. Einen Augenblick lang erlaubte ihm der schwache Widerschein des Sonnenunterganges noch, die Phantome, die ihn umgaben, undeutlich wahrzunehmen; dann zerfloß dieses ganze Stilleben in einem gleichmäßigen Schwarz.

Die Nacht, die Zeit des Sterbens, war jäh gekommen. Von diesem Augenblick an verstrich noch eine gewisse Zeitspanne, während der er keine klare Wahrnehmung der irdischen Dinge besaß; sei es, daß er in tiefe Träume versunken war, sei es, daß er der Müdigkeit nachgegeben hatte, Folge seiner Erschöpfungen und der Fülle von Gedanken, die ihm das Herz zerrissen. Plötzlich war ihm, als habe ihn eine schreckliche Stimme gerufen, und er zitterte wie jemand, der in einem quälenden Alptraum mit einem Schlag in die Tiefe eines Abgrunds gestürzt wird. Er schloß die Augen, die Strahlen eines grellen Lichts blendeten ihn: Im Herzen der Finsternis sah er einen rötlichen Strahlenkranz, in dessen Mitte sich ein kleiner Greis befand, der vor ihm stand und den Schein einer Lampe auf ihn richtete. Er hatte ihn weder kommen noch sprechen, noch sich bewegen hören.

Dieser Auftritt hatte etwas Magisches. So in seinem Schlaf überrascht, hätte auch der Unerschrockenste angesichts dieser Gestalt gezittert, die einem benachbarten Sarkophag entstiegen zu sein schien. Eine sonderbare Jugend belebte die reglosen Augen dieses Phantoms und hinderte den Unbekannten, an eine übernatürliche Erscheinung zu glauben; dennoch verharrte er während der kurzen Spanne, die sein somnambules Leben von seinem wirklichen Leben schied, im Zustand des philosophischen Zweifels, wie ihn Descartes empfiehlt, und blieb also wider Willen im Bann der unerklärlichen Halluzinationen, deren Geheimnisse unser Stolz leugnet oder unsere ohnmächtige Wissenschaft vergebens zu ergründen sucht.

Man stelle sich einen kleinen, knöchernen und hageren Greis in einem schwarzen, mit einer dicken Seidenkordel um die Hüften gegürteten Samtgewand vor. Auf seinem Kopf eine ebenso schwarze Samtkappe, unter der zu beiden Seiten des Gesichts lange Strähnen weißen Haares herausglitten und die so auf dem Schädel anlag, daß sie die Stirn streng umrahmte. Das Gewand barg den Körper wie ein weites Leichentuch und ließ keine menschliche Form außer einem schmalen und bleichen Gesicht erkennen. Ohne den knochigen Arm, der wie ein mit Stoff überzogener Stock aussah und den der Alte in die Luft hielt, um das volle Licht der Lampe auf den jungen Mann zu richten, hätte es ausgesehen, als schwebe dieses Gesicht in der Luft. Ein grauer, spitz geschnittener Bart verbarg das Kinn dieses absonderlichen Wesens und gab ihm das Aussehen jener jüdischen Köpfe, die den Künstlern als Vorbild dienen, wenn sie Moses darstellen wollen.

Die Lippen des Mannes waren so farblos und dünn, daß es einer besonderen Aufmerksamkeit bedurfte, um die Linie zu erahnen, die der Mund in dieses bleiche Gesicht zeichnete. Seine breite und faltige Stirn, seine fahlen und hohlen Wangen, die unversöhnliche Strenge seiner kleinen grünen Augen ohne Wimpern und Brauen konnten den Unbekannten glauben machen, der »Goldwieger« von Gérard Dow sei aus seinem Rahmen herausgetreten. Der Scharfsinn eines Inquisitors, den die Windungen seiner Runzeln und die kreisförmigen Falten auf seinen Schläfen verrieten, kündete von einem tiefen Wissen um die Dinge des Lebens.

Diesen Mann hinters Licht zu führen war unmöglich; er schien die Gabe zu besitzen, die Gedanken auf dem Grund der verschwiegensten Herzen aufzuspüren. Die Sitten und Bräuche aller Völker der Erde und ihre Weisheit fanden sich in seinem kalten Gesicht vereint, wie die Werke der ganzen Welt in seinen verstaubten Lagern angehäuft waren. Man hätte darin die hellsichtige Gelassenheit eines Gottes lesen können, der alles sieht, oder die hochmütige Kraft eines Menschen, der alles gesehen hat. Ein Maler hätte aus diesem Gesicht mit einem jeweils verschiedenen Ausdruck und mit zwei Pinselstrichen ein schönes Bild des ewigen Vaters oder die höhnische Maske des Mephistopheles schaffen können, denn es fand sich hier zugleich die höchste Macht auf der Stirn und finsterer Spott auf den Lippen. Mit ungeheurer Kraft mußte dieser Mann alles menschliche Leid zerschmettert und die menschlichen Freuden getötet haben. Den Todkranken schauderte es bei dem Gedanken, daß dieser alte Dämon eine Sphäre jenseits dieser Welt bewohnte, in der er allein lebte, ohne Freuden, weil er keine Hoffnungen mehr hatte, und ohne Schmerzen, weil er keine Genüsse mehr kannte. Reglos und unerschütterlich stand der Alte da wie ein Stern inmitten einer Wolke aus Licht. Seine grünen Augen, die von irgendeiner stillen Bosheit erfüllt waren, schienen die Welt der Seele zu erhellen, wie seine Lampe dieses geheimnisvolle Kabinett erleuchtete.

Das war der seltsame Anblick, der den jungen Mann in dem Augenblick überraschte, da er die Augen aufschlug, nachdem Todesgedanken und wunderliche Bilder ihn in den Schlaf gewiegt hatten. Daß er wie betäubt blieb, daß er einen Augenblick lang in der gläubigen Haltung von Kindern verharrte, die den Märchen ihrer Ammen lauschen, diesen Irrtum muß man dem Schleier zuschreiben, den seine Grübeleien über sein Leben und seine Wahrnehmung geworfen hatten, der Überreiztheit seiner erregten Nerven und dem heftigen Drama, dessen Szenen ihm das grausige Vergnügen verschafft hatten, das ein Stück Opium enthält. Diese Vision hatte sich in

Paris ereignet, auf dem Quai Voltaire, im 19. Jahrhundert, zu einer Zeit und an einem Ort, wo Zauberei gar nicht möglich sein dürfte. Als ein Nachbar des Hauses, in dem der Gott der französischen Ungläubigkeit gestorben war, als Schüler von Gay-Lussac und Arago, als Verächter der Taschenspielertricks all der Mächtigen dieser Welt stand der Unbekannte zweifellos im Bann eines poetischen Zaubers, wie wir ihm uns oftmals hingeben, um trostlosen Wahrheiten zu entfliehen oder um die Macht Gottes zu versuchen. Er zitterte also vor diesem Licht und diesem Greis, bewegt von der unerklärlichen Ahnung einer außergewöhnlichen fremden Macht; aber dieses Gefühl der Erregung glich jenem, das wir alle angesichts Napoleons oder in Gegenwart irgendeines großen Mannes empfunden haben, der vor Genie strahlt und vom Ruhm gekrönt ist.

»Monsieur wünscht das Christusbild von Raffael zu sehen?« sagte der Alte höflich mit einer Stimme, in deren klarem, trockenem Klang etwas Metallisches lag.

Und er stellte die Lampe so auf den Stumpf einer Säule, daß ihr Licht genau auf die braune Kiste fiel.

Bei den heiligen Namen Christi und Raffaels entschlüpfte dem jungen Mann eine Geste der Neugier, die der Händler wohl erwartet hatte, denn er drückte schon auf eine Feder. Plötzlich glitt die Mahagoniplatte in eine Rille, sank lautlos und gab das Bild der Bewunderung des Unbekannten preis. Beim Anblick dieser unsterblichen Schöpfung vergaß er das Phantastische dieses Ladens sowie die Launen seines Schlummers und wurde wieder Mensch; er erkannte in dem Alten ein lebendiges, ganz und gar nicht geisterhaftes Geschöpf aus Fleisch und Blut und lebte wieder in der wirklichen Welt. Die zärtliche Sorge und die sanfte Gelassenheit des göttlichen Antlitzes übten alsbald ihre Wirkung auf ihn aus. Ein himmlischer Hauch zerstreute die Höllenqualen, die ihm das Mark der Knochen verbrannten. Vor einem schwarzen Hintergrund dargestellt, schien das Haupt des Erlösers der Menschheit aus der Finsternis hervorzutreten; ein Strahlenkranz umleuchtete hell sein Haar, aus dem dieses Licht emporzuströmen schien; auf Stirn und Haut lag eine beredte Überzeugung, die aus jedem Zug mit Nachdruck sprach. Die purpurnen Lippen hatten soeben die Stimme des Lebens vernehmen lassen, und der Betrachter lauschte in den Lüften nach dem heiligen Echo, befragte die Stille nach ihren wundervollen Gleichnissen, horchte in die Zukunft und fand sie in den Lehren der Vergangenheit wieder. Die sanfte Schlichtheit dieser anbetungswürdigen Augen, darin die geängstigten Seelen ihre Zuflucht haben, übersetzte das Evangelium. Kurzum, die gesamte katholische Religion stand in einem milden und erhabenen Lächeln zu lesen, das das Gebot zu verkünden schien, in dem sie sich zusammenfassen läßt: *Liebet einander!* Dieses Gemälde regte zum Beten an, empfahl Verzeihung, erstickte die Selbstsucht und weckte alle eingeschlummerten Tugenden. Das Werk Raffaels übte einen Zauber aus, wie er sonst nur der Musik eigen ist: es zwang einen in den gebieterischen Bann der Erinnerung, und sein Triumph war vollkommen, da man den Maler vergaß. Auf dieses Wunder wirkte überdies noch das Blendwerk des Lichts: bisweilen schien es, als bewegte sich das Haupt weit in der Ferne, inmitten einer Wolke.

»Dieses Bild habe ich mit einem Haufen Goldstücke bedeckt«, sagte der Händler kühl.

»Nun denn, jetzt heißt es sterben!« rief der junge Mann; er war aus einer Träumerei erwacht, deren letzter Gedanke ihn zu seinem verhängnisvollen Schicksal zurückführte, nachdem sie ihn durch unmerkliche Schlußfolgerungen von einer letzten Hoffnung abgebracht hatte, an die er sich hatte klammern wollen.

»Haha! Ich habe also recht gehabt, dir zu mißtrauen«, antwortete der Alte, packte die Hände des Unbekannten und umschloß sie mit einer Hand an den Gelenken wie ein Schraubstock.

Der Unbekannte lächelte traurig über dieses Mißverständnis und sagte mit sanfter Stimme:

»Ach, Monsieur, Sie brauchen keine Angst zu haben, es handelt sich um mein Leben und nicht um das Ihre ... Warum soll ich Ihnen nicht eine harmlose List gestehen?« fuhr er nach einem Blick auf den beunruhigten alten Mann fort. »Ich hatte die Nacht abwarten wollen, um mich ohne großes Aufsehen zu ertränken, und da bin ich hierher gekommen, um mir Ihre Schätze anzusehen. Wer würde einem Mann der Dichtung und der Wissenschaft diese letzte Freude nicht verzeihen?«

Der argwöhnische Händler musterte mit einem scharfen Blick das düstere Gesicht seines falschen Kunden, während er ihm zuhörte. Der Klang dieser schmerzerfüllten Stimme beruhigte ihn bald, vielleicht auch las er in diesen fahlen Zügen das düstere Schicksal, das vordem die Spieler hatte erschauern lassen: er ließ die Hände wieder los; aber in einem Rest von Mißtrauen, das von einer zumindest hundertjährigen Erfahrung zeugte, streckte er nachlässig den Arm nach einer Anrichte aus, als wolle er sich darauf stützen, griff nach einem Stilett und sagte:

»Sind Sie ein Supernumerarius beim Schatzamt, der seit drei Jahren keine Gratifikation mehr bekommen hat?«

Der Unbekannte mußte unwillkürlich lächeln und machte eine verneinende Geste.

»Hat Ihr Vater Ihnen allzu heftig vorgeworfen, daß Sie auf die Welt gekommen sind, oder haben Sie etwa Ihre Ehre verloren?«

»Wenn ich meine Ehre verlieren wollte, würde ich am Leben bleiben.«

»Sind Sie in den Funambules[22] ausgepfiffen worden, oder müssen Sie vielleicht Gassenhauer komponieren, um das Begräbnis Ihrer Geliebten zu bezahlen? Oder leiden Sie nur an der Goldkrankheit? Wollen Sie der Langeweile eins auswischen? Kurz und gut, welcher Irrtum treibt Sie in den Tod?«

»Suchen Sie den Grund für meinen Tod nicht in einem der gewöhnlichen Anlässe, die zu den meisten Selbstmorden führen. Ersparen Sie es mir, Ihnen unerhörte Leiden zu enthüllen, die in der Sprache der Menschen kaum auszudrücken sind, und lassen Sie mich Ihnen einfach sagen, daß ich mitten im tiefsten, schmählichsten und quälendsten Elend stecke. Und«, fügte er in einem Ton hinzu, dessen wilder Stolz seine vorherigen Worte Lügen strafte, »ich will nicht betteln, weder um Hilfe noch um Trost.«

»Na, na!«

Diese beiden Silben, die der Alte als erste Antwort gab, klangen wie das Schnarren einer Klapper. Dann sprach er weiter:

»Ich will Sie nicht zwingen, mich anzuflehen, ich will Sie nicht erröten machen – ohne Ihnen einen französischen Centime, einen levantinischen Para, einen deutschen Heller, eine russische Kopeke, einen schottischen Farthing, eine Sesterze oder einen Obolus aus der antiken Welt oder einen Piaster aus der Neuen zu geben, ohne Ihnen was auch immer in Gold, Silber, Münzen, Wechseln oder Banknoten zu schenken, will ich Sie reicher, mächtiger und angesehener machen, als ein König in einem Land mit einer Verfassung es je sein kann.«

Der junge Mann hielt den Alten für kindisch; er stand benommen da und wagte nicht zu antworten.

»Drehen Sie sich um«, sagte der Händler und ergriff unvermittelt die Lampe, um ihr Licht auf die dem Gemälde gegenüberliegende Wand zu richten, »und schauen Sie sich dieses *Chagrinleder* an«, fügte er hinzu.

Der junge Mann sprang auf und war einigermaßen überrascht, als er über dem Stuhl, auf dem er gesessen hatte, ein Stück Chagrinleder an der Wand hängen sah, das etwa die Größe eines Fuchsfelles hatte; durch ein auf den ersten Blick unerklärliches Phänomen strahlte das Leder inmitten der tiefen Dunkelheit, die in dem Lager herrschte, einen solchen Glanz aus, daß man es für einen kleinen Kometen hätte halten können. Der junge Ungläubige näherte sich diesem vorgeblichen Talisman, der ihn vor dem Unglück schützen sollte, und machte sich im stillen darüber lustig. Getrieben von einer begreiflichen Neugier beugte er sich vor, um das Leder abwechselnd von allen Seiten zu betrachten, und entdeckte bald eine natürliche Ursache für diese eigenartige Leuchtkraft. Die dunklen Narben des Chagrinleders waren so sorgfältig geglättet und so gut poliert, die eigensinnigen Streifen so sauber und blank, daß jede Unebenheit dieses orientalischen Leders wie die Facetten eines Granats einen kleinen Brennspiegel bildete, der das Licht gebündelt zurückwarf. Mit mathematischer Genauigkeit bewies er dem Alten die Ursache dieses Phänomens und erhielt ein boshaftes Lächeln zur Antwort. Dieses Lächeln der Überlegenheit ließ den jungen Gelehrten argwöhnen, er werde gerade von einem Scharlatan zum besten gehalten. Er wollte nicht noch ein Rätsel mehr mit ins Grab nehmen und drehte rasch das Lederstück um, wie ein Kind, das möglichst schnell die Geheimnisse seines neuen Spielzeugs kennenlernen möchte.

»Haha«, rief er aus, »hier ist der Abdruck des Siegels, das die Orientalen das Siegel Salomos[23] nennen.«

»Sie kennen es also?« fragte der Händler, und seine Nasenflügel ließen ein paar Luftstöße entweichen, die mehr an Gedanken ausdrückten, als es die stärksten Worte getan hätten.

»Gibt es auf der ganzen Welt einen Menschen, der einfältig genug wäre, an dieses Hirngespinst zu glauben?« rief der junge Mann, gereizt durch das stumme Lachen und seinen bitteren Spott. »Wissen Sie nicht«, fügte er hinzu, »daß der Aberglaube des Orients die geheimnisvolle Form und die trügerischen Zeichen dieses Symbols geweiht hat und es eine sagenhafte Macht darstellen soll? Mit dem gleichen Ernst könnte ich von Sphinxen oder Greifen sprechen, deren Existenz in gewisser Weise mythologisch gebilligt wird.«

»Da Sie Orientalist sind«, fuhr der alte Mann fort, »lesen Sie doch mal diesen Spruch hier.«

Er hob die Lampe ganz nah an den Talisman, den der junge Mann mit der Rückseite nach vorn hielt, und zeigte ihm Schriftzeichen, die in das Zellgewebe dieser wunderbaren Haut so eingeprägt waren, als ob sie von dem Tier herrührten, dem sie einmal gehört hatte.

»Ich gestehe«, rief der Unbekannte, »daß ich keine Ahnung habe, wie man diese Buchstaben so tief in die Haut eines Wildesels hat gravieren können.«

Er wandte sich lebhaft zu den mit Kuriositäten überladenen Tischen um und schien mit seinen Augen dort etwas zu suchen.

»Was wollen Sie?« fragte der Alte.

»Ein Werkzeug, um in das Leder zu schneiden, damit ich sehen kann, ob die Zeichen aufgedruckt oder eingebrannt sind.«

Der alte Mann reichte dem Unbekannten sein Stilett; der nahm es und versuchte, das Leder dort, wo die Worte standen, einzuschneiden; aber kaum hatte er eine dünne Lage aus dem Leder herausgehoben, da erschienen die Buchstaben wieder genauso klar und deutlich wie die an der Oberfläche, so daß er einen Augenblick lang glaubte, er habe gar nichts weggenommen.

»Das Kunsthandwerk des Morgenlandes kennt Geheimnisse, die ihm tatsächlich eigen sind«, sagte er und betrachtete die orientalische Inschrift mit einer gewissen Unruhe.

»Ja«, antwortete der Alte, »man hält sich da lieber an die Menschen als an Gott.«

Die geheimnisvollen Worte waren auf folgende Weise angeordnet:

او ملكتني ملكت آالكل
ولكن عمرك ملكي
واراد الله هكذا
اطلب وستنال مطالبك
ولكن قس مطالبك على عمرك
وهي هاهنا
فبكل مرامك ستنزل ايامك
أتريد في
الله مجيبك
آمين

Übersetzt bedeutete das:

BESITZT DU MICH, BESITZT DU ALLES.
ABER DEIN LEBEN GEHÖRT DANN MIR. GOTT HAT
ES SO GEWOLLT. WÜNSCHE, UND DEINE WÜNSCHE
WERDEN ERFÜLLT. ABER RICHTE
DEINE WÜNSCHE NACH DEINEM LEBEN.
ES IST IN MIR. MIT JEDEM WUNSCH
NEHME ICH AB
WIE DEINE TAGE.
WILLST DU MICH?
NIMM. GOTT WIRD
DICH ERHÖREN.
AMEN!

»Schau an, Sie lesen fließend Sanskrit[24]«, sagte der Alte. »Sind Sie vielleicht durch Persien oder Bengalen gereist?«

»Nein, Monsieur«, antwortete der junge Mann, während er neugierig dieses symbolträchtige Leder betastete, das einem Metallblatt ähnelte, so wenig biegsam war es.

Der alte Händler stellte die Lampe wieder auf die Säule, von der er sie genommen hatte, und warf dem jungen Mann einen kalten ironischen Blick zu, der zu sagen schien: »Schon denkt er nicht mehr ans Sterben.«

»Ist das ein Scherz oder ein Mysterium?« fragte der junge Unbekannte.

Der Alte schüttelte den Kopf und sagte ernst:

»Darauf vermag ich Ihnen nicht zu antworten. Ich habe die schreckliche Macht, die dieser Talisman verleiht, Menschen angeboten, die über mehr Kraft verfügten, als Sie zu besitzen scheinen; alle haben sie über den zweifelhaften Einfluß gespottet, den er auf ihre künftigen Geschicke ausüben sollte, aber keiner hat es gewagt, diesen Vertrag zu schließen, den ich weiß nicht welche Macht auf eine so verhängnisvolle Weise vorgeschlagen hat. Ich denke wie sie, ich habe gezweifelt, ich habe mich enthalten, und ...«

»Und Sie haben es nicht einmal versucht?« unterbrach ihn der junge Mann.

»Versuchen!« sagte der Alte. »Wenn Sie oben auf der Säule der Place Vendôme ständen, würden Sie da versuchen, sich in die Lüfte zu schwingen? Kann man den Lauf des Lebens anhalten? Hat der Mensch je den Tod abschaffen können? Bevor Sie dieses Kabinett betraten, waren Sie entschlossen, sich umzubringen; plötzlich beschäftigt Sie ein Geheimnis und lenkt Sie vom Sterben ab. Sie Kindskopf! Bietet nicht jeder Ihrer Tage Ihnen ein Rätsel, das interessanter ist als dieses hier? Hören Sie. Ich habe den lasterhaften Hof des Regenten[25] erlebt. Damals habe ich im Elend gesteckt wie Sie, ich habe mir mein Brot erbettelt; trotzdem bin ich hundertundzwei Jahre alt geworden und habe Millionen erworben: die Armut hat mich reich gemacht, die Unwissenheit hat mich gebildet. In wenigen Worten will ich Ihnen ein großes Geheimnis des menschlichen Lebens enthüllen. Der Mensch erschöpft seine Kräfte durch zwei instinkthaft ausgeübte Tätigkeiten, die die Quellen seines Daseins zum Versiegen bringen. Zwei Verben drücken alle Formen aus, die diese beiden Ursachen des Todes annehmen: *wollen* und *können*. Zwischen diesen beiden Polen des menschlichen Handelns liegt eine weitere Formel, derer sich die Weisen bemächtigen, und ihr verdanke ich mein Glück und mein langes Leben. *Wollen* verbrennt uns und *können* zerstört uns; *wissen* aber läßt unseren schwachen Organismus in einem beständigen Zustand der Ruhe. Das Verlangen oder das Wollen ist in mir also durch das Denken getötet; die Bewegung oder das Können hat durch das natürliche Spiel meiner Organe ein Ende gefunden. Kurz, ich habe mein Leben nicht auf das Herz gebaut, das bricht, noch auf die Sinne, die sich erschöpfen, sondern auf das Gehirn, das sich nicht abnutzt und das alles überlebt. Keinerlei Übermaß hat meine Seele oder meinen Körper versehrt. Dabei habe ich die ganze Welt gesehen; meine Füße sind auf den höchsten Bergen Asiens und Amerikas herumspaziert; ich habe alle menschlichen Sprachen gelernt, und ich habe unter allen Regierungsformen gelebt. Ich habe mein Geld einem Chinesen geliehen und den Leichnam seines Vaters als Pfand genommen, ich habe auf sein Ehrenwort hin im Zelt des Arabers geschlafen, habe in allen Hauptstädten Europas Verträge abgeschlossen und ohne Bedenken mein Gold im Wigwam der Indianer gelassen; mit einem Wort, ich habe alles bekommen, weil ich alles zu verachten verstand. Mein einziger Ehrgeiz bestand darin zu sehen. Sehen, heißt das nicht wissen? ... Oh! Und wissen, junger Mann, heißt das nicht einfühlend genießen? Heißt das nicht, die eigentliche Substanz einer Sache zu entdecken und sich ihrer auf eine wesentliche Art zu bemächtigen? Was bleibt denn von einem materiellen Besitz? Eine Idee. Urteilen Sie also, wie schön das Leben eines Menschen sein muß, der, da er sich alles Wirkliche in seinem Denken einprägen kann, die Quellen des Glücks in seinem Herzen trägt und daraus tausend geistige Genüsse schöpft, die frei von irdischem Makel sind. Der Geist ist der Schlüssel zu allen Schätzen, er verschafft einem das Glück des Geizigen, ohne daß man seine Sorgen teilen muß. Daher war ich über die Welt erhaben, in der meine Wollust stets die Freuden des Geistes gewesen sind. Meine Ausschweifungen waren die Betrachtung der Meere, der Völker, der Wälder und der Berge! Ich habe alles gesehen, aber in aller Ruhe und ohne Erschöpfung; ich habe nichts begehrt und alles abgewartet. Ich bin durch das Universum spaziert wie durch den Garten eines Hauses, das mir gehört. Was die Menschen Kümmernisse, Liebschaften, Ehrgeiz, Schicksalsschläge und Traurigkeit nennen, das sind für mich Ideen, die ich in Träume verwandle; anstatt sie zu empfinden, gestalte und übersetze ich sie; statt sie mein Leben verzehren zu lassen, dramatisiere und entwickle ich sie; ich vergnüge mich dabei, als ob ich mit einem inneren Auge Romane läse. Da ich meine Organe nie erschöpft habe, erfreue ich mich noch heute einer robusten Gesundheit. Da meine Seele all die Kraft geerbt hat, die ich nicht mißbraucht habe, ist mein Kopf noch besser gefüllt als meine Lager. Hier«, sagte er und klopfte sich an die Stirn, »hier sind die wahren Millionen. Ich verbringe köstliche Tage damit, einen verständigen Blick in die Vergangenheit zu werfen; ich erwecke ganze Länder zum Leben, Landschaften, Ansichten des Ozeans und schöne vergangene Gestalten! Ich habe einen imaginären Harem, in dem ich alle Frauen besitze, die ich nicht gehabt habe. Oftmals sehe ich eure Kriege und eure Revolutionen wieder vor mir und richte über sie. Oh, wie kann man einer fieberhaften, oberflächlichen Bewunderung mehr oder weniger farbiger Leiber, mehr oder weniger runder Formen den Vorzug geben! Wie kann man all die Schiffbrüche Eurer enttäuschten Wünsche der erhabenen Fähigkeit vorziehen, in sich selbst das Universum herbeizuzitieren, dem unermeßlichen Genuß, sich zu bewegen, ohne von den Banden der Zeit oder den Fesseln des Raumes gewürgt zu werden, der Lust, alles zu umfassen, alles zu sehen und sich über den Rand der Welt zu neigen, um die anderen Sphären zu befragen, um Gott zu lauschen? Das hier«, sagte er mit erhobener Stimme und zeigte auf das Chagrinleder, »ist die Vereinigung von *Können* und *Wollen*. Da habt ihr all eure gesellschaftlichen Ideen, eure maßlosen Wünsche, eure Völlereien, eure Freuden, die töten, und eure Schmerzen, die allzu heftig zum Leben treiben; denn vielleicht ist der Schmerz nur eine gewaltige Lust. Wer vermöchte genau den Punkt zu bestimmen, wo die Wollust zum Leiden wird und wo das Leiden noch Wollust ist? Liebkosen nicht sogar die hellsten Strahlen der geistigen Welt den Blick, während noch die sanftesten Dämmerungen der physischen Welt ihn quälen? Kommt das Wort Weisheit nicht von Wissen? Und was ist Wahnsinn denn anderes als ein Übermaß von Wollen oder Können?«

»Aber ja doch, ich will im Übermaß leben!« sagte der Unbekannte und griff nach dem Chagrinleder.

»Hüten Sie sich, junger Mann!« rief der Alte mit unglaublicher Lebhaftigkeit.

»Ich habe mein Leben dem Studium und dem Geist gewidmet; aber beides hat mich nicht einmal ernährt«, entgegnete der Unbekannte. »Ich will mich nicht zum Narren halten lassen, weder von einer Predigt, die Swedenborgs[26] würdig wäre, noch von Ihrem orientalischen Amulett, noch von Ihren menschenfreundlichen Bemühungen, Monsieur, mich in einer Welt zurückzuhalten, in der mein Dasein fortan unmöglich ist ... Wir wollen sehen!« fügte er hinzu und preßte den Talisman mit einem krampfhaften Griff an sich, während sein Blick auf den Alten gerichtet war. »Ich will ein Mahl von königlicher Pracht, ein Bacchanal, das eines Jahrhunderts würdig ist, in dem, wie man sagt, alles zur Vollkommenheit gelangt ist. Meine Tischgenossen sollen jung, geistreich, frei von Vorurteilen und ausgelassen bis zur Tollheit sein! Die Weine sollen immer schwerer und blumiger werden und so stark sein, daß wir drei Tage lang betrunken sind. Feurige Frauen sollen diese Nacht verschönen! Ich will, daß die rasende und brüllende Leidenschaft uns in ihrem vierspännigen Wagen über die Grenzen der Welt hinausträgt und uns an unbekannten Gestaden aussetzt, daß die Seelen in den Himmel aufsteigen oder in den Schmutz tauchen, was weiß ich, ob sie sich alsdann erheben oder erniedrigen, es ist mir gleich. So befehle ich denn dieser finsteren Macht, mir alle Freuden zu einer einzigen zu verschmelzen. Jawohl, ich will die Lüste des Himmels und der Erde in einer letzten Umarmung umfangen und daran sterben. Deshalb wünsche ich mir nach dem Trunke antike Priapsfeste und Gesänge, die die Toten wecken, und dreifache Küsse, endlose Küsse, Küsse, deren Schall über Paris zieht wie das Prasseln einer Feuersbrunst, die Ehemänner aufweckt und in ihnen eine brennende Gier entzündet, die sie alle verjüngt, sogar die Siebzigjährigen!«

Ein dröhnendes Gelächter aus dem Mund des kleinen Greises klang dem jungen Toren wie Höllengetöse in den Ohren und unterbrach ihn so gebieterisch, daß er verstummte.

»Glauben Sie«, sagte der Händler, »daß mein Fußboden sich plötzlich öffnet, um üppig gedeckten Tischen und Gästen aus dem Jenseits Platz zu machen? Nein, nein, Sie Leichtfuß. Sie haben den Pakt geschlossen, das genügt. Von nun an werden Ihre Wünsche peinlich genau in Erfüllung gehen, jedoch auf Kosten Ihres Lebens. Der Kreis Ihrer Tage, den dieses Stück Leder verkörpert, wird sich entsprechend der Kraft und der Zahl Ihrer Wünsche, vom kleinsten bis zum maßlosesten, verengen. Der Brahmane, dem ich diesen Talisman verdanke, hat mir seinerzeit erklärt, daß ein geheimnisvoller Einklang zwischen dem Schicksal und den Wünschen des Besitzers besteht. Ihr erster Wunsch ist gewöhnlich, ich könnte ihn erfüllen; aber ich überlasse es den Ereignissen Ihres neuen Daseins, sich darum zu bekümmern. Schließlich haben Sie ja sterben wollen! Nun denn, Ihr Selbstmord ist bloß aufgeschoben.«

Der Unbekannte war verwundert und beinah verärgert,

nach wie vor von diesem sonderbaren Greis zum besten gehalten zu werden, dessen nur zur Hälfte menschenfreundliche Absicht ihm mit dieser letzten Spötterei klar erwiesen schien, und er rief:

»Ich werde schon sehen, Monsieur, ob mein Schicksal sich in den paar Minuten ändert, die ich brauche, um den Quai zu überqueren. Sollten Sie tatsächlich nicht bloß Ihren Spott mit einem Unglücklichen treiben, so wünsche ich mir, als Rache für einen so verhängnisvollen Dienst, daß Sie sich in eine Tänzerin verlieben! Dann werden Sie das Glück der Ausschweifung begreifen, und vielleicht werden Sie zum Verschwender all der Reichtümer, mit denen Sie so weise hausgehalten haben.«

Er ging hinaus, ohne den tiefen Seufzer zu hören, den der Alte ausstieß, durchschritt die Lagerräume und stieg die Treppe hinunter, gefolgt von dem dicken pausbäckigen Jungen, der ihm vergebens zu leuchten suchte; er rannte wie ein Dieb, der auf frischer Tat ertappt worden ist. Von einer Art Wahnsinn geblendet fiel ihm nicht einmal die unglaubliche Geschmeidigkeit des Chagrinleders auf; weich wie ein Handschuh ließ es sich von seinen wahnsinnigen Fingern zusammenknäueln und paßte nunmehr in die Tasche seines Rocks, in die er es beinahe mechanisch gleiten ließ. Als er aus der Tür des Ladens auf die Straße stürzte, stieß er mit drei jungen Leuten zusammen, die Arm in Arm daherkamen.

»Tölpel!«

»Trottel!«

So lauteten die liebenswürdigen Adressen, die sie miteinander tauschten.

»He, das ist ja Raphaël!«

»Das trifft sich gut, wir haben dich gesucht.«

»Was, ihr seid das?«

Diese drei freundschaftlichen Sätze folgten der Beschimpfung im gleichen Augenblick, da das Licht einer im Wind schwankenden Straßenlaterne die Gesichter der erstaunten Gruppe traf.

»Lieber Freund«, sagte der junge Mann, den Raphaël beinah umgerannt hätte, »du mußt mit uns kommen.«

»Was habt ihr denn vor?«

»Komm nur, alles andere erzähle ich dir unterwegs.«

Raphaël sah sich von seinen Freunden umstellt, die ihn, ob er wollte oder nicht, bei den Armen faßten, in ihre fröhliche Schar einreihten und in Richtung Pont-des-Arts mit ihm davonzogen.

»Mein Lieber«, fuhr der Redner fort, »wir sind schon fast eine Woche hinter dir her. In deinem ehrwürdigen Hotel Saint-Quentin, auf dessen unkündbarem Schild, nebenbei bemerkt, immer noch dieselben abwechselnd roten und schwarzen Buchstaben stehen wie zur Zeit Jean-Jacques Rousseaus, hat uns deine Léonarde[27] gesagt, du seiest aufs Land gefahren. Dabei haben wir bestimmt nicht ausgesehen wie Geldleute, wie Gerichtsvollzieher, Gläubiger, Häscher des Handelsgerichts oder dergleichen. Egal! Rastignac[28] hatte dich am Abend zuvor in den Bouffons[29] gesehen, da haben wir wieder Mut geschöpft und unsern Stolz darein gesetzt herauszubekommen, ob du in den Bäumen der Champs-Elysées hockst, ob du für zwei Sous in diesen menschenfreundlichen Häusern übernachtest, wo die Bettler auf ausgespannten Seilen schlafen, oder ob du vielleicht mehr Glück gehabt und deine Zelte in irgendeinem Boudoir aufgeschlagen hast. Aber wir haben dich nirgends finden können, weder auf den Gefangenenlisten von Sainte-Pélagie noch auf denen von La Force! Nachdem wir die Ministerien, die Oper, die Freudenhäuser, Cafés, Bibliotheken, Listen der Präfektur, Büros der Journalisten, Restaurants, Theaterfoyers, kurz, alles, was es in Paris an guten und schlechten Orten gibt, sorgfältig durchsucht hatten, beklagten wir den Verlust eines Mannes, der genial genug ist, um sich gleichermaßen bei Hofe und in den Gefängnissen suchen zu lassen. Wir wollten dich schon heilig sprechen wie einen Helden der Julirevolution! Und, Ehrenwort, wir haben dich vermißt.«

In diesem Augenblick schritt Raphaël mit seinen Freunden

über den Pont-des-Arts und blickte, ohne ihnen zuzuhören, auf die Seine hinunter, deren rauschendes Wasser die Lichter von Paris spiegelte. Über diesem Fluß, in den er sich vor kurzem noch hatte stürzen wollen, hatten die Voraussagen des Alten sich bereits erfüllt, und die Stunde seines Todes war auf verhängnisvolle Weise hinausgezögert.

»Und wir haben dich wirklich vermißt«, sagte sein Freund, der seine Ausführungen noch nicht beendet hatte. »Es geht um eine Sache, in der wir dich dank deiner Eigenschaft als überlegener Mensch, das heißt, als jemand, der sich über alles hinwegzusetzen weiß, fest eingeplant haben. Die Gefahr, daß die Verfassung mit einem Taschenspielertrick flugs im Zylinder des Königs verschwindet, ist heute größer denn je. Die infame Monarchie, die der Heroismus des Volkes gestürzt hat, war ein liederliches Frauenzimmer, mit dem man lachen und sich amüsieren konnte; das Vaterland dagegen ist ein mürrisches und tugendhaftes Eheweib, dessen steife Liebkosungen wir wohl oder übel ertragen müssen; nun aber ist die Macht, wie du weißt, von den Tuilerien zu den Journalisten übergegangen, gerade so wie das Kapital vom Faubourg Saint-Germain in die Chaussée-d'Antin umgezogen ist[30]. Aber das Folgende weißt du vielleicht nicht! Die Regierung, das heißt die Aristokratie der Bankiers und Advokaten, die heute das Vaterland bilden wie vordem die Priester die Monarchie, hat es für notwendig befunden, das Volk der Franzosen mit neuen Worten und alten Ideen hinters Licht zu führen, nach Art der Philosophen aller Schulen und der großen Geister aller Zeiten. Es geht also darum, uns eine königlich nationale Meinung einzureden, indem man uns beweist, daß es sehr viel günstiger ist, zwölfhundert Millionen und dreiunddreißig Centimes dem Vaterland in Gestalt des Herrn Soundso zu zahlen, als elfhundert Millionen und neun Centimes einem König, der *ich* statt *wir* zu sagen pflegte. Kurz und gut, es ist unlängst eine Zeitung gegründet worden, hinter der einige hunderttausend gute Francs stehen, gegründet in der Absicht, eine Opposition zu schaffen, die die Unzufriedenen zufriedenstellt, ohne der nationalen Regierung des Bürgerkönigs zu schaden. Und da wir uns um die Freiheit ebensowenig scheren wie um den Despotismus, um die Religion genausowenig wie um den Unglauben, da das Vaterland für uns eine Hauptstadt ist, wo die Gedanken gehandelt und für so und so viel die Zeile verkauft werden, wo jeder Tag üppige Tafeln und zahlreiche Schauspiele bietet, wo es vor freizügigen Dirnen wimmelt, wo die Soupers erst am nächsten Morgen enden, wo man die Liebe nach Stunden bezahlt wie die Stadtdroschken, und da Paris immer das anbetungswürdigste aller Vaterländer sein wird, das Vaterland der Freude, der Freiheit, des Geistes, der schönen Frauen, der schlechten Kerle und des guten Weines, das Vaterland, wo man die Zuchtrute der Macht niemals allzu sehr zu spüren bekommt, da man dicht bei denen steht, die sie schwingen – deshalb haben wir, wahre Anhänger des Gottes Mephistopheles, es übernommen, die öffentliche Meinung zu schminken, die Akteure neu zu kostümieren, neue Bretter an die Baracke der Regierung zu nageln, die Doktrinäre mit Arznei zu versorgen, die alten Republikaner wiederaufzuwärmen, die Bonapartisten wiederaufzufrischen und das Zentrum neu zu verproviantieren, immer vorausgesetzt, daß wir uns *insgeheim* über Könige und Völker lustig machen dürfen, am Abend nicht der gleichen Meinung wie am Morgen sein müssen und ein fröhliches Leben à la Panurge[31] oder *more orientali* auf schwellenden Kissen führen können. Dir haben wir in diesem makkaronischen und burlesken Reich das Zepter zugedacht; daher führen wir dich geradewegs zu dem Festmahl, das der Gründer der besagten Zeitung gibt, ein Bankier im Ruhestand, der, da er nicht weiß, was er mit seinem Gold anfangen soll, es in Geist umtauschen möchte. Du wirst dort wie ein Bruder empfangen werden, wir wollen dich als den König der frondierenden Geister begrüßen, die nichts erschreckt und deren Scharfblick die Absichten Österreichs, Englands oder Rußlands entdeckt, noch bevor Rußland, England oder Österreich Absichten haben! Ja, wir wollen dich als Herrscher über die Mächte der Intelligenz einsetzen, die der Welt die Mirabeaus, die Talleyrands, die Pitts und die Metternichs liefern, kurz, all diese geschickten Crispins[32], die untereinander um die Geschicke eines Reiches spielen wie gewöhnliche Leute um ihr Kirschwasser beim Domino. Wir haben dich als den unerschrockensten Kumpan hingestellt, der jemals Brust an Brust mit der Ausschweifung gerungen hat, diesem wunderbaren Ungeheuer, mit dem alle starken Geister kämpfen wollen; wir haben sogar behauptet, es habe dich noch nicht besiegt. Ich hoffe, daß du unsere Lobeshymnen nicht Lügen strafst. Taillefer[33], unser Gastgeber, hat uns versprochen, die kümmerlichen Saturnalien unserer kleinen modernen Lukulusse zu überbieten. Er ist reich genug, um Größe in die Niedrigkeit und Eleganz und Anmut in das Laster zu bringen ... Hörst du mir eigentlich zu, Raphaël?« unterbrach sich der Redner.

»Ja«, antwortete der junge Mann, den weniger die Erfüllung seiner Wünsche erstaunte als die natürliche Art und Weise, mit der die Ereignisse sich aneinanderfügten.

Obgleich er nicht an den Einfluß von Magie glauben konnte, staunte er über die Zufälle des menschlichen Geschicks.

»Aber du sagst ›Ja‹, als ob du an den Tod deines Großvaters dächtest«, sagte einer seiner Wegbegleiter.

»Ach«, antwortete Raphaël in einem naiven Ton, der diese Schriftsteller, die Hoffnung des jungen Frankreichs, zum Lachen brachte, »ich mußte gerade daran denken, liebe Freunde, daß wir auf dem besten Wege sind, rechte Schurken zu werden. Bis jetzt sind wir nur zwischen zwei Flaschen Wein ruchlos gewesen, wir haben das Leben im Rausch diskutiert und Menschen und Dinge beurteilt, während wir verdauten. Wir waren arm in unseren Taten und tollkühn in unseren Worten; aber wenn das heiße Eisen der Politik uns jetzt brandmarkt, kommen wir in ein großes Zuchthaus und verlieren dort unsere Illusionen. Wenn man nur noch an den Teufel glaubt, darf man sich wohl nach dem Paradies der

Jugend zurücksehnen, nach der Zeit der Unschuld, da wir fromm einem gütigen Priester unsere Zunge hinstreckten, um den heiligen Leib Jesu Christi zu empfangen. Ach, meine lieben Freunde, daß unsere ersten Sünden uns soviel Spaß gemacht haben, liegt doch daran, daß wir Gewissensbisse empfanden, die sie uns schön, prickelnd und schmackhaft gemacht haben; aber jetzt ...«

»Oh! Jetzt«, sagte der erste Sprecher, »bleibt uns ...«

»Was?« fragte ein anderer.

»Das Verbrechen ...«

»Ein Wort, so hoch wie der Galgen und so tief wie die Seine«, entgegnete Raphaël.

»Ach, du verstehst mich nicht ... Ich spreche von politischen Verbrechen. Seit heute morgen bin ich auf nur eine Daseinsform neidisch, auf die der Verschwörer. Ob meine Laune bis morgen anhält, weiß ich nicht; heute abend aber erregt das farblose Dasein unserer Zivilisation, das einförmig ist wie eine Eisenbahnschiene, meinen allergrößten Ekel! Ich bin leidenschaftlich verliebt in das Elend der Flucht aus Moskau, in die Abenteuer des *Roten Korsaren*[34] und das Leben der Schmuggler. Da es in Frankreich keine Kartäuser mehr gibt, wünsche ich mir wenigstens eine Botany-Bay[35], eine Art Krankenhaus für die kleinen Lord Byrons, die das Leben zerknüllt haben wie eine Serviette nach dem Essen und dann nichts weiter mehr zu tun wissen, als ihre Ländereien in Brand zu stecken, sich eine Kugel in den Kopf zu jagen, für die Republik zu konspirieren oder einen Krieg zu fordern ...«

»Émile«, sagte Raphaëls Nachbar voller Feuer zu dem Sprecher, »mein Ehrenwort, ohne die Julirevolution wäre ich Priester geworden und hätte irgendwo auf dem Land ein dumpfes Leben geführt, und ...«

»Und du hättest täglich das Brevier gelesen?«

»Ja!«

»Du bist ein Angeber.«

»Wir lesen doch auch die Zeitungen!«

»Gar nicht übel für einen Journalisten! Aber bitte sei still, wir gehen mitten in einer Masse von Abonnenten. Der Journalismus, mußt du wissen, ist die Religion der modernen Gesellschaften, und das ist ein Fortschritt.«

»Wieso denn das?«

»Die Hohenpriester brauchen nicht daran zu glauben und das Volk auch nicht ...«

So miteinander plaudernd, wie rechtschaffene Leute, die das *De Viris illustribus*[36] seit langem kennen, gelangten sie vor ein großes Haus in der Rue Jobert.

Émile war ein Journalist, der durch Nichtstun mehr Ruhm geerntet hatte als die anderen mit ihren Erfolgen. Er war ein kühner Kritiker, schwungvoll und bissig, und er besaß all die Qualitäten, die die Kehrseite seiner Fehler waren; er war aufrichtig und lachte gern; er sagte einem Freund tausend Bosheiten ins Gesicht, den er, wenn er abwesend war, tapfer und loyal verteidigte. Er spottete über alles, sogar über seine Zukunft. Er war stets in Geldnöten, doch – wie alle Menschen von einiger Bedeutung – unsagbar faul. Dabei konnte er Leuten, die nicht in der Lage waren, in ihren Büchern auch nur einen guten Gedanken zu formulieren, mit einem Wort ein ganzes Buch an den Kopf werfen. Ein Verschwender von Versprechen, die er niemals hielt, hatte er sich aus seinem Glück und seinem Ruhm ein Ruhekissen gemacht und ließ es darauf ankommen, als alter Mann im Spital zu erwachen. Im übrigen als Freund verläßlich bis zum Schafott und ein Aufschneider aus Zynismus, arbeitete er nur, wenn er Lust dazu hatte oder aus Not.

»Jetzt werden wir uns, wie Meister Alcofribas[37] zu sagen beliebte, gepflegt den Wanst vollhauen«, sagte er zu Raphaël und wies auf die Blumenkästen, die die Treppe mit Wohlgeruch und Grün erfüllten.

»Ich habe eine Schwäche für Vorhallen, die geheizt und mit edlen Teppichen ausgelegt sind«, antwortete Raphaël. »Daß der Luxus schon im Peristyl beginnt, sieht man in Frankreich selten. Hier fühle ich mich wie neu geboren.«

»Und da oben wollen wir noch einmal trinken und lachen, mein guter Raphaël. – Wahrlich«, fuhr er fort, »ich hoffe, daß wir Sieger bleiben und über all deren Köpfe hinwegmarschieren.«

Mit einer spöttischen Geste wies er auf die Tischgenossen, als sie kurz darauf in einen Salon eintraten, der vor Gold und Lichtern glänzte. Sogleich wurden sie von den bedeutendsten jungen Leuten aus ganz Paris empfangen. Einer hatte sich unlängst als neues Talent offenbart und bereits mit seinem ersten Bild den berühmten Malern aus der Kaiserzeit den Kampf angesagt. Ein anderer hatte tags zuvor ein Buch voller Schärfe riskiert, das von einer Art schöngeistigen Verachtung durchtränkt war und der modernen Schule neue Wege wies. Etwas weiter entfernt plauderte ein Bildhauer, dessen kantiges Gesicht auf ein kraftvolles Genie schließen ließ, mit einem dieser kalten Spötter, die, je nach Laune, einmal nirgends eine Überlegenheit zugeben und sie ein andermal überall anerkennen. Hier lauerte der geistreichste aller unserer Karikaturisten mit tückischem Auge und bissigem Mund auf Epigramme, um sie in Bleistiftstriche zu übersetzen. Dort unterhielt sich der junge, wagemutige Schriftsteller, der besser als irgend jemand sonst die Quintessenz politischer Gedanken destillierte oder den Geist eines fruchtbaren Schriftstellers geschwind kondensierte, mit einem Dichter, dessen Schriften alle Werke der Gegenwart zermalmen würden, wenn sein Talent die Größe seines Hasses besäße. Beide versuchten, nicht die Wahrheit zu sagen und nicht zu lügen, und bedachten einander mit liebenswürdigen Schmeicheleien. Ein berühmter Musiker tröstete *in Moll* und mit Spott in der Stimme einen jungen Politiker, der kürzlich vom Rednerpult gestürzt war, ohne sich dabei weh zu tun. Junge Autoren ohne Stil standen neben jungen Autoren ohne Einfälle und Prosaiker voller Poesie neben prosaischen Poeten. Ein armer Saint-Simonist[38], der naiv genug war, an seine Lehre zu glauben, verkuppelte diese unvollkommenen Wesen barmherzig miteinander; zweifellos wollte er sie in Brüder seines Ordens verwandeln.

Schließlich waren noch ein paar der Gelehrten da, die dazu ausersehen sind, jede Unterhaltung erlahmen zu lassen, sowie mehrere Vaudeville-Schreiber, die mit vergänglichen Geistesblitzen aufwarten, die wie die Funken des Diamanten weder Wärme noch Licht spenden. Ein paar Vertreter des Paradoxes lachten insgeheim über all die Leute, die sich ihre Bewunderung oder ihre Verachtung für Menschen und Dinge wie eine zweite Haut zu eigen machen, und betrieben bereits jetzt jene zweischneidige Politik, gegen sämtliche Systeme zu konspirieren, ohne für eins davon Partei zu ergreifen. Der Besserwisser, der sich über nichts wundert, sich in den Bouffons mitten in einer Kavatine[39] geräuschvoll die Nase putzt, vor allen anderen »Brava« ruft und jedem widerspricht, der seiner Meinung zuvorkommt, war ebenfalls da und trachtete danach, sich die Aussprüche der Männer von Geist anzueignen.

Unter diesen Gästen hatten fünf eine Zukunft, etwa zehn sollten flüchtige Berühmtheit erlangen; die übrigen konnten sich, wie alle mittelmäßigen Menschen, mit der berühmten Lüge Ludwigs XVIII. trösten: *Eintracht und Vergessen*[40]. Der Gastgeber bekundete die besorgte Heiterkeit eines Mannes, der zweitausend Taler anlegt. Von Zeit zu Zeit richtete sich sein Blick mit Ungeduld auf die Tür des Salons, in Erwartung eines Gastes, der noch auf sich warten ließ. Bald erschien ein kleiner dicker Mann, den ein schmeichelhaftes Raunen empfing; es war der Notar, der am selben Morgen die Gründung der Zeitung vollzogen hatte. Ein Kammerdiener in schwarzer Livree öffnete die Türen zu einem großen Speisesaal; ohne weitere Umstände ging jedermann hinein und erkundete seinen Platz an einer riesigen Tafel. Ehe Raphaël den Salon verließ, sah er ein letztes Mal um sich. Zweifellos war sein Wunsch zur Vollkommenheit erfüllt. Seide und Gold schmückten die Wände der Gemächer. Prunkvolle Kandelaber, die unzählige Kerzen trugen, ließen die raffiniertesten Details der vergoldeten Friese, die zarten Ziselierungen der Bronze und die üppigen Farben der Einrichtung erstrahlen. Die seltenen Blumen in kunstvoll aus Bambus gefertigten Ständern verbreiteten süßen Wohlgeruch. Alles, bis zu den Vorhängen, zeugte von einer unaufdringlichen Eleganz; kurz, in allem und jedem lag ein unbeschreiblicher, poetischer Zauber, dessen Reiz die Einbildungskraft eines Menschen ohne Geld beschäftigen mußte.

»Hunderttausend Livres Rente sind ein verdammt hübscher Kommentar zum Katechismus und helfen wunderbar, die Moral in Taten umzusetzen!« sagte er seufzend. »Ach ja, meine Tugend ist schlecht zu Fuß. Für mich besteht das Laster in einer Mansarde, einem abgeschabten Frack, einem grauen Hut im Winter und Schulden beim Portier ... Ach, ich möchte so im Luxus leben, ein Jahr lang, ein halbes, ganz egal! Und danach sterben. Dann hätte ich zumindest tausend Formen des Daseins kennengelernt, erschöpft und verschlungen!«

»Oh weh!« sagte Émile, der ihm zugehört hatte, »du hältst das Coupé eines Wechselmaklers für das Glück. Glaub mir, du hättest bald genug vom Reichtum, wenn dir erstmal bewußt würde, daß er dir die Möglichkeit nimmt, ein überlegener Mensch zu sein. Zwischen der Armut des Reichtums und dem Reichtum der Armut – hat ein Künstler da jemals geschwankt? Braucht unsereins denn nicht immer den Kampf? Bereite also deinen Magen vor«, sagte er und wies mit einer heroischen Geste auf den majestätischen, dreimal heiligen und beruhigenden Anblick, den der Speisesaal dieses gesegneten Kapitalisten bot.

»Dieser Mann da«, fuhr er fort, »hat all sein Geld doch tatsächlich nur für uns zusammengescheffelt. Ist er nicht eine Art von Schwamm, den die Naturforscher in die Familie der Polypen einzureihen vergessen haben und den man behutsam auspressen muß, bevor man ihn von den Erben aussaugen läßt? Findest du nicht, daß die Reliefs, die die Wände schmücken, wirklich Stil haben? Und die Kronleuchter, die Bilder, welch geschmackvoller Luxus! Glaubt man den Neidern und denen, die die Triebfeder des Lebens sehen wollen, dann hat dieser Mann während der Revolution einen Deutschen und noch einige andere Leute umgebracht, nämlich, so sagt man, seinen besten Freund und die Mutter dieses Freundes[41]. Kannst du unter den ergrauenden Haaren dieses ehrwürdigen Taillefer Platz für Verbrechen finden? Er sieht doch aus wie ein wirklich guter Mensch. Schau nur, wie all das Silber funkelt, und jeder dieser glänzenden Strahlen sollte für ihn ein Dolchstoß sein? ... Komm, ebensogut könnte man an Mohammed glauben. Hätte die Öffentlichkeit recht, so bereiteten sich hier dreißig Männer mit Herz und Talent darauf vor, die Eingeweide einer Familie zu essen und ihr Blut zu trinken; ... und wir beide, junge und aufrichtige Menschen voller Enthusiasmus, wären mitschuldig an diesem Verbrechen! Ich habe gute Lust, unseren Kapitalisten zu fragen, ob er ein anständiger Mensch ist ...«

»Nein, nicht jetzt!« rief Raphaël. »Erst wenn er volltrunken ist; dann haben wir zumindest gegessen.«

Lachend nahmen die beiden Freunde Platz. Zuallererst und mit einem Blick, der schneller ist als das Wort, zollte jeder der Tischgenossen dem prachtvollen Anblick der langen Tafel seine Bewunderung: Sie war weiß wie eine Schicht frisch gefallenen Schnees, und auf ihr erhoben sich, gekrönt von kleinen goldgelben Brötchen, symmetrisch die Gedecke. Die Kristallgläser spiegelten in sternförmigen Reflexen die Farben des Regenbogens, die Kerzen zeichneten kreuzförmige Lichter bis ins Unendliche, und die unter Silberkuppeln verborgenen Speisen reizten die Neugier und den Appetit. Es wurde kaum gesprochen. Die Tischnachbarn schauten einander an. Der Madeira kreiste. Endlich erschien der erste Gang in all seinem Glanz; er hätte dem seligen Cambacérès[42] Ehre gemacht, und Brillat-Savarin[43] hätte ihn gepriesen. Weiße und rote Weine aus Bordeaux und Burgund wurden in königlichem Überfluß gereicht. Dieser erste Teil des Festmahles war in jeder Hinsicht mit der Exposition einer klassischen Tragödie vergleichbar.

Der zweite Akt geriet ein bißchen geschwätzig. Jeder der Gäste hatte anständig getrunken und die Weinsorten je nach Laune gewechselt, so daß sich stürmische Diskussionen angesponnen hatten, als man die Reste dieses großartigen Ganges abtrug; ein paar blasse Stirnen röteten sich, mehrere Nasen begannen, sich purpurn zu färben, die Gesichter erglühten, und die Augen glänzten. Während dieser Morgenröte der Trunkenheit überschritt das Gespräch noch nicht die Grenzen des guten Geschmacks; doch Spöttereien und Bonmots stiegen nach und nach aus aller Munde; dann erhob ganz sacht die Verleumdung ihren kleinen Schlangenkopf und sprach mit Flötenstimme; da und dort lauschten aufmerksam ein paar Schleicher und hofften, einen klaren Kopf zu behalten.

Der zweite Gang fand die Gemüter also schon völlig erhitzt. Jeder aß, während er sprach, sprach, während er trank, und trank, ohne auf den Strom der Weine zu achten, so feurig und blumig waren sie, und so ansteckend war das Beispiel. Taillefer glaubte, seine Gäste etwas beleben zu müssen, und ließ nun die gefährlichen Rhôneweine kommen, den hitzigen Tokaier und den alten, zu Kopf steigenden Roussillon. Ausgelassen wie die Pferde einer Postkutsche, die von einer Station abfährt, ließen diese vom Feuer des ungeduldig erwarteten und jetzt überreichlich ausgeschenkten Champagners gepeitschten Männer ihren Geist in die Leere eines Geschwätzes galoppieren, dem niemand lauscht, begannen, Geschichten zu erzählen, die keine Zuhörer haben, und wiederholten hundertmal jene Zwischenfragen, die ohne Antwort bleiben. Allein die Orgie erhob ihre laute Stimme, eine Stimme, die aus hundert verworrenen Lauten zusammengesetzt war, die anschwollen wie die Crescendi von Rossini. Dann kamen die hinterlistigen Trinksprüche, die Prahlereien und die Herausforderungen. Alle verzichteten darauf, sich der Aufnahmefähigkeit ihres Geistes zu rühmen, und bemühten sich statt dessen um die der Tonnen, Fässer und Bütten. Es schien, als habe jeder zwei Stimmen. Es kam der Augenblick, da die Herren alle auf einmal sprachen und die Diener lächelten.

Aber dieses Durcheinander von Worten, darin die Paradoxe von zweifelhaftem Esprit und die Wahrheiten im grotesken Gewand durch das Geschrei, die Zwischenrufe, selbstherrlichen Urteile und Albernheiten hindurch aufeinanderprallten wie Kugeln, Geschosse und Kartätschen inmitten einer Schlacht – dieses Durcheinander hätte gewiß einen Philosophen durch die Eigentümlichkeit der Gedanken interessiert oder einen Politiker durch die Absonderlichkeit der Systeme überrascht. Es war zugleich ein Buch und ein Bild.

Die Philosophien, die Religionen, die Moralauffassungen, die so verschieden von einem Breitengrad zum andern sind, die Regierungen, kurz alle großen Taten des menschlichen Geistes fielen einer Sense zum Opfer, die lang war wie die der Zeit, und man hätte wohl nur mit Mühe unterscheiden können, ob die trunkene Weisheit oder die weise und hellsichtig gewordene Trunkenheit sie führte. Von einer Art Sturm erfaßt, schienen all diese Geister wie das Meer, das gegen seine Klippen zürnt, alle Gesetze erschüttern zu wollen, zwischen denen die Kulturen einherwogen, und erfüllten so, ohne es zu wissen, den Willen Gottes, der das Böse und das Gute in der Natur bestehen läßt und das Geheimnis ihres immerwährenden Kampfes allein für sich bewahrt. In ihrer burlesken Komik war diese hitzige Diskussion gewissermaßen ein Hexensabbat der Intelligenzen. Zwischen den traurigen Witzen, die diese Kinder der Revolution bei der Geburt einer Zeitung rissen, und den Reden der fröhlichen Trinker bei der Geburt von Gargantua, klaffte der tiefe Abgrund, der das neunzehnte Jahrhundert vom sechzehnten trennt. Jenes bereitete lachend eine Zerstörung vor, das unsere lachte inmitten der Ruinen.

»Kann mir jemand verraten, wie der junge Mann dort hinten heißt?« sagte der Notar und deutete auf Raphaël. »Ich glaube, jemand hat ihn Valentin gerufen.«

»Was schwatzen Sie da von einem gewöhnlichen Valentin?« rief Émile lachend. »Raphaël de Valentin, wenn ich bitten darf! Wir führen einen goldenen Adler mit silberner Krone, Schnabel und Klauen rot, auf schwarzem Grund und darüber die schöne Devise: *Non cecidit animus*![44] Wir sind kein Findelkind, sondern der Nachfahr des Kaisers Valens, des Stammvaters der Valentiner, des Gründers der Städte Valencia in Spanien und Valence in Frankreich und der rechtmäßige Erbe des Oströmischen Reiches. Daß wir Mahmud auf seinem Thron in Konstantinopel lassen, geschieht aus purer Gutmütigkeit und aus Mangel an Geld oder Soldaten.«

Émile zeichnete mit seiner Gabel über Raphaëls Kopf eine Krone in die Luft. Der Notar sammelte sich einen Augenblick, trank bald darauf weiter und vollführte eine rechtskräftige Geste, kraft derer er anzuerkennen schien, daß es ihm unmöglich war, seine Klientel um die Städte Valencia, Valence und Konstantinopel, Mahmud, den Kaiser Valens und die Familie der Valentiner zu bereichern.

»Sollte die Zerstörung dieser Ameisenhaufen namens Babylon, Tyrs, Karthago oder Venedig, die stets unter dem Fuß eines vorübergehenden Riesen zermalmt worden sind, nicht eine Warnung sein, die sich eine höhnische Macht für den Menschen ausgedacht hat?« sagte Claude Vignon, eine Art Sklave, der gekauft worden war, um für zehn Sous die Zeile den Bossuet zu machen[45].

»Moses, Sulla, Ludwig XI., Richelieu, Robespierre und Napoleon sind vielleicht ein und derselbe Mensch, der in den verschiedenen Kulturepochen wiedererscheint wie ein Komet am Himmel!« antwortete ein Anhänger Ballanches[46].

»Warum die Vorsehung ergründen wollen?« sagte Canalis[47], der Balladenfabrikant.

»Verschont mich mit der Vorsehung!« unterbrach ihn der Besserwisser. »Ich kenne nichts auf der ganzen Welt, das dehnbarer wäre.«

»Aber, Monsieur, Ludwig XV. hat mehr Menschen geopfert, um die Wasserleitung nach Maintenon zu bauen, als der Konvent, um die Steuern gerecht anzupassen, die Gesetzgebung zu vereinheitlichen, Frankreich zu nationalisieren und die Erbschaften gleichmäßig zu verteilen«, sagte Massol, ein junger Mann, der Republikaner geworden war, weil eine Silbe vor seinem Namen fehlte.

»Monsieur«, antwortete ihm Moreau (de l'Oise), ein wohlhabender Gutsbesitzer, »Sie, der Sie das Blut für den Wein halten, lassen Sie den Leuten diesmal ihren Kopf auf den Schultern?«

»Wozu denn, Monsieur? Sind die Prinzipien der sozialen Ordnung nicht ein paar Opfer wert?«

»Bixiou! He, hör mal, Dingsda, der Republikaner, behauptet, daß der Kopf dieses Grundbesitzers ein Opfer wäre!« sagte ein junger Mann zu seinem Tischnachbarn.

»Menschen und Ereignisse haben keine Bedeutung«, sagte der Republikaner und fuhr unter allgemeinem Gerülpse mit seiner Theorie fort. »In der Politik und der Philosophie gibt es nur Prinzipien und Ideen.«

»Wie gräßlich! Würde es Ihnen denn gar nichts ausmachen, Ihre Freunde einem ›Wenn‹ zuliebe zu töten ...?«

»Hören Sie doch auf, Monsieur! Der Mensch, der Gewissensbisse hat, ist der wahre Schurke, denn er hat irgendeinen Begriff von Tugend, während Peter der Große und der Herzog von Alba Systeme waren und der Korsar Monbard[48] eine Organisation.«

»Aber kann die Gesellschaft denn nicht auf Ihre Systeme und Organisationen verzichten?« sagte Canalis.

»Oh, ganz Ihrer Meinung«, rief der Republikaner.

»He! Eure blödsinnige Republik widert mich an! Wir können nicht einmal in Ruhe einen Kapaun tranchieren, ohne dabei auf das Agrargesetz zu stoßen.«

»Deine Prinzipien sind vortrefflich, mein kleiner, mit Trüffeln gefüllter Brutus! Aber du bist wie mein Kammerdiener: der komische Kerl ist dermaßen von der Manie der Sauberkeit besessen, daß ich nackt gehen müßte, wenn ich ihn meine Fräcke nach seinem Wunsche bürsten ließe.«

»Ihr seid Flachköpfe! Ihr wollt eine Nation mit Zahnstochern reinigen«, antwortete der Mann der Republik. »Wenn es nach euch ginge, wäre die Justiz gefährlicher als die Diebe.«

»Na! Na!« sagte der Advokat Desroches.

»Sind die langweilig mit ihrer Politik!« sagte der Notar Cardot. »Hört doch auf. Es gibt keine Wissenschaft oder Tugend, die einen Tropfen Blut wert wäre. Würden wir die Wahrheit liquidieren, so müßten wir vielleicht ihren Bankrott feststellen.«

»Ach, es hätte sicher weniger gekostet, uns über das Böse zu amüsieren, als uns über das Gute in die Haare zu kommen. Ich für meinen Teil gäbe alle politischen Reden der letzten vierzig Jahre für eine Forelle, für ein Märchen von Perrault oder eine Skizze von Charlet[49].«

»Sie haben ganz recht! ... Den Spargel bitte! ... Denn schließlich erzeugt die Freiheit Anarchie, die Anarchie mündet in den Despotismus, und der Despotismus führt wieder zur Freiheit zurück. Millionen von Menschen haben ihr Leben gelassen, ohne daß sie einem dieser Systeme hätten zum Sieg verhelfen können. Ist das nicht der Teufelskreis, in dem sich die moralische Welt immerfort dreht? Glaubt der Mensch, etwas vervollkommnet zu haben, so hat er lediglich die Dinge von ihrem Platz gerückt.«

»Hoho!« rief der Vaudeville-Schreiber Cursy. »Dann, meine Herren, trinke ich auf Karl X., den Vater der Freiheit!«

»Warum nicht?« sagte Émile. »Herrscht der Despotismus in den Gesetzen, so findet die Freiheit sich in den Sitten, und *vice versa.*«

»Trinken wir also auf die Dummheit der Macht, die uns so viel Macht über die Dummen gibt!« sagte der Bankier.

»Na, mein Lieber, Napoleon hat uns doch zumindest Ruhm hinterlassen!« rief ein Marineoffizier, der nie aus Brest herausgekommen war.

»Oh, der Ruhm, das ist eine kümmerliche Nahrung. Er kostet viel und hält sich nicht. Ist er nicht der Egoismus der großen Männer, wie das Glück der der Dummköpfe ist?«

»Monsieur, Sie müssen sehr glücklich sein ...«

»Der erste, der die Festungsgräben erfand, war bestimmt ein Schwächling, denn die Gesellschaft profitiert nur von erbärmlichen Menschen. An den beiden Polen der moralischen Welt stehend, empfinden der Wilde und der Denker gleichermaßen Abscheu vor dem Eigentum.«

»Das ist hübsch!« rief Cardot. »Wenn es kein Eigentum gäbe, wie sollten wir da Urkunden ausstellen?«

»Nehmen Sie von den köstlichen jungen Erbsen hier!«

»Und am andern Morgen fand man den Pfarrer tot in seinem Bett ...«

»Wer redet hier von tot? ... Macht keine Witze! Ich habe einen Onkel.«

»Sie würden sich gewiß damit abfinden, ihn zu verlieren.«

»Keine Frage!«

»Hören Sie, meine Herren, hören Sie! ... ›Wie man seinen Onkel umbringt‹. Pst! (Zuhören! Zuhören!). Zunächst muß man einen dicken, fetten Onkel haben, der mindestens siebzig Jahre alt ist, das sind die besten Onkel. (Bewegung). Geben Sie ihm unter irgendeinem Vorwand eine Gänseleberpastete zu essen.«

»He, aber mein Onkel ist groß, klapperdürr, geizig und mäßig.«

»Oh, solche Onkel sind Scheusale, die mit dem Leben Schindluder treiben.«

»Und«, fuhr der Mann mit den Onkeln fort, »verkünden Sie ihm, während er verdaut, den Konkurs seines Bankiers.«

»Und wenn er das überlebt?«

»Dann lassen Sie ein hübsches Mädchen auf ihn los!«

»Aber wenn er ...?« sagte der andere mit verneinender Geste.

»Na, dann ist es kein Onkel, ... der Onkel ist seinem Wesen nach lüstern.«

»Die Stimme der Malibran[50] hat zwei Töne verloren.«

»Nein, Monsieur.«

»Doch, Monsieur.«

»Hoho, Ja und Nein, das ist doch die Geschichte aller

religiösen, politischen und literarischen Abhandlungen. Der Mensch ist ein Hanswurst, der über Abgründen tanzt!«

»Wenn ich Sie richtig verstehe, bin ich also ein Dummkopf?«

»Im Gegenteil, Sie sind einer, weil Sie mich nicht verstehen.«

»Bildung, ein schöner Unfug! Nach Monsieur Heineffettermach übersteigt die Zahl der gedruckten Bücher eine Milliarde, und das Leben eines Menschen erlaubt kaum, hundertfünfzigtausend davon zu lesen. Wollen Sie mir also bitte erklären, was das Wort *Bildung* bedeuten soll? Für die einen besteht Bildung darin, die Namen des Pferdes von Alexander, der Dogge Berecillo des Seigneur des Accords[51] zu kennen und nicht zu wissen, wem wir das Flößen des Holzes oder das Porzellan verdanken. Für die andern ist einer gebildet, der es versteht, ein Testament zu verbrennen und dann als anständiger, geehrter und geachteter Mensch zu leben, statt als Wiederholungstäter unter den fünf erschwerenden Umständen eine Taschenuhr zu stehlen und gehaßt und entehrt auf der Place de Grève zu sterben.«

»Ob Nathan bleibt?«

»Oh, seine Mitarbeiter, Monsieur, sind geistreiche Leute!«

»Und Canalis?«

»Der ist ein großer Mann, das steht fest.«

»Sie sind ja betrunken!«

»Die unmittelbare Folge einer Verfassung ist die Verflachung der Geister. Künste, Wissenschaften, Denkmäler, alles wird von einem schrecklichen Gefühl des Egoismus verschlungen, dem Aussatz unserer Gegenwart. Euren dreihundert Bürgern, die da auf Bänken zusammenhocken, fällt doch nichts Besseres ein, als Pappeln zu pflanzen. Der Despotismus vollbringt auf ungesetzlichem Weg große Dinge, die Freiheit gibt sich nicht einmal die Mühe, auf gesetzlichem ganz kleine zu schaffen.«

»Eure Schulen für jedermann fabrizieren Hundertsousstücke aus Menschenfleisch«, unterbrach ihn ein Absolutist.

»Bei einem Volk, das durch die Bildung nivelliert wird, verschwinden die Persönlichkeiten.«

»Aber ist es denn nicht Sinn und Zweck der Gesellschaft, jedermann zum Wohlstand zu verhelfen?« fragte der Saint-Simonist.

»Wenn Sie fünfzigtausend Livres Rente hätten, würden Sie wohl kaum an das Volk denken. Wenn die edle Liebe zur Menschheit Sie treibt, dann gehen Sie doch nach Madagaskar: Da haben Sie ein hübsches, kleines, unberührtes Volk, das Sie saintsimonisieren, klassifizieren und auf Flaschen ziehen können; hier aber findet jeder ganz natürlich seinen Platz wie der Zapfen sein Loch. Die Portiers sind Portiers, und die Einfaltspinsel sind Flachköpfe, ohne daß sie von einem Priesterkolleg dazu befördert werden müßten. Haha!«

»Sie sind Karlist[52]!«

»Warum nicht? Ich schätze den Despotismus, er zeugt von einer gewissen Verachtung für das menschliche Geschlecht. Ich empfinde keinen Haß für die Könige. Sie sind so amüsant! Dreißig Millionen Meilen von der Sonne entfernt in einem Thronsaal zu sitzen, ist das etwa nichts?«

»Lassen Sie uns doch diesen breiten Überblick über die Kultur zusammenfassen«, sagte der Gelehrte, der zur Aufklärung des unaufmerksamen Bildhauers eine Diskussion über die Anfänge der Gesellschaft und der autochthonen Völker vom Zaun gebrochen hatte. »Bei der Geburt der Völker war die Macht gewissermaßen materiell, ungeteilt und roh; dann, als die Gemeinschaften größer wurden, sind mit der mehr oder weniger geschickten Zersetzung der Macht Regierungen entstanden. Im frühen Altertum beruhte die Macht auf der Theokratie; der Priester führte Schwert und Weihrauchfaß. Später gab es zwei priesterliche Gewalten: den Oberpriester und den König. Heute hat unsere Gesellschaft, die die letzte Form der Zivilisation ist, die Macht nach der Zahl der Lager verteilt, und wir sind zu Machtgruppen gelangt, die Industrie, Geist, Geld und Wort heißen. Die Macht, die also nicht mehr ungeteilt ist, geht unaufhörlich ihrer gesellschaftlichen Auflösung entgegen, die keine andere Schranke mehr kennt als den Eigennutz. Daher stützen wir uns weder auf die Religion noch auf die materielle Gewalt, sondern auf den Verstand. Ist das Buch dem Schwert ebenbürtig oder die Rede der Tat? Da liegt das Problem!«

»Der Verstand hat doch alles getötet!« rief der Karlist. »Glauben Sie mir, die absolute Freiheit führt die Völker in den Selbstmord, sie langweilen sich im Triumph wie ein englischer Millionär.«

»Sie sagen uns nichts Neues! Heute hat man alle Formen der Macht ins Lächerliche gezogen und selbst das Leugnen Gottes gehört zum guten Ton! Es gibt keinen Glauben mehr. Das Jahrhundert ist wie ein alter Sultan, der der Ausschweifung verfallen ist! Schließlich hat euer Lord Byron in einer letzten poetischen Verzweiflung die Leidenschaften des Verbrechens besungen.«

»Wissen Sie eigentlich«, antwortete ihm der völlig bezechte Bianchon, »daß ein bißchen Phosphor mehr oder weniger darüber bestimmt, ob einer ein Genie oder ein Schurke, ein Mann von Geist oder ein Idiot, ein tugendhafter Mensch oder ein Verbrecher ist?«

»Wie kann man nur so über die Tugend reden!« rief de Cursy. »Die Tugend, Gegenstand aller Theaterstücke, Lösung aller Dramen, Voraussetzung aller Gerichte . . .«

»Ach, halt doch den Mund, du Rindvieh! Deine Tugend ist ein Achilles ohne Ferse!« sagte Bixiou.

»Gebt mir was zu trinken!«

»Willst du mit mir wetten, daß ich eine Flasche Champagner auf einen Zug austrinke?«

»Was für ein geistreicher Zug!« rief Bixiou.

»Die sind besoffen wie die Fuhrknechte«, sagte ein junger Mann, der seiner Weste mit ernster Miene zu trinken gab.

»Ja, Monsieur, die gegenwärtige Regierung ist die Kunst, die öffentliche Meinung herrschen zu lassen.«

»Eine Meinung? Aber das ist doch die liederlichste aller Dirnen. Ginge es nach euch, ihr Moralisten und Politiker, so müßte man eure Gesetze stets der Natur und die Meinung dem Gewissen vorziehen. Glaubt nur, alles ist wahr, und alles ist falsch! Die Zivilisation hat uns die Daunenkissen beschert und diese Wohltat durch die Gicht wieder reichlich aufgehoben, genauso wie sie uns die Prozeßordnung zur Mäßigung der Justiz und den Schnupfen als Folgeerscheinung des Kaschmirschals gebracht hat.«

»Du Scheusal!« unterbrach Émile den Misanthropen, »wie kannst du die Kultur schmähen angesichts so köstlicher Weine und Speisen und mit beiden Ellbogen auf dem Tisch? Beiß in das Reh da mit den vergoldeten Hufen, aber laß deine Mutter in Frieden ...«

»Ist es etwa meine Schuld, daß der Katholizismus es fertigbringt, eine Million Götter in einen Mehlsack zu stecken, daß die Republik immer mit irgendeinem Napoleon endet, daß zum Königtum die Ermordung Heinrichs IV. und die Verurteilung Ludwigs XVI. gehört und daß aus dem Liberalismus ein La Fayette wird?«

»Haben Sie ihn während des Juli[53] in Ihre Arme geschlossen?«

»Nein.«

»Dann schweigen Sie, Sie Skeptiker!«

»Die Skeptiker sind die gewissenhaftesten Menschen.«

»Die haben gar kein Gewissen.«

»So ein Unsinn! Sie haben mindestens zwei.«

»Mit dem Himmel Geschäfte machen! Monsieur, auf so etwas können nur Kaufleute kommen. Die antiken Religionen waren nichts als eine glückliche Weiterentwicklung der Freuden des Leibes; wir aber haben die Seele und die Hoffnung weiterentwickelt; das ist ein Fortschritt.«

»Nun, meine lieben Freunde, was könnt Ihr von einem Jahrhundert erwarten, das mit Politik übersättigt ist?« sagte Nathan. »Denkt doch nur an das Schicksal der *Geschichte des Königs von Böhmen und seiner sieben Schlösser*[54], dieses bezaubernden Werks!«

»Wie?« rief der Besserwisser von einem Ende der Tafel zum andern. »Das sind nichts als zufällig zusammengewürfelte Phrasen, wirklich ein Opus, das für Charenton[55] geschrieben worden ist.«

»Sie sind ein Dummkopf!«

»Sie sind ein Narr!«

»Oh! Oh!«

»Ah! Ah!«

»Das gibt ein Duell!«

»Nein.«

»Auf morgen, Monsieur.«

»Nein, jetzt gleich«, antwortete Nathan.

»Kommt, kommt, Ihr seid zwei tapfere Kerle.«

»Und da haben wir den dritten!« sagte der Herausforderer.

»Die können sich ja nicht mal mehr auf den Beinen halten.«

»Stehe ich vielleicht nicht gerade?« erwiderte der kriegerische Nathan und richtete sich auf wie ein schwankender Papierdrachen.

Er warf einen stumpfen Blick auf die Tafel; dann sank er, wie erschöpft von dieser Leistung, in seinen Stuhl zurück, ließ den Kopf hängen und blieb stumm sitzen.

»Wäre es nicht spaßig«, sagte der Besserwisser zu seinem Tischnachbarn, »wenn ich mich wegen eines Buches duellieren würde, das ich niemals zu Gesicht bekommen, geschweige denn gelesen habe?«

»Émile, paß auf deinen Frack auf, dein Nachbar wird blaß«, sagte Bixiou.

»Kant, Monsieur? Noch so ein Luftballon, den man steigen läßt, um die Dummköpfe zu amüsieren! Materialismus und Spiritualismus sind zwei hübsche Schläger, mit denen die Scharlatane im Talar denselben Ball spielen. Ob nun, nach Spinoza, Gott in allem steckt, oder, nach dem heiligen Paulus, alles von Gott kommt ..., Schwachköpfe! Eine Tür öffnen oder schließen, ist das nicht dieselbe Bewegung? Kommt das Ei von der Henne oder die Henne vom Ei? ... Reicht mir die Ente herüber ... Da haben Sie die ganze Wissenschaft.«

»Einfaltspinsel!« schrie ihn der Gelehrte an, »die Frage, die du stellst, ist durch eine Tatsache entschieden.«

»Und die wäre?«

»Die Lehrstühle der Professoren sind nicht für die Philosophie geschaffen worden, wohl aber die Philosophie für die Lehrstühle? Setz eine Brille auf und lies das Budget!«

»Diebe!«

»Schwachköpfe!«

»Schufte!«

»Tölpel!«

»Wo fänden Sie außerhalb von Paris einen so lebendigen, so schlagfertigen Gedankenaustausch?« rief Bixiou mit einer Baßstimme.

»Los, Bixiou, mach uns irgendeine klassische Posse! Vorwärts, eine Satire!«

»Soll ich euch das neunzehnte Jahrhundert vormachen?«

»Zuhören!«

»Ruhe!«

»Setzt doch Sordinen[56] auf eure Schnauzen!«

»Willst du wohl ruhig sein, du Vogel!«

»Gebt dem Kinde Wein, damit es still ist!«

»Auf, auf, Bixiou!«

Der Künstler knöpfte seinen schwarzen Frack bis zum Kragen zu, zog seine gelben Handschuhe an und äffte schielend die »Revue des deux Mondes«[57] nach; aber der Lärm übertönte seine Stimme, und es war unmöglich, auch nur ein Wort seines Spaßes zu verstehen. Wenn er auch nicht das Jahrhundert darstellte, so doch zumindest die »Revue«, denn er verstand sich selber nicht.

Wie durch Zauberei war das Dessert aufgetragen worden. Auf dem Tisch stand ein riesiger Tafelaufsatz aus vergoldeter Bronze, der den Werkstätten Thomires[58] entstammte. Hohe Figuren, die ein berühmter Künstler mit Formen ausgestattet hatte, die der in Europa gültige Kanon der idealen Schönheit zuschreibt, stützten und trugen Berge von Erdbeeren, Ananas, frischen Datteln, gelben Trauben, goldfarbenen

Pfirsichen, Orangen, die mit einem Postschiff aus Setubal gekommen waren, Granatäpfel, Früchte aus China – kurz, alle Überraschungen des Luxus, Wunder an Petitsfours, die köstlichsten Delikatessen und die verlockendsten Köstlichkeiten. Die Farben dieser Bilder der Tafelkunst wurden durch den Glanz des Porzellans, die funkelnden goldenen Linien und die Silhouetten der Vasen noch verstärkt. Anmutig wie der flüssige Fransensaum des Ozeans krönte grünes, leichtes Moos die Landschaften von Poussin, die in Sèvres kopiert[59] worden waren. Die Ländereien eines deutschen Fürsten hätten nicht ausgereicht, um diesen unverschämten Reichtum zu bezahlen.

Silber, Perlmutt, Gold und Kristall wurden abermals in neuen Formen verschwendet; aber die abgestumpften Augen und das wortreiche Fieber der Trunkenheit ließen die Gäste von dieser Feenpracht, die eines orientalischen Märchens würdig gewesen wäre, kaum noch mehr als eine schwache Ahnung gewinnen. Die Dessertweine spendeten ihre Düfte und ihr Feuer, wirksame Filter, Dämpfe voller Zauberkraft, die den Geist blenden, die Füße mit ihren starken Banden fesseln und die Hände schwer machen. Die Fruchtpyramiden wurden geplündert, die Stimmen schwollen an, der Tumult wuchs. Nun war kein Wort mehr zu unterscheiden, Gläser zerschellten, wüstes Gelächter prasselte auf wie Raketen. Cursy griff nach einem Horn und begann, eine Fanfare zu blasen. Das wirkte wie ein Signal des Teufels. Die ganze vom Delirium gepackte Gesellschaft heulte, pfiff, sang, schrie, grunzte und brüllte. Jeder Zuschauer hätte lächeln müssen beim Anblick von normalerweise heiteren Leuten, die finster geworden waren wie die Auflösung der Tragödien Crébillons oder traumverloren wie Seeleute in einer Kutsche. Schlaue Köpfe plauderten ihre Geheimnisse an Neugierige aus, die nicht zuhörten. Melancholiker lächelten wie Tänzerinnen, wenn sie ihre Pirouette vollenden. Claude Vignon wiegte sich wie ein Bär im Käfig. Intime Freunde prügelten sich. Die Ähnlichkeiten mit Tieren, die sich in der menschlichen

Gestalt finden und auf die die Physiologen immer wieder hinweisen, erschienen undeutlich in der Gestik, in den Bewegungen des Körpers. Es fand sich hier ein fertiges Buch für einen Bichat[60], wäre er nüchtern und mit ruhigem Blut dabei gewesen. Der Hausherr, der sich betrunken fühlte, wagte nicht aufzustehen, billigte die Extravaganzen seiner Gäste jedoch durch eine starre Grimasse und suchte auf diese Weise, eine würdige, gastfreundliche Haltung zu bewahren. Sein breites, rot und blau, fast schon violett angelaufenes Gesicht, das furchtbar anzusehen war, folgte der allgemeinen Bewegung durch Anstrengungen, die dem Rollen und Stampfen einer Brigg glichen.

»Haben Sie sie umgebracht?« fragte ihn Émile.

»Die Todesstrafe, so heißt es, wird dank der Juli-Revolution abgeschafft werden«, antwortete Taillefer und hob die Brauen mit einer Miene, die verschmitzt und dumm zugleich war.

»Aber erscheinen sie Ihnen nicht manchmal im Traum?« ließ Raphaël nicht locker.

»Es gibt eine Verjährung«, sagte der schwerreiche Mörder.

»Und auf seinen Grabstein«, rief Émile in sardonischem Ton, »wird der Leichenbestatter meißeln: *Die ihr vorübergeht, weiht seinem Andenken eine Träne!* ... Oh!« fuhr er fort, »hundert Sous gäbe ich dem Mathematiker, der mir durch eine algebraische Gleichung die Existenz der Hölle bewiese.«

Er warf eine Münze in die Luft und rief:

»Kopf bedeutet Gott!«

»Schaut nicht hin!« sagte Raphaël und griff nach der Münze; »wer weiß? Der Zufall ist ein Witzbold.«

»O weh!« seufzte Émile mit gespielt bekümmerter Miene, »jetzt weiß ich nicht, wo ich zwischen der Geometrie des Unglaubens und dem *Pater noster* des Papstes meine Füße setzen soll! Pah! Laßt uns trinken! *Trink* lautet, glaube ich, das Orakel der göttlichen Flasche und dient dem Pantagruel als Schluß[61].«

»Dem *Pater noster*«, antwortete Raphaël, »verdanken wir unsere Künste, unsere bedeutenden Bauwerke, vielleicht auch unsere Wissenschaften und, was eine noch größere Wohltat ist, unsere modernen Regierungen, in denen eine große und fruchtbare Gesellschaft durch fünfhundert Köpfe repräsentiert wird, wo die einander entgegengesetzten Kräfte sich neutralisieren und alle Macht der ›Zivilisation‹ überlassen, einer gewaltigen Königin, die den ›König‹ ersetzt, diese altertümliche und schreckliche Gestalt, eine Art falsches Schicksal, das der Mensch zwischen sich und dem Himmel geschaffen hat. Angesichts so vieler vollendeter Werke wirkt der Atheismus wie ein zeugungsunfähiges Skelett. Was sagst du dazu?«

»Ich denke an die Ströme von Blut, die der Katholizismus vergossen hat«, sagte Émile kalt, »er hat unsere Adern und Herzen genommen, um eine Nachahmung der Sintflut zu schaffen. Aber trotzdem! Jeder denkende Mensch sollte unter dem Banner Christi marschieren. Er allein hat den Triumph des Geistes über die Materie geheiligt, er allein hat uns auf poetische Weise das Zwischenreich enthüllt, das uns von Gott trennt.«

»Bist du gläubig?« entgegnete Raphaël und warf ihm das unbestimmbare Lächeln eines Betrunkenen zu. »Nun denn, wir wollen uns nicht kompromittieren, laßt uns also folgenden berühmten Toast ausbringen: *Diis ignotis*[62]!«

Und sie leerten ihre Kelche, aus denen sie Wissen, Kohlensäure, Düfte, Poesie und Unglauben getrunken hatten.

»Wenn die Herren sich in den Salon begeben wollen, der Kaffee ist serviert«, sagte der Kammerdiener.

Um diese Zeit wälzten sich die Gäste fast sämtlich in jenen seligen Vorhimmeln, darin die Lichter des Geistes erlöschen und der von seinem Tyrannen befreite Körper sich den irren Freuden der Freiheit überläßt. Die einen, die auf dem Gipfel der Trunkenheit angelangt waren, verharrten im Trübsinn, mühsam damit beschäftigt, einen Gedanken zu fassen, der ihnen ihre eigene Existenz bewies; die andern befanden sich im Zustand der geistigen Entkräftung, den eine schwerfällige Verdauung mit sich bringt, und verweigerten jede Bewegung. Einige unverzagte Redner lallten noch Worte, deren Sinn sie selber nicht verstanden. Ein paar Refrains erklangen wie das Geräusch eines Mechanismus, der sein künstliches, seelenloses Leben zu Ende laufen lassen muß. Ruhe und Tumult hatten sich auf absonderliche Weise miteinander verbunden.

Doch als die klangvolle Stimme des Dieners ertönte, der ihnen, in Ermangelung eines Hausherrn, neue Freuden verkündete, erhoben sich die Gäste und zogen, stützten oder schoben einander. Einen Augenblick lang blieb die ganze Schar entzückt auf der Türschwelle stehen. Die ausschweifenden Genüsse des Festmahls verblaßten angesichts des aufreizenden Schauspiels, das der Gastgeber dem wollüstigsten ihrer Sinne bot. Unter den strahlenden Kerzen eines goldenen Lüsters, rings um einen mit vergoldetem Silber beladenen Tisch, zeigte sich den verstummten Gästen, deren Augen wie ebenso viele Diamanten blitzten, plötzlich eine Gruppe von Frauen. Reich war der Schmuck, noch reicher aber waren diese blendenden Schönheiten, neben denen alle Wunder dieses Palastes verblichen. Die leidenschaftlichen Blicke dieser Mädchen, die zauberhaft wie Feen waren, funkelten noch heller als die Ströme von Licht, die die seidigen Reflexe der Wandbespannungen, die Weiße des Marmors und die zarten Konturen der Bronze zum Leuchten brachten. Das Herz entbrannte beim Anblick des Spiels ihrer prächtigen Locken und ihrer Haltung, deren Reize und Charakter sich jeweils unterschied. Es war eine Blumenhecke, in die sich Rubine, Saphire und Korallen mischten; ein Gürtel aus schwarzen Halsbändern auf schneeweißen Nacken, leichte Schärpen, die wie Leuchtturmfeuer wehten, stolze Turbane und Tuniken, die auf züchtige Weise erregten.

Dieser Serail war für alle Augen voller Verführung und für alle Launen der Lust voller Verheißung. Eine Tänzerin in einer hinreißenden Pose schien unter den wallenden Falten des Kaschmirs ohne Hüllen zu sein. Hier enthüllte durchscheinende Gaze, dort verbarg schillernde Seide geheimnisvolle Vollkommenheiten. Schmale kleine Füße sprachen von Liebe, während frische und rote Lippen schwiegen. Zarte und sittsame junge Mädchen, künstliche Jungfrauen, deren schönes Haar fromme Unschuld atmete, zeigten sich dem Blick wie Erscheinungen, die ein Hauch verwehen konnte. Daneben fanden sich aristokratische Schönheiten mit stolzem Blick, hochmütig, schmächtig, schlank und anmutig, die den Kopf neigten, als ob sie noch immer königliche Protektionen zu verkaufen hätten. Eine Engländerin mit einem blassen, keuschen Gesicht, ätherisch wie aus den Wolken Ossians herabgestiegen, ähnelte einem Engel der Schwermut, einem Gewissensbiß, der das Verbrechen flieht. Die Pariserin, deren ganze Schönheit auf unbeschreiblicher Anmut beruht, die in ihrer Toilette ebenso eitel wie in ihrem Denken ist, bewaffnet mit ihrer allmächtigen Schwäche, geschmeidig und hart, eine Sirene ohne Herz und Leidenschaft, aber befähigt, kunstvoll die Schätze der Leidenschaft zu erschaffen und Herzenstöne nachzuahmen, fehlte nicht in dieser gefährlichen Versammlung, in der noch Italienerinnen glänzten, die ruhig schienen und gewissenhaft in ihrer Lust waren, üppige Normanninnen von prächtigen Formen, südländische Frauen mit schwarzem Haar und schön geschnittenen Augen. Man hätte meinen können, die Schönheiten von Versailles seien von Lebel[63] zusammengerufen worden, hätten seit dem Morgen all ihre Fallen aufgestellt und wären gleich einer Schar orientalischer Sklavinnen, die die Stimme des Händlers geweckt hat, versammelt, um mit der Morgenröte weiterzuziehen.

Sie blieben stumm und drängten sich verschämt um den Tisch wie Bienen, die im Innern eines Stockes summen. Diese furchtsame Scheu, in der Tadel und Koketterie zugleich lagen, entsprang sie wohlberechneter Verführung oder unwillkürlicher Scham? Vielleicht befahl ihnen ein Gefühl, das die Frau nie ganz ablegt, sich in den Mantel der Tugend zu hüllen, um die Freizügigkeit des Lasters noch reizvoller und lockender zu machen. Die von dem alten Taillefer angezettelte Verschwörung jedenfalls schien zum Scheitern verurteilt. Die majestätische Macht, die der Frau eigen ist, zügelte diese zügellosen Männer für einen Augenblick. Ein Murmeln der Bewunderung ertönte wie die sanfteste Musik. Liebe und Trunkenheit waren nicht gemeinsam auf Reisen gegangen; anstatt in einen Orkan der Leidenschaft auszubrechen, überließen die in einem Augenblick der Schwäche überraschten Gäste sich den Entzückungen einer wollüstigen Ekstase. Der Stimme der Poesie gehorchend, die sie immer beherrscht, studierten die Künstler beglückt die zarten Nuancen, die diese erlesenen Schönheiten voneinander unterschieden.

Aufgeweckt von einem Gedanken, der vielleicht dem Geist der Kohlensäure, die aus dem Champagner stieg, zuzuschreiben war, erschauerte ein Philosoph, als er sich das Unglück vor Augen hielt, das diese Frauen hierher geführt hatte, die einst vielleicht der reinsten Huldigungen würdig gewesen waren. Jede einzelne unter ihnen hatte gewiß ein blutiges Drama zu erzählen. Fast alle trugen an höllischen Qualen und schleppten Männer ohne Glauben, gebrochene Schwüre und mit Elend teuer bezahlte Freuden hinter sich her.

Die Gäste näherten sich ihnen in aller Höflichkeit, und es entspannen sich Gespräche, die ebenso verschieden waren wie die Charaktere. Kleine Gruppen bildeten sich heraus. Man hätte sich in einem Salon der guten Gesellschaft wähnen können, in dem junge Mädchen und Frauen den Gästen nach dem Abendessen die Hilfe anbieten, die Kaffee, Liköre und Zucker gefräßigen Leckermäulern bei der Arbeit einer schwerfälligen Verdauung gewähren. Doch bald erscholl vereinzelt Gelächter, das Murmeln schwoll an und die Stimmen wurden lauter. Die Orgie, die einen Augenblick lang gebändigt war, drohte zeitweise wieder munter zu werden. Dieser Wechsel von Stille und Lärm hatte eine gewisse Ähnlichkeit mit einer Symphonie von Beethoven.

Den beiden Freunden, die nun auf einem weichen Diwan saßen, näherte sich als erstes eine große, wohlproportionierte junge Frau. Ihre Haltung war prächtig, ihr Gesicht etwas unregelmäßig, doch scharf geschnitten und voller Feuer, so daß es die Seele mit seinen heftigen Gegensätzen ergriff. Ihr dunkles, wollüstig gelocktes Haar schien von den Kämpfen der Liebe bereits zerwühlt und fiel in leichten Flocken auf ihre breiten Schultern, die dem Auge verführerische Perspektiven boten. Lange braune Locken bedeckten zur Hälfte einen majestätischen Hals, über den zuweilen das Licht glitt und die Feinheit edler Konturen enthüllte. Die mattweiße Haut ließ die warmen und beseelten Töne der frischen Farben ihres Gesichts deutlich hervortreten. Das mit langen Wimpern bewaffnete Auge schleuderte kühne Flammen, wahre Blitze der Liebe. Der rote, feuchte, halboffene Mund rief nach Küssen. Die Taille dieses Mädchens war kräftig, doch voll leidenschaftlicher Biegsamkeit; ihre Brust, ihre Arme waren stark entwickelt wie bei den schönen Gestalten des Carraci; trotzdem wirkte sie gewandt und geschmeidig, und ihre Figur ließ die Gelenkigkeit eines weiblichen Panthers vermuten, gerade wie die männliche Eleganz ihrer Formen verzehrende Wollüste verhieß.

Obwohl dieses Mädchen sich aufs Lachen und Scherzen verstehen mußte, erschreckten seine Augen und sein Lächeln den Geist. Den von einem Dämon besessenen Prophetinnen gleich überraschte sie mehr, als daß sie gefiel. Alle nur denkbaren Formen des Ausdrucks glitten wie Blitze über ihr bewegliches Gesicht. Abgebrühte Männer hätte sie vielleicht entzückt, ein junger Mensch aber mußte sich vor ihr fürchten. Sie glich einer von der Höhe eines griechischen Tempels herabgestürzten Kolossalstatue, die erhaben aus der Ferne und roh aus der Nähe ist. Trotzdem mußte ihre gewaltige Schönheit die Impotenten wachrütteln, ihre Stimme die Tauben entzücken und ihre Blicke verblichene Gebeine wieder zum Leben erwecken; Émile verglich sie mit einer Tragödie von Shakespeare, einer Art bewunderungswerten Arabeske, in der die Freude heult, die Liebe etwas Wildes hat und in der der Zauber der Anmut und das Feuer des Glücks auf die blutigen Rasereien des Zornes folgen; mit einem Ungeheuer, das zu beißen und zu liebkosen versteht, zu lachen wie ein Dämon, zu weinen wie die Engel und das in einer einzigen Umarmung sämtliche Verführungskünste der Frau improvisiert, die Seufzer der Melancholie und die bezaubernde Bescheidenheit einer Jungfrau einmal ausgenommen; in jähem Wechsel konnte es dann aufbrüllen, sich die Flanken zerfetzen und seine Leidenschaft und seinen Geliebten zerschmettern, kurz, sich selbst zerstören wie ein aufständisches Volk.

Sie trug ein Kleid aus rotem Samt; achtlos zertrat sie mit dem Fuß ein paar Blumen, die bereits aus dem Kopfputz ihrer Gefährtinnen gefallen waren, und hielt den beiden Freunden mit einer verächtlichen Handbewegung ein Silbertablett hin. Im stolzen Bewußtsein ihrer Schönheit und vielleicht auch ihrer Laster zeigte sie ihren weißen Arm, der sich leuchtend von dem Samt abhob. Sie stand da wie die Königin der Lust, wie ein Sinnbild der menschlichen Freude, dieser Freude, die Schätze vergeudet, die drei Generationen angehäuft haben, die über Leichen spottet, die Vorfahren verhöhnt, Perlen und Throne in ein Nichts auflöst, junge Männer in Greise verwandelt und Greise oftmals in junge Männer; diese Freude, die nur den Riesen erlaubt ist, die von der Macht erschöpft und im Denken erprobt sind und für die der Krieg zu einem Spielzeug geworden ist.

»Wie heißt du?« fragte Raphaël.

»Aquilina.«

»Oho! Du kommst aus dem *Geretteten Venedig*[64]«, rief Émile.

»Ja«, antwortete sie. »Genau wie die Päpste andere Namen annehmen, wenn sie sich über die Menschen erheben, habe ich einen anderen Namen angenommen, als ich mich über alle Frauen erhob.«

»Hast du, wie deine Namenspatronin, denn auch einen vornehmen und furchtbaren Verschwörer, der dich liebt und der bereit wäre, für dich zu sterben?« fragte Émile, den dieser Anflug von Poesie wieder munter gemacht hatte.

»Ich habe ihn gehabt«, antwortete sie. »Aber die Guillotine ist meine Rivalin gewesen. Daher trage ich immer etwas Rotes an mir, damit meine Freude niemals zu groß wird.«

»Oh, wenn ihr sie die Geschichte der vier jungen Leute von La Rochelle[65] erzählen laßt, findet sie kein Ende mehr. – Sei doch still, Aquilina! Haben nicht alle Frauen einen Geliebten zu beweinen? Aber nicht alle haben, wie du, das Glück, ihn auf einem Schafott verloren zu haben. Ach, den meinen wüßte ich wesentlich lieber in einem Grab auf dem Clamart[66] als im Bett einer Rivalin!«

Diese Sätze wurden mit sanfter und melodischer Stimme von dem unschuldigsten, hübschesten und niedlichsten kleinen Geschöpf gesprochen, das der Zauberstab einer Fee jemals aus einem Zauber-Ei hatte schlüpfen lassen. Es war mit leisen Schritten herbeigetreten und zeigte nun ein zartes Gesicht, eine zierliche Taille, entzückend sittsame blaue Augen und frische, reine Wangen. Eine unschuldige Najade, die eben aus ihrem Quell emporgestiegen ist, hätte nicht schüchterner, reiner und naiver sein können als dieses junge Mädchen, das aussah, als ob es sechzehn wäre, als ob es das Böse, die Liebe und die Stürme des Lebens nicht kennte und als ob es gerade aus einer Kirche käme, wo es die Engel gebeten hätte, vor seiner Zeit in den Himmel zurückgerufen zu werden. Nur in Paris begegnet man solchen Geschöpfen mit einem treuherzigen Gesicht, die hinter einer Stirn von der Anmut und Zartheit einer Margerite die tiefste Verderbtheit und die raffiniertesten Laster verbergen.

Émile und Raphaël, die sich zunächst von den himmlischen Verheißungen täuschen ließen, die in den holden Zügen dieser jungen Frau lagen, nahmen den Kaffee, den sie in die von Aquilina bereitgehaltenen Tassen goß, und begannen, ihr Fragen zu stellen. Bald wurde sie in den Augen der beiden Dichter zum finsteren Sinnbild einer der vielen Seiten des menschlichen Lebens, indem sie dem rohen und leidenschaftlichen Ausdruck ihrer imposanten Gefährtin das Bildnis einer kalten Verderbtheit gegenüberstellte, die auf wollüstige Weise grausam ist, leichtfertig genug, um ein Verbrechen zu begehen, und stark genug, um darüber zu lachen; eine Art Dämon ohne Herz, der die reichen und zärtlichen Seelen dafür bestraft, daß sie die Gefühle empfinden, die ihm selber nicht vergönnt sind, der stets eine Grimasse der Liebe zum Verkauf bereit hält, Tränen beim Leichenzug seines Opfers vergießt und am Abend voller Freude sein Testament liest. Ein Dichter hätte die schöne Aquilina bewundert; die ganze Welt mußte die rührende Euphrasie fliehen: die eine war die Seele des Lasters, die andere das Laster ohne Seele.

»Ich wüßte gern«, sagte Émile zu diesem hübschen Geschöpf, »ob du manchmal an die Zukunft denkst.«

»Die Zukunft?« antwortete sie lachend. »Was soll denn das heißen, die Zukunft? Warum sollte ich an etwas denken, das noch gar nicht existiert? Ich schaue niemals vor oder hinter mich. Es reicht doch schon, wenn ich mich mit einem ganzen Tag auf einmal beschäftigen muß! Außerdem kennen wir ja unsere Zukunft; auf uns wartet das Spital.«

»Wie kannst du von hier aus das Spital vor dir sehen und nicht vermeiden hineinzukommen?« rief Raphaël.

»Was ist denn so schrecklich an dem Spital?« fragte die furchtbare Aquilina. »Wenn wir weder Mütter noch Ehefrauen sind, wenn das Alter unsere Beine in schwarze Strümpfe und unsere Stirn in Falten kleidet, alles Weibliche in uns welken läßt und die Freude in den Blicken unserer Freunde versiegt, was sollte uns da noch fehlen? Von uns und unserem Putz seht ihr dann nur noch den gewöhnlichen Dreck, der auf zwei Beinen daherkommt, kalt, trocken und verfallen ist und beim Gehen wie totes Laub raschelt. Die schönsten Kleider werden für uns zu Lumpen und das Ambra, das unser Boudoir durchduftete, nimmt den Geruch des Todes an und stinkt nach Skelett; und wenn dann in diesem Schmutz ein Herz steckt, so quält ihr es alle, ihr erlaubt uns nicht einmal mehr die Erinnerung. Ob wir in diesem Alter nun in einem vornehmen Palais die Hunde pflegen oder in einem Spital Lumpen sortieren, ist das im Grunde nicht genau dasselbe? Ob wir unser weißes Haar unter einem rot und blau karierten Taschentuch verbergen oder unter Spitzen, ob wir die Straßen mit einem Reisigbesen fegen oder die Stufen der Tuilerien mit einer Seidenschleppe, ob wir an vergoldeten Kaminen sitzen oder uns an der Glut in einem roten Tontopf wärmen, ob wir einer Hinrichtung auf der Place de Grève beiwohnen oder in die Oper gehen, ist das denn ein so großer Unterschied?«

»*Aquilina mia*, nie zuvor hast du in all deiner Verzweiflung so recht gehabt wie jetzt. Ja, Kaschmir, Velinpapier, Parfüm, Gold, Seide, Luxus, alles, was glänzt, alles, was gefällt, steht nur der Jugend gut zu Gesicht. Allein die Zeit könnte gegen unsere Tollheiten recht behalten, aber das Glück spricht uns frei. – Ihr lacht über das, was ich sage?« rief sie und bedachte die beiden Freunde mit einem giftigen Lächeln; »habe ich nicht recht? Lieber sterbe ich an der Lust als an einer Krankheit! Ich habe weder die Sucht nach ewiger Dauer noch großen Respekt vor der Gattung Mensch, wenn ich sehe, was der liebe Gott damit anstellt! Gebt mir Millionen, ich werde sie vernaschen; nicht einen Centime möchte ich für das nächste Jahr aufheben. Leben, um zu gefallen und zu herrschen, das ist die Devise, die jeder Schlag meines Herzens verkündet. Die Gesellschaft gibt mir recht; liefert sie mir nicht tagtäglich die Mittel für meine Verschwendungssucht? Warum verschafft mir der liebe Gott jeden Morgen das Geld, das ich am Abend ausgebe? Warum baut ihr Spitäler für uns? Da er uns nicht zwischen Gut und Böse gestellt hat, um zu wählen, was uns verletzt oder was uns langweilt, wäre ich schön dumm, wenn ich mich nicht amüsieren würde.«

»Und die andern?« frage Émile.

»Die andern? Na, die sollen sehen, wie sie zurechtkommen! Ich lache lieber über ihren Schmerz, als daß ich über den meinen weine. Ich rate keinem Mann, mir auch nur das geringste Leid anzutun.«

»Was hast du denn erlitten, daß du so denkst?« fragte Raphaël.

»Man hat mich um einer Erbschaft willen sitzengelassen«, sagte sie und nahm eine Pose ein, die all ihre verführerischen Reize hervortreten ließ. »Und dabei habe ich Tag und Nacht gearbeitet, um meinen Liebhaber zu ernähren! Ich will nicht mehr auf irgendein Lächeln, auf irgendein Versprechen hereinfallen, und ich beabsichtige, aus meinem Leben eine lange Lustpartie zu machen.«

»Aber«, rief Raphaël, »kommt das Glück denn nicht aus der Seele?«

»Nun«, entgegnete Aquilina, »ist es etwa nichts, sich bewundert und umschmeichelt zu sehen und über alle Frauen zu triumphieren, sogar über die tugendhaftesten, sie durch unsere Schönheit und unseren Reichtum zu erdrücken? Außerdem erleben wir an einem Tag mehr als eine brave Bürgersfrau in zehn Jahren, und damit ist alles gesagt.«

»Ist eine Frau ohne Tugend nicht widerwärtig?« sagte Émile zu Raphaël.

Euphrasie warf den beiden den Blick einer Viper zu und antwortete ihnen mit unnachahmlicher Ironie:

»Die Tugend! Die überlassen wir den Häßlichen und den Buckligen. Was wären diese armen Frauen denn ohne sie?«

»Komm, halt den Mund«, rief Émile, »sprich nicht von dem, was du nicht kennst.«

»So, ich kenne sie nicht!« antwortete Euphrasie. »Sich das ganze Leben lang einem verhaßten Wesen hingeben, Kinder aufziehen, die einen verlassen, sich bei ihnen bedanken, wenn sie einen ins Herz treffen; das sind die Tugenden, die ihr der Frau befehlt; und damit nicht genug: um sie für ihre Entsagung zu entschädigen, kommt ihr und laßt sie leiden, indem ihr versucht, sie zu verführen; widersteht sie, so kompromittiert ihr sie. Ein hübsches Leben! Dann schon lieber frei bleiben, die lieben, die uns gefallen, und jung sterben.«

»Hast du nicht Angst, daß du für all das eines Tages bezahlen mußt?«

»Nun«, antwortete sie, »statt meine Lust mit Kummer zu verwässern, teile ich mein Leben in zwei Teile: eine Jugend, die mit Sicherheit fröhlich ist, und ein ungewisses Alter, in dem ich leide, wie es mir gefällt.«

»Sie hat nicht geliebt«, sagte Aquilina mit einem tiefen Ton in der Stimme. »Sie hat niemals hundert Meilen durcheilt, um mit tausend Wonnen einen Blick und ein ›Nein‹ in sich hineinzutrinken; sie hat ihr Leben nie an ein Haar gehängt, nie versucht, mehrere Männer zu erdolchen, um ihren Herrn, ihren Gebieter, ihren Gott zu retten ... Die Liebe, das war für sie ein hübscher Offizier.«

»Na, na, *La Rochelle*«, entgegnete Euphrasie, »die Liebe ist wie der Wind, wir wissen nicht, woher sie kommt. Im übrigen, wenn du von einem rechten Vieh geliebt worden wärest, so würdest du geistreiche Leute gräßlich finden.«

»Das Lieben von Tieren ist gesetzlich verboten«, antwortete die große Aquilina ironisch.

»Dir hätte ich mehr Nachsicht gegen das Militär zugetraut!« rief Euphrasie lachend.

»Wie glücklich diese Frauen sind, daß sie ihre Vernunft so leicht ablegen können!« rief Raphaël.

»Glücklich?« sagte Aquilina mit einem erschrockenen und mitleidigen Lächeln und warf den beiden Freunden einen furchtbaren Blick zu. »Oh! Ihr wißt nicht, was es heißt, mit einem Toten im Herzen zur Lust verdammt zu sein ...«

In diesem Augenblick den Salon zu betrachten hieß, vor der Zeit einen Blick auf Miltons Pandämonium zu werfen. Die blauen Flammen des Punsches tauchten die Gesichter derer, die noch zu trinken vermochten, in ein höllisches Licht. Zügellose Tänze, getrieben von einer wilden Energie, lösten Gelächter und Schreie aus, die wie die Schläge eines Feuerwerks explodierten. Übersät mit Toten und Sterbenden boten das Boudoir und ein kleiner Salon das Bild eines Schlachtfeldes. Die Atmosphäre war heiß von Wein, Lüsten und Worten. Trunkenheit, Liebe, Wahnsinn und Weltvergessenheit standen in den Herzen und auf den Gesichtern, waren auf die Teppiche geschrieben und in der wüsten Unordnung ausgesprochen, sie warfen über alle Blicke leichte Schleier, die berauschende Phantasiebilder in der Luft erzeugten. Wie in den leuchtenden Bahnen, die ein Sonnenstrahl zieht, hatte sich ein glänzender Staub erhoben, in dem die willkürlichsten Formen ihr Spiel trieben und die groteskesten Kämpfe stattfanden. Da und dort verschwammen Gruppen von umschlungenen Gestalten mit den weißen Marmorstatuen, edlen Meisterwerken der Bildhauerkunst, die die Räume zierten.

Obwohl die beiden Freunde noch eine Art trügerischer Klarheit in ihren Sinnen und Gedanken bewahrt hatten, ein letztes Beben und unvollkommenes Abbild des Lebens, vermochten sie nicht mehr zu unterscheiden, was an den absonderlichen Phantasien wirklich und was an den übernatürlichen Bildern, die unermüdlich vor ihren ermüdeten Augen vorüberzogen, glaubhaft war. Der schwere Himmel unserer Träume und eine brennende Süße, die die Gesichter in unseren Visionen verformen, vor allem aber eine gewisse in Ketten gelegte Beweglichkeit, kurz, die ungewöhnlichsten Phänomene des Schlummers überfielen sie mit solcher Macht, daß sie die Spiele dieser Ausschweifung für die Launen eines Alptraumes hielten, in dem die Bewegungen lautlos und die Schreie für das Ohr verloren sind. In diesem Augenblick gelang es dem Kammerdiener nicht ohne Mühe, seinen Herrn ins Vorzimmer zu ziehen und ihm zuzuflüstern:

»Monsieur, alle Nachbarn sind an den Fenstern und beschweren sich über den Lärm.«

»Wenn Sie den Lärm scheuen, sollen sie doch Stroh vor ihre Türen legen lassen!« rief Taillefer.

Raphaël lachte plötzlich so schallend und unvermittelt auf, daß sein Freund ihn nach dem Grund für diesen jähen Freudenausbruch fragte.

»Du würdest mich schwerlich begreifen«, antwortete er. »Zunächst müßte ich dir gestehen, daß ihr mich in dem Augenblick auf dem Quai Voltaire angehalten habt, da ich mich in die Seine stürzen wollte, und dann würdest du gewiß die Gründe für meinen Tod kennenlernen wollen. Aber würde ich hinzufügen, daß durch einen beinah märchenhaften Zufall die poetischsten Trümmer der materiellen Welt sich vor meinen Augen durch eine symbolische Übersetzung der menschlichen Weisheit zusammenfanden, während jetzt die Trümmer aller Schätze des Geistes, die wir bei Tisch geplündert haben, zu diesen beiden Frauen führen, den lebendigen und ursprünglichen Bildern der Torheit, und daß unsere tiefe Unbekümmertheit um Menschen und Dinge als Übergang zwischen den kräftig getönten Bildern zweier diametral entgegengesetzter Daseinssysteme gedient hat, würdest du dann klüger sein? Wärst du nicht betrunken, würdest du darin vielleicht einen philosophischen Traktat erkennen.«

»Hättest du nicht deine beiden Füße auf dieser entzückenden Aquilina, deren Schnarchen durchaus Ähnlichkeit mit dem Grollen eines Gewitters kurz vor dem Ausbruch hat«, antwortete Émile, der sich seinerseits damit unterhielt, die Locken der Euphrasie aufzurollen und zu entrollen, ohne sich dieser harmlosen Betätigung sonderlich bewußt zu sein, »so würdest du über deine Trunkenheit und dein Geschwätz erröten. Deine zwei Systeme passen in einen einzigen Satz und reduzieren sich auf einen einzigen Gedanken. Das einfache, mechanische Leben führt zu irgendeiner unsinnigen Weisheit, indem es unseren Geist durch die Arbeit erstickt; das Leben in der Leere der Abstraktionen oder in den Abgründen der moralischen Welt hingegen führt zu irgendeiner törichten Weisheit. Mit einem Wort: die Gefühle töten, um lang zu leben, oder jung sterben und das Martyrium der Leidenschaften auf uns nehmen, so lautet unser Urteil. Hinzu kommt freilich, daß dieser Urteilsspruch mit den Temperamenten kämpft, die uns der wüste Spaßmacher mitgegeben hat, dem wir das Muster aller Geschöpfe verdanken.«

»Du Trottel!« unterbrach ihn Raphaël. »Fasse dich nur weiter so kurz und du wirst noch ganze Bände füllen! Wäre ich so anmaßend gewesen, diese beiden Ideen richtig formulieren zu wollen, so hätte ich dir gesagt, daß der Mensch sich durch die Ausübung des Verstandes korrumpiert und sich durch die Unwissenheit läutert. Das heißt der Gesellschaft den Prozeß machen! Aber ob wir mit den Weisen leben oder mit den Narren zugrunde gehen, ist das Ergebnis nicht früher oder später das gleiche? Daher hat der große Haarspalter diese beiden Systeme einstmals in zwei Worten ausgedrückt: CARYMARY, CARYMARA[67]«.

»Du läßt mich an der Allmacht Gottes zweifeln, denn du bist dümmer, als er mächtig ist«, entgegnete Émile. »Der gute Rabelais hat diese Philosophie auf eine noch kürzere Formel als dieses *Carymary, Carymara* gebracht; nämlich das *Vielleicht*, dem Montaigne sein *Was weiß ich*? entnommen hat. Im übrigen sind diese beiden letzten Worte der Moralphilosophie doch wohl kaum mehr als der Ausruf Pyrrhons[68], der zwischen Gut und Böse stehen blieb wie Buridans Esel[69] zwischen zwei Hafersäcken. Aber lassen wir diese ewige Streitfrage, die heute auf ein *Ja* und *Nein* hinausläuft, auf sich beruhen. Welche Erfahrung hast du denn mit deinem Sprung in die Seine machen wollen? Warst du eifersüchtig auf die hydraulische Maschine am Pont Notre-Dame[70]?«

»Ach, wenn du von meinem Leben wüßtest!«

»Ach!« rief Émile, »ich habe dich gar nicht für so banal gehalten, dieser Satz ist abgedroschen. Weißt du denn nicht, daß wir uns alle einbilden, sehr viel mehr zu leiden als die andern?«

»Ach!« seufzte Raphaël.

»Du bist ja närrisch mit deinem *Ach*! Was ist denn los? Zwingt dich, wie seinerzeit Damiens[71], eine Krankheit des Körpers oder des Geistes, jeden Morgen durch eine Anspannung deiner Muskeln die Pferde an dich zu ziehen, die dich am Abend vierteilen sollen? Hast du vielleicht deinen Hund ungesalzen und roh in deiner Mansarde aufgegessen? Haben deine Kinder je zu dir gesagt: ›Ich habe Hunger‹. Hast du die Pferde deiner Geliebten verkauft, um ins Spielhaus zu gehen? Bist du jemals in eine falsche Wohnung gegangen, um einen auf einen falschen Onkel gezogenen falschen Wechsel zu bezahlen, mit der Angst im Nacken, zu spät zu kommen? Also los, ich höre! Wenn du wegen einer Frau, eines Wechselprotests oder aus Langeweile hast ins Wasser gehen wollen, dann verleugne ich dich. Beichte und lüge nicht; ich verlange keine historischen Memoiren von dir. Vor allem fasse dich so kurz, wie es dir deine Betrunkenheit erlaubt; ich bin anspruchsvoll wie ein Leser und dem Einschlafen so nah wie eine Frau, die ihr Vespergebet liest.«

»Du Dummkopf!« sagte Raphaël. »Seit wann haben die Schmerzen ihren Grund nicht in der Empfindsamkeit? Wenn wir einmal auf die Stufe der Wissenschaft gelangen, die uns erlaubt, eine Naturgeschichte der Herzen zu schreiben, sie zu bezeichnen, sie in Arten, Unterarten und Familien aufzuteilen, in Schalentiere, Fossilien, Saurier, in mikroskopische, in ... was weiß ich? Dann, mein lieber Freund, werden wir den Beweis haben, daß es Herzen gibt, die zart und empfindlich wie Blüten sind und wie diese durch eine leichte Berührung zerbrechen, eine Berührung, die gewisse mineralische Herzen nicht einmal spüren ...«

»Oh, Erbarmen bitte! Erspar mir deine Vorrede«, sagte Émile halb lachend, halb mitleidig und nahm Raphaëls Hand.

II

Die Frau ohne Herz

Raphaël schwieg eine Weile, dann sagte er mit einer wegwerfenden Handbewegung:

»Ich weiß wirklich nicht, ob ich es den Dünsten des Weines und des Punsches zuzuschreiben habe, daß ich in diesem Augenblick mein ganzes Leben wie in einem Gemälde zusammengefaßt sehe, auf dem die Figuren, die Farben, Lichter und Halbtöne naturgetreu dargestellt sind. Dieses poetische Spiel meiner Phantasie würde mich nicht erstaunen, wenn es nicht von einer gewissen Verachtung für meine vergangenen Leiden und Freuden begleitet wäre. Aus der Ferne betrachtet, wirkt mein Leben durch ein geistiges Phänomen wie verkürzt. Dieser lange, träge Schmerz, der zehn Jahre gedauert hat, läßt sich heute in ein paar Sätzen wiedergeben, in denen der Schmerz nur noch ein Gedanke und die Lust eine philosophische Reflexion geworden ist. Ich urteile, anstatt zu fühlen ...«

»Du bist langweilig wie die Diskussion um eine Gesetzesnovelle«, rief Émile.

»Schon möglich«, erwiderte Raphaël ohne zu murren. »Deshalb erlasse ich dir, um deine Geduld nicht zu mißbrauchen, die ersten siebzehn Jahre meines Lebens. Bis dahin habe ich gelebt wie du, wie tausend andere, dieses Leben im Konvikt oder im Gymnasium, dessen eingebildete Leiden und wirkliche Freuden die Wonne unserer Erinnerung sind und von dem unser überfeinerter Gaumen sich noch das Freitagsgemüse zurückwünscht, solange wir nicht tatsächlich wieder davon gekostet haben. Ein schönes Leben, dessen Arbeiten uns verächtlich schienen und die uns doch das Arbeiten gelehrt haben ...«

»Komm schon zum Drama«, sagte Émile mit einer halb komischen, halb jammervollen Miene.

Raphaël forderte mit einer Geste das Recht zum Weitersprechen und fuhr fort: »Nachdem ich das Gymnasium verlassen hatte, unterwarf mein Vater mich einer strengen Disziplin; er quartierte mich in einer Kammer ein, die unmittelbar neben seinem Arbeitszimmer lag; ich ging um neun Uhr abends zu Bett und stand um fünf Uhr morgens auf; er wollte, daß ich mein Studium der Rechte gewissenhaft absolviere; ich ging gleichzeitig zur Universität und zu einem Anwalt; aber die Gesetze von Raum und Zeit wurden so streng auf meine Stunden und meine Arbeiten angewandt, und mein Vater verlangte beim Abendessen so peinlich genau Rechenschaft über ...«

»Was geht mich das alles an?« unterbrach ihn Émile.

»Der Teufel soll dich holen!« antwortete Raphaël. »Wie willst du meine Gefühle begreifen, wenn ich dir nicht von den unscheinbaren Dingen erzähle, die auf meine Seele wirkten, sie an die Angst gewöhnten und mich für lange Zeit in einer kindlichen Naivität gefangen hielten? Bis zu meinem einundzwanzigsten Lebensjahr also habe ich mich unter einem Despotismus beugen müssen, der genauso kalt wie eine Ordensregel war. Um dir zu veranschaulichen, wie freudlos mein Dasein war, genügt es vielleicht, wenn ich dir meinen Vater beschreibe: er war ein hochgewachsener, dürrer und schmaler Mann mit einem Gesicht wie eine Messerklinge und bleicher Haut, schweigsam, zanksüchtig wie eine alte Jungfer und kleinlich wie ein Bürovorsteher. Daß er mein Vater war, schwebte drohend über meinen lausbübischen und fröhlichen Gedanken und verschloß sie wie unter einer bleiernen Kuppel; wollte ich ihm gegenüber ein sanftes, zärtliches Gefühl zum Ausdruck bringen, so behandelte er mich wie ein dummes Kind; ich hatte weit größere Angst vor ihm, als wir sie früher vor unseren Schulmeistern gehabt haben, für ihn war und blieb ich ein Achtjähriger. Noch immer glaube ich, ihn vor mir zu sehen. In seinem kastanienbraunen Gehrock, in dem er sich gerade wie eine Osterkerze hielt, ähnelte er einem sauren Hering, der in das rötliche Papier einer Schmähschrift eingewickelt ist. Bei alldem liebte ich meinen Vater: er war im Grunde gerecht. Vielleicht hassen wir die Strenge nicht, wenn sie durch einen großen Charakter und reine Sitten gerechtfertigt ist und wenn ihr etwas Güte zur Seite steht.

Zwar hat mein Vater mich niemals aus den Augen gelassen, mir bis zu meinem zwanzigsten Lebensjahr nicht einmal zehn Francs zur eigenen Verfügung überlassen, zehn elende, lumpige Francs, ein unermeßlicher Schatz, dessen vergebens ersehnter Besitz mich von unaussprechlichen Genüssen träumen ließ; aber er hat doch zumindest versucht, mir einige Zerstreuungen zu verschaffen. Nachdem er mir ein Vergnügen monatelang versprochen hatte, führte er mich in die Bouffons, in ein Konzert oder auf einen Ball, wo ich eine Geliebte zu finden hoffte. Eine Geliebte – das war für mich die Unabhängigkeit. Allein ich war verschämt und schüchtern, beherrschte nicht die Sprache der Salons und kannte dort keinen Menschen; so kehrte ich denn mit einem ebenso jungfräulichen wie von der Sehnsucht geschwollenen Herzen nach Hause zurück. Tags darauf ging ich, von meinem Vater wie ein Schwadronspferd angetrieben, am frühen Morgen zu meinem Anwalt, zur Universität, zum Kolleg oder in den Justizpalast. Mit jeder Abweichung von dem einförmigen Weg, den mein Vater mir vorgezeichnet hatte, hätte ich mir seinen Zorn zugezogen; er hatte mir gedroht, mich bei meinem ersten Fehltritt als Schiffsjungen nach den Antillen einzuschiffen. So ergriff mich eine schreckliche Angst, wenn ich zufällig einmal wagte, für ein oder zwei Stunden zu meinem Vergnügen herumzustreifen.

Stell dir die ausschweifendste Einbildungskraft, das verliebteste Herz, die zärtlichste Seele und den poetischsten Geist vor, die unablässig mit dem versteinertsten, sauertöpfischsten und kältesten Mann der Welt zusammen sind; kurz und gut, verheirate ein junges Mädchen mit einem Skelett, und du wirst ein Dasein verstehen, dessen wunderliche Einzelheiten ich dir nur in Worten schildern kann: Fluchtpläne, die sich beim Anblick meines Vaters in Luft auflösten, Verzweiflungen, die der Schlummer linderte, unterdrückte Begierden und düstere Schwermut, die nur die Musik zerstreute. Ich drückte mein Elend in Melodien aus. Beethoven oder Mozart waren häufig meine heimlichen Vertrauten. Heute muß ich lächeln, wenn ich an all die Vorurteile denke, die in dieser Zeit der Unschuld und der Tugend mein Gewissen verstörten: hätte ich den Fuß in ein Gasthaus gesetzt, so hätte ich mich für zugrunde gerichtet gehalten; ein Café erschien mir in meiner Einbildung als eine Stätte der Ausschweifung, wo die Menschen ihre Ehre verlieren und ihr Vermögen aufs Spiel setzen; um Geld beim Spiel zu riskieren, hätte ich freilich erst einmal welches haben müssen. Ach, und auch wenn du mir dabei einschläfst, so will ich dir doch von einer der furchtbarsten Freuden meines Lebens erzählen, eine dieser mit Krallen bewehrten Freuden, die sich in unser Herz eingraben wie das Brandeisen in die Schulter des Zuchthäuslers.

Ich war auf einem Ball beim Herzog von Navarreins, einem Vetter meines Vaters. Um meine Lage richtig begreifen zu können, mußt du wissen, daß ich einen schäbigen Frack trug, schlecht gefertigte Schuhe, eine Kutscherhalsbinde und schon etwas schmuddelige Handschuhe. Ich stellte mich in eine Ecke, um in aller Ruhe Eis essen und die hübschen Frauen anschauen zu können. Mein Vater bemerkte mich. Aus einem Grund, den ich niemals erraten habe, so sehr überraschte mich dieser Akt des Vertrauens, überließ er mir seine Börse und seine Schlüssel zur Aufbewahrung. Zehn Schritt von mir entfernt saßen ein paar Männer beim Spiel. Ich hörte das Klimpern des Goldes. Ich war zwanzig Jahre alt und sehnte mich danach, mich einmal einen ganzen Tag lang in all die Sünden meines Alters stürzen zu können. Es war eine Ausschweifung des Geistes, die sich weder mit den Launen der Kurtisanen noch mit den Träumen junger Mädchen vergleichen ließ. Seit einem Jahr träumte ich davon, gut angezogen zu sein, in einer Kutsche zu sitzen, eine schöne Frau an meiner Seite zu haben, den großen Herrn zu spielen, bei Véry[72] zu dinieren und ins Theater zu gehen, entschlossen, erst am andern Morgen zu meinem Vater zurückzukehren, gewappnet mit einem Abenteuer, das weit besser ausgetüftelt war als die *Hochzeit des Figaro* und das er unmöglich hätte verhindern können. Ich hatte den ganzen Spaß auf fünfzig Taler geschätzt. Schließlich besaß das Schuleschwänzen zu dieser Zeit noch seinen kindlichen Reiz. So ging ich denn also in ein Boudoir, wo ich unbeobachtet war, und zählte mit brennenden Augen und zitternden Fingern das Geld meines Vaters: hundert Taler! Diese Summe rief mir all die Freuden meines Streiches wieder ins Bewußtsein, sie tanzten vor meinen Augen wie die Hexen in *Macbeth* um ihren Kessel, nur waren sie verlockend, bebend und lieblich! Ich verwandelte mich in einen entschlossenen Schurken. Ohne auf das Sausen in meinen Ohren noch auf das heftige Klopfen meines Herzens zu hören, nahm ich zwei Zwanzigfrancsstücke – ich sehe sie noch heute vor mir! Die Jahreszahlen waren abgegriffen, und das Gesicht Napoleons grinste mich an. Ich steckte die Börse in meine Tasche, ging zu einem der Spieltische zurück, hielt die beiden Goldstücke fest in meiner feuchten Hand umschlossen und umkreiste die Spieler wie ein Falke einen Hühnerstall. Von unaussprechlichen Ängsten gepeinigt, warf ich rings um mich einen durchdringenden Blick. Als ich sicher war, von keinem Bekannten gesehen zu werden, setzte ich auf einen kleinen, dicken und fröhlichen Mann, auf dessen Haupt ich mehr Gebete und Wünsche häufte, als bei drei Stürmen auf dem Meer gesprochen werden. Dann stellte ich mich mit einem für mein Alter erstaunlichen Instinkt von Verschlagenheit oder Machiavellismus in die Nähe einer Tür und ließ den Blick durch die Salons schweifen, ohne etwas zu sehen. Meine Seele und meine Augen streiften um den schicksalsträchtigen grünen Tisch.

An diesem Abend habe ich meine erste physiologische Beobachtung gemacht, der ich jenen Scharfsinn verdanke, mit dessen Hilfe ich manch ein Geheimnis unserer Doppelnatur besser zu erfassen lernte. Ich wandte dem Tisch, auf dem mein künftiges Glück sich entscheiden sollte, den Rücken zu, ein Glück, das vielleicht umso vollkommener war, als es verbrecherisch war; zwischen den beiden Spielern und mir stand eine vier oder fünf Reihen dicke Mauer aus plaudernden Menschen; das Gemurmel der Stimmen hinderte mich, den Klang des Goldes zu hören, der sich in den Lärm des Orchesters mischte; trotz all dieser Hindernisse konnte ich dank eines Vorrechts, das den Leidenschaften eingeräumt ist und das ihnen die Macht verleiht, Zeit und Raum zu vergessen, deutlich die Worte der beiden Spieler vernehmen, kannte ihre Points und wußte so genau, welcher von ihnen den König aufschlug, als ob ich ihnen in die Karten gesehen hätte; mit einem Wort, zehn Schritt vom Spiel entfernt ließen seine Launen mich erblassen. Plötzlich ging mein Vater an mir vorbei, und ich verstand die Worte der Heiligen Schrift: ›Der Geist Gottes ging an seinem Angesicht vorüber!‹ Ich hatte gewonnen. Mit der Behendigkeit eines Aals, der durch die zerrissene Masche eines Netzes schlüpft, glitt ich durch den Menschenwirbel, der um die Spieler kreiste, auf den Tisch zu. Meine schmerzenden Nerven füllten sich mit Fröhlichkeit. Ich fühlte mich wie ein zum Tode Verurteilter, dem auf dem Weg zum Richtplatz der König begegnet ist. In diesem Augenblick reklamierte ein mit Orden geschmückter Mann zufällig eine Summe von vierzig Francs. Beunruhigte Blicke verdächtigten mich, ich erbleichte, und Schweiß rann über meine Stirn. Das Verbrechen, meinen Vater bestohlen zu haben, schien sich jetzt rächen zu wollen. Da sagte der gute, dicke, kleine Mann mit einer wahrhaft engelsgleichen Stimme: ›Die Herren haben beide gesetzt‹ und zahlte die vierzig Francs. Ich hob die Stirn und warf triumphierende Blicke auf die Spieler. Nachdem ich das Geld, das ich aus der Börse meines Vaters genommen, wieder dorthin zurückgesteckt hatte, setzte ich meinen Gewinn abermals auf diesen würdigen und ehrenhaften Mann, der auch weiterhin gewann. Sobald ich im Besitz von hundertsechzig Francs war, wickelte ich sie so in mein Taschentuch, daß sie auf unserer Heimfahrt nicht klimpern und sich nicht bewegen konnten, und hörte auf zu spielen.

›Was haben Sie bei den Spielern zu schaffen gehabt?‹ fragte mich mein Vater, als wir in die Droschke stiegen.

›Ich habe zugeschaut‹, antwortete ich zitternd.

›Nun‹, fuhr mein Vater fort, ›es wäre gar nichts Besonderes gewesen, wenn die Eitelkeit Sie gezwungen hätte, etwas Geld auf den Tisch zu legen. In den Augen der Leute von Welt sind Sie alt genug, um das Recht zu Dummheiten zu haben. Deshalb würde ich es entschuldigen, Raphaël, wenn Sie sich aus meiner Börse bedient hätten ...‹

Ich antwortete nichts. Als wir zu Hause waren, gab ich meinem Vater seine Schlüssel und sein Geld zurück. Er ging in sein Schlafzimmer, leerte die Börse auf den Kaminsims, zählte die Goldstücke, wandte sich freundlich zu mir um und sagte, wobei er jeden Satz durch eine mehr oder weniger lange und bedeutsame Pause vom andern schied:

›Mein lieber Sohn, Sie sind jetzt bald zwanzig Jahre alt. Ich bin mit Ihnen zufrieden. Sie brauchen ein Taschengeld, und sei es nur, damit Sie lernen, sparsam zu sein und sich mit den Dingen des Lebens vertraut zu machen. Von heute abend an will ich Ihnen monatlich hundert Francs geben. Sie können über Ihr Geld nach Belieben verfügen. Das hier ist für das erste Viertel dieses Jahres‹, setzte er hinzu und streichelte über einen Haufen von Goldstücken, als ob er den Betrag nachprüfen wolle.

Ich muß gestehen, daß ich kurz davor stand, mich ihm zu Füßen zu werfen, ihm zu erklären, daß ich ein Dieb, ein Schuft und, schlimmer noch, ein Lügner sei! Die Scham hielt mich zurück. Ich wollte ihn umarmen, er drängte mich sacht von sich fort.

›Du bist jetzt ein Mann, mein Kind‹, sagte er. ›Was ich tue, ist gerecht und versteht sich von selbst, so daß du mir nicht dafür zu danken brauchst. Wenn ich ein Anrecht auf Ihre Dankbarkeit habe, Raphaël‹, fuhr er sanft, doch voller Würde fort, ›dann deshalb, weil ich Ihre Jugend vor dem Elend bewahrt habe, das all die jungen Menschen in Paris verschlingt. Von nun an wollen wir zwei Freunde sein. In einem Jahr sind Sie Doktor der Rechte. Sie haben sich, nicht ohne einige Unannehmlichkeiten und gewisse Entbehrungen, solide Kenntnisse und die Liebe zur Arbeit erworben, wie sie Männer benötigen, die berufen sind, die Geschäfte der Regierung zu führen. Sie sollen mich kennenlernen, Raphaël! Ich möchte aus Ihnen weder einen Anwalt noch einen Notar machen, sondern einen Staatsmann, der der Ruhm unserer armen Familie werden könnte ... Also auf morgen!‹ setzte er hinzu und wies mich mit einer geheimnisvollen Geste hinaus.

Von diesem Tag an weihte mein Vater mich offen in seine Pläne ein. Ich war der einzige Sohn, meine Mutter hatte ich seit zehn Jahren verloren. Mein Vater, das Oberhaupt eines alten, fast vergessenen Geschlechts aus der Auvergne, verspürte seinerzeit wenig Lust, mit dem Degen an der Seite das Land zu beackern, und ging nach Paris, um dort mit dem Teufel zu kämpfen. Er besaß jenen Scharfsinn, der, wenn er mit Energie gepaart ist, die Männer aus dem Süden Frankreichs so überlegen macht; daher gelang es ihm ohne große Unterstützung, im Herzen der Macht Fuß zu fassen. Die Revolution zerstörte bald sein Glück; allein er hatte es verstanden, die Erbin eines großen Geschlechts zur Frau zu gewinnen, und während des Empire stand er kurz davor, den alten Glanz unserer Familie wiederherzustellen. Die Restauration, die meiner Mutter wieder zu ihrem beträchtlichen Grundbesitz verhalf, ruinierte meinen Vater. Er hatte einst mehrere Ländereien gekauft, die der Kaiser seinen Generälen geschenkt hatte und die im Ausland lagen. Seit zehn Jahren schlug er sich nun mit Liquidatoren und Diplomaten, mit preußischen und bayerischen Gerichten herum, um sich in einem Streit um den Besitz dieser unseligen Schenkungen zu behaupten. Mein Vater stieß mich in das unentwirrbare Labyrinth dieses weitläufigen Prozesses, von dem unsere Zukunft abhing. Uns drohte, alle Einkünfte sowie den Erlös einiger zwischen 1814 und 1817 durchgeführter Holzschläge ersetzen zu müssen; im Fall eines solchen Urteils hätte das Vermögen meiner Mutter kaum hingereicht, die Ehre unseres Namens zu retten. So geriet ich denn von dem Tag an, da mein Vater mir scheinbar eine gewisse Freiheit gegeben hatte, unter das abscheulichste Joch. Ich mußte kämpfen wie auf einem Schlachtfeld, Tag und Nacht arbeiten, Männer in bedeutenden Positionen aufsuchen, sie zu täuschen und für unsere Sache zu interessieren suchen, ihnen mitsamt ihren Frauen, Dienern und Hunden schmeicheln und dieses widerwärtige Geschäft unter eleganten Formen und angenehmen Scherzen verstecken. Ich verstand all die Kümmernisse, deren Spuren das Gesicht meines Vaters hatten welken lassen.

Nahezu ein Jahr lang führte ich also dem Anschein nach das Leben eines Mannes von Welt, aber dieses Leben in der Verschwendung und mein Eifer, Verbindungen anzuknüpfen mit Verwandten, die in Gunst standen, oder mit Leuten, die uns hätten nützlich sein können, verbargen lediglich harte Arbeit. Selbst meine Vergnügungen waren Verteidigungen und meine Unterhaltungen Gesuche. Bis dahin war ich tugendhaft gewesen, weil ich gar keine Möglichkeit gehabt hatte, mich den Leidenschaften meiner Jugend hinzugeben; doch da ich jetzt den Ruin meines Vaters oder den meinen durch eine Nachlässigkeit zu verursachen fürchtete, wurde ich mein eigener Despot und wagte mir kein Vergnügen und keine Ausgabe zu gönnen. Solange wir jung sind und die Reibung an den Menschen und Dingen uns noch nicht die zarte Blüte des Gefühls, die Frische der Gedanken und die edle Reinheit des Gewissens geraubt hat, fühlen wir lebhaft unsere Pflicht; unsere Ehre spricht laut und verschafft sich Gehör; wir sind offen und geradeheraus: genauso war ich damals. Ich wollte das Vertrauen meines Vaters rechtfertigen; noch vor kurzem hätte ich ihm mit Freuden eine klägliche Summe entwendet; nun aber, da ich die Last seiner Geschäfte, seines Namens und seines Hauses mit ihm gemeinsam trug, hätte ich heimlich meine Habe und Hoffnungen für ihn hingegeben, so wie ich ihm meine Vergnügungen opferte und noch glücklich über dieses Opfer war. Als daher Monsieur de Villèle[73], eigens für uns, ein kaiserliches Dekret über den Verlust der Schenkungen ausgrub und uns ruinierte, unterschrieb ich den Verkauf meines Besitzes und behielt nur eine wertlose Insel in der Loire, auf der sich das Grab meiner Mutter befand.

Heute würde es mir vielleicht nicht an Argumenten und Ausflüchten, an philosophischen, philantropischen und politischen Wendungen fehlen, um mich von diesem Schritt abzuhalten, den mein Anwalt damals ›eine Dummheit‹ nannte; aber mit einundzwanzig Jahren bestehen wir, ich wiederhole es, ganz aus Großherzigkeit, Wärme und Liebe. Die Tränen, die ich damals in den Augen meines Vaters sah, waren für mich der schönste Reichtum, und die Erinnerung an seine Tränen hat mich in meinem Elend oftmals getröstet. Zehn Monate nachdem er seine Gläubiger ausbezahlt hatte, starb mein Vater vor Kummer; er hatte mich geliebt und hatte mich ruiniert! Dieser Gedanke war sein Tod. Im Spätherbst des Jahres 1826, im Alter von zweiundzwanzig Jahren, folgte ich ganz allein dem Sarg meines ersten Freundes, meines Vaters. Wenige junge Menschen sind so allein mit ihren Gedanken, verloren in Paris, ohne Zukunft und ohne Vermögen, hinter einem Leichenwagen hergegangen. Die Waisen, deren sich die öffentliche Wohltätigkeit angenommen hat, haben wenigstens das Schlachtfeld als Zukunft vor sich, die Regierung oder der Staatsanwalt ist ihr Vater und ein Spital ihre Zuflucht. Ich aber hatte nichts! Drei Monate später zahlte mir ein Auktionskommissar elfhundertundzwölf Francs aus, der ganze, flüssige Ertrag der väterlichen Erbschaft, denn die Gläubiger hatten mich gezwungen, unser Mobiliar zu verkaufen. Da ich von Jugend an gewöhnt war, die Luxusgegenstände, die mich umgaben, für sehr wertvoll zu halten, konnte ich nicht umhin, ein gewisses Erstaunen beim Anblick dieses kärglichen Erlöses zu bekunden.

›Oh!‹ sagte der Auktionskommissar zu mir, ›das war doch alles bloß Rokoko!‹

Dieser schreckliche Satz zerstörte meinen Kinderglauben und raubte mir meine ersten Illusionen, die teuersten von allen. Mein Vermögen bestand in einer Versteigerungsliste, meine Zukunft lag in einem Leinensäckchen, das elfhundertundzwölf Francs enthielt, und die Gesellschaft erschien mir in der Gestalt eines Gerichtsbeamten, der den Hut auf dem Kopf behielt, während er mit mir sprach ... Ein Kammerdiener namens Jonathan, der mich sehr gern mochte und dem meine Mutter einst eine Leibrente von vierhundert Francs vermacht hatte, sagte zu mir, als er das Haus verließ, aus dem ich während meiner Kindheit so oft fröhlich im Wagen fortgefahren war:

›Seien Sie schön sparsam, Monsieur Raphaël!‹

Er weinte, der gute Mann.

Das, mein lieber Émile, sind die Ereignisse, die mein Geschick bestimmt, meine Seele geformt und mich in noch jungem Alter in die falscheste aller gesellschaftlichen Stellungen gebracht haben«, sagte Raphaël, nachdem er eine Pause eingelegt hatte. »Familienbande, die freilich schwach waren, verknüpften mich mit einigen reichen Häusern, die ich aus Stolz nicht betreten hätte, wären ihre Türen nicht ohnehin durch Verachtung und Gleichgültigkeit vor mir verschlossen geblieben. Obwohl ich mit sehr einflußreichen Leuten verwandt war, die gegenüber Fremden mit ihrer Gönnerschaft nicht wählerisch waren, besaß ich weder Verwandte noch Gönner. Unaufhörlich in ihrer Entwicklung gehemmt, hatte sich meine Seele in sich selbst zurückgezogen. Ich war unbefangen und natürlich und mußte doch kalt und verstellt wirken; der Despotismus meines Vaters hatte mir alles Selbstvertrauen genommen; ich war schüchtern und linkisch, ich glaubte nicht, daß meine Stimme die geringste Macht ausüben könnte, ich mißfiel mir, ich kam mir häßlich vor, und ich schämte mich meiner selbst.

Trotz der inneren Stimme, die begabte Menschen in ihren Kämpfen unterstützt und die mir zurief: ›Nur Mut! Geh deinen Weg!‹, trotz der plötzlichen Offenbarungen meiner Kraft inmitten der Einsamkeit, trotz der Hoffnung, die mich beseelte, wenn ich die neuen, vom Publikum bewunderten Werke mit denen verglich, die in meinem Kopf gärten, zweifelte ich an mir wie ein Kind. Ich war von einem ungeheuren Ehrgeiz gepackt, ich glaubte mich zu großen Dingen bestimmt und sah mich im Nichts. Ich brauchte die Menschen und war ohne Freunde. Ich mußte mir einen Weg in Welt und Gesellschaft bahnen und blieb doch allein, weniger ängstlich denn verschämt. In dem Jahr, da mein Vater mich in den Trubel der guten Gesellschaft stürzte, begegnete ich ihr mit einem jungen Herzen und einer frischen Seele. Wie alle großen Kinder habe ich heimlich auf schöne Liebschaften gehofft. Unter den jungen Leuten meines Alters traf ich auf eine Clique von Prahlhänsen, die erhobenen Hauptes einhergingen, leeres Geschwätz von sich gaben, sich ohne zu zittern zu Frauen setzten, die mir am meisten imponierten, Unverschämtheiten sagten, am Knauf ihres Spazierstocks nagten, schöntaten, vor sich selbst die hübschesten Geschöpfe erniedrigten, indem sie deren Kopf auf alle Kissen legten oder zumindest behaupteten, es getan zu haben, obwohl sie sich aus der Lust doch nichts zu machen schienen, und die Tugendhaftesten und Keuschesten als leichte Beute betrachteten, die mit einfachen Worten, mit einer kühnen Geste oder einem frechen Blick zu erobern waren! Ich schwöre dir auf Ehre und Gewissen, es schien mir damals viel leichter, Macht oder literarisches Ansehen zu erobern, als Erfolg bei einer hochgestellten, jungen, geistreichen und anmutigen Frau zu haben. Ich fand also die Verwirrungen meines Herzens, meine Gefühle und das, was ich anbetete, im Widerspruch zu den Regeln der Gesellschaft. Ich war kühn, aber nur in der Seele und nicht im Auftreten. Später habe ich erfahren, daß die Frauen nicht wollen, daß man um sie bettelt; ich habe ihrer viele gesehen, die ich von ferne anbetete, denen ich ein Herz schenkte, das zu jeder Probe bereit war, eine Seele zum Zerfetzen und eine Energie, die weder Opfer noch Folter scheute: sie gehörten Dummköpfen, die ich nicht als Portier hätte haben wollen. Wie oft habe ich stumm und reglos die Frau meiner Träume bewundert, wenn sie auf einem Ball erschien; in Gedanken weihte ich mein ganzes Dasein dann Liebkosungen ohne Ende, drängte all meine Hoffnungen in einen Blick und bot ihr verzückt die Liebe eines jungen Menschen dar, der den Täuschungen geradewegs in die Arme lief. In gewissen Augenblicken hätte ich mein Leben für eine einzige Nacht hingegeben.

Ach, aber da ich keine Ohren fand, in die ich meine leidenschaftlichen Werbungen hätte flüstern können, keine Augen, in die ich die meinen hätte versenken können, und kein Herz für mein Herz, habe ich mit all den Qualen einer ohnmächtigen, sich selbst zerstörenden Energie gelebt, sei es aus Mangel an Mut oder Gelegenheit, sei es aus Unerfahrenheit. Vielleicht habe ich daran gezweifelt, mich verständlich machen zu können, oder davor gezittert, allzu gut verstanden zu werden. Und dabei tobte ein Sturm in mir, der bereit war, bei jedem höflichen Blick, mit dem man mich hätte bedenken können, auszubrechen. So sehr ich geneigt war, einen solchen Blick oder ein dem Anschein nach zärtliches Wort sofort als versteckte Aufforderung zu deuten, habe ich es nie gewagt, im rechten Augenblick zu sprechen oder zu schweigen. Im Überschwang des Gefühls waren meine Worte nichtssagend und mein Schweigen dumm. Zweifellos war ich zu naiv für eine hochgezüchtete Gesellschaft, die bei Lampenlicht lebt und die all ihre Gedanken in konventionellen Phrasen ausdrückt oder in Redensarten, die die Mode diktiert. Außerdem verstand ich es nicht zu sprechen, indem ich schwieg, und zu schweigen, indem ich sprach. Kurz, ich trug eine Glut in mir, die mich verzehrte, eine Seele, wie Frauen sie gern zu finden hoffen; ich war von jenem Überschwang gepeinigt, nach dem sie begierig sind, besaß die Energie, deren die Dummen sich rühmen, und doch waren alle Frauen tückisch grausam zu mir. Daher bewunderte ich voller Naivität die Helden der Salons, wenn sie ihre Triumphe feierten, ohne sie der Lüge zu verdächtigen. Zweifellos beging ich den Fehler, Liebe auf ein bloßes Wort hin zu erwarten und im Herzen einer frivolen und leichtfertigen Frau, die hungrig nach Luxus und trunken vor Eitelkeit ist, die große, starke und umfassende Leidenschaft finden zu wollen, den Ozean, der stürmisch in meinem eigenen Herzen brandete. Ach, sich zur Liebe geboren fühlen, geschaffen, eine Frau sehr glücklich zu machen und niemand gefunden zu haben, nicht einmal eine tapfere und edle Marceline[74] oder irgendeine alte Marquise! Schätze in einem Bettelsack zu tragen und nie einem Kind, einem neugierigen jungen Mädchen zu begegnen, um sie bewundern zu lassen. Oft habe ich mich vor Verzweiflung umbringen wollen.«

»Ganz schön tragisch heute abend!« rief Émile.

»Ach, laß mich doch mein Leben verdammen«, antwortete Raphaël. »Wenn deine Freundschaft nicht die Kraft besitzt, sich meine Elegien anzuhören, wenn du mir nicht den Kredit einer halben Stunde Langeweile gewähren kannst, dann schlaf doch meinetwegen! Aber bitte verlang dann von mir nicht länger Rechenschaft über meinen Selbstmord, der in mir grollt, sich aufrichtet, mich ruft und den ich grüße. Um einen Menschen beurteilen zu können, muß man doch wenigstens das Geheimnis seiner Gedanken, seines Elends und seiner Gefühle kennen; nur die äußeren Ereignisse seines Lebens erfahren zu wollen heißt Chronologie, heißt die Geschichte der Flachköpfe betreiben!«

Der bittere Ton, in dem diese Worte gesprochen wurden, traf Émile so tief, daß er Raphaël fortan seine ganze Aufmerksamkeit schenkte und ihn dabei mit stumpfsinniger Miene anstarrte.

»Aber jetzt«, fuhr der Erzähler fort, »erscheinen diese Ereignisse in einem ganz neuen Licht. Was ich früher als ein Unglück ansah, hat vielleicht die schönen Fähigkeiten in mir hervorgebracht, auf die ich später stolz geworden bin. Philosophische Neugier, schrankenlose Arbeit und Liebe zum Lesen, die mein Leben von meinem siebten Lebensjahr bis zu meinem Eintritt in die Welt prägten – habe ich denn nicht ihnen das Geschick zu verdanken, mit dem ich, wenn man euch Glauben schenken darf, meine Gedanken auszudrücken und in dem weiten Gefilde der menschlichen Erkenntnisse voranzuschreiten weiß? Haben die Einsamkeit, zu der ich verurteilt war, die Gewohnheit, meine Gefühle zurückzudrängen und in meinem Herzen zu leben, mir nicht die Kraft gegeben, zu vergleichen und mich zu besinnen? Hat mein Empfindungsvermögen sich nicht dadurch konzentriert, daß es sich nicht in den Verlockungen der Welt verlor, die die schönste Seele entwürdigen und zu einem Lumpen machen, und ist es nicht gerade deshalb zum vollkommensten Organ eines Willens geworden, der höherer Art ist als das Verlangen der Leidenschaft?

Da ich von den Frauen verkannt wurde, habe ich sie mit der Scharfsicht der verschmähten Liebe beobachtet. Heute sehe ich freilich ein, daß die Aufrichtigkeit meines Charakters mißfallen mußte. Brauchen die Frauen denn nicht ein gewisses Maß an Verstellung? Ich bin abwechselnd, in der gleichen Stunde, Mann und Kind, oberflächlich und grüblerisch, ohne Vorurteile und voller Aberglauben und oftmals Frau wie sie – haben sie meine Naivität da nicht für Zynismus und die Reinheit meiner Gedanken für ein Laster halten müssen? Wissen bedeutete für sie Langeweile und das weibliche Schmachten Schwäche. Die unbändige Phantasie, die das Unglück der Dichter ist, ließ mich zweifellos als ein Geschöpf erscheinen, das zur Liebe unfähig ist, unbeständig in seinen Gedanken und ohne Energie. Wenn ich schwieg, wirkte ich tölpelhaft, wenn ich ihnen zu gefallen suchte, habe ich sie vielleicht verschreckt, und so haben die Frauen über mich gerichtet. Unter Tränen und voller Kummer habe ich das Urteil der Gesellschaft vernommen. Dieses Leid hat seine Früchte getragen. Ich wollte mich an der Gesellschaft rächen, wollte die Seelen aller Frauen besitzen, indem ich mich über alle Geister erhob, und wollte alle Blicke auf mich gerichtet sehen, wenn an der Tür eines Salons ein Diener meinen Namen meldete. Seit meiner Kindheit habe ich mich berufen gefühlt, ein großer Mann zu werden, habe mir wie André Chénier[75] an die Stirn geklopft und gesagt: ›Darin steckt doch was!‹ Ich glaubte, in mir einen Gedanken zu spüren, der ausgedrückt, ein System, das aufgestellt und ein Wissen, das erklärt werden müßte.

Ach, mein lieber Émile, heute, da ich kaum sechsundzwanzig Jahre alt und sicher bin, unbekannt zu sterben, ohne je der Liebhaber der Frau gewesen zu sein, die zu besitzen ich mir erträumt habe, laß mich dir heute all meine Narrheiten erzählen! Haben wir nicht alle, mehr oder minder, unsere Wünsche für Wirklichkeiten gehalten? Oh, ich möchte keinen jungen Menschen zum Freund haben, der sich nicht in seinen Träumen Kränze geflochten, irgendeinen Piedestal errichtet oder sich mit willfährigen Geliebten umgeben hätte. Ich selber bin oftmals General und Kaiser gewesen; ich war Byron und dann wieder nichts. Nachdem ich mich auf dem Gipfel der menschlichen Macht getummelt hatte, erkannte ich, daß alle Berge, alle Schwierigkeiten noch zu überwinden waren.

Die gewaltige Eigenliebe, die in mir brodelte, der erhabene Glaube an eine Bestimmung, aus dem vielleicht einmal ein Genie entsteht, wenn ein Mensch sich in der Berührung mit den Dingen des Alltags nicht seine Seele zerfetzen läßt, wie ein Schaf seine Wolle an den Dornen der Gestrüppe verliert, durch die es trottet, all das hat mich gerettet. Ich wollte mich mit Ruhm bedecken und in der Stille für die Geliebte arbeiten, die ich eines Tages zu haben hoffte. Alle Frauen schlossen sich zu einer einzigen zusammen, und dieser Frau glaubte ich in der ersten zu begegnen, die sich meinen Blicken bot; doch da ich in jeder von ihnen eine Königin sah, mußten alle wie Königinnen, die genötigt sind, ihren Liebhabern unmißverständliche Zeichen zu geben, mir armem, schüchternem Tropf entgegenkommen. Ach, für die, die mich bedauert hätte, war, über die Liebe hinaus, so viel Dankbarkeit in meinem Herzen, daß sie von mir ihr Leben lang angebetet worden wäre.

Später haben meine Beobachtungen mich grausame Wahrheiten gelehrt. Auf diese Weise, lieber Émile, stand ich in der Gefahr, für immer allein zu leben. Die Frauen haben die

Neigung, an einem begabten Mann nur seine Fehler zu sehen und an einem Flachkopf nur seine Vorzüge; sie empfinden große Sympathien für die Vorzüge des Flachkopfes, die eine ständige Schmeichelei für ihre eigenen Fehler bedeuten, wogegen der überlegene Mann ihnen nicht genügend Genüsse zum Ausgleich für seine Unvollkommenheiten bietet. Das Talent ist ein Wechselfieber, keine Frau ist erpicht darauf, nur dessen Mißlichkeiten zu teilen; alle wollen sie in ihrem Liebhaber nur einen Anlaß zur Befriedigung ihrer Eitelkeit haben. Sie lieben sich in uns noch einmal selbst! Aber ein Mann, der arm und stolz ist, ein Künstler voller Schaffenskraft, ist der nicht mit einem verletzenden Egoismus gewappnet? Um ihn herum kreist ein Wirbel von Gedanken, in den er alles hüllt, sogar seine Geliebte, die der Bewegung folgen muß.

Kann eine umschmeichelte Frau an die Liebe eines solchen Mannes glauben? Wird sie sie suchen? So ein Liebhaber hat nicht die Muße, sich neben einem Diwan all den kleinen Äffereien des Gefühls zu überlassen, auf die die Frauen so viel geben und die der Triumph der falschen und gefühllosen Männer sind. Es fehlt ihm ohnehin schon an Zeit für seine Arbeiten, wie sollte er da welche vergeuden, um sich zu erniedrigen und lächerlich herauszuputzen? Ich war bereit, mein Leben mit einem Schlag hinzugeben, aber ich hätte es nicht stückchenweise zertreten lassen. Schließlich liegt im Benehmen eines Börsenmaklers, der den Laufburschen für eine blasse Zierpuppe spielt, etwas Schäbiges, das dem Künstler ein Greuel ist. Die Liebe an sich genügt einem armen und großen Menschen nicht, er verlangt auch nach all ihren Hingebungen. Die kleinen Geschöpfe, die ihr Leben damit hinbringen, Kaschmirschals anzuprobieren oder Kleiderständer der Mode aus sich zu machen, kennen die Hingebung nicht – sie fordern sie und sehen in der Liebe die Lust am Befehlen, nicht aber die am Gehorchen. Die wahre Gemahlin des Herzens und des Leibes läßt sich dorthin führen, wohin der geht, in dem ihr Leben, ihre Kraft, ihr Ruhm und ihr Glück beschlossen liegen. Bedeutende Männer brauchen orientalische Frauen, deren einziger Gedanke die Erforschung ihrer Bedürfnisse ist; denn für sie besteht das Unglück im Mißverhältnis zwischen ihren Wünschen und ihren Mitteln. Und ich, der ich mich für einen genialen Mann hielt, ich begehrte ausgerechnet diese Modepüppchen. Ich nährte Ideen, die völlig aus dem Rahmen des Gewohnten fielen, wollte ohne Leiter in den Himmel klettern, besaß Schätze, die nicht im Kurs standen, und war mit breiten Kenntnissen gerüstet, die mein Gedächtnis überlasteten und die ich noch nicht geordnet und völlig verdaut hatte; ich war ohne Verwandte, ohne Freunde und fand mich ganz allein inmitten einer der schauerlichsten Wüsten, einer gepflasterten, wimmelnden, denkenden, lebenden Wüste, in der einem alles gar nicht feindlich, sondern, schlimmer noch, gleichgültig gegenübertritt! Der Entschluß, den ich faßte, war nur natürlich, wenn auch verrückt. Er enthielt etwas Unmögliches, das mir Mut machte. Es war wie eine Wette mit mir selbst, eine Wette, bei der ich zugleich Spieler und Einsatz war.

Meine elfhundert Francs mußten ausreichen, um drei Jahre lang davon zu leben, und genau diese Zeit gab ich mir, um ein Werk in die Welt zu setzen, das die öffentliche Aufmerksamkeit auf mich lenken und mir ein Vermögen oder einen Namen schaffen konnte. Ich schwelgte in dem Gedanken, daß ich von Brot und Milch leben würde wie ein Einsiedler in der Thebais, versunken in die Welt der Bücher und Ideen, in eine unerreichbare Sphäre inmitten dieses lärmenden Paris, eine Sphäre der Arbeit und der Stille, in der ich mich begrub wie die Schmetterlingspuppen, um mit Glanz und Gloria wiederaufzuerstehen! Ich wollte den Tod riskieren, um leben zu können. Beschränkte ich das Dasein auf seine wahren Bedürfnisse, auf das Allernotwendigste, so dachte ich, daß dreihundertfünfundsechzig Francs im Jahr meiner Armut genügen müßten. Tatsächlich hat diese magere Summe solange für mein Leben ausgereicht, wie ich mich meiner eigenen klösterlichen Zucht unterworfen habe.«

»Das ist unmöglich!« rief Émile.

»Fast drei Jahre habe ich so gelebt«, antwortete Raphaël mit einem gewissen Stolz. »Rechnen wir einmal!« fuhr er fort. »Drei Sous für Brot, zwei Sous für Milch und drei Sous für Wurst bewahrten mich davor, Hungers zu sterben, und hielten meinen Geist in einem Zustand besonderer Klarheit. Wie du weißt, habe ich beobachtet, daß die Diät wunderbare Wirkungen auf die Einbildungskraft hat. Meine Unterkunft kostete mich drei Sous am Tag, in der Nacht verbrannte ich für drei Sous Öl; ich putzte mein Zimmer selbst und trug Hemden aus Flanell, um täglich nur zwei Sous für die Wäsche ausgeben zu müssen. Ich heizte mit Steinkohle, deren Preis, teilt man ihn durch die Zahl der Tage des Jahres, bei höchstens zwei Sous pro Tag lag. Kleidung, Wäsche und Schuhzeug besaß ich für drei Jahre, anziehen wollte ich mich nur, um zu bestimmten öffentlichen Vorlesungen und in die Bibliotheken zu gehen. Zusammengerechnet lagen diese Ausgaben bei achtzehn Sous, es blieben mir also noch zwei Sous für unvorhergesehene Dinge. Ich kann mich nicht erinnern, während dieser langen Arbeitszeit jemals über den Pont-des-Arts[76] gegangen zu sein oder mir Wasser gekauft zu haben; ich holte mir jeden Morgen welches am Brunnen auf der Place Saint-Michel an der Ecke der Rue des Grès. Oh, ich habe meine Armut mit Stolz getragen. Ein Mensch, der eine schöne Zukunft vor sich sieht, geht durch sein Leben im Elend wie ein Unschuldiger zur Hinrichtung, er schämt sich nicht. Daß ich krank werden könnte, daran habe ich nicht denken wollen. Wie Aquilina sah ich dem Spital ohne Furcht entgegen. Keinen Augenblick lang habe ich an meiner guten Gesundheit gezweifelt. Im übrigen darf sich der Arme nur hinlegen, um zu sterben. Ich habe mir selber die Haare geschnitten bis zu dem Augenblick, da ein Engel der Liebe oder der Güte ... Aber ich will nicht vorgreifen.

Du sollst nur wissen, mein lieber Freund, daß ich mangels einer Geliebten mit einem großen Gedanken, einem Traum, einer Lüge zusammengelebt habe, an die wir anfangs alle mehr oder minder glauben. Heute lache ich über mich, über dieses vielleicht heilige und erhabene Ich, das es nicht mehr gibt. Von nahem besehen, haben mir die Gesellschaft, die Welt, unsere Sitten und Gebräuche gezeigt, daß meine unschuldige Gläubigkeit gefährlich und meine eifrigen Arbeiten überflüssig waren. Solcherlei Proviant ist für den Ehrgeizigen unnütz. Wer dem Glück nachjagt, muß leichtes Gepäck haben! Der Fehler der bedeutenden Männer besteht darin, daß sie ihre jungen Jahre damit vertun, sich der Gunst des Glücks würdig zu erweisen. Während die armen Kerle Kraft und Wissen anhäufen, um ohne Mühe das Gewicht einer Macht tragen zu können, die sie flieht, kommen und gehen die Intriganten, die reich an Worten und arm an Gedanken sind, versetzen die Flachköpfe in Erstaunen und nisten sich im Vertrauen der Halbdummen ein: Die einen studieren, die andern kommen voran; die einen sind bescheiden, die andern dreist; der Geniale verbirgt seinen Stolz, der Intrigant trägt den seinen zur Schau, und so muß er notwendigerweise an sein Ziel gelangen. Die Mächtigen haben es so sehr nötig, an den fertigen Verdienst und das dreiste Talent zu glauben, daß es für einen wahren Gelehrten kindisch ist, sich von den Menschen irgendwelche Belohnungen zu erhoffen. Ich möchte bestimmt nicht die Allgemeinplätze über die Tugend herbeten, das Hohelied, das alle verkannten Genies singen: ich möchte logisch den Grund herleiten, warum mittelmäßige Menschen so oft Erfolg haben.

Ach! Das Studium ist so voller mütterlicher Güte, daß es vielleicht ein Verbrechen ist, andere Belohnungen von ihm zu verlangen als die reinen und sanften Freuden, mit denen es seine Kinder nährt. Ich erinnere mich, wie ich bisweilen glücklich mein Brot in die Milch getaucht habe, an meinem Fenster saß, die frische Luft atmete und meine Blicke über eine Landschaft aus braunen, gräulichen, roten, mit Schiefer oder Ziegeln gedeckten und mit gelbem oder grünem Moos bewachsenen Dächern schweifen ließ. Anfangs schien mir diese Aussicht monoton, doch bald entdeckte ich darin eigentümliche Schönheiten. Abends drangen lichte Streifen aus schlechtgeschlossenen Fensterläden und tönten und belebten die schwarzen Tiefen dieses seltsamen Landes. Dann wieder warf das blasse Licht der Straßenlaternen gelbliche Reflexe durch den Nebel und zeichnete schwach das Auf und Nieder der aneinandergedrängten Dächer, diesen Ozean von reglosen Wogen in die Gassen. Und schließlich erschienen bisweilen auch sonderbare Gestalten inmitten dieser düsteren Einöde; zwischen den Blüten eines Blumenkastens erspähte ich das eckige, hakennasige Profil einer alten Frau, die ihre Kapuzinerkresse goß, oder im Rahmen einer morschen Dachluke ein junges Mädchen, das sich unbeobachtet glaubte und seine Toilette machte, wobei ich nur ihre schöne Stirn und das lange Haar sehen konnte, das ein hübscher weißer Arm in die Höhe hob. Ich bewunderte in den Dachrinnen vergänglichen Pflanzenwuchs, armselige Kräuter, die ein Gewitter nur zu bald davonspülte. Ich studierte die Moose, deren Farben der Regen auffrischte und die sich in der Sonne in trockenen braunen Samt mit launischen Reflexen verwandelten. Kurz, die poetischen und flüchtigen Wirkungen des Tageslichtes, der Trübsinn des Nebels, die jähen Strahlen der Sonne, die Stille und der Zauber der Nacht, die Geheimnisse der Morgenröte und der Rauch jedes einzelnen Kamins, all die Wechselfälle dieser merkwürdigen Natur wurden mir vertraut und zerstreuten mich. Ich liebte mein Gefängnis, denn es war ja freiwillig. Diese Savannen von Paris, gebildet aus einer Ebene von flachen Dächern, die jedoch bevölkerte Abgründe verdeckten, paßten zu meiner Seele und harmonierten mit meinen Gedanken. Es macht müde, plötzlich die Welt wiederzufinden, wenn man aus den himmlischen Höhen herabsteigt, in die uns die wissenschaftlichen Betrachtungen führen; und so habe ich die Strenge der Klöster damals vollauf begriffen.

Als ich fest entschlossen war, meinem neuen Lebensplan zu folgen, suchte ich in den entlegensten Vierteln von Paris nach einer Unterkunft. Eines Abends ging ich auf dem Heimweg von der Place de l'Estrapade durch die Rue des Cordiers. An der Ecke der Rue de Cluny sah ich ein kleines Mädchen von etwa vierzehn Jahren, das mit einer seiner Freundinnen Federball spielte und dessen Lachen und Späße die Nachbarn amüsierten. Das Wetter war schön, der Abend warm, der September dauerte noch an. Vor jeder Haustür saßen Frauen und schwatzten miteinander wie in einer Provinzstadt an einem Feiertag. Ich beobachtete zunächst das junge Mädchen, dessen Gesicht von einem wunderbaren Ausdruck war und dessen Körper wie für einen Maler dastand. Es war eine entzückende Szene. Ich forschte nach der Ursache für solch fröhliche Geselligkeit mitten in Paris und bemerkte, daß ich mich in einer Sackgasse befand, die schwerlich viel begangen war. Mir fiel ein, daß Jean-Jacques Rousseau in dieser Gegend gewohnt hatte, und ich fand das Hôtel de Saint-Quentin; der verwahrloste Zustand, in dem es sich befand, ließ mich hoffen, dort ein billiges Quartier zu bekommen, und so wollte ich es mir daraufhin anschauen.

Ich betrat das Entrée zu ebener Erde, sah die typischen Messingleuchter mit ihren ordentlich auf jeden Arm gesteckten Kerzen und war betroffen ob der Sauberkeit, die in diesem Raum herrschte, der in den andern Hotels meist ziemlich schlecht instand gehalten wird und der hier so reinlich wirkte wie ein Genrebild; das blaue Bett, die Einrichtung, die Möbel, alles hatte den Reiz einer natürlichen Ordnung. Die Wirtin des Hotels, eine Frau von ungefähr vierzig Jahren, aus deren Zügen das Unglück sprach und deren Augen aussahen, als seien sie vom vielen Weinen glanzlos geworden, stand auf und kam auf mich zu; ich teilte ihr bescheiden mit, was ich an Miete zu zahlen vermochte; ohne ein Zeichen von Verwunderung suchte sie einen Schlüssel unter all den andern heraus und führte mich zu den Mansarden hinauf, wo sie mir eine Kammer zeigte, aus der man auf die Dächer und in die Höfe der Nachbarhäuser sehen konnte, aus deren Fenstern lange, mit Wäsche behängte Stangen ragten. Es gab wohl kaum etwas Grauenhafteres als diese Mansarde mit ihren gelben und schmutzigen Wänden, die nach Elend roch und für einen Gelehrten wie geschaffen schien. Das Dach fiel gleichmäßig ab, und durch die Lücken der Ziegel konnte man den Himmel sehen. Es war Platz für ein Bett, einen Tisch und ein paar Stühle, und unter dem spitzen Winkel des Dachs konnte ich mein Klavier unterbringen. Da die arme Frau nicht genügend Geld besaß, um diesen der Bleikammern von Venedig würdigen Käfig zu möblieren, hatte sie ihn noch nie vermieten können. Ich hatte von der Versteigerung meiner Möbel die Dinge ausgenommen, die von einem gewissen persönlichen Wert waren, und so wurde ich mit meiner Wirtin schnell handelseinig und zog tags darauf bei ihr ein.

In diesem luftigen Grab habe ich fast drei Jahre lang gelebt, habe Tag und Nacht ohne Unterlaß und mit solcher Lust gearbeitet, daß mir das Studium die schönste Aufgabe und glücklichste Lösung des menschlichen Lebens zu sein schien. Die Ruhe und das Schweigen, die für den Gelehrten notwendig sind, haben etwas, das wie die Liebe besänftigt und betört. Die Arbeit des Denkens, die Suche nach Ideen und die stillen Betrachtungen der Wissenschaft verschaffen uns Genüsse, die unbeschreiblich sind wie alles, was in das Reich des Geistes gehört, dessen Erscheinungen unsere äußeren Sinne nicht wahrnehmen können. Deshalb müssen wir die Geheimnisse des Geistes stets durch Vergleiche aus der materiellen Welt erläutern. Die Lust, in einem See mit klarem Wasser zu schwimmen, inmitten von Felsen, Wäldern und Blumen, allein und von einer lauen Brise liebkost, würde dem Unwissenden ein recht schwaches Bild des Glücks vermitteln, das ich empfand, wenn meine Seele sich in den Strahlen eines nicht genau zu beschreibenden Lichts badete, wenn ich den schrecklichen und wirren Stimmen der Inspiration lauschte und wenn aus einer unbekannten Quelle die Bilder in mein bebendes Hirn sprudelten. Eine Idee schauen, die aus dem Gefilde der menschlichen Abstraktionen keimt wie die Morgensonne und sich erhebt wie sie, die, besser noch, wie ein Kind heranwächst, in die Zeit der Reife kommt und allmählich zum Manne wird, das ist eine Freude, die allen andern irdischen Freuden überlegen ist, ja, mehr noch, das ist eine göttliche Lust. Das Studium verleiht allem, was uns umgibt, eine Art Zauber.

Der elende Schreibtisch, auf dem ich schrieb, und das braune Schafleder, das ihn bedeckte, mein Klavier, mein Bett, mein Lehnstuhl, die Schnörkeleien meiner Tapete, meine Möbel, all diese Dinge fingen zu leben an und wurden für mich zu bescheidenen Freunden, zu den stummen Gefährten meiner Zukunft; wie oft habe ich sie angeschaut und ihnen meine Seele geöffnet! Ließ ich meine Blicke einen verzogenen Fenstersims entlang schweifen, so begegneten mir häufig neue Zusammenhänge, ein schlagender Beweis meines Systems oder Worte, die ich für treffend hielt, um nahezu unübersetzbare Gedanken auszudrücken. Da ich gezwungen war, die Gegenstände, die mich umgaben, immer wieder zu betrachten, entdeckte ich in jedem von ihnen seine Physiognomie und seinen Charakter; oftmals sprachen sie zu mir; warf die hinter den Dächern untergehende Sonne einen flüchtigen Schein durch mein schmales Fenster, so färbten sie sich, erblaßten, leuchteten auf, wurden traurig oder heiter und überraschten mich stets durch neue Effekte. Diese kleinen Wechselfälle im Leben des Einsiedlers, die den Vorurteilen der Welt entgehen, sind der Trost der Gefangenen. Auch ich war von einer Idee gefangen und in ein System gesperrt, wobei mich allerdings die Aussicht auf ein ruhmreiches Leben stützte. So oft ich eine Schwierigkeit überwunden hatte, küßte ich die zarten Hände der reichen und vornehmen Frau mit den schönen Augen, die mir eines Tages das Haar streicheln und voller Zärtlichkeit sagen sollte: ›Du hast sehr gelitten, mein armer Engel!‹

Ich hatte zwei große Werke in Angriff genommen. Eine Komödie sollte mir rasch einen Namen, ein Vermögen und Zutritt zu der Welt verschaffen, in der ich wiedererscheinen und die Hoheitsrechte des Genies ausüben wollte. Ihr alle habt in diesem Meisterwerk den ersten Fehltritt eines jungen Mannes gesehen, der frisch vom Gymnasium kommt, nichts als eine kindische Alberei. Euer Spott hat fruchtbaren Illusionen, die seitdem nicht wieder erwacht sind, die Flügel gestutzt. Du allein, mein lieber Émile, hast die tiefe Wunde gelindert, die andere in meinem Herzen schlugen! Du allein hast meine ›Theorie des Willens‹[77] bewundert, jenes umfangreiche Werk, um dessentwillen ich die orientalischen Sprachen, die Anatomie und die Physiologie studierte und dem ich den größten Teil meiner Zeit geopfert habe. Wenn mich nicht alles täuscht, wird dieses Werk dem menschlichen Wissen neue Wege weisen und die Arbeiten von Mesmer, Lavater, Gall und Bichat vollenden. Damit schließt mein schönes Leben, dieses tägliche Opfer, diese der Welt unbekannte Seidenraupenarbeit, deren einziger Lohn vielleicht in der Arbeit selber liegt. Seit dem Eintritt ins Alter der Vernunft bis zu dem Tag, da ich meine ›Theorie‹ beendet hatte, habe ich ohne Unterlaß beobachtet, gelernt, geschrieben und gelesen, und mein Leben ist wie eine lange Strafarbeit gewesen.

Ich war ein verweichlichter Liebhaber der orientalischen Faulheit, verliebt in meine Träume und sinnenfroh, und habe doch stets gearbeitet und mir versagt, von den Lockungen des Pariser Lebens zu kosten. Ich aß gern gut und viel, lebte aber mäßig; ich liebte das Wandern ebensosehr wie die Reisen zur See und sehnte mich danach, vielerlei Länder zu besuchen, ich hatte noch, wie ein Kind, Freude daran, Kieselsteine über das Wasser springen zu lassen – und ich blieb stets mit einer Feder in der Hand an meinem Schreibtisch sitzen; ich war schwatzhaft und habe schweigend den öffentlichen Vorträgen der Professoren in der Bibliothek und im Museum gelauscht; ich habe auf meiner schäbigen Matratze einsam wie ein Benediktinermönch geschlafen, und dabei war mein einziges Traumbild die Frau, ein Traumbild, das ich liebkoste und das sich mir immer entzog! Kurz, mein Leben war ein grausamer Widerspruch, eine ewige Lüge. Aber die Menschen sind nun einmal so!

Bisweilen erwachten meine natürlichen Wünsche wie ein Brand, der lange geschwelt hat. Durch eine Art Fata Morgana oder Tropenfieber sah ich mich dann von den entzückendsten Geliebten umgeben, mich, der ich keine einzige der Frauen besaß, die ich begehrte, der ich alles entbehrte und in einer Künstlermansarde hauste. In die schwellenden Polster einer prächtigen Equipage gelehnt, fuhr ich quer durch die Straßen von Paris. Ich war von allen Lastern zerfressen, suhlte mich in der Ausschweifung, wollte alles, hatte alles; kurz, ich war nüchtern trunken, wie der Heilige Antonius in seiner Versuchung. Glücklicherweise löschte schließlich der Schlaf diese verzehrenden Visionen aus; am andern Morgen rief mich die Wissenschaft mit einem Lächeln, und ich war ihr treu. Ich stellte mir vor, daß die sogenannten tugendhaften Frauen oft die Beute solcher Wirbelstürme der Tollheit, der Begierden und der Leidenschaften sein müssen, die sich in uns erheben, ohne daß wir es verhindern könnten. Solche Träume sind nicht ohne Reiz: ähneln sie nicht den Plaudereien an Winterabenden, während derer man den heimischen Herd verläßt, um sich schließlich in China wiederzufinden? Aber was wird aus der Tugend während dieser köstlichen Reisen, da das Denken alle Hindernisse überwunden hat?

Während der ersten zehn Monate meiner Zurückgezogenheit führte ich das arme und einsame Leben, wie ich es dir geschildert habe; am frühen Morgen und ohne gesehen zu werden, kaufte ich selber meine Vorräte für den Tag ein; ich brachte mein Zimmer in Ordnung, ich war Herr und Diener zugleich, ich spielte den Diogenes mit einem unglaublichen Stolz. Nach dieser Zeit aber, während derer die Wirtin und ihre Tochter meine Sitten und Gewohnheiten ausgekundschaftet, meine Person erforscht und mein Elend begriffen hatten, bahnten sich, vielleicht weil sie selber sehr unglücklich waren, unvermeidliche Bindungen zwischen ihnen und mir an. Pauline, dieses entzückende Geschöpf, dessen naive und stille Anmut mich in gewisser Weise dorthin gebracht hatte, erwies mir einige Dienste, die zurückzuweisen mir unmöglich war. Alle Unglücklichen sind Geschwister, sie sprechen dieselbe Sprache und haben dieselbe Großmut, die Großmut derer, die – da sie sonst nichts besitzen – ihre Gefühle verschwenden und mit ihrer Zeit und ihrer Person bezahlen.

Unmerklich nahm Pauline zunehmend Einfluß auf die Dinge meines täglichen Lebens, sie wollte mir dienen, und ihre Mutter widersetzte sich dem keineswegs. Ja, ich sah, daß die Mutter selbst meine Wäsche flickte und errötete, als sie bei dieser barmherzigen Tätigkeit ertappt wurde. Wider meinen Willen zu ihrem Schützling geworden, nahm ich ihre Dienste an. Um diese sonderbare Zuneigung zu verstehen, muß man die Wut der Arbeit kennen, die Tyrannei der Ideen und den instinktiven Widerwillen, die der Mensch, der durch das Denken lebt, für die Kleinigkeiten des materiellen Lebens empfindet. Konnte ich der zarten Aufmerksamkeit widerstehen, mit der Pauline mir auf leisen Sohlen mein karges Mahl brachte, wenn sie bemerkte, daß ich seit sieben oder acht Stunden nichts gegessen hatte? Mit der Anmut des Weibes und der Unschuld des Kindes lächelte sie mir zu und bedeutete mir mit einem Zeichen, daß ich sie nicht sehen sollte. Sie war Ariel, der einer Sylphe gleich unter mein Dach glitt und meine Bedürfnisse im voraus sah.

Eines Abends erzählte Pauline mir mit ergreifender Unbefangenheit die Geschichte ihres Lebens. Ihr Vater war Schwadronschef bei den berittenen Grenadieren der kaiserlichen Garde gewesen. Beim Übergang über die Beresina[78] war er von den Kosaken gefangengenommen worden; später, als Napoleon sich für seinen Austausch einsetzte, hatten ihn die russischen Behörden in Sibirien vergebens suchen lassen; nach Aussage der anderen Gefangenen war er geflohen und wollte sich nach Indien durchschlagen. Seit jener Zeit hatte Madame Gaudin, meine Wirtin, keinerlei Nachricht mehr von ihrem Mann erlangen können. Dann kamen die Katastrophen von 1814 und 1815; alleinstehend, ohne Vermögen und ohne Hilfe, entschloß sie sich, ein Hôtel garni zu führen, um ihre Tochter ernähren zu können. Nach wie vor hoffte sie, ihren Mann wiederzusehen. Ihr größter Kummer war, Pauline ohne Erziehung lassen zu müssen, ihre Pauline, das Patenkind der Fürstin Borghese[79], dem die von seiner kaiserlichen Gönnerin verheißene schöne Zukunft versagt bleiben sollte. Als Madame Gaudin mir diesen bitteren Schmerz anvertraute, der an ihrem Leben zehrte, und mir in herzzerreißendem Tone sagte: ›Liebend gern würde ich auf den Papierfetzen, der Gaudin zum Baron des Kaiserreichs macht, mitsamt dem Recht auf das Majorat von Vitschnau verzichten, um Pauline in Saint-Denis erziehen lassen zu können‹, da durchfuhr mich plötzlich ein Gedanke: Um die Fürsorge zu vergelten, die diese beiden Frauen an mich verschwendeten, wollte ich anbieten, Paulines Erziehung zu vollenden. Die Arglosigkeit, mit der die beiden Frauen meinen Vorschlag annahmen, entsprach der Unschuld, die ihn mir diktierte.

Auf diese Weise gab es für mich nun Stunden der Erholung. Die Kleine hatte die glücklichsten Anlagen, sie lernte so leicht, daß sie bald besser Klavier spielte als ich. Sie gewöhnte sich daran, in meiner Gegenwart laut zu denken, und offenbarte die tausenderlei Reize eines Herzens, das sich dem Leben auftut, wie ein Blumenkelch sich in der Sonne langsam entfaltet; sie hörte mir andächtig und freudig zu und ließ ihre schwarzen, samtigen Augen, die zu lächeln schienen, auf mir ruhen; sie wiederholte ihre Lektionen in sanftem und zärtlichem Ton und bezeigte eine kindliche Freude, wenn ich mit ihr zufrieden war. Ihre Mutter, von Tag zu Tag unruhiger, weil sie ein junges Mädchen vor Gefahren zu bewahren hatte, das im Heranwachsen alle Versprechen einlöste, die die Anmut seiner Kindheit gegeben hatte, sah mit Vergnügen, daß die Kleine sich den ganzen Tag einschloß, um zu lernen. Mein Klavier war das einzige, das ihr zur Verfügung stand, und sie nutzte meine Abwesenheit, um zu üben.

Kehrte ich nach Hause zurück, so fand ich Pauline in der allerbescheidensten Kleidung in meinem Zimmer vor; bei der geringsten Bewegung aber zeigte sich unter dem groben Stoff ihre anziehende, geschmeidige Gestalt. Wie die Heldin in dem Märchen von der Eselshaut ließ sie einen entzückenden Fuß in gemeinem Schuhwerk sehen.

Aber all diese hübschen Schätze, dieser Reichtum eines jungen Mädchens, dieser Überfluß an Schönheit waren für mich verloren. Ich hatte mir selbst befohlen, in Pauline nur eine Schwester zu sehen, und mich hätte davor geschaudert, das Vertrauen ihrer Mutter zu täuschen; ich bewunderte dieses reizende Mädchen wie ein Bild, wie das Porträt einer verstorbenen Geliebten; kurz, sie war mein Kind, meine Statue. Als ein neuer Pygmalion wollte ich aus einer lebendigen, bunten, fühlenden und sprechenden Jungfrau einen Marmor machen; ich war sehr streng mit ihr, aber je mehr ich sie meinen schulmeisterlichen Despotismus fühlen ließ, desto sanfter und unterwürfiger wurde sie.

Obgleich es edle Gefühle waren, die mich in meiner keuschen Zurückhaltung unterstützten, lagen mir doch auch die Überlegungen eines Sachwalters nicht fern. Für mich gibt es die Redlichkeit der Taler nicht ohne die Redlichkeit der Gedanken. Eine Frau zu betrügen oder Bankrott zu machen, das ist für mich stets ein und dasselbe gewesen. Ein junges Mädchen zu lieben oder sich von ihr lieben zu lassen stellt einen echten Vertrag dar, dessen Bedingungen wohl verstanden sein wollen. Es steht uns frei, die Frau zu verlassen, die sich verkauft, nicht aber das junge Mädchen, das sich verschenkt, denn es kennt die Tragweite seines Opfers nicht. Ich hätte Pauline also geheiratet, und das wäre Wahnsinn gewesen. Hieß das nicht eine zarte und jungfräuliche Seele einem grausamen Elend preisgeben? Meine Armut redete ihre egoistische Sprache und legte stets ihre eiserne Hand zwischen mich und dieses gute Geschöpf. Und außerdem, so muß ich zu meiner Schande gestehen, ist mir die Liebe im Elend etwas Unbegreifliches. Vielleicht ist das eine Verderbtheit in mir, die auf der menschlichen Krankheit beruht, die wir Zivilisation nennen; aber eine Frau, und wäre sie so anziehend wie die schöne Helena oder Homers Galatea, hat nicht mehr die geringste Macht über meine Sinne, sobald sie schmutzig ist. Ach! Es lebe die Liebe in Seide, auf Kaschmir, umgeben von den Wundern des Luxus, die sie so wunderbar schmücken, weil sie vielleicht selbst ein Luxus ist. Ich liebe es, in meiner Begierde prunkvolle Kleider zu zerknittern, Blumen zu zerdrücken und mit zerstörerischer Hand in die kunstvollen Bauwerke einer duftigen Frisur einzudringen. Brennende Augen, hinter einem Spitzenschleier verborgen, durch den die Blicke dringen wie Mündungsfeuer, das den Rauch der Kanonen zerreißt, haben für mich eine phantastische Anziehungskraft. Meine Liebe verlangt nach seidenen Strickleitern, die heimlich in einer Winternacht erklommen werden. Welch eine Lust, schneebedeckt in ein von wohligen Düften durchzogenes, mit bemalter Seide tapeziertes Zimmer zu kommen und dort eine Frau zu finden, die ebenfalls Schnee von sich schüttelt, denn wie sonst soll man diese Hüllen von wollüstigen Musselinen nennen, hinter denen sie sich verschwommen abzeichnet wie ein Engel in einer Wolke und denen sie bald entsteigt? Überdies muß mein Glück ängstlich sein und meine Sicherheit voller Wagnis. Kurz, ich möchte diese geheimnisvolle Frau wiedersehen, aber strahlend, inmitten der Gesellschaft, tugendhaft, umgeben von Huldigungen, in Spitzen gekleidet, funkelnd von Diamanten, der Stadt ihre Befehle erteilend und dabei so hoch gestellt und so gebieterisch, daß niemand es wagt, begehrliche Wünsche an sie zu richten. Inmitten ihres Hofstaats wirft sie mir einen verstohlenen Blick zu, einen Blick, der all diese Verstellungen Lügen straft, ein Blick, der mir die Gesellschaft und die Männer opfert!

Zugegeben, ich bin mir hundertmal lächerlich vorgekommen, ein paar Ellen Seidenspitzen zu lieben, Samt, feinen Batist, die Kunststücke eines Frisörs, Kerzen, einen schönen Wagen, einen Titel, Wappen und Kronen, von einem Glasmaler gemalt oder von einem Goldschmied gefertigt, mit einem Wort all das, was künstlich und an der Frau am wenigsten Frau ist; ich habe mich verspottet, ich habe mir ins

Gewissen geredet, es war alles vergeblich. Eine aristokratische Frau und ihr feines Lächeln, ihr vornehmes Benehmen und ihre Selbstachtung bezaubern mich; wenn sie zwischen sich und der Welt eine Schranke errichtet, so schmeichelt sie in mir all den Eitelkeiten, die die Hälfte der Liebe ausmachen. Dadurch, daß alle mich darum beneiden, scheint mir mein Glück erst die rechte Würze zu besitzen. Indem meine Geliebte nichts von dem tut, was andere Frauen tun, nicht geht und nicht lebt wie sie, indem sie sich in einen Mantel hüllt, den jene nicht haben können, und nach ihren eigenen Parfüms riecht, scheint sie mir weit mehr ganz persönlich zu gehören; je weiter sie sich von der Erde entfernt, sogar in dem, was die Liebe an Irdischem hat, desto schöner wird sie in meinen Augen. Zu meinem Glück haben wir in Frankreich seit zwanzig Jahren keine Königin mehr, sonst hätte ich die Königin geliebt! Um das Benehmen einer Prinzessin zu haben, muß eine Frau reich sein. Neben all meinen schwärmerischen Phantasien, was konnte mir da Pauline bedeuten? Konnte sie mir Nächte verkaufen, die das Leben kosten, eine Liebe, die tötet und die den Einsatz aller menschlichen Kräfte verlangt? Schwerlich sterben wir für arme Mädchen, die sich an uns verschenken. Von solchen Gefühlen und Träumen eines Dichters habe ich mich nie frei machen können. Ich bin für die unmögliche Liebe geschaffen, und der Zufall hat es gewollt, daß ich über meine Wünsche hinaus bedient worden bin. Wie oft habe ich nicht Paulines reizende Füße in Atlas gekleidet, ihre Taille, die schlank wie eine junge Pappel war, in ein Kleid von Gaze gehüllt, über ihre Brust einen leichten Schleier gelegt, sie über die Teppiche ihres weitläufigen Hauses wandeln lassen und sie zu einem eleganten Wagen geführt! So hätte ich sie angebetet. Ich gab ihr einen Stolz, den sie nicht hatte, ich beraubte sie aller ihrer Tugenden, ihrer kindlichen Anmut, ihrer natürlichen Reize und ihres unschuldigen Lächelns, um sie in den Styx unserer Laster zu tauchen und ihr Herz unverwundbar zu machen, um sie mit unseren Verbrechen zu schminken und aus ihr die launische Puppe unserer Salons zu machen, eine zerbrechliche Frau, die morgens zu Bette geht, um abends im Morgenrot der Kerzen wiederaufzuerstehen. Pauline war ganz Gefühl und jugendliche Frische, und ich wollte sie trocken und kalt.

In den letzten Tagen meines Wahnsinns hat die Erinnerung mir Pauline so gezeigt, wie sie uns die Szenen unserer Kindheit malt. Mehr als einmal habe ich mit zärtlicher Rührung köstlicher Augenblicke gedacht: Ich sah das anbetungswürdige Mädchen wieder neben meinem Tisch sitzen und nähen, friedlich, still, in sich ruhend und schwach vom Tageslicht beleuchtet, das durch meine Dachluke fiel und zarte silberne Lichter auf ihr schönes schwarzes Haar zeichnete; ich hörte wieder ihr junges Lachen, hörte ihre Stimme mit dem reichen Timbre anmutige Kantilenen singen, die sie mühelos improvisierte. Oft war meine Pauline beim Musizieren wie entrückt, ihr Gesicht glich dann auf verblüffende Weise dem edlen Kopf, durch den Carlo Dolci[80] Italien hat darstellen wollen. Inmitten meiner Ausschweifungen zeigte mir mein grausames Gedächtnis dieses junge Mädchen wie einen Gewissensbiß, wie ein Bild der Tugend! Aber überlassen wir dieses arme Kind seinem Schicksal! Wie unglücklich sie auch immer sein mag, zumindest habe ich sie vor einem furchtbaren Unwetter geschützt, indem ich sie nicht in die Hölle meines Lebens hinabgezogen habe.

Bis zum letzten Winter habe ich das stille und arbeitsreiche Leben geführt, von dem ich dir ein schwaches Bild zu geben versucht habe. In den ersten Dezembertagen des Jahres 1829 begegnete ich Rastignac, der mir ungeachtet des elenden Zustandes meiner Kleidung den Arm bot und sich mit wahrhaft brüderlicher Anteilnahme nach meinem Befinden erkundigte. Bestrickt von seiner freundlichen Art, erzählte ich ihm in aller Kürze von meinem Leben und meinen Hoffnungen; er brach in Gelächter aus und hieß mich ein Genie und einen Idioten zugleich. Sein gaskognischer Tonfall, seine Weltläufigkeit, sein Wohlstand, den er seiner Gewandtheit in den Dingen des Lebens verdankte, übten einen unwiderstehlichen Reiz auf mich aus. Rastignac malte mir aus, wie ich im Spital sterben würde, verkannt wie ein Trottel, ging an der Spitze meines eigenen Leichenzuges und warf mich in das Armengrab. Er sprach von Schwindelei. Mit dem liebenswürdigen Schwung, der ihn so verführerisch macht, bewies er mir, daß alle Männer von Genie Schwindler seien. Er erklärte mir, daß ich einen Sinn zu wenig besäße, was eine Todesursache sei, wenn ich weiter allein in der Rue des Cordiers bliebe. Seiner Meinung nach müßte ich in Gesellschaft gehen, die Leute daran gewöhnen, meinen Namen auszusprechen und mich selbst des schlichten ›Monsieur‹ entledigen, das sich für einen großen Mann zu Lebzeiten nicht zieme.

›Die Dummköpfe‹, rief er, ›nennen dieses Geschäft intrigieren, die Moralisten ächten es mit dem Wort Lebensverschwendung; aber halten wir uns nicht mit den Menschen auf, sondern schauen wir auf die Ergebnisse. Du arbeitest also? Gut und schön, dann wirst du es nie zu etwas bringen. Ich dagegen bin zu allem fähig und zu nichts zu gebrauchen, faul wie ein Hummer – und eben deshalb werde ich alles erreichen. Ich mache mich breit, ich dränge mich vor, man macht mir Platz; ich rühme mich und man glaubt mir; ich mache Schulden und man bezahlt sie! Die Verschwendung, mein Lieber, ist ein politisches System. Das Leben eines Mannes, der damit beschäftigt ist, sein Vermögen durchzubringen, wird häufig zu einer Spekulation; er legt sein Kapital in Freunden an, in Vergnügungen, in Protektionen und in Bekanntschaften. Ein Kaufmann, setzt der eine Million aufs Spiel? Zwanzig Jahre lang schläft er nicht, trinkt nicht und amüsiert sich nicht; er brütet über seiner Million und läßt sie durch ganz Europa traben; er langweilt sich, er liefert sich allen Dämonen aus, die der Mensch erfunden hat; schließlich, so habe ich es oftmals erlebt, kommt eine Liquidation und läßt ihn ohne einen Sous, ohne einen Namen und ohne einen Freund zurück. Der Verschwender dagegen genießt das Leben und läßt seine Pferde laufen. Sollte er sein Geld zufällig verlieren, so bekommt er Gelegenheit, Generalsteuereinnehmer zu werden, sich gut zu verheiraten oder Attaché eines Ministers oder eines Gesandten zu werden. Nach wie vor hat er Freunde, einen Ruf und immer Geld. Er kennt die Triebfedern der Gesellschaft und weiß sie zu seinem Vorteil zu nutzen. Ist das System nicht logisch, oder bin ich etwa ein Idiot? Da liegt doch die Moral der Komödie, die uns die Gesellschaft Tag für Tag vorspielt.‹

›Dein Werk ist vollbracht‹, fuhr er nach einer Pause fort, ›du besitzt ein gewaltiges Talent! Damit bist du an dem Punkt, an dem ich angefangen habe. Jetzt mußt du selbst für deinen Erfolg sorgen, das ist das Sicherste. Du mußt Bündnisse mit den Cliquen schließen und dir Lobredner erobern. Ich selber will mich zur Hälfte an deinem Ruhm beteiligen, ich werde der Juwelier sein, der die Diamanten deiner Krone gefaßt hat . . .

Um den Anfang zu machen, sei morgen abend hier. Ich werde dich in ein Haus einführen, wo ganz Paris verkehrt, unser Paris, das Paris der Stutzer, der Millionäre, der Berühmtheiten, kurzum der Menschen, die goldene Worte reden wie Chrysostomos[81]. Haben diese Leute sich eines Buches angenommen, so kommt es in Mode; ist es tatsächlich gut, so haben sie, ohne es zu wissen, einem eine Art Geniebrief ausgestellt. Wenn du Verstand hast, mein Kleiner, wirst du selbst ein Vermögen aus deiner ›Theorie‹ machen und dabei die Theorie des Vermögens besser begreifen. Morgen abend sollst du die schöne Gräfin Feodora sehen, die gefeiertste Frau von Paris.‹

›Von der habe ich noch nie etwas gehört . . .‹

›Du bist ein Kaffer‹, sagte Rastignac lachend. ›Feodora nicht zu kennen! Eine heiratsfähige Frau, die an die achtzigtausend Francs Rente besitzt, die aber keinen Mann oder die kein Mann zur Frau will. Eine Art weibliches Rätsel, eine Pariserin, die zur Hälfte Russin, eine Russin, die zur Hälfte Pariserin ist. Eine Frau, bei der alle romantischen Werke erscheinen, die nicht verlegt werden, die schönste und anmutigste Frau von Paris! Du bist nicht mal ein Kaffer, du bist eine Kreuzung aus Kaffer und Tier ... Lebwohl, also bis morgen.‹

Er machte eine Kehrtwendung und verschwand, ohne meine Antwort abzuwarten; er nahm wohl nicht an, daß ein vernünftiger Mensch es ablehnen könne, Feodora vorgestellt zu werden. Wie soll man die Faszination eines Namens erklären? *Feodora*, das verfolgte mich wie ein schlechter Gedanke, mit dem man handelseinig zu werden trachtet. Eine Stimme sagte mir: ›Du wirst zu Feodora gehen‹. Ich mochte mich mit dieser Stimme herumschlagen, wie ich wollte, und sie anbrüllen, daß sie lüge – sie machte all meine Einwände mit dem Namen Feodora zunichte. Aber waren denn dieser Name und diese Frau nicht das Symbol all meiner Wünsche und das Thema meines Lebens? Der Name blendete mit all dem künstlichen Glanz der großen Welt und lockte mit den Festen des vornehmen Paris und dem Flitterwerk der Eitelkeit. Die Frau erschien mir mit all den Rätseln der Leidenschaft, in die ich mich vernarrt hatte. Vielleicht waren es weder die Frau noch der Name, sondern all meine Laster, die sich in meiner Seele aufrichteten, um mich von neuem in Versuchung zu führen.

War die Gräfin Feodora, reich und ohne Liebhaber, die den Verlockungen von Paris widerstand, nicht die Inkarnation meiner Hoffnungen und Träume? Ich erschuf mir eine Frau, ich malte sie mir in Gedanken, ich träumte sie mir. In der Nacht schlief ich nicht, ich wurde ihr Geliebter, ich füllte wenige Stunden mit einem ganzen Leben, einem Leben der Liebe, und genoß seine reichen, glühenden Wonnen. Da ich die Marter, lange auf den Abend zu warten, nicht ertragen konnte, lieh ich mir am andern Morgen einen Roman aus und brachte den Tag damit hin, ihn zu lesen; so machte ich es mir unmöglich, nachzudenken oder die Zeit zu berechnen. Während ich las, klang der Name Feodora wie ein Ton in mir, den man aus der Ferne vernimmt, der einen nicht stört und doch deutlich hörbar ist. Zum Glück besaß ich noch einen schwarzen Frack und eine weiße Weste, die einigermaßen vorzeigbar waren; von meinem ganzen Vermögen waren mir etwa dreißig Francs geblieben, die ich in meinen Kleidungsstücken und meinen Schubladen verteilt hatte, um zwischen einem Hundertsousstück und meinen Launen die dornige Hecke einer mühsamen Suche und die Zufälle eines Irrweges durch mein Zimmer zu errichten. Als es Zeit zum Umkleiden war, durchforschte ich einen Ozean von Papieren nach meinem Schatz. Der geringe Umfang meiner Barschaft mag dir begreiflich machen, was mir meine Handschuhe und meine Droschke an Reichtümern raubten, sie verschlangen das Brot für einen ganzen Monat. Aber leider fehlt es uns zur Befriedigung unserer Launen ja niemals an Geld, wir feilschen nur um den Preis nützlicher oder notwendiger Dinge. Ohne zu überlegen, vergeuden wir unser Gold an Tänzerinnen und halten einen Handwerker hin, dessen Familie hungrig auf die Bezahlung einer Rechnung wartet. Wie viele Menschen tragen einen Frack für hundert Francs, haben einen Diamanten am Knauf ihres Spazierstocks und essen für fünfundzwanzig Sous zu Mittag! Es scheint, daß wir die Freuden der Eitelkeit gar nicht teuer genug bezahlen können. Rastignac, der sich pünktlich an unsere Verabredung gehalten hatte, lächelte über meine Verwandlung und zog mich ein wenig damit auf; auf dem Weg zur Gräfin aber gab er mir wohlmeinende Ratschläge, wie ich mich ihr gegenüber verhalten solle; er schilderte sie mir als geizig, eitel und mißtrauisch; geizig freilich mit allem Prunk, eitel in aller Schlichtheit und mißtrauisch in aller Gutmütigkeit.

›Du weißt ja, daß ich gebunden bin‹, sagte er, ›und du weißt auch, was ich bei einem Tausch meiner Geliebten verlieren würde. Ich habe Feodora uninteressiert und mit kaltem Blut beobachtet, meine Bemerkungen müssen also stimmen. Ich will dich bei ihr einführen, weil ich an dein Glück denke; achte also genau darauf, was du zu ihr sagst, sie verfügt über ein grausames Gedächtnis und ein Geschick, das einen Diplomaten zur Verzweiflung brächte, sie würde ganz genau erraten, wann er die Wahrheit sagt; ganz unter uns, ich glaube, ihre Ehe ist nie vom Zaren anerkannt worden, denn der russische Botschafter fing zu lachen an, als ich die Rede auf sie brachte. Er empfängt sie nicht und grüßt sie nur flüchtig, wenn er ihr im Bois[82] begegnet. Trotzdem gehört sie zu dem Kreis um Madame de Sérizy und verkehrt bei den Damen de Nucingen und de Restaud[83]. In Frankreich ist ihr Ruf tadellos; die Herzogin von Carigliano, die hochnäsigste Marschallin der ganzen Bonapartistenclique, verbringt häufig mit ihr den Sommer auf ihrem Landsitz. Eine Schar von jungen Gekken, darunter sogar der Sohn eines Pairs von Frankreich, hat ihr einen Namen im Tausch gegen ihr Vermögen angeboten; sie hat sie samt und sonders höflich abgewiesen. Vielleicht beginnt ihre Empfindsamkeit erst beim Titel eines Grafen. Bist du nicht Marquis? Also vorwärts, wenn sie dir gefällt! Das heiße ich Ratschläge geben.‹

Dieser Scherz ließ mich glauben, daß Rastignac sich über mich lustig machen und meine Neugier reizen wollte, so daß meine improvisierte Leidenschaft auf ihrem Höhepunkt angelangt war, als wir vor einem mit Blumen geschmückten Peristyl stehen blieben. Mir pochte das Herz, als wir eine breite, mit einem Läufer belegte Treppe hinaufstiegen, an der ich die erlesene Kostbarkeit des englischen Komforts bemerkte; ich errötete, ich strafte meine Herkunft, meine Gefühle und meinen Stolz Lügen, ich fühlte mich albernerweise wie ein Bourgeois. Ach, ich kam aus einer Mansarde, hatte drei Jahre Armut hinter mir und verstand es noch nicht, meine Schätze über die Lappalien des Lebens zu stellen, jenes gewaltige intellektuelle Kapital, das einen im Handumdrehen reich macht, wenn einem die Macht in die Hände fällt, ohne daß man erschlagen wird, da man durch das Studium schon im voraus für die politischen Kämpfe ausgebildet ist. Ich erblickte eine mittelgroße, weiß gekleidete Frau von etwa zweiundzwanzig Jahren, die von einem Kreis von Männern umgeben war und in der Hand einen Fächer aus Federn hielt. Als sie Rastignac eintreten sah, erhob sie sich, kam uns entgegen, lächelte anmutig und machte mir mit wohlklingender

Stimme ein Kompliment, das sicher nicht echt war; mein Freund hatte mich als einen Mann von Talent angekündigt, und seine Gewandtheit, seine gaskognische Emphase hatten für einen schmeichelhaften Empfang gesorgt. Ich wurde zum Gegenstand einer besonderen Aufmerksamkeit, die mich verwirrte; aber zum Glück hatte Rastignac von meiner Bescheidenheit gesprochen. Ich traf hier auf Gelehrte, Literaten, ehemalige Minister und Pairs von Frankreich. Die Unterhaltung nahm bald nach meiner Ankunft wieder ihren normalen Verlauf, und da ich spürte, daß ich einen Ruf zu verteidigen hatte, fand ich meine Ruhe wieder; ohne das Rederecht zu mißbrauchen, wenn es mir eingeräumt worden war, versuchte ich, die Diskussionen in mehr oder minder scharfsinnigen, tiefen oder geistreichen Worten zusammenzufassen. Ich erregte einiges Aufsehen. Zum tausendsten Male in seinem Leben erwies Rastignac sich als Prophet. Als genügend Leute beisammen waren, so daß sich jeder wieder nach Gutdünken bewegen konnte, reichte mir mein Führer seinen Arm, und wir schlenderten durch die Gemächer.

›Mach bloß nicht den Eindruck, als ob du von der Prinzessin[84] allzusehr begeistert wärst‹, sagte er zu mir, ›sie würde sonst den Grund deines Besuchs erraten.‹

Die Salons waren mit erlesenem Geschmack eingerichtet. Ich erblickte Bilder von hohem Wert. Wie bei sehr reichen Engländern hatte ein jeder Raum seinen besonderen Charakter, die seidene Wandbespannung, der Zierat, die Form der Möbel, noch der kleinste Schmuck harmonierte mit einem Grundgedanken. In einem gotischen Boudoir, dessen Türen mit Gobelins verhängt waren, waren die Rahmen des Stoffes, die Stutzuhr und die Zeichnung des Teppichs gotisch; die Decke aus geschnitzten braunen Balken bot dem Blick Kassetten voller Anmut und Originalität; die Holztäfelung war kunstvoll gearbeitet; nichts störte den Gesamteindruck dieses schönen Zimmers, nicht einmal die Fenster, deren Scheiben bunt und kostbar waren. Ich war überrascht vom Anblick eines kleinen modernen Salons, in dem ich weiß nicht welcher

Künstler die gesamte Weisheit unserer Einrichtungskunst verschwendet hatte, so leicht und frisch, zart, dezent und sparsam in der Vergoldung war das Dekor. Der Raum war erfüllt von Liebe und Raunen wie eine deutsche Ballade, ein richtiger Schlupfwinkel für eine Leidenschaft von 1827, durchduftet von Ständern voll seltener Blumen. Direkt im Anschluß an diesen Salon stieß ich auf einen vergoldeten Raum, in dem der Stil aus der Zeit Ludwigs XIV. wiederauferstanden war und dessen Malereien einen sonderbaren, aber angenehmen Kontrast zu unserer heutigen Kunst boten.

›Du wirst hier recht gut untergebracht sein‹, sagte Rastignac mit einem Lächeln, hinter dem sich ein Anflug von Ironie verbarg. ›Ist das nicht verführerisch?‹ fügte er hinzu und setzte sich hin.

Plötzlich erhob er sich, nahm mich bei der Hand, führte mich in das Schlafzimmer und zeigte mir, unter einem Baldachin von weißem Musselin und Moiré, ein schwach beleuchtetes, wollüstiges Bett, ein Bett, einer jungen Fee würdig, die mit einem Genius verlobt ist.

›Ist es nicht‹, rief er leise aus, ›schamlos, unverschämt und über alle Maßen kokett, uns diesen Thron der Liebe betrachten zu lassen? Sich niemandem hinzugeben und jedermann zu erlauben, hier seine Karte zu hinterlassen! Wäre ich frei, so würde ich diese Frau gern unterwürfig und weinend vor meiner Tür sehen . . .‹

›Bist du dir ihrer Tugend denn so sicher?‹

›Die kühnsten unserer Verführer und sogar die geschicktesten gestehen, daß sie bei ihr gescheitert sind, lieben sie noch immer und sind ihre ergebenen Freunde. Ist diese Frau nicht ein Rätsel?‹

Diese Worte versetzten mich in eine Art Rauschzustand, und meine Eifersucht fürchtete bereits die Vergangenheit. Zitternd vor Freude kehrte ich hastig in den Salon zurück, in dem ich die Gräfin zurückgelassen hatte, und begegnete ihr in dem gotischen Boudoir. Sie hielt mich mit einem Lächeln an, hieß mich neben ihr Platz nehmen, begann, mich über meine

Arbeit zu befragen, und schien sich lebhaft dafür zu interessieren, besonders als ich ihr mein System in scherzhafte Worte übersetzte, statt mich der Sprache eines Professors zu bedienen und es ihr auf gelehrte Weise zu entwickeln. Es schien sie sehr zu amüsieren zu erfahren, daß der menschliche Wille eine materielle Kraft sei wie der Dampf; daß nichts in der geistigen Welt dieser Kraft widerstünde, wenn ein Mensch daran gewöhnt sei, sie zu konzentrieren, sie als Ganzes einzusetzen und ohne Unterlaß die Strahlen dieser flüssigen Masse auf die Seelen zu richten; daß dieser Mensch nach seinem Gutdünken alles beeinflussen könne, was die Menschheit beträfe, ja sogar die absoluten Gesetze der Natur. Feodoras Einwände zeigten mir eine gewisse geistige Scharfsicht; ich fand Gefallen daran, ihr für einige Augenblicke recht zu geben, um ihr zu schmeicheln, und zerstörte dann ihre typisch weiblichen Argumente mit einem Wort, indem ich ihr Augenmerk auf eine alltägliche Begebenheit des Lebens richtete, auf den Schlaf, eine dem Anschein nach ganz gewöhnliche Tätigkeit, die aber im Grunde voller Rätsel stecke, die für den Gelehrten unlösbar seien. So stachelte ich ihre Neugier an. Die Gräfin verstummte sogar für einen Moment, als ich ihr sagte, daß unsere Ideen organische, selbständige Wesen seien, die in einer unsichtbaren Welt lebten und unsere Geschicke beeinflußten, wobei ich als Beweis auf die Gedanken Descartes', Diderots und Napoleons verwies, die ein ganzes Jahrhundert geführt haben und noch immer führen. Ich hatte die Ehre, diese Frau zu unterhalten; sie verabschiedete sich von mir mit der Einladung, sie zu besuchen; in der Sprache des Hofes gesprochen: sie räumte mir ungehinderten Zutritt ein.

Sei es nun, daß ich nach alter lobenswerter Gewohnheit Formeln der Höflichkeit für Worte des Herzens nahm, sei es, daß Feodora in mir eine kommende Berühmtheit sah und ihre Gelehrtensammlung erweitern wollte – ich glaubte ihr zu gefallen. Ich rief mir alle meine physiologischen Kenntnisse und meine früheren Studien über die Frau wieder ins

Gedächtnis, um während dieses Abends peinlich genau jene seltsame Person und ihr Wesen zu prüfen; ich hielt mich in einer Fensternische verborgen und belauerte ihre Gedanken, die ich aus ihrem Verhalten zu erraten suchte; ich studierte dieses Treiben einer Hausherrin, die kommt und geht, sich setzt und plaudert, einen Mann zu sich ruft, ihn nach etwas fragt und sich, um ihm zu lauschen, an einen Türrahmen lehnt; ich bemerkte in ihrem Gang eine so weich gebrochene Bewegung, einen so anmutigen Fluß des Kleides, sie erregte so heftig die Begierde, daß ich fortan nicht mehr so recht an ihre Tugend glauben wollte. Mochte Feodora die Liebe heute auch verleugnen, so hatte sie früher doch sehr leidenschaftlich sein müssen; denn das Wissen um die Wollust sprach selbst aus der Art, in der sie sich vor ihren Gesprächspartner stellte; kokett stützte sie sich auf die Holzvertäfelung wie eine Frau, die kurz vor dem Fall, aber auch bereit zur Flucht ist, falls ein zu heftiger Blick sie einschüchtern sollte. Die Arme lässig gekreuzt, die Worte scheinbar aufsaugend und selbst mit dem Blick eine wohlwollende Zuhörerin, schien sie voller Gefühl. Ihre frischen roten Lippen hoben sich von einem blendend weißen Teint ab. Ihr braunes Haar brachte die orangene Farbe ihrer Augen, die geädert waren wie Florentiner Gestein und deren Ausdruck ihren Worten eine besondere Feinheit verlieh, gut zur Geltung. Der Ausschnitt ihres Kleides schließlich war mit den verführerischsten Reizen geschmückt. Eine Rivalin hätte vielleicht die dichten, fast zusammengewachsenen Brauen für zu streng befunden und den kaum wahrnehmbaren Flaum auf ihren Wangen gerügt. Ich fand in allem den Abdruck der Leidenschaft. Die Liebe stand auf den italienischen Augenlidern dieser Frau geschrieben, auf ihren schönen Schultern, die der Venus von Milo würdig waren, in ihren Zügen und auf der ein wenig zu starken, von einem Schatten leicht umwölkten Unterlippe. Sie war mehr als eine Frau, sie war ein Roman. Doch diese Reichtümer an weiblichen Reizen, das harmonische Zusammenspiel der Linien, all die Versprechen, mit denen dieser schöne Körper die Leidenschaft lockte, wurden gemäßigt durch eine stete Zurückhaltung, durch eine außergewöhnliche Bescheidenheit, die im Widerspruch zum Ausdruck ihrer gesamten Persönlichkeit standen. Es bedurfte einer so scharfen Beobachtungsgabe wie der meinen, um in diesem Wesen die Zeichen einer Bestimmung zur Wollust zu entdecken. Um noch klarer auszudrücken, was ich meine: In Feodora fanden sich zwei Frauen vereint, die vielleicht durch die Büste getrennt waren; einerseits war sie kalt, andrerseits schien ihr Kopf voller Liebe zu sein. Bevor sie ihre Augen auf einem Mann ruhen ließ, bereitete sie ihren Blick vor, als ob sich irgend etwas Geheimnisvolles in ihrem Inneren vollzöge; man hätte es als ein Zucken in ihren sonst so strahlenden Augen beschreiben können. Kurz, entweder war meine Wissenschaft nicht vollkommen, und ich hatte noch einige Geheimnisse in der geistigen Welt zu entdecken, oder die Gräfin besaß eine schöne Seele, deren Gefühle und Ausstrahlung ihren Zügen jenen Zauber verlieh, der uns unterwirft und in seinen Bann schlägt: ein rein geistiger Einfluß, der umso mächtiger ist, als er mit den Neigungen der Begierde harmoniert.

Als ich fortging, war ich entzückt und verführt von dieser Frau, berauscht von ihrem Luxus und gekitzelt in allem, was mein Herz an Edlem, Lasterhaftem, Gutem und Bösem barg. Da ich mich so erregt, so belebt, so überspannt fühlte, glaubte ich die Anziehungskraft zu verstehen, die all die Künstler, Diplomaten, Mächtigen und Spekulanten, die wie ihre Kassen innen mit Eisenblech ausgeschlagen sind, in dieses Haus führte: Zweifellos suchten auch sie in ihrer Nähe die fieberhafte Erregung, die alle Kräfte meines Seins zum Vibrieren brachte, mein Blut bis in die kleinste Ader aufpeitschte, noch den letzten Nerv reizte und in meinem Hirn bebte. Sie hatte sich keinem hingegeben, um sie alle zu behalten. Eine Frau ist kokett, solange sie nicht liebt.

›Außerdem‹, sagte ich zu Rastignac, ›ist sie vielleicht an irgendeinen Greis verheiratet oder verkauft worden, und die

Erinnerung an ihre erste Liebesnacht läßt sie mit Abscheu an die Liebe denken.‹

Ich ging zu Fuß vom Faubourg Saint-Honoré, wo Feodora wohnte, nach Hause zurück. Zwischen ihrem Palais und der Rue des Cordiers, liegt beinahe ganz Paris; der Weg erschien mir kurz, obwohl es sehr kalt war. Feodora im Winter erobern zu wollen, einem strengen Winter, mit kaum dreißig Francs in der Tasche und einer so großen Entfernung zwischen uns! Nur ein junger Mann, der arm ist, weiß, was eine Leidenschaft an Droschken, Handschuhen, Anzügen, Wäsche etc. kostet. Bleibt die Liebe nur einen Augenblick zu lang platonisch, so führt sie zum Ruin. Wahrlich, es gibt Lauzuns[85] unter den Studenten an der juristischen Fakultät, die nicht in der Lage sind, sich einer geliebten Frau zu nähern, bloß weil sie in der Beletage wohnt. Und wie sollte ich, der ich schwach, dünn, ärmlich gekleidet, blaß und abgemagert war wie ein Künstler, der sich von einem großen Werk erholt, wie sollte ich es mit wohlfrisierten, hübschen, geschniegelten jungen Leuten aufnehmen, die Krawatten trugen, mit denen sie ganz Kroatien[86] in Verzweiflung hätten stürzen können, die reich waren, mit Tilburys bewaffnet und einem unverschämten Auftreten gerüstet?

›Pah! Feodora oder den Tod!‹ rief ich, als ich über eine Brücke ging. ›Feodora, das bedeutet Glück und Reichtum!‹

Das schöne gotische Boudoir und der Salon im Stil Ludwigs XIV. erschienen vor meinen Augen, ich sah die Gräfin wieder in ihrem weißen Kleid mit den eleganten weiten Ärmeln, sah ihren verführerischen Gang und ihren verlokkenden Ausschnitt. Als ich in meiner kahlen und kalten Mansarde anlangte, die so ungepflegt war wie die Perücke eines Naturforschers, lebte ich noch immer inmitten der Bilder von Feodoras Luxus. Dieser Gegensatz war ein schlechter Ratgeber, so müssen Verbrechen geboren werden. Zitternd vor Wut verfluchte ich also mein anständiges und ehrbares Elend, meine fruchtbare Mansarde, in der so viele Gedanken das Licht der Welt erblickt hatten. Von Gott, vom Teufel, von der Gesellschaft, von meinem Vater, vom ganzen Universum verlangte ich Rechenschaft über mein Schicksal, über mein Unglück; hungrig ging ich zu Bett, brummte lächerliche Verwünschungen vor mich hin und war doch fest entschlossen, Feodora zu verführen. Dieses Frauenherz war ein letztes Lotterielos, hinter dem sich mein Glück verbarg. Ich erspare dir meine ersten Besuche bei Feodora, um gleich zum eigentlichen Drama zu kommen.

Um an die Seele dieser Frau zu gelangen, versuchte ich, ihren Geist zu gewinnen und ihre Eitelkeit für mich einzunehmen; um ganz sicher geliebt zu werden, gab ich ihr tausend Gründe, sich selber noch mehr zu lieben; niemals habe ich sie in einem Zustand der Gleichgültigkeit gelassen; die Frauen wollen Erregungen um jeden Preis, ich habe sie an sie verschwendet; lieber hätte ich ihren Zorn erregt, als sie mir gegenüber gleichgültig zu sehen. Anfangs waren es ein fester Wille und der Wunsch, geliebt zu werden, die mich ein wenig Einfluß auf sie gewinnen ließen, doch bald wuchs meine Leidenschaft, ich war nicht mehr Herr meiner selbst, ich hörte auf zu spielen, verlor mich und war rettungslos verliebt. Ich weiß nicht recht, was wir in der Dichtung oder im Gespräch als ›Liebe‹ bezeichnen; das Gefühl jedenfalls, das sich plötzlich in meiner Doppelnatur entwickelte, habe ich nirgends dargestellt gefunden, weder in den eleganten Redewendungen Jean-Jacques Rousseaus, dessen Unterkunft ich vielleicht bewohnte, noch in den kalten Schöpfungen unserer zwei literarischen Jahrhunderte, noch auf den Bildern Italiens. Allein der Anblick des Sees von Brienne, gewisse Motive von Rossini, die Madonna von Murillo, die der Marschall Soult[87] besitzt, die Briefe der Lescombat[88], vereinzelte Formulierungen in den Anekdotensammlungen, besonders aber die Gebete der Ekstatiker und einige Stellen in unseren alten Fabeln haben mich in die göttlichen Regionen meiner ersten Liebe entrücken können.

Nichts in den Sprachen der Menschen, keine Übersetzung des Denkens mit Hilfe von Farben, Marmor, Worten oder

Tönen könnte den Ursprung, die Wahrheit, die Vollkommenheit und die Plötzlichkeit des Gefühls in der Seele wiedergeben! Ja, wer Kunst sagt, sagt Lüge. Die Liebe macht unendliche Verwandlungen durch, bevor sie sich für immer in unser Leben mischt und es für alle Zeit mit ihrer Flammenfarbe tönt. Das Geheimnis dieser unsichtbaren Infusion entzieht sich der Analyse des Künstlers. Die wahre Leidenschaft drückt sich in Schreien und Seufzern aus, die für einen kalten Menschen langweilig sind. Man muß aufrichtig lieben, um halbwegs das Gebrüll Lovelaces nachzuempfinden, wenn man *Clarissa Harlowe*[89] liest. Die Liebe ist eine unschuldige Quelle, die ihr Bett aus Kresse, Blumen und Kieseln verläßt, zum Fluß, zum Strom wird, mit jeder Welle ihre Natur und ihr Aussehen ändert und sich in einen unermeßlichen Ozean ergießt, in dem unvollkommene Geister nichts als Eintönigkeit erkennen können und an dem große Seelen sich in unendliche Betrachtungen versenken. Wie könnte man es wagen, die vergänglichen Farben des Gefühls zu beschreiben, diese Nichtigkeiten, die einen so hohen Wert besitzen, diese Worte, deren Ton die Schätze der Sprache erschöpft, diese Blicke, die fruchtbarer als die reichsten Dichtungen sind? In jeder der rätselhaften Szenen, während derer wir uns unmerklich in eine Frau verlieben, tut sich ein Abgrund auf, der alle menschlichen Dichtungen verschlingt. Ja, wie könnten wir die starken und geheimnisvollen Bewegungen der Seele wiedergeben, wenn uns schon die Worte fehlen, um die sichtbaren Geheimnisse der Schönheit zu schildern? Welch ein Zauber! Wie viele Stunden habe ich mich in eine unbeschreibliche Ekstase versenkt, indem ich *sie* betrachtet habe. Worüber ich glücklich war? Ich weiß es nicht! War ihr Gesicht in solchen Augenblicken von Licht überflutet, so schien es auf wundervolle Weise zu strahlen; der zarte Flaum, der ihre feine und empfindliche Haut vergoldete, zeichnete deren Konturen mit der Anmut nach, die wir an den fernen Linien des Horizonts bewundern, wenn sie sich im Sonnenschein verlieren. Es schien, als ob das Licht sie liebkose, da es sich mit ihr vereinte, oder als ob ihrem strahlenden Antlitz ein Licht entströme, das noch heller war als das Licht selbst; dann wieder glitt ein Schatten über dies zarte Antlitz, zauberte eine Art Farbe darauf und verwandelte seinen Ausdruck, indem es seine Tönungen änderte. Oft schien ein Gedanke sich auf ihrer Marmorstirn abzuzeichnen; ihr Auge schien zu erröten, ihre Lider zuckten, ihre Züge gerieten durch ein Lächeln in Bewegung; die mit Verstand begabte Koralle ihrer Lippen belebte sich, tat sich auf und schloß sich wieder; irgendein Reflex aus ihren Haaren warf einen braunen Ton auf ihre frischen Wangen; mit jeder kleinen Veränderung hatte sie gesprochen; jede Nuance ihrer Schönheit bereitete meinen Augen neue Feste und offenbarte meinem Herzen ungeahnte Reize. In jeder Wandlung ihres Gesichts wollte ich ein Gefühl, eine Hoffnung lesen. Diese stummen Worte drangen von Seele zu Seele, so wie ein Ton ein Echo findet, und beglückten mich mit vergänglichen Freuden, die tiefe Eindrücke in mir hinterließen. Ihre Stimme löste eine Verzükkung in mir aus, derer ich kaum Herr werden konnte. Wie einer dieser lothringischen Fürsten hätte ich eine glühende Kohle in meiner hohlen Hand nicht gespürt, wäre sie mir zur gleichen Zeit mit ihren liebkosenden Fingern durchs Haar gefahren. Das war keine Bewunderung und kein Begehren mehr, sondern ein Zauber, ein Verhängnis. Oft, wenn ich unter mein Dach zurückgekehrt war, sah ich undeutlich Feodora bei sich zu Hause und nahm von fern an ihrem Leben teil; litt sie, dann litt auch ich, und ich sagte dann am andern Tag zu ihr:

›Sie haben gelitten.‹

Wie oft ist sie in der Stille der Nacht zu mir gekommen, herbeigerufen durch die Gewalt meiner Ekstase! Jäh wie ein hervorbrechender Lichtstrahl schlug sie mir die Feder aus der Hand und erschreckte die Wissenschaft und das Studium, so daß sie verzweifelt entflohen; sie zwang mich, sie zu bewundern, indem sie die anziehende Pose einnahm, in der ich sie kürzlich gesehen hatte. Dann wieder ging ich ihr selbst in der Welt der Geister entgegen, grüßte sie wie eine Hoffnung und bat sie, mich ihre Silberstimme hören zu lassen; schluchzend erwachte ich darauf.

Eines Tages, nachdem sie versprochen hatte, mit mir ins Theater zu gehen, weigerte sie sich plötzlich aus irgendeiner Laune heraus, auszugehen und bat mich, sie allein zu lassen. Verzweifelt über diesen Widerspruch, der mich einen Arbeitstag und – soll ich es gestehn? – meinen letzten Taler gekostet hatte, begab ich mich an den Ort, an dem sie hätte sein sollen, um das Stück zu sehen, das sie hatte sehen wollen. Kaum hatte ich Platz genommen, da empfand ich einen elektrischen Schlag im Herzen. Eine Stimme sagte mir: ›Sie ist da!‹ Ich drehe mich um und sehe die Gräfin tief hinten in ihrer Parterreloge im Schatten versteckt. Mein Blick suchte nicht, meine Augen fanden sie mit einer sagenhaften Hellsichtigkeit, meine Seele war ihrem Leben entgegengeflogen, wie ein Insekt zu seiner Blume fliegt. Was meine Sinne verständigt hatte? Es gibt ein inneres Beben, das die oberflächlichen Menschen überraschen mag; aber im Grunde sind diese Tatsachen unserer inneren Natur ebenso selbstverständlich wie die gewöhnlichen Erscheinungen unserer äußeren Welt; so war ich also keineswegs erstaunt, wohl aber verärgert. Meine Studien über unsere so wenig bekannte seelische Kraft halfen mir zumindest, in meiner Leidenschaft einige lebendige Beweise meines Systems zu entdecken. Diese Vereinigung des Gelehrten mit dem Liebenden, einer wahrhaft abgöttischen Liebe mit der Begeisterung für die Wissenschaft war schon recht sonderbar. Die Wissenschaft war oft mit dem zufrieden, was den Liebenden zur Verzweiflung trieb, und wenn der Liebende zu triumphieren glaubte, so jagte er die Wissenschaft beglückt von dannen. Feodora entdeckte mich und wurde ernst, ich störte sie. In der ersten Pause stattete ich ihr einen Besuch ab; sie war allein, ich blieb. Obwohl wir nie von Liebe gesprochen hatten, fühlte ich, daß es nun zu einer Erklärung kommen werde. Ich hatte ihr noch nichts von meinem Geheimnis gesagt, und dabei bestand so etwas wie eine

Erwartung zwischen uns: Sie pflegte mir anzuvertrauen, was sie an Zerstreuungen geplant hatte, und fragte mich am Abend mit einer Art freundschaftlichen Besorgnis, ob ich am folgenden Tage kommen werde; sie konsultierte mich mit einem Blick, sobald sie eine geistvolle Äußerung getan hatte, so als ob sie ausschließlich mir hätte gefallen wollen; war ich schlechter Laune, wurde sie zärtlich; schien sie beleidigt, so hatte ich gewissermaßen das Recht, sie nach der Ursache zu fragen; hatte ich mich eines Fehlers schuldig gemacht, ließ sie sich lange bitten, bevor sie mir Verzeihung gewährte. Solch ein Streit, an dem wir Gefallen gefunden hatten, war voller Liebe. Sie entfaltete darin so viel Anmut und Koketterie, und ich empfand dabei ein solches Glück! In diesem Augenblick aber war unsere Vertrautheit aufgehoben, und wir saßen einander wie zwei Fremde gegenüber. Die Gräfin war eisig; mir schwante ein Unglück.

›Begleiten Sie mich‹, sagte sie zu mir, als das Stück zu Ende war.

Das Wetter war plötzlich umgeschlagen. Als wir hinaustraten, fiel ein Schneeregen. Feodoras Wagen konnte nicht bis an den Ausgang des Theaters vorfahren. Als ein Dienstmann sah, daß eine vornehm gekleidete Dame gezwungen war, den Boulevard zu überqueren, hielt er seinen Regenschirm über unsere Köpfe und verlangte den Lohn für seine Hilfe, als wir eingestiegen waren. Ich hatte nichts; in diesem Augenblick hätte ich zehn Jahre meines Lebens verkauft, um in den Besitz von zwei Sous zu gelangen. Alles, was den Mann und seine tausend Eitelkeiten ausmacht, wurde durch einen höllischen Schmerz in mir zerstört. Die Worte: ›Ich habe kein Kleingeld, mein Lieber!‹ wurden in einem harten Ton gesprochen, der seinen Grund in meiner gekränkten Liebe zu haben schien, gesprochen von mir, dem Bruder dieses Mannes, von mir, der ich das Elend so gut kannte! Von mir, der ich einst so leichten Herzens siebenhunderttausend Francs hingegeben hatte! Der Diener stieß den Dienstmann zurück, und die Pferde stoben davon. Während der Rückfahrt zu ihrem Palais antwortete Feodora, die zerstreut war oder tat, als ob sie in Gedanken versunken wäre, mit verächtlicher Einsilbigkeit auf meine Fragen. So schwieg ich also. Es war ein schrecklicher Augenblick. Als wir in ihrem Hause angelangt waren, setzten wir uns vor den Kamin. Nachdem der Kammerdiener das Feuer geschürt und sich zurückgezogen hatte, wandte sich die Gräfin mir mit einem unbestimmbaren Gesichtsausdruck zu und sagte mit einer gewissen Feierlichkeit:

›Seit meiner Rückkehr nach Frankreich hat mein Vermögen einige junge Leute in Versuchung geführt; ich habe Liebeserklärungen erhalten, die meinen Stolz hätten befriedigen können; ich bin Männern begegnet, deren Zuneigung so sicher und so tief war, daß sie mich selbst dann geheiratet hätten, wenn ich bloß ein armes Mädchen gewesen wäre, wie ich es einmal war. Schließlich müssen Sie wissen, Monsieur de Valentin, daß mir auch neue Reichtümer und neue Titel angeboten worden sind; aber nehmen Sie auch zur Kenntnis, daß ich die Leute nie wiedergesehen habe, die auf den schlechten Einfall kamen, mir etwas von Liebe zu erzählen. Wäre mein Gefühl für Sie oberflächlich, so würde ich Ihnen nicht diese Warnung zukommen lassen, die der Freundschaft und nicht dem Hochmut entspringt. Eine Frau setzt sich so etwas wie der Gefahr einer Kränkung aus, wenn sie, in der Meinung, sie werde geliebt, sich von vornherein einem stets schmeichelhaften Gefühl versagt. Ich kenne die Szenen der Arsinoë[90] und der Araminte[91] und habe mich daher mit den Antworten vertraut gemacht, die ich unter solchen Umständen zu vergegenwärtigen habe; heute jedoch hoffe ich, daß ein bedeutender Mann nicht schlecht über mich urteilt, bloß weil ich ihm freimütig Einblick in meine Seele gewährt habe.‹

Sie drückte sich mit der Kaltblütigkeit eines Advokaten oder eines Notars aus, der seinen Klienten die Möglichkeiten eines Prozesses oder die Paragraphen eines Vertrages auseinandersetzt. Der helle, verführerische Klang ihrer Stimme verriet nicht die mindeste Erregung; allein ihr Gesicht und ihre Haltung, die vornehm und zurückhaltend waren wie immer, schienen mir eine gewisse Kälte und diplomatische Trockenheit angenommen zu haben. Zweifellos hatte sie sich ihre Worte gut zurechtgelegt und den Plan für diese Szene schon vorher entworfen. Ach, lieber Freund, wenn manche Frauen sich ein Vergnügen daraus machen, uns das Herz zu zerreißen, wenn sie sich vorgenommen haben, einen Dolch hineinzustoßen und ihn in der Wunde herumzudrehen, dann sind diese Frauen anbetungswürdig, dann lieben sie oder wollen geliebt werden! Eines Tages entschädigen sie uns für unsere Schmerzen, so wie Gott, wie man sagt, uns unsere guten Taten anrechnen wird; mit Freuden vergelten sie uns hundertfach die Qualen, deren Ausmaße sie zu ermessen wissen: ist ihre Bosheit nicht voller Leidenschaft? Aber von einer Frau gequält zu werden, die uns mit Gleichmut tötet, ist das nicht eine schreckliche Marter? Feodora zertrat in diesem Augenblick, ohne es zu wissen, all meine Hoffnungen, zerbrach mein Leben und zerstörte meine Zukunft mit der kalten Sorglosigkeit und der unschuldigen Grausamkeit eines Kindes, das aus Neugier einem Schmetterling die Flügel ausreißt.

›Später‹, fügte Feodora hinzu, ›so hoffe ich, werden Sie die Beständigkeit des Gefühls, das ich meinen Freunden entgegenbringe, zu schätzen wissen. Sie werden mich immer voller Güte und Ergebenheit für sie finden. Ich würde mein Leben für sie opfern, aber Sie würden mich verurteilen, wenn ich mir ihre Liebe gefallen ließe, ohne sie zu teilen. Doch genug! Sie sind der einzige Mensch, dem ich diese letzten Worte bislang gesagt habe.‹

Zunächst fehlten mir die Worte, und ich hatte Mühe, den Orkan zu bändigen, der sich in mir erhob; bald aber drängte ich meine Gefühle auf den Grund meiner Seele zurück und begann zu lächeln:

›Wenn ich Ihnen sage, daß ich Sie liebe‹, so antwortete ich, ›dann verbannen Sie mich; zeihe ich mich der Gleichgültigkeit, so werden Sie mich dafür bestrafen. Priester, Richter und Frauen legen niemals wirklich ihre Robe ab. Schweigen fordert kein Urteil heraus; gestatten Sie also, Madame, daß ich schweige. Um eine so freundschaftliche Warnung an mich zu richten, müssen Sie befürchtet haben, mich zu verlieren, und dieser Gedanke könnte meinen Stolz befriedigen. Aber lassen Sie uns die Eigenliebe weit von uns weisen. Sie sind vielleicht die einzige Frau, mit der ich als Philosoph über einen Entschluß sprechen kann, der den Gesetzen der Natur so sehr widerspricht. Verglichen mit den andern Vertreterinnen Ihres Geschlechts sind Sie ein Phänomen. Also gut, lassen Sie uns gemeinsam in aller Aufrichtigkeit nach den Ursachen für diese psychologische Anomalie suchen. Tragen Sie, wie viele Frauen, die stolz auf sich und in ihre Vollkommenheit verliebt sind, jenen verfeinerten Egoismus in sich, der Sie nur mit Schaudern daran denken läßt, einem Manne zu gehören, Ihrem Willen zu entsagen und sich einer von der Konvention diktierten Überlegenheit zu fügen, die Sie beleidigt? In diesem Fall schienen Sie mir tausendmal schöner zu sein! Sollten Sie ein erstes Mal von der Liebe mißhandelt worden sein? Oder läßt der Gedanke an die Spuren der Mutterschaft Sie mit Sorge an die Eleganz Ihrer Taille und die Schönheit Ihres Busens denken? Sollte das nicht einer der besten Ihrer geheimen Gründe sein, warum Sie es ablehnen, allzu sehr geliebt zu werden? Haben Sie körperliche Mängel, die Sie wider Ihren Willen tugendhaft machen? . . . Werden Sie nicht böse, ich erörtere, ich forsche nur, ich bin tausend Meilen von der Leidenschaft entfernt. Wie die Natur Menschen blind auf die Welt kommen läßt, kann sie auch Frauen hervorbringen, die in der Liebe taub, stumm und blind sind. Wirklich, Sie sind ein kostbarer Gegenstand für die medizinische Forschung. Sie wissen gar nicht, was Sie wert sind! Möglicherweise haben Sie einen sehr berechtigten Abscheu vor den Männern, da stimme ich Ihnen zu, auch mir kommen sie alle widerlich und häßlich vor. Aber Sie haben recht‹, fuhr ich fort, und fühlte dabei, wie mir das Herz schwoll, ›Sie müssen uns verachten; es gibt keinen Mann, der Ihrer würdig wäre!‹

Ich will dir nicht all die Sarkasmen wiederholen, die ich ihr lächelnd ins Gesicht sagte. Aber weder das bitterste Wort noch die schärfste Ironie entlockten ihr eine Bewegung oder eine Geste des Unwillens. Sie hörte mir zu und hatte ihr gewöhnliches Lächeln auf den Lippen und in den Augen, dieses Lächeln, das sie wie ein Kleid anlegte und das für ihre Freunde, für ihre flüchtigen Bekanntschaften und für Fremde stets gleich war.

›Bin ich nicht wirklich gutmütig, daß ich mich so in einem Amphitheater zur Schau stellen lasse?‹ sagte sie und nutzte die Gelegenheit, daß ich sie einen Augenblick lang schweigend ansah. ›Wie Sie sehen‹, fuhr sie lächelnd fort, ›sind mir dumme Empfindlichkeiten in der Freundschaft fremd. Viele Frauen würden Sie für Ihre Unverschämtheit strafen, indem sie Ihnen ihre Tür verschlössen.‹

›Sie können mich aus Ihrem Haus verbannen, ohne daß Sie den Grund für Ihre Härte angeben müßten.‹

Als ich das sagte, fühlte ich, daß ich bereit war, sie umzubringen, falls sie mich vor die Tür gewiesen hätte.

›Sie sind verrückt‹, rief sie lächelnd.

›Haben Sie jemals daran gedacht‹, fuhr ich fort, ›was für Folgen eine zügellose Liebe haben kann? In seiner Verzweiflung hat ein Mann seine Geliebte schon oft umgebracht.‹

›Besser tot als unglücklich‹, antwortete sie kühl. ›Ein so leidenschaftlicher Mann wird seine Frau eines Tages verlassen und sie dem Elend überliefern, nachdem er ihr Vermögen durchgebracht hat.‹

Diese Arithmetik verschlug mir die Sprache. Deutlich sah ich einen Abgrund zwischen dieser Frau und mir. Wir konnten einander nie verstehen.

›Leben Sie wohl‹, sagte ich kühl.

›Leben Sie wohl‹, antwortete sie und nickte mir freundschaftlich zu. ›Auf morgen.‹

Ich schaute sie einen Augenblick lang an und schleuderte ihr all die Liebe entgegen, auf die ich verzichtete. Sie stand da und bedachte mich mit ihrem gewöhnlichen Lächeln, dem abscheulichen Lächeln einer Marmorstatue, das Liebe auszudrücken scheint und doch kalt ist. Mein Lieber, begreifst du, was für Schmerzen mich auf meinem Heimweg durch Schnee und Regen quälten, da ich wohl eine Meile lang auf dem Glatteis der Quais ging und alles verloren hatte? Ach, zu wissen, daß sie nicht im entferntesten mein Elend ahnte und mich, wie sich selbst, reich und in einem weich gefederten Wagen glaubte. Was für Trümmer und Enttäuschungen! Es ging nicht mehr um Geld, sondern um all die Reichtümer meiner Seele. Ich ging aufs Geratewohl und erörterte mit mir selbst noch einmal die Worte dieser merkwürdigen Unterhaltung, ich verlor mich so sehr in meinen Kommentaren, daß ich schließlich an der buchstäblichen Bedeutung der Worte und Gedanken zweifelte. Und dabei liebte ich noch immer, liebte diese kalte Frau, deren Herz in jeder Sekunde erobert werden wollte, diese Frau, die all die Versprechen vom Vorabend stets leugnete, um sich am andern Morgen wie eine neue Geliebte aufzuführen. Als ich an den Toren des Institut de France vorbeiging, überfiel mich ein fieberhafter Schauer. Mir wurde bewußt, daß ich nichts gegessen hatte. Ich besaß nicht einen roten Heller. Und zur Krönung allen Unglücks verdarb der Regen noch meinen Hut. Wie sollte ich mich denn jetzt noch einer eleganten Frau nähern und einen Salon betreten, ohne einen vorzeigbaren Hut! Dank unendlicher Sorgfalt und unter steter Verwünschung der dummen und albernen Mode, die uns zwingt, unseren Zylinder zur Schau zu stellen, indem wir ihn in einem fort in der Hand tragen, hatte ich den meinen bislang in einem zweifelhaften Zustand erhalten. Ohne auffällig neu oder sonderlich alt zu wirken, ohne sein Haar verloren zu haben oder über die Maßen zu glänzen, konnte er für den Hut eines gepflegten Mannes durchgehen; aber sein kunstvoll verlängertes Dasein hatte sein letztes Stadium erreicht, er war beschädigt, verbeult, erledigt, ein lumpiger Überrest, der würdige Repräsentant seines Herrn. Weil mir dreißig Sous fehlten, verlor ich meine so mühsam erhaltene Eleganz.

Ach, wie viele Opfer hatte ich Feodora in diesen drei Monaten gebracht, von denen sie nicht einmal wußte! Wie oft habe ich das Geld, das ich für das Brot einer Woche gebraucht hätte, hingegeben, um sie für einen Augenblick sehen zu können. Meine Arbeit liegen zu lassen und zu hungern, das war kein Problem! Aber die Straßen von Paris zu überqueren, ohne mit Kot bespritzt zu werden, rasch zu laufen, um nicht in den Regen zu kommen, bei ihr ebenso frisch und geschleckt anzulangen wie die Gecken, die sie umgaben, ach, für einen verliebten und zerstreuten Dichter war diese Aufgabe mit unzähligen Schwierigkeiten verbunden. Mein Glück, meine Liebe hingen von einem Schlammspritzer auf meiner einzigen weißen Weste ab! Darauf verzichten zu müssen, sie zu sehen, wenn ich schmutzig oder naß geworden war! Keine fünf Sous zu besitzen, um von einem Schuhputzer den harmlosesten Schmutzfleck auf meinem Stiefel beseitigen zu lassen! In all diesen kleinen, ungeahnten, für einen reizbaren Menschen gigantischen Martern war meine Leidenschaft gewachsen. Die Armen bringen Opfer, von denen sie den Frauen, die in einer Sphäre des Luxus und der Eleganz leben, nichts erzählen dürfen; solche Frauen sehen die Welt durch ein Prisma, das die Menschen und die Dinge golden färbt. Aus Egoismus optimistisch und um des guten Tones willen spröde, ersparen sie sich das Nachdenken über die Herkunft ihrer Genüsse und sprechen sich von ihrer Gleichgültigkeit gegenüber dem Elend mit ihrer Beanspruchung durch die Freuden des Daseins frei. Für sie bedeutet ein Groschen niemals eine Million, es ist die Million, die ihnen als ein Groschen erscheint. Zwar muß die Liebe ihre Sache durch große Opfer verfechten, aber sie muß sie auch voller Zartgefühl mit einem Schleier bedecken und im Schweigen begraben; die reichen Männer aber, die in ihrer Hingabe ihr Geld und ihr Leben verschwenden, profitieren von den gesellschaftlichen Vorurteilen, die ihren verliebten Verrücktheiten immer einen gewissen Glanz verleihen; in ihrem Fall ist das Schweigen beredt und der Schleier ein Reiz, mich aber verdammte mein grausames Elend zu entsetzlichen Schmerzen, ohne daß ich hätte sagen dürfen: ›Ich liebe!‹ oder: ›Ich sterbe!‹ Aber war es denn tatsächlich Aufopferung? Wurde ich nicht reich belohnt durch die Freude, die ich empfand, alles für sie hinzugeben? Die Gräfin hatte den alltäglichsten Ereignissen meines Lebens einen außerordentlichen Wert verliehen und sie um ungemeine Genüsse bereichert. Vor kurzem noch hatte ich mir über meine Kleidung keine Gedanken gemacht, jetzt aber respektierte ich meinen Anzug wie ein zweites Ich. Hätte ich die Wahl zwischen einer Wunde und einem Riß in meinem Abendanzug gehabt, so hätte ich keinen Augenblick gezögert. Versetze dich in meine Lage, und du wirst das Wüten meiner Gedanken verstehen, den wachsenden Wahnsinn während meines Heimwegs, den das Gehen zu Fuß vielleicht noch verstärkte. Ich empfand so etwas wie eine infernalische Freude, nun den Gipfel des Elends erreicht zu haben. Ich glaubte, in dieser letzten Krise eine Verheißung des Glücks sehen zu dürfen; aber die Schätze des Elends sind unerschöpflich. Die Tür meines Hotels war nur angelehnt. Durch die herzförmigen Ausschnitte in den Fensterläden drang ein Lichtschein auf die Straße. Pauline und ihre Mutter plauderten miteinander, während sie auf mich warteten. Ich hörte meinen Namen und lauschte.

›Raphaël‹, sagte Pauline, ›ist viel hübscher als der Student von Nummer sieben! Sein blondes Haar hat eine so schöne Farbe! Findest du nicht auch, daß seine Stimme etwas hat, ich weiß nicht was, aber etwas, das einem das Herz rührt? Und auch wenn er ein bißchen stolz aussieht, ist er doch so gut und hat ein so feines Benehmen. Ach, er ist wirklich toll! Ich bin sicher, daß alle Frauen vernarrt in ihn sind.‹

›Du sprichst von ihm, als ob du ihn liebtest‹, sagte Madame Gaudin.

›Ach, ich liebe ihn wie einen Bruder‹, antwortete sie lachend. ›Ich wäre ganz schön undankbar, wenn ich ihn nicht gern hätte. Er hat mich doch die Musik gelehrt und Zeichnen und Grammatik, überhaupt alles, was ich kann. Du achtest gar nicht so auf meine Fortschritte, liebe Mutter; aber ich werde so gebildet, daß ich bald gut genug bin, um Stunden zu geben, und dann können wir uns ein Hausmädchen leisten.‹

Ich zog mich leise zurück. Dann machte ich mich durch ein Geräusch bemerkbar und trat in das Zimmer, um meine Lampe zu holen, die Pauline gerade anzünden wollte. Das arme Kind hatte köstlichen Balsam auf meine Wunden geträufelt. Dieses unschuldige Lob meiner Person machte mir wieder ein wenig Mut. Es tat mir gut, wieder an mich selbst glauben zu können und ein unparteiisches Urteil über meinen wahren Wert und meine Vorzüge zu hören. Meine Hoffnungen belebten sich wieder und warfen vielleicht einen Schein auf die Dinge vor meinen Augen. Vielleicht hatte ich auch noch nie ernsthaft genug die Szene betrachtet, die die beiden Frauen inmitten dieses Zimmers meinen Blicken so oft geboten hatten; jetzt aber bewunderte ich ein entzückendes Stilleben, wie es die flämischen Maler in solcher Unschuld darstellen in der Wirklichkeit. Die Mutter saß in einem Winkel an dem halb erloschenen Kamin und strickte Strümpfe, während ein gütiges Lächeln auf ihren Lippen spielte. Pauline bemalte Lampenschirme; ihre Farben und Pinsel lagen auf einem Tischchen und lockten das Auge mit ihrem bunten Anblick; da sie nun ihren Platz verlassen hatte und aufrecht stand, um meine Lampe anzuzünden, fiel deren Licht direkt auf ihr weißes Gesicht, und man mußte schon im Bann einer schrecklichen Leidenschaft stehen, um nicht ihre durchscheinenden, rosigen Hände, die ideale Form ihres Kopfes und ihre jungfräuliche Haltung zu bewundern. Die Nacht und die Stille gaben dieser fleißigen Nachtwache, diesem friedlichen Interieur einen besonderen Charme. Diese ununterbrochenen und fröhlich ertragenen Arbeiten zeugten von religiöser Ergebenheit voller erhabener Gefühle. Eine unausprechliche Harmonie herrschte hier zwischen den Menschen und den Dingen. Bei Feodora war der Luxus freudlos und weckte schlechte Gedanken in mir; diese bescheidene Armut und gute Natürlichkeit dagegen erquickten meine Seele. Vielleicht demütigte mich die Gegenwart des Luxus; bei diesen beiden Frauen indessen, inmitten dieses braunen Raumes, wo das auf einen einfachen Nenner gebrachte Leben sich in die Regungen des Herzens zurückzuziehen schien, versöhnte ich mich mit mir selbst, vielleicht, weil ich spürte, daß ich den Schutz gewähren konnte, den ein Mann so gerne fühlen läßt. Als ich neben Pauline stand, stellte sie mit zitternden Händen rasch die Lampe nieder und rief mit einem fast mütterlichen Blick:

›Mein Gott, wie bleich Sie sind! – Oh, er ist ja ganz naß! – Meine Mutter wird Sie abtrocknen ... Monsieur Raphaël‹, fuhr sie nach einer kleinen Pause fort, ›Sie trinken doch so gern Milch; wir haben heute abend Rahm gehabt, hier, wollen Sie nicht ein wenig davon kosten?‹

Wie ein Kätzchen sprang sie zu einem Porzellantopf voll Milch und bot ihn mir so lebhaft dar, hielt ihn mir auf eine so reizende Weise unter die Nase, daß ich zögerte.

›Sie weisen mich zurück?‹ fragte sie beunruhigt.

Ihr Stolz und der meine verstanden einander: Pauline schien unter ihrer Armut zu leiden und mir meinen Hochmut vorzuwerfen. Ich war gerührt. Dieser Rahm war vielleicht ihr Frühstück für den nächsten Morgen, trotzdem nahm ich an. Das arme Mädchen suchte ihre Freude zu verbergen, aber sie blitzte ihr aus den Augen.

›Genau das hat mir gefehlt‹, sagte ich und setzte mich. (Ein Ausdruck von Besorgnis glitt über ihre Stirn.) ›Entsinnen Sie sich, Pauline, der Stelle bei Bossuet, wo er von Gott sagt, daß er ein Glas Wasser reicher belohne als einen Sieg?‹

›Ja‹, antwortete sie.

Und ihr Herz unter ihrer Brust klopfte wie das einer jungen Grasmücke in den Händen eines Kindes.

›Nun ja, da wir bald auseinandergehen werden‹, fügte ich mit unsicherer Stimme hinzu, ›lassen Sie mich Ihnen meine Dankbarkeit für all die Fürsorge ausdrücken, die Sie und Ihre Mutter mir haben zuteil werden lassen.‹

›Oh, wir wollen doch nicht rechnen!‹ sagte sie lachend.

Ihr Lachen verbarg eine Erregung, die mir weh tat.

›Mein Klavier‹, fuhr ich fort und tat, als hätte ich ihre Worte nicht gehört, ›ist eins der besten Instrumente von

Érard[92]: nehmen Sie es bitte. Nehmen Sie es ohne jede Bedenken, ich könnte es wirklich nicht auf die Reise mitnehmen, die ich anzutreten gedenke.‹

Der schwermütige Ton, in dem ich diese Worte sprach, hatte den beiden Frauen möglicherweise die Augen geöffnet, jedenfalls schienen sie mich verstanden zu haben und sahen mich mit einer Mischung aus Neugier und Schrecken an. Die Zuneigung, die ich in den frostigen Gefilden der großen Welt gesucht hatte, fand sich also hier, wahr und ohne Prunk, aber erhaben und vielleicht von Dauer.

›Man soll sich nicht so viel Sorgen machen‹, sagte die Mutter zu mir. ›Bleiben Sie hier. Mein Mann ist schon unterwegs‹, fuhr sie fort. ›Heute abend habe ich im Evangelium des heiligen Johannes gelesen, währenddessen hat Pauline unsern Schlüssel, der mit einer Schnur an der Bibel festgebunden ist, zwischen zwei Fingern hochgehalten, und der Schlüssel hat sich gedreht. Dieses Zeichen bedeutet, daß Gaudin gesund ist und daß es ihm gut geht. Dann hat Pauline noch einmal das gleiche für Sie und den jungen Mann von Nummer sieben versucht; aber der Schlüssel hat sich nur für Sie gedreht. Wir werden alle reich sein. Gaudin kommt als Millionär zurück: im Traum habe ich ihn auf einem Schiff voller Schlangen gesehen; zum Glück war das Wasser trübe, das bedeutet Gold und Edelsteine aus Übersee.‹

Diese freundschaftlichen und leeren Worte wirkten auf mich wie die gesummten Lieder, mit denen eine Mutter die Schmerzen ihres Kindes einschläfert, und gaben mir eine gewisse Ruhe wieder. Der Ton und der Blick dieser guten Frau verströmten jene warme Herzlichkeit, die den Kummer zwar nicht auslöscht, ihn aber lindert, einwiegt und ihm den Stachel nimmt. Pauline, die hellsichtiger als ihre Mutter war, musterte mich beunruhigt, und ihre intelligenten Augen schienen zu erraten, wie es um mein Leben und meine Zukunft stand. Ich dankte Mutter und Tochter mit einem Kopfnicken; dann zog ich mich schnell zurück, da ich Angst hatte, weich zu werden. Als ich allein unter meinem Dach war, ging ich voller Kummer zu Bett. Meine unselige Phantasie malte mir tausend aussichtslose Pläne aus und diktierte mir unmögliche Entschlüsse. Wenn ein Mensch sich durch die Trümmer seines Vermögens schleppt, so stößt er dort immer noch auf irgendeine Quelle; ich aber befand mich im Nichts. Ach, mein Lieber, viel zu leichtfertig verdammen wir das Elend! Wir sollten nachsichtiger gegen die Wirkungen dieses stärksten aller gesellschaftlichen Zersetzungsmittel sein. Wo das Elend regiert, da gibt es keine Scham, keine Verbrechen, keine Tugenden und keinen Geist mehr. Ich war in diesem Augenblick ohne jeden rettenden Gedanken und ohne Kraft wie ein junges Mädchen, das vor einem Tiger auf die Knie gefallen ist. Ein Mensch ohne Leidenschaft und ohne Geld bleibt Herr seiner selbst; aber ein Unglücklicher, der liebt, gehört sich nicht mehr selbst und kann sich nicht umbringen. Die Liebe gibt uns eine Art Religion für uns selbst, wir achten in uns ein anderes Leben; so wird sie zur grausamsten Form des Unglücks, dem Unglück mit einer Hoffnung, einer Hoffnung, die einen die Qualen der Folter auf sich nehmen läßt. Ich schlief mit dem Gedanken ein, am andern Tag Rastignac den seltsamen Entschluß Feodoras anzuvertrauen.

›Schau an‹, sagte Rastignac, als er mich um neun Uhr morgens bei sich eintreten sah, ›ich weiß, was dich herführt, bestimmt hat Feodora dir den Abschied gegeben. Ein paar gute Seelen, die auf deine Herrschaft über die Gräfin eifersüchtig waren, haben eure Heirat verkündet. Gott weiß, was für Tollheiten deine Nebenbuhler dir angedichtet und welche Verleumdungen sie über dich in Umlauf gebracht haben!‹

›Jetzt wird mir alles klar!‹ rief ich.

Ich erinnerte mich all meiner Unverschämtheiten, und ich fand die Gräfin erhaben. Ich kam mir nun wie ein Schurke vor, der noch nicht genügend gelitten hat, und sah in ihrer Nachsicht nur noch das geduldige Mitleid der Liebe.

›Immer langsam‹, sagte der gewitzte Gaskogner. ›Feodora besitzt den natürlichen Scharfblick aller zutiefst egoistischen Frauen, sie hat sich ihr Urteil vielleicht zu einer Zeit gebildet, da du in ihr noch nichts anderes als ihr Vermögen und ihren Luxus sahst; trotz deines Geschicks wird sie in deiner Seele gelesen haben. Sie verstellt sich selbst so sehr, daß keine Verstellungskunst vor ihren Augen Gnade findet. Ich fürchte‹, fügte er hinzu, ›ich habe dich auf eine falsche Fährte gesetzt. Trotz der Feinheit ihres Geistes und ihrer Manieren scheint dieses Geschöpf mir herrisch zu sein wie alle Frauen, bei denen das Vergnügen nur durch den Kopf geht. Für sie besteht das Glück bloß in den Annehmlichkeiten des Lebens, in den gesellschaftlichen Genüssen; das Gefühl ist bei ihr nur ein Spiel; sie würde dich unglücklich machen und zu ihrem ersten Diener erniedrigen . . .‹

Rastignac sprach zu einem Tauben. Ich unterbrach ihn und erzählte ihm mit gespielter Heiterkeit vom Stand meiner Finanzen.

›Gestern abend‹, antwortete er, ›hat eine ungewöhnliche Pechsträhne mich um all mein verfügbares Geld gebracht. Ohne dieses gemeine Mißgeschick hätte ich gern meine Börse mit dir geteilt. Aber laß uns frühstücken gehen, vielleicht bringen uns die Austern auf einen guten Gedanken.‹

Er zog sich an und ließ seinen Tilbury anspannen; mit der Dreistigkeit jener kühnen Spekulanten, die von imaginären Kapitalien leben, fuhren wir dann wie zwei Millionäre beim Café de Paris[93] vor. Dieser Teufel von einem Gaskogner verblüffte mich durch die Ungezwungenheit seiner Manieren und die Sicherheit seines Auftretens. Nach einem höchst delikaten und vortrefflich zusammengestellten Mahl tranken wir gerade unsern Kaffee, als Rastignac, der ein Kopfnicken nach dem andern an eine Menge junger Leute verteilte, die sich ebensosehr durch ein angenehmes Aussehen wie die Eleganz ihrer Kleidung empfahlen, einen dieser jungen Dandys eintreten sah und zu mir sagte:

›Das ist dein Mann.‹

Und er winkte einen Herrn mit gutsitzender Halsbinde, der nach einem passenden Tisch zu suchen schien, zu uns heran.

›Dieser Bursche‹, flüsterte Rastignac mir ins Ohr, ›hat für die Veröffentlichung von Werken, die er selbst nicht versteht, das Kreuz der Ehrenlegion bekommen; er ist Chemiker, Historiker, Romanautor und Publizist; er ist mit einem Viertel, einem Drittel, der Hälfte an wer weiß wie vielen Theaterstücken beteiligt, und dabei ist er so ungebildet wie der Maulesel von Don Miguel. Das ist kein Mensch, das ist ein Name, ein Etikett, das man kennt. Deshalb würde er sich auch hüten, eines dieser Kabinette zu betreten, über denen geschrieben steht: *Hier kann man selber schreiben.* Er ist durchtrieben genug, um einen ganzen Kongreß hinters Licht zu führen. Kurz und gut, moralisch gesehen ist er ein Bastard, nicht wirklich ehrlich und nicht durch und durch ein Schurke. Aber pst! Er hat sich schon duelliert, die Gesellschaft verlangt nicht mehr und nennt ihn einen Ehrenmann.‹

›Nun, mein vortrefflicher, mein ehrenwerter Freund, wie befinden sich Eure Intelligenz?‹ sagte Rastignac zu dem Unbekannten, als dieser sich an einen Nachbartisch setzte.

›Ach, weder gut noch schlecht . . ., ich weiß vor Arbeit nicht aus noch ein. Ich habe alle notwendigen Unterlagen in den Händen, um hochinteressante historische Memoiren daraus zu machen, und ich weiß nicht, wen ich damit beauftragen soll. Das bedrückt mich; die Sache eilt, denn die Memoiren werden bald außer Mode kommen.‹

›Sind es zeitgenössische Memoiren, alte Memoiren, handelt es sich um den Hof? . . . Um was geht es?‹

›Um die Halsbandaffäre.‹

›Ist das nicht ein Wunder?‹ sagte Rastignac lachend zu mir. Dann wandte er sich wieder an den Spekulanten:

›Monsieur de Valentin‹, sprach er weiter und deutete auf mich, ›ist einer meiner Freunde, und ich stelle ihn Ihnen als eine unserer kommenden literarischen Berühmtheiten vor. Er hat eine Tante, eine Marquise, die seinerzeit bei Hofe sehr angesehen war, und er schreibt seit zwei Jahren an einer royalistischen Geschichte der Revolution.‹

Dann neigte er sich zum Ohr dieses eigenartigen Händlers und flüsterte:

›Er ist ein Talent, aber völlig unerfahren. Er könnte Ihnen Ihre Memoiren unter dem Namen seiner Tante für hundert Taler den Band besorgen.‹

›Das Geschäft gefällt mir‹, antwortete der andere und schob seine Halsbinde höher.

›Kellner, wo bleiben meine Austern?‹

›Ja, aber Sie geben mir fünfundzwanzig Louis Provision und bezahlen ihm einen Band im voraus‹, fuhr Rastignac fort.

›Nein, nein. Ich zahle nur einen Vorschuß von fünfzig Talern, um wirklich sicher zu sein, daß ich mein Manuskript pünktlich bekomme.‹

Rastignac wiederholte mir leise diese geschäftliche Unterredung, dann antwortete er, ohne mich gefragt zu haben:

›Wir sind einverstanden. Wann können wir Sie treffen, um das Geschäft abzuschließen?‹

›Kommen Sie morgen abend um sieben zum Essen hierher.‹

Wir erhoben uns. Rastignac warf dem Kellner etwas Kleingeld hin, steckte die Rechnung in die Tasche, und wir gingen. Ich war verblüfft, wie leichtfertig und unbekümmert er meine ehrenwerte Tante, die Marquise de Montbauron, verkauft hatte.

›Lieber will ich mich nach Brasilien einschiffen und den Indianern Algebra beibringen, von der ich nichts verstehe, als den Namen meiner Familie zu beschmutzen!‹

Rastignac unterbrach mich mit einem schallenden Gelächter.

›Du bist zu dumm! Nimm erst mal die fünfzig Taler und schreib die Memoiren. Wenn sie fertig sind, weigerst du dich, sie unter dem Namen deiner Tante erscheinen zu lassen, du Rindvieh! Madame de Montbauron, die auf dem Schafott gestorben ist, ihr Ansehen, ihre Schönheit, ihre Schminke und ihre Pantoffeln sind in der Tat mehr wert als sechshundert Francs. Wenn der Buchhändler dir für deine Tante dann nicht zahlen will, was sie wert ist, soll er sich irgendeinen alten Hochstapler oder was weiß ich für eine falsche Gräfin suchen, die ihm seine Memoiren zeichnen.‹

›Ach!‹ rief ich, ›warum habe ich bloß meine tugendhafte Mansarde verlassen? Die Welt hat eine Kehrseite, die wirklich sehr schmutzig ist.‹

›Schön‹, antwortete Rastignac, ›das ist Poesie, und hier geht es ums Geschäft. Du bist ein Kind. Paß doch mal auf: Die Memoiren, die wird das Publikum beurteilen; und was meinen literarischen Kuppler betrifft, so hat er schließlich acht Jahre seines Lebens hingegeben und seine Beziehungen zu den Buchhandlungen mit grausamen Erfahrungen bezahlt. Auch wenn du die Arbeit an dem Buch ungleich mit ihm teilst, ist dein Anteil an dem Geld doch der bessere. Fünfundzwanzig Louis sind eine viel größere Summe für dich als tausend Francs für ihn. Glaub mir, du darfst getrost historische Memoiren schreiben, die wahrlich ein Kunstwerk sind, wenn man überlegt, daß Diderot sechs Predigten für hundert Taler geschrieben hat.‹

›Schließlich‹, sagte ich sehr gerührt zu ihm, ›bin ich dazu gezwungen; also, mein armer Freund, ich schulde dir Dank. Fünfundzwanzig Louis machen mich wirklich reich . . .‹

›Und reicher, als du glaubst‹, antwortete er lachend. ›Wenn Finot mir bei dem Geschäft eine Provision zahlt, kannst du dir da nicht denken, daß die für dich ist? Komm, laß uns in den Bois de Boulogne gehen‹, sagte er, ›da treffen wir deine Gräfin, und ich zeige dir die hübsche kleine Witwe, die ich heiraten will, eine reizende Person, eine Elsässerin, nur ein bißchen mollig. Sie liest Kant, Schiller, Jean Paul und einen Haufen anderer wassertreibender Bücher. Sie hat die Manie, mich ständig nach meiner Meinung zu fragen: Ich muß so tun, als ob ich diese deutsche Gefühlsduselei verstünde und eine Unmenge von Balladen kennte, lauter Drogen, die mir der Arzt verboten hat. Ihren literarischen Enthusiasmus habe ich ihr noch nicht abgewöhnen können, sie weint ganze Wolkenbrüche, wenn sie Goethe liest, und ich muß aus Gefälligkeit ein wenig mitweinen, denn es geht um fünfzigtausend Livres Rente, mein Lieber, und das hübscheste Füßchen, das hübscheste Händchen der Welt ...! Ach, wenn sie nur nicht *mein Engelschen* und *bedeuern* statt *mein Engelchen* und *beteuern* sagen würde, dann wäre sie die Vollkommenheit in Person!‹

Wir sahen die Gräfin, glänzend in einem glänzenden Wagen. Kokett wie sie war, grüßte sie uns überaus herzlich und warf mir ein Lächeln zu, das mir damals himmlisch und voller Liebe schien. Ach, ich war sehr glücklich, ich glaubte mich geliebt, ich besaß Geld und die Schätze der Leidenschaft, das Elend hatte ein Ende! Ich war unbeschwert, fröhlich und mit allem zufrieden, und so fand ich die Geliebte meines Freundes bezaubernd. Die Bäume, die Luft, der Himmel, die ganze Natur schien mir Feodoras Lächeln zu spiegeln. Auf dem Rückweg über die Champs-Élysées gingen wir bei Rastignacs Schneider und bei seinem Hutmacher vorbei. Die Halsbandaffäre erlaubte mir, meinen armseligen Friedensstaat aufzugeben und nunmehr in eine wahrhaft furchterregende Rüstung zu schlüpfen. Künftig konnte ich es in punkto Anmut und Eleganz ohne Besorgnis mit den jungen Leuten aufnehmen, die Feodora umschwärmten. Ich kehrte nach Hause zurück; ich schloß mich ein und blieb scheinbar ruhig an meiner Dachluke stehen; tatsächlich aber sagte ich meinen Dächern für immer Lebewohl, lebte in der Zukunft, malte mir mein Leben aus und genoß die Liebe und ihre Freuden auf Vorschuß! Ach, wie stürmisch das Dasein zwischen den vier Wänden einer Mansarde werden kann! Die menschliche Seele ist eine Fee, sie verwandelt einen Strohhalm in Diamanten; unter ihrem Zauberstab blühen Märchenpaläste wie die Feldblumen unter dem warmen Atem der Sonne ... Am andern Tag, so gegen Mittag, klopfte Pauline leise an meine Tür und brachte mir – rate, was! – einen Brief von Feodora. Die Gräfin bat mich, sie im Luxembourg abzuholen, um mit ihr zusammen ins Museum[94] und in den Jardin des Plantes zu gehen.

›Der Dienstmann wartet auf die Antwort‹, sagte Pauline nach einer kurzen Pause.

Ich kritzelte rasch einen Dankesbrief, den sie mitnahm. Ich kleidete mich an. Als ich, sehr mit mir zufrieden, meine Toilette gerade vollendete, überlief mich ein eisiger Schauer bei dem folgenden Gedanken:

›Ist Feodora im Wagen oder zu Fuß gekommen? Wird es regnen, oder wird es schön sein? Aber‹, so sagte ich mir, ›ob zu Fuß oder im Wagen, ist man vor den Launen einer Frau denn jemals sicher? Sie wird kein Geld bei sich haben und auf einmal einem kleinen Savoyarden hundert Sous schenken wollen, weil er so hübsche Lumpen anhat.‹

Ich hatte keinen roten Heller und sollte erst am Abend Geld bekommen. Oh, wie teuer bezahlt ein Dichter in diesen Krisen unserer Jugend die Fähigkeit zum Denken, die er dem kargen Leben und der Arbeit verdankt! In einem einzigen Augenblick durchbohrten mich tausend heftige und schmerzliche Gedanken wie ebenso viele Pfeile. Ich sah aus meinem Dachfenster auf den Himmel, das Wetter war sehr unbeständig. Schlimmstenfalls konnte ich ja einen Wagen für den ganzen Tag mieten; aber würde ich dann nicht, inmitten meines Glücks, ständig zittern, Finot am Abend nicht anzutreffen? Ich fühlte mich nicht stark genug, so viele Ängste am Busen meiner Freude zu nähren. Obwohl ich sicher war, nichts zu finden, machte ich mich auf eine große Forschungsreise quer durch mein Zimmer; bis in die Tiefe meines Strohsacks suchte ich nach imaginären Talern, durchwühlte alles und schüttelte sogar alte Stiefel aus. Von einem nervösen Fieber gepackt, schaute ich verstört auf meine Habe, nachdem ich alles umgestülpt hatte. Kannst du dir wohl mein Entzükken vorstellen, als ich zum siebentenmal das Schubfach meines Schreibtisches aufzog, es mit der Gleichgültigkeit durchsuchte, in die uns die Verzweiflung stürzt, und, an einem der seitlichen Bretter haftend, tückisch versteckt, aber sauber, glänzend und funkelnd wie ein aufgehender Stern, ein schönes und nobles Hundertsousstück entdeckte? Ohne Rechenschaft von ihm zu fordern, warum es stumm geblieben und sich auf so grausame Weise versteckt gehalten hatte, küßte ich es wie einen im Unglück treuen Freund und begrüßte es mit einem Aufschrei, der ein Echo fand. Jäh wandte ich mich um und erblickte Pauline, die ganz blaß war.

›Ich dachte‹, sagte sie mit bewegter Stimme, ›Sie hätten sich weh getan! Der Dienstmann . . . (Sie hielt inne, als ob sie keine Luft mehr bekäme.) Aber meine Mutter hat ihn bezahlt‹, fügte sie hinzu.

Dann lief sie davon, kindlich und sprunghaft wie eine Kapriole. Arme Kleine! Ich wünschte ihr mein Glück. In diesem Augenblick kam es mir vor, als ob ich alle Freuden der Welt in meiner Seele trüge, und ich hätte den Unglücklichen den Teil zurückerstatten wollen, den ich ihnen entwendet zu haben glaubte. Ahnen wir ein Mißgeschick voraus, so behalten wir fast immer recht; die Gräfin hatte ihren Wagen weggeschickt. Aus einer jener Launen, die den schönen Frauen selbst nicht immer begreiflich sind, wollte sie zu Fuß über die Boulevards in den Jardin des Plantes gehen.

›Aber es wird regnen‹, sagte ich.

Sie machte sich einen Spaß daraus, mir zu widersprechen. Zufällig blieb es die ganze Zeit über schön, während wir den Jardin du Luxembourg durchquerten. Als wir ihn verließen, ließ eine dicke Wolke, deren Herannahen mir schon seit geraumer Zeit Sorge bereitet hatte, ein paar Tropfen fallen, und wir stiegen in eine Droschke. Kaum hatten wir die Boulevards erreicht, da hörte der Regen auf, und der Himmel wurde wieder hell. Auf der Höhe des Museums wollte ich den Wagen fortschicken, Feodora bat mich, ihn dazubehalten. Welche Martern! Aber mit ihr zu plaudern und dabei ein geheimes Entzücken zu unterdrücken, das sich zweifellos auf meinem Gesicht in Gestalt eines albernen, erstarrten Lächelns ausdrückte; durch den Jardin des Plantes zu schlendern, die mit Büschen umsäumten Alleen entlang zu gehen und den Druck ihres Armes auf dem meinen zu spüren – in all dem lag etwas Phantastisches: es war ein Traum am hellichten

Tag. Dabei hatten ihre Bewegungen im Gehen wie im Stehen nichts Weiches und nichts Verliebtes, ungeachtet ihrer scheinbaren Sinnlichkeit. So oft ich versuchte, auf irgendeine Weise an ihrem Leben teilzuhaben, stieß ich auf eine verborgene und geheimnisvolle Heftigkeit, auf etwas Sprunghaftes und Exzentrisches. Frauen ohne Seele fehlt alle Weichheit in ihren Bewegungen. Daher verband uns weder ein gleicher Wille noch ein gleicher Schritt. Es gibt keine Worte, um diesen körperlichen Mißklang zwischen zwei Wesen auszudrükken, denn wir sind noch nicht daran gewöhnt, in der Bewegung des Körpers einen Gedanken zu erkennen. Dieses Phänomen unserer Natur läßt sich instinktiv empfinden, aber nicht ausdrücken.

Während dieser heftigen Paroxysmen meiner Leidenschaft«, fuhr Raphaël nach einem Augenblick des Schweigens fort, als ob er auf einen Einwand antworte, den er sich selbst gemacht, »habe ich meine Gefühle nicht seziert, meine Freuden nicht analysiert und die Schläge meines Herzens nicht gezählt, so wie ein Geizhals seine Goldstücke prüft und wiegt. O nein! Heute wirft die Erfahrung ihr trauriges Licht auf die vergangenen Ereignisse, und die Erinnerung trägt mir diese Bilder zu, so wie die Wogen des Meeres bei schönem Wetter Stück für Stück die Überreste eines Schiffbruchs an den Strand schwemmen.

›Sie können mir einen sehr wichtigen Dienst erweisen‹, sagte die Gräfin und schaute mich etwas verstört an. ›Nun, da ich Ihnen meinen Widerwillen gegen die Liebe gestanden habe, fühle ich mich freier, Sie im Namen der Freundschaft um eine Gefälligkeit zu bitten. Wäre es nicht sehr viel verdienstvoller von Ihnen‹, fuhr sie lachend fort, ›heute mich zu Dank zu verpflichten?‹

Schmerzerfüllt sah ich sie an. Sie empfand nichts für mich, sie war schmeichlerisch, aber nicht herzlich; sie schien mir eine Rolle zu spielen wie eine vollendete Schauspielerin. Doch dann weckten plötzlich ihr Tonfall, ihr Blick, ein Wort wieder meine Hoffnungen; aber wenn sich meine wiederbelebte

Liebe in solchen Augenblicken in meinen Augen abzeichnete, so hielt sie deren Strahlen aus, ohne daß die Klarheit der ihren sich trübte, denn sie schienen, wie die Augen des Tigers, von einem Blatt aus Metall ummantelt zu sein. In solchen Augenblicken haßte ich sie.

›Die Protektion des Herzogs von Navarreins‹, fuhr sie in schmeichelndem Tone fort, ›wäre mir bei einer allmächtigen Person in Rußland sehr von Nutzen, deren Vermittlung notwendig ist, um mir in einer Sache Gerechtigkeit zu verschaffen, die sowohl mein Vermögen als auch meine gesellschaftliche Stellung betrifft, nämlich die Anerkennung meiner Ehe durch den Zaren. Ist der Herzog von Navarreins nicht Ihr Vetter? Ein Brief von ihm würde alles entscheiden.‹

›Ich stehe ganz zu Ihrer Verfügung‹, antwortete ich, ›befehlen Sie.‹

›Sie sind sehr liebenswert‹, entgegnete sie und drückte meine Hand. ›Kommen Sie mit mir zum Essen, ich will Ihnen alles sagen, wie einem Beichtvater.‹

Diese so mißtrauische, so verschlossene Frau, die niemand ein Wort über ihre persönlichen Angelegenheiten hatte sagen hören, wollte mich also um Rat fragen.

›Oh, wie lieb ist mir jetzt das Schweigen, das Sie mir auferlegt haben!‹ rief ich. ›Aber ich hätte mir eine noch härtere Probe gewünscht.‹

In diesem Augenblick hieß sie die Trunkenheit meiner Blicke willkommen und versagte sich meiner Bewunderung nicht; sie liebte mich also! Wir langten vor ihrem Haus an. Zum Glück reichte der Inhalt meiner Börse, um den Kutscher zufriedenzustellen. Ich verbrachte den Tag auf köstliche Weise mit ihr allein, bei ihr zu Hause; es war das erste Mal, daß ich sie so sehen konnte. Bis zu diesem Tag hatte die Gesellschaft mit ihrer lästigen Höflichkeit und ihren kalten Formen uns stets getrennt, sogar während ihrer prunkvollen Abendessen; jetzt aber war ich bei ihr, so als ob ich unter ihrem Dach leben würde, ich besaß sie sozusagen. Meine ausschweifende Phantasie zerbrach ihre Fesseln, ordnete die

Ereignisse des Lebens nach meinem Geschmack und tauchte mich in die Wonnen einer glücklichen Liebe. Ich stellte mir vor, ihr Gatte zu sein, und bewunderte sie, während sie sich mit den kleinen Dingen des täglichen Lebens beschäftigte; sogar als ich sie ihren Hut und ihren Schal ablegen sah, empfand ich ein Gefühl des Glücks. Sie ließ mich für einen Augenblick allein, kam mit frisch frisiertem Haar zurück und sah bezaubernd aus. Diese hübsche Toilette hat sie um meinetwillen gemacht! Während des Essens überschüttete sie mich mit Aufmerksamkeiten und entfaltete eine unendliche Liebenswürdigkeit in tausend Dingen, die ein Nichts zu sein scheinen und doch das halbe Leben sind. Als wir beide vor einem flackernden Feuer saßen, in seidene Kissen gelehnt und umgeben von den wünschenswertesten Dingen eines orientalischen Luxus; als ich diese Frau so nahe bei mir sah, deren Schönheit so viele Herzen höher schlagen ließ, diese so schwer zu erobernde Frau, die zu mir sprach und mich dabei zum Gegenstand ihrer Koketterien machte, da wurde meine wollüstige Glückseligkeit fast zum Schmerz. Zu meinem Unglück erinnerte ich mich an das wichtige Geschäft, das ich abschließen mußte, und so wollte ich zu dem am Vorabend vereinbarten Stelldichcin aufbrechen.

›Was? Schon?‹ sagte sie, als sie mich meinen Hut nehmen sah.

Sie liebte mich! Zumindest glaubte ich es, als ich sie diese zwei Worte mit zärtlicher Stimme sagen hörte. Um meinen Rausch zu verlängern, hätte ich damals liebend gern zwei Jahre meines Lebens für jede einzelne Stunde hingegeben, die sie mir hätte gewähren wollen. Mein Glück wuchs um all das Geld, das ich verlor! Es war Mitternacht, als sie mich zurückschickte. Trotzdem kostete mich mein Heroismus am andern Tag einige Gewissensbisse: ich befürchtete, das Geschäft mit den Memoiren verpaßt zu haben, das für mich so lebensnotwendig geworden war. Ich lief zu Rastignac, und wir zogen gemeinsam los, um den offiziellen Verfasser meiner künftigen Arbeiten beim Aufstehen zu überraschen. Finot las mir einen kleinen Vertrag vor, in dem von meiner Tante keine Rede war, und zahlte mir nach seiner Unterzeichnung fünfzig Taler aus. Anschließend frühstückten wir alle drei zusammen. Nachdem ich meinen neuen Hut, sechzig Essensmarken zu dreißig Sous und meine Schulden bezahlt hatte, blieben mir nur noch dreißig Francs; aber für ein paar Tage waren alle Schwierigkeiten des Lebens beseitigt. Hätte ich auf Rastignac hören wollen, so hätte ich mir Reichtümer verschaffen können, indem ich mich freimütig des *englischen Systems* bedient hätte. Er wollte unbedingt, daß ich einen Kredit aufnahm und Schulden machte, da er der Meinung war, daß Schulden den Kredit förderten. Er behauptete, von allen Kapitalgütern der Welt sei die Zukunft das beachtlichste und verläßlichste. So nahm er meine Schulden als Pfand für Anteile an meiner Zukunft und brachte mich als Kunden zu seinem Schneider, einem Künstler, der *den jungen Herrn* richtig verstand und mich also bis zu meiner Heirat in Frieden lassen würde.

Von diesem Tag an brach ich mit dem mönchischen, arbeitsamen Leben, das ich drei Jahre lang geführt hatte. Geflissentlich ging ich zu Feodora und versuchte, die hochmütigen Burschen und Cliquenhelden, die sich dort einfanden, im Auftreten noch zu übertrumpfen. Im Glauben, dem Elend für immer entronnen zu sein, fand ich meine geistige Freiheit wieder, stach meine Nebenbuhler aus und galt als ein verführerischer, bestechender und unwiderstehlicher Mensch. Freilich sagten Schlauköpfe, wenn von mir die Rede war: ›ein so geistreicher junger Mann fühlt wohl nur mit dem Kopf.‹ Wohlwollend priesen sie meinen Geist auf Kosten meiner Empfindsamkeit. ›Wie glücklich er ist, daß er nicht liebt!‹ riefen sie. ›Liebte er, wäre er dann so fröhlich und voller Schwung?‹ Dabei war ich in Feodoras Gegenwart auf verliebte Weise dumm. War ich allein mit ihr, so wußte ich ihr nichts zu sagen, oder wenn ich sprach, dann schmähte ich die Liebe; ich war auf traurige Weise fröhlich, wie ein Höfling, der einen grausamen Verdruß verbergen will.

Kurz, ich versuchte, mich für ihr Leben, ihr Glück und ihre Eitelkeit unentbehrlich zu machen: alle Tage bei ihr, war ich ein Sklave, ein Spielzeug, das ihren Befehlen stets zur Verfügung stand. Nachdem ich so meinen Tag vergeudet hatte, kehrte ich nach Hause zurück, um dort die Nacht hindurch zu arbeiten und kaum mehr als zwei oder drei Stunden im Morgengrauen zu schlafen. Doch da ich, im Gegensatz zu Rastignac, das *englische System* nicht beherrschte, sah ich mich bald ohne einen Sou. Von nun an, mein Lieber, war ich ein Geck ohne Glück, ein Stutzer ohne Geld, ein Verliebter ohne Namen und fiel wieder in dieses unsichere Leben zurück, dieses kalte und tiefe Elend, das ich sorgfältig hinter dem trügerischen Schein des Luxus verbarg. Abermals quälten mich meine früheren Leiden, wenn auch weniger heftig: zweifellos hatte ich mich mit ihren schrecklichen Krisen vertraut gemacht. Oftmals waren der Kuchen und der Tee, die in den Salons so knauserig gereicht werden, meine einzige Nahrung. Einige Male haben die prachtvollen Abendessen der Gräfin mich für zwei Tage ernährt. Ich verwandte meine ganze Zeit, meine Mühe und meine scharfe Beobachtungsgabe darauf, tiefer in das undurchdringliche Wesen Feodoras einzudringen.

Bis dahin hatten Hoffnung oder Verzweiflung meine Meinung beeinflußt, ich sah in ihr einmal die am meisten liebende und dann wieder die gefühlloseste Vertreterin ihres Geschlechts; aber dieser ständige Wechsel von Freude und Traurigkeit wurde unerträglich: ich wollte diesen furchtbaren Kampf beenden, indem ich meine Liebe tötete. Bisweilen leuchteten unheilverkündende Lichter in meiner Seele auf und ließen mich die Abgründe zwischen uns ermessen. Die Gräfin rechtfertigte all meine Befürchtungen; noch niemals hatte ich Tränen in ihren Augen gesehen; im Theater blieb sie bei den rührendsten Szenen kühl und spöttisch. Sie behielt all ihr Zartgefühl für sich selbst, und das Glück oder Unglück der andern blieben ihr fremd. Sie hatte mich getäuscht! Glücklich, ihr ein Opfer bringen zu können, hatte ich mich um ihretwillen beinahe erniedrigt und meinen Verwandten, den Herzog von Navarreins, aufgesucht, einen egoistischen Menschen, der über mein Elend errötete und der mir viel zu viel Unrecht angetan hatte, als daß er mich nicht hätte hassen müssen. Er empfing mich also mit jener kühlen Höflichkeit, die Gesten und Worte wie Beleidigungen aussehen läßt; sein unruhiger Blick erregte mein Mitleid. Ich schämte mich für ihn ob seiner Kleinheit inmitten von soviel Größe, ob seiner Armut inmitten von soviel Luxus. Er erzählte mir etwas von beträchtlichen Verlusten, die er wegen der Senkung des Zinssatzes auf drei Prozent erlitten hätte; ich nannte ihm daraufhin den Grund meines Besuches. Der Wandel in seinem Benehmen, in dem an die Stelle von Eiseskälte unmerklich eine gewisse Herzlichkeit trat, ekelte mich an. Nun, mein Lieber, er kam ins Haus der Gräfin und stach mich dort aus. Feodora erfand ungeahnte Lockungen und Reize für ihn; sie verführte ihn und erledigte ohne mich diese geheimnisvolle Angelegenheit, über die ich kein Wort mehr zu hören bekam: ich war für sie ein Mittel gewesen! . . . Sie schien mich nicht mehr wahrzunehmen, wenn mein Vetter bei ihr war, sie empfing mich mit vielleicht noch weniger Freude als an dem Tag, da ich ihr vorgestellt worden war. Eines Abends kränkte sie mich vor dem Herzog durch eine dieser Gesten und einen dieser Blicke, die man mit keinem Wort zu schildern vermöchte. Weinend ging ich hinaus, wälzte tausend Rachepläne und erwog die ungeheuerlichsten Verbrechen . . .

Häufig habe ich sie in die Bouffons begleitet: ganz erfüllt von meiner Liebe saß ich dann neben ihr, betrachtete sie, überließ mich dem Zauber der Musik und erschöpfte meine Seele in dem doppelten Genuß zu lieben und die Bewegungen meines Herzens in der Sprache des Musikers trefflich ausgedrückt zu finden. Meine Leidenschaft war in der Arie, auf der Bühne; sie triumphierte überall, außer bei meiner Geliebten. Dann nahm ich Feodoras Hand und versenkte mich in ihre Züge und ihre Augen, gierig nach einer Verschmelzung unserer Gefühle, einer dieser plötzlichen Harmonien, die, erweckt von der Musik, die Seelen im Einklang schwingen lassen; aber ihre Hand war stumm, und ihre Augen sagten nichts. Schlug ihr das Feuer meines Herzens, das aus all meinen Zügen loderte, allzu heftig ins Gesicht, warf sie mir ein gesuchtes Lächeln zu, die konventionelle Phrase, wie man sie im Salon auf den Lippen aller Gesichter findet. Sie hörte der Musik nicht zu. Die göttlichen Klänge Rossinis, Cimarosas und Zingarellis erinnerten sie an kein Gefühl, übersetzten ihr kein Stück Poesie aus ihrem Leben; ihre Seele war gefühllos. Feodora präsentierte sich wie ein Schauspiel inmitten eines Schauspiels. Ihr Lorgnon wanderte unaufhörlich von Loge zu Loge; voller Unruhe, obwohl ruhig, war sie ein Opfer der Mode: ihre Loge, ihr Kopfputz, ihr Wagen, ihre Person bedeuteten ihr alles. Man trifft oft Menschen von kräftigem Wuchs, die ein zartes und feinfühlendes Herz in ihrem ehernen Körper tragen; sie aber verbarg ein ehernes Herz unter ihrer zerbrechlichen und anmutigen Hülle. Meine verhängnisvolle Wissenschaft zerriß mir manchen Schleier. Wenn der gute Ton darin besteht, sich selbst um anderer willen zu vergessen, in Stimme und Gestik stets freundlich zu sein und den anderen zu gefallen, indem man sie mit sich selbst zufrieden sein läßt, dann hatte Feodora bei allem Geschick doch nicht jede Spur ihrer plebejischen Herkunft getilgt: ihre Selbstvergessenheit war Falschheit; ihre Manieren waren nicht angeboren, sondern mühsam erworben; kurz, ihre Höflichkeit roch nach Zwang. Ihre Günstlinge nahmen ihre honigsüßen Worte natürlich für einen Ausdruck der Güte und ihre anmaßende Überheblichkeit für edlen Enthusiasmus. Nur ich hatte ihre Verstellungen studiert, hatte ihr inneres Wesen von der dünnen Schale befreit, mit der die Gesellschaft sich zufriedengibt, und ließ mich nicht mehr von ihren Possen täuschen; ich kannte ihre Katzenseele bis auf den Grund. Machte irgendein Hohlkopf ihr Komplimente und rühmte sie, so schämte ich mich für sie. Und dabei liebte ich sie noch immer! Ich hoffte, ihr Eis unter den Fittichen einer Dichterliebe zu zerschmelzen. Hätte ich ein einziges Mal ihr Herz den Zärtlichkeiten der Frau öffnen dürfen, hätte ich sie in die Erhabenheit der Hingabe einweihen können, sie wäre, so glaubte ich, vollkommen, sie wäre ein Engel geworden. Ich liebte sie als Mann, als Liebhaber und als Künstler – dabei hätte man sie nicht lieben dürfen, um sie zu besitzen; ein steifer Geck oder ein kühler Rechner hätten sie vielleicht erobert. Eitel und künstlich, wie sie war, hätte sie gewiß die Sprache der Eitelkeit verstanden und sich in der Falle einer Intrige fangen lassen; ein gefühlloser und eiskalter Mann hätte über sie herrschen können. Ätzende Schmerzen drangen mir bis ins Innerste der Seele, sobald sie mir in aller Unschuld ihren Egoismus enthüllte. Voller Schmerz sah ich, wie sie eines Tages allein im Leben stehen, wie sie nicht wissen würde, wem sie die Hand reichen sollte, und keinen freundschaftlichen Blick finden würde, in dem sie den ihren ruhen lassen könnte. Eines Abends hatte ich den Mut, ihr in lebhaften Farben ihr ödes, leeres und trauriges Alter auszumalen. Angesichts dieser furchtbaren Rache der getäuschten Natur tat sie eine grausame Äußerung.

›Ich werde immer reich sein‹, antwortete sie mir. ›Ja, und mit Geld können wir immer um uns herum die Gefühle schaffen, die für unser Wohlbefinden notwendig sind.‹

Ich verließ sie, niedergeschmettert von der Logik dieses Luxus, dieser Frau, dieser Welt, und ich schalt mich, so töricht in sie vernarrt zu sein. Auch ich liebte nicht die arme Pauline, hatte die reiche Feodora da nicht das Recht, Raphaël abzuweisen? Unser Gewissen ist ein unfehlbarer Richter, sofern wir es noch nicht getötet haben. ›Feodora‹, rief mir eine sophistische Stimme zu, ›liebt niemanden und weist niemanden ab; sie ist frei, aber sie hat sich früher einmal für Geld hingegeben. Ob nun als Geliebter oder Ehemann, der russische Graf hat sie besessen. Es wird sich schon noch eine Versuchung in ihrem Leben finden! Warte sie ab.‹ Diese Frau war nicht tugendsam, nicht lasterhaft, sie lebte fern von allem Menschlichen in einer ihr eigenen Sphäre, die die Hölle oder das Paradies sein mochte. Dieses in Kaschmir und Spitzen gehüllte weibliche Mysterium sprach alle menschlichen Gefühle in meinem Herzen an, Stolz, Ehrgeiz, Liebe, Neugier ... Eine Laune der Mode oder die Lust, originell zu erscheinen, die uns allen im Nacken sitzt, wollte es, daß man damals ein kleines Boulevardtheater besonders rühmte. Die Gräfin bezeigte den Wunsch, das mit Mehl gepuderte Gesicht eines Schauspielers zu sehen, der das Entzücken einiger Leute von Geist darstellte, und mir wurde die Ehre zuteil, sie zur Premiere irgendeiner schlechten Posse zu begleiten. Die Loge kostete kaum hundert Sous, und ich besaß keinen roten Heller. Da ich noch einen halben Memoirenband zu schreiben hatte, wagte ich es nicht, Finot um Hilfe zu bitten, und Rastignac, mein Schutzengel, war verreist. Dieser ewige Geldmangel war der Fluch meines Lebens.

Einmal, als wir aus den Bouffons kamen und es fürchterlich regnete, hatte Feodora einen Wagen für mich vorfahren lassen, ohne daß ich mich ihrer prunksüchtigen Aufmerksamkeit hätte entziehen können: sie ließ keine meiner Ausreden gelten, nicht meine Liebe für den Regen, nicht meine Lust, in den Spielsaal zu gehen. Sie erriet meine Not weder aus meinen verlegenen Gesten noch aus meinen traurigen Scherzen. Meine Augen röteten sich, aber verstand sie denn einen Blick? Das Leben junger Leute ist sonderbaren Launen unterworfen! Während der Fahrt weckte jede Umdrehung der Räder Gedanken in mir, die mir das Herz verbrannten; ich versuchte, am hinteren Teil des Wagens ein Brett zu lösen, in der Hoffnung, mich auf diese Weise auf das Pflaster gleiten lassen zu können; ich stieß auf unüberwindbare Hindernisse, fing krampfhaft zu lachen an und verharrte schließlich in finsterem Schweigen, stumpfsinnig wie ein Mensch, der am Pranger steht. Als ich zu Hause ankam und eben ein paar Worte zu stammeln begann, unterbrach mich Pauline und sagte:

›Falls Sie kein Kleingeld bei sich haben ...‹

Ach, was war die Musik Rossinis im Vergleich zu diesen Worten! Aber kommen wir zu dieser Posse zurück. Um die Gräfin dorthin begleiten zu können, hatte ich beschlossen, den goldenen Rahmen des Porträts meiner Mutter zu verpfänden. Obwohl mir das Leihhaus stets als eins der Tore zum Zuchthaus erschienen war, war es immer noch besser, eigenhändig mein Bett dorthin zu tragen, als um ein Almosen zu betteln. Der Blick eines Menschen, den man um Geld bittet, tut so weh! Manche Darlehen kosten uns unsere Ehre, so wie manche Abweisungen, wenn ein befreundeter Mund sie ausspricht, uns eine letzte Illusion rauben. Pauline arbeitete, ihre Mutter hatte sich schon schlafen gelegt. Ich warf einen flüchtigen Blick auf das Bett, dessen Vorhänge leicht offen standen, und glaubte, daß Madame Gaudin tief schlief, als ich ihr ruhiges, gelbliches Profil im Dunkeln auf dem Kopfkissen sah.

›Haben Sie Kummer?‹ fragte Pauline und legte den Pinsel auf ihre Malarbeit.

›Mein liebes Kind, Sie können mir einen großen Gefallen tun‹, antwortete ich.

Sie sah mich so glücklich an, daß ich zusammenzuckte.

›Sollte sie mich lieben?‹ dachte ich. – ›Pauline ...‹, fuhr ich fort und setzte mich neben sie, um sie genau zu beobachten. Sie erriet meine Absicht, so voller Nachdruck klang meine Stimme; sie senkte die Augen, und ich sah sie prüfend an, im Glauben, in ihrem Herzen lesen zu können wie in dem meinen, so rein und schlicht war ihr Gesicht.

›Haben Sie mich lieb?‹ fragte ich sie.

›Ein bißchen ..., leidenschaftlich, überhaupt nicht!‹ rief sie.

Sie liebte mich nicht. Ihr spöttischer Ton zusammen mit einer neckenden Geste bezeugten allein die scherzhafte Dankbarkeit eines jungen Mädchens. Ich gestand ihr also meine Not, die Verlegenheit, in der ich mich befand, und bat sie, mir zu helfen.

›Wie, Monsieur Raphaël‹, sagte sie, ›Sie selbst wollen nicht zum Leihhaus gehen, und mich schicken Sie dorthin?‹

Ich errötete, beschämt von der Logik eines Kindes. Da nahm sie meine Hand, als ob sie die Wahrheit ihrer Äußerung durch eine Zärtlichkeit ausgleichen wolle.

›Oh! Selbstverständlich ginge ich dorthin‹, sagte sie, ›aber der Weg ist überflüssig. Heute morgen habe ich hinter dem Klavier zwei Hundertsousstücke gefunden, die ohne Ihr Wissen zwischen die Wand und das Querholz gerutscht sein müssen, und habe sie auf Ihren Tisch gelegt.‹

›Sie bekommen sicher bald Geld, Monsieur Raphaël‹, sagte die gute Mutter und steckte ihren Kopf zwischen den Vorhängen durch; ›bis dahin kann ich Ihnen ein paar Taler leihen.‹

›Oh, Pauline‹, rief ich und drückte ihre Hand, ›ich wollte, ich wäre reich!‹

›Pah! Warum denn das?‹ sagte sie trotzig.

Ihre Hand zitterte in der meinen und antwortete auf jedes Klopfen meines Herzens; hastig zog sie ihre Finger zurück und betrachtete die meinen:

›Sie werden eine reiche Frau heiraten‹, sagte sie, ›aber sie wird Ihnen viel Kummer bereiten ... Oh, mein Gott! Sie wird sie umbringen! ... Ich bin mir ganz sicher.‹

Ihr Aufschrei zeigte, daß sie in gewisser Weise dem tollen Aberglauben ihrer Mutter verfallen war.

›Sie sind recht leichtgläubig, Pauline!‹

›Oh, ganz bestimmt‹, sagte sie und schaute mich entsetzt an, ›die Frau, die Sie lieben werden, wird Sie umbringen!‹

Sie nahm wieder ihren Pinsel und tauchte ihn in die Farbe, wobei sie eine heftige Erregung erkennen ließ, ohne mich weiter anzusehen. Wie gern hätte ich in diesem Augenblick an Hirngespinste geglaubt. Ein Mensch ist nicht vollkommen unglücklich, wenn er abergläubisch ist. Als ich in mein Zimmer zurückkam, erblickte ich tatsächlich zwei noble Taler, deren Anwesenheit mir unbegreiflich schien. In den wirren Gedanken des Halbschlafes versuchte ich, meine Ausgaben zu überschlagen, um mir diesen unerwarteten Fund zu erklären, aber ich verstrickte mich in nutzlose Berechnungen und schlief darüber ein. Am andern Morgen kam Pauline gerade in dem Augenblick zu mir, da ich fortgehen wollte, um eine Loge zu mieten.

›Zehn Francs reichen vielleicht nicht aus‹, sagte dieses liebe, gütige Mädchen errötend, ›meine Mutter hat mir aufgetragen, Ihnen dieses Geld anzubieten ..., bitte, nehmen Sie es!‹

Sie legte drei Taler auf meinen Tisch und wollte davonlaufen; aber ich hielt sie zurück. Die Bewunderung trocknete die Tränen, die mir in den Augen standen.

›Pauline‹, sagte ich, ›Sie sind ein Engel! Dieses Darlehen rührt mich weit weniger als die Verschämtheit, mit der Sie es mir anbieten. Ich habe mir eine reiche und elegante Frau von hohem Stand gewünscht; ach, jetzt möchte ich Millionen besitzen und einem jungen Mädchen begegnen, das arm ist wie Sie und ein so reiches Herz besitzt wie Sie; gern würde ich dann auf eine verhängnisvolle Leidenschaft verzichten, die mich umbringen wird. Vielleicht behalten Sie ja recht.‹

›Genug!‹ sagte sie.

Sie entfloh, und ihre Nachtigallenstimme, ihre erfrischenden Triller hallten durch das Treppenhaus.

›Wie glücklich sie ist, daß sie noch nicht liebt!‹ sagte ich mir und dachte an die Martern, die ich seit mehreren Monaten durchlitt.

Paulines fünfzehn Francs waren für mich von größtem Wert. Feodora dachte an die Ausdünstungen des Volks in dem Saal, in dem wir uns für einige Stunden aufhalten sollten, und sie bedauerte, keinen Blumenstrauß bei sich zu haben; ich ging Blumen holen und brachte ihr mein Leben und mein Vermögen. Ich empfand Gewissensbisse und Freude zugleich, als ich ihr einen Strauß überreichte, dessen Preis mir nur zu deutlich zeigte, wie kostspielig die in der Gesellschaft übliche oberflächliche Galanterie ist. Bald darauf beklagte sie sich über den ein wenig zu starken Duft eines Jasmins aus Mexiko; sie empfand einen unerträglichen Ekel, als sie den Zuschauerraum sah und auf einem harten Bänkchen saß; sie warf mir vor, sie dorthin gebracht zu haben. Obwohl sie an meiner Seite war, wollte sie fortgehen; sie ging fort. Mir schlaflose Nächte auferlegt, zwei Monate meines Lebens verschwendet zu haben und ihr nicht zu gefallen! Niemals ist dieser Dämon anmutiger, niemals auch gefühlloser gewesen. Während der Fahrt saß ich dicht neben ihr in einem engen Coupé, ich atmete ihren Atem, ich berührte ihren parfümierten Handschuh, ich sah deutlich die Schätze ihrer Schönheit, ich roch einen Duft, so süß wie der der Iris: die ganze Frau und doch kein bißchen Frau. In diesem Augenblick erlaubte mir ein Lichtstrahl, in die Abgründe dieses geheimnisvollen Lebens zu sehen. Ich mußte plötzlich an das kürzlich erschienene Buch eines Dichters denken, eine wahrhaft künstlerische Schöpfung, gemeißelt wie die Statue des Polyklet[95]. Ich glaubte, dieses Ungeheuer zu sehen, das bald als Offizier ein durchgehendes Pferd bändigt, bald als junges Mädchen seine Toilette macht und seine Liebhaber zur Verzweiflung bringt, bald selber als Liebhaber eine sanfte und bescheidene Jungfrau ins Unglück stürzt. Da ich Feodora nicht anders enträtseln konnte, erzählte ich ihr diese phantastische Geschichte; aber nichts verriet ihre Ähnlichkeit mit dieser Dichtung des Unmöglichen, unbefangen amüsierte sie sich darüber wie ein Kind über eine Geschichte aus *Tausendundeiner Nacht*.

›Um der Liebe eines Mannes in meinem Alter widerstehen zu können, der verbindenden Wärme dieser schönen ansteckenden Krankheit der Seele, muß Feodora unter dem Schutz irgendeines Geheimnisses stehen!‹ dachte ich auf meinem Heimweg. ›Vielleicht ist sie vom Krebs befallen, wie Lady Delacour[96]? Ihr Leben ist zweifellos künstlich.‹

Bei diesem Gedanken fröstelte mich. Dann faßte ich den närrischsten und zugleich vernünftigsten Plan, den ein Liebender sich je ausdenken kann. Um den Körper dieser Frau zu ergründen, so wie ich ihren Geist erforscht hatte, um sie endlich ganz und gar kennenzulernen, beschloß ich, eine Nacht bei ihr zu verbringen, in ihrem Schlafzimmer, ohne daß sie davon wußte. Dieses Vorhaben, das an meiner Seele zehrte wie die Rachsucht am Herzen eines korsischen Mönchs, führte ich folgendermaßen aus. An ihren Empfangsabenden versammelte Feodora so viele Menschen bei sich, daß der Portier unmöglich feststellen konnte, ob die Zahl der Kommenden und Gehenden genau übereinstimmte. Insofern gewiß, in ihrem Haus bleiben zu können, ohne einen Skandal zu verursachen, wartete ich voller Ungeduld die nächste Soirée der Gräfin ab. Beim Ankleiden steckte ich mangels eines Dolches ein kleines englisches Federmesser in meine Weste. Fand man dieses Werkzeug eines Schöngeistes bei mir, so war nichts Verdächtiges dabei, und da ich wiederum nicht wußte, wie weit mein romanhafter Entschluß mich führen würde, wollte ich bewaffnet sein.

Als die Salons sich zu füllen begannen, ging ich ins Schlafzimmer, um die Lage zu erkunden, und fand die Jalousien und Läden geschlossen; das traf sich gut. Da es möglich war, daß die Kammerfrau noch einmal kam, um die seitlich an den Fenstern zusammengerafften Vorhänge loszuhaken, löste ich ihre Halter; ich wagte viel, indem ich das Zimmer auf diese Weise schon im voraus für die Nacht vorbereitete, doch hatte ich mich in die Gefahren meines Unterfangens geschickt und sie kaltblütig einkalkuliert. Gegen Mitternacht kehrte ich zurück und versteckte mich in einer Fensternische. Damit meine Füße nicht zu sehen waren, versuchte ich, auf die Plinthe der Täfelung zu klettern, wobei ich mich an den Fensterriegel klammerte und zugleich mit dem Rücken gegen die Wand drückte. Nachdem ich mein Gleichgewicht und meine Stützpunkte erprobt und die Entfernung ausgemessen hatte, die mich von den Vorhängen trennte, gelang es mir, mich mit den Schwierigkeiten meiner Stellung anzufreunden, so daß ich dort ausharren konnte, ohne entdeckt zu werden, sofern Krämpfe, Husten oder Niesen mich verschonten. Um mich nicht unnötig zu ermüden, blieb ich stehen und wartete auf den kritischen Augenblick, da ich hängen bleiben mußte wie eine Spinne in ihrem Netz. Der weiße Moireestoff und der Mousselin der Vorhänge schlugen dicke Falten vor mir, die wie Orgelpfeifen aussahen; mit meinem Taschenmesser bohrte ich Löcher hinein, um durch diese Art Schießscharten alles sehen zu können. Undeutlich vernahm ich das Gemurmel aus den Salons, das Lachen der Plauderer, das Anschwellen ihrer Stimmen. Der diffuse Lärm, die dumpfe Bewegung nahmen allmählich ab. Ein paar Herren kamen und holten ihre Hüte, die sie dicht neben mir auf der Kommode der Gräfin abgelegt hatten. Sobald sie die Vorhänge streiften, zitterte ich bei dem Gedanken an die Zerstreutheit, an die Zufälle der Suche von Leuten, die es eilig haben wegzukommen und daher überall herumstöbern. Mein Unternehmen schien mir unter einem guten Stern zu stehen, denn keines dieser Mißgeschicke trat ein. Den letzten Hut holte ein alter Verehrer Feodoras ab, der, da er sich allein glaubte, das Bett betrachtete und einen tiefen Seufzer ausstieß, dem noch irgendein recht nachdrücklicher Ausruf folgte. Die Gräfin hatte nunmehr in dem Boudoir, das an ihr Schlafzimmer grenzte, nur noch fünf oder sechs vertraute Bekannte bei sich und schlug ihnen vor, dort Tee zu trinken. Die üble Nachrede, für die die gegenwärtige Gesellschaft sich das bißchen an Glauben reserviert hat, das ihr noch bleibt, mischte sich nun mit boshaften Scherzen, geistreichen Urteilen und dem Geklapper von Löffeln und Tassen. Mitleidlos im Umgang mit meinen Nebenbuhlern erregte Rastignac durch einige bissige Ausfälle ein tolles Gelächter.

›Monsieur de Rastignac ist ein Mann, mit dem man es nicht verderben darf‹, sagte die Gräfin lachend.

›Ganz meine Meinung‹, erwiderte er unbefangen. ›Ich habe mit meinen Abneigungen immer recht behalten . . . Und mit meinen Zuneigungen‹, fügte er hinzu. ›Meine Feinde sind mir vielleicht ebenso nützlich wie meine Freunde. Ich habe mich recht eingehend mit der modernen Sprechweise und den natürlichen Kunstgriffen befaßt, derer man sich bedient, um alles anzugreifen oder alles zu verteidigen. Die Beredsamkeit der Minister ist die Vervollkommnung der Gesellschaft. Hat einer eurer Freunde keinen Geist? Dann spricht man von seiner Rechtschaffenheit, von seiner Offenherzigkeit. Ist das Werk eines andern zäh? Dann stellt man es als eine gewissenhafte Arbeit hin. Ist ein Buch schlecht geschrieben, so rühmt man seine Gedanken. Ein anderer Mensch wiederum hat keine eigene Meinung, er ist unbeständig und entgleitet einem jeden Augenblick: Pah! Dann ist er verführerisch und bezaubernd, er hat Charme. Handelt es sich aber um Feinde, so wirft man ihnen die Toten und die Lebenden an den Kopf; in ihrem Fall dreht man die Begriffe seiner eigenen Sprache um und entwickelt ebensoviel Scharfsinn im Entdecken ihrer Fehler, wie man vordem an Geschick aufbrachte, um die Tugenden der Freunde herauszustreichen. Dieser Gebrauch des Lorgnons für den Blick der Moral ist das Geheimnis unserer Gespräche und die ganze Kunst des Höflings. Sich seiner nicht zu bedienen hieße ohne Waffen gegen Leute kämpfen zu wollen, die eiserne Rüstungen tragen wie Bannerherren. Und ich gebrauche es! Bisweilen mißbrauche ich es sogar. Dafür achtet man mich und meine Freunde, denn, nebenbei bemerkt, mein Degen ist ebensoviel wert wie meine Zunge.‹

Einer von Feodoras glühendsten Verehrern, ein junger Mann, der berühmt für seine Unverschämtheit war und daraus sogar ein Mittel zum eigenen Fortkommen gemacht hatte, hob den Handschuh auf, den Rastignac so verächtlich hingeworfen hatte. Er sprach von mir und begann mein Talent und meine Person über die Maßen zu rühmen. Diese Art der Medisance hatte Rastignac vergessen. Das sardonische Lob täuschte die Gräfin und mitleidlos opferte sie mich; um ihre Freunde zu erheitern, trieb sie Mißbrauch mit meinen Geheimnissen, meinen Erwartungen und meinen Hoffnungen.

›Er hat Zukunft‹, sagte Rastignac. ›Vielleicht ist er eines Tages in der Position, um grausam Rache zu nehmen; jedenfalls ist sein Talent nicht geringer als sein Mut; wer ihn angreift, den halte ich für sehr kühn, denn er hat ein gutes Gedächtnis . . .‹

›Zumindest reicht es aus, um anderer Leute Memoiren zu schreiben‹, fügte die Gräfin hinzu, der das plötzlich eingetretene tiefe Schweigen zu mißfallen schien.

›Die Memoiren einer falschen Gräfin, Madame‹, antwortete Rastignac. ›Um die zu schreiben, bedarf es einer besonderen Art von Mut.‹

›Ich traue ihm sehr viel Mut zu‹, antwortete sie, ›er ist mir treu ergeben.‹

Mich überkam ein lebhaftes Verlangen, plötzlich unter den Spöttern zu erscheinen wie Banquos Geist in *Macbeth*. Ich verlor eine Geliebte, aber ich besaß einen Freund! Indessen flüsterte mir die Liebe mit einem Mal eines dieser feigen, spitzfindigen Paradoxe ein, mit denen sie all unsere Schmerzen einzulullen versteht.

›Wenn Feodora mich liebt‹, so dachte ich, ›muß sie ihr Gefühl dann nicht hinter boshaften Scherzen verbergen? Wie oft hat das Herz die Worte des Mundes Lügen gestraft!‹

Kurz darauf wollte mein unverschämter Nebenbuhler, der mit der Gräfin allein zurückgeblieben war, endlich aufbrechen.

›Was? Schon?‹ sagte sie mit einem schmeichelnden Ton in der Stimme, der mich erbeben ließ. ›Sie wollen mir keinen Augenblick mehr schenken? Sie haben mir also nichts mehr zu sagen und wollen mir keine Ihrer Freuden opfern?‹

Er ging fort.

›Oh!‹ rief sie gähnend, ›wie sie mich alle langweilen!‹

Sie zog kräftig an einer Schnur, und das Gellen einer Klingel hallte durch die Gemächer. Die Gräfin kam in ihr Schlafzimmer und trällerte ein paar Noten des *Pria che spunti*[97]. Nie hatte jemand sie singen hören, und diese Form des Schweigens hatte die absonderlichsten Auslegungen gefunden. Sie habe, so hieß es, ihrem ersten Liebhaber, der von ihrem Talent bezaubert und über das Grab hinaus auf sie eifersüchtig gewesen sei, versprochen, niemandem ein Glück zu gewähren, das er als einziger genossen haben wollte. Ich spannte alle Kräfte meiner Seele an, um die Töne in mich aufzunehmen. Von Note zu Note schwoll die Stimme an; Feodora schien aufzuleben, die Reichtümer ihrer Kehle entfalteten sich, und diese Melodie bekam etwas Göttliches. Die

Stimme der Gräfin war von einer lebhaften Klarheit, einer Treffsicherheit des Tons, einem Wohlklang und einem Vibrato, das ins Herz drang, es erschütterte und liebkoste. Musikerinnen sind fast immer verliebt; und wer so singen konnte, der mußte viel von der Liebe verstehen. Die Schönheit dieser Stimme war also ein weiteres Geheimnis an dieser an sich schon so geheimnisvollen Frau. Ich konnte sie jetzt genauso gut sehen, wie ich dich hier sehe; sie schien sich selbst zu lauschen und dabei eine ganz eigene Wollust zu verspüren; sie empfand so etwas wie Liebesgenuß. Sie trat vor den Kamin und sang das Hauptmotiv aus diesem Rondo zu Ende; doch als sie verstummte, veränderte sich ihr Gesicht, ihre Züge verfielen, und sie sah müde aus. Sie hatte eine Maske abgelegt. Sie war eine Schauspielerin, und ihre Rolle war beendet. Dabei hatte auch diese Art Welkheit, die die Arbeit des Künstlers oder die Ermüdungen des Abends auf ihrer Schönheit hinterließen, ihren Reiz.

›So ist sie wirklich!‹ sagte ich mir.

Wie um sich zu wärmen, stellte sie einen Fuß auf die Bronzestange des Kaminvorsatzes, streifte ihre Handschuhe ab, entledigte sich ihrer Armbänder und zog eine goldene Kette, an deren Ende ihr mit Edelsteinen besetztes Riechfläschchen hing, über den Kopf. Ich empfand eine unbeschreibliche Lust, ihren Bewegungen zuzusehen, die anmutig waren wie die einer Katze, die sich in der Sonne putzt. Sie betrachtete sich im Spiegel und sagte deutlich vernehmbar in mißvergnügtem Ton:

›Ich bin nicht sehr schön gewesen heute abend . . ., mein Teint verwelkt erschreckend schnell . . . Vielleicht sollte ich früher zu Bett gehen und auf dieses vergnügungssüchtige Leben verzichten . . . Aber will Justine mich denn zum Narren halten?‹

Sie klingelte noch einmal; die Kammerfrau eilte herbei. Wo sie ihr Zimmer hatte? Ich weiß es nicht. Sie kam über eine versteckte Treppe. Ich war neugierig, sie kennenzulernen. Meine Dichterphantasie hatte diese unsichtbare Dienerin, ein großes braunhaariges, wohlgewachsenes Mädchen, schon des öfteren beschuldigt.

›Madame haben geläutet?‹

›Zweimal!‹ antwortete Feodora. ›Fängst du denn an, taub zu werden?‹

›Ich habe die Mandelmilch für Madame vorbereitet.‹

Justine kniete nieder, band die hohen Halbstiefel auf und zog sie von den Füßen ihrer Herrin, die sich lässig in einem Sessel am Kamin ausgestreckt hatte, gähnte und sich den Kopf kratzte. Alle ihre Bewegungen waren ganz natürlich, und ich konnte keinerlei Anzeichen für die geheimen Schmerzen oder die Leidenschaften entdecken, die ich in ihr vermutet hatte.

›Georges ist verliebt‹, sagte sie, ›ich werde ihn entlassen. Es ist Abend, und er hat noch immer nicht die Vorhänge aufgezogen. Woran denkt er eigentlich?‹

Bei dieser Bemerkung stockte mir all mein Blut im Herzen; aber es war nicht mehr weiter von den Vorhängen die Rede.

›Oh, wie ist das Leben öde‹, sprach die Gräfin weiter. ›He! Paß auf, daß du mich nicht wieder kratzt wie gestern. Da, siehst du?‹ sagte sie und zeigte ihr ein kleines, wie Seide aussehendes Knie, ›hier sind noch die Spuren von deinen Krallen.‹

Sie steckte die nackten Füße in Samtpantoffeln mit Schwanenbesatz und legte ihr Kleid ab, während Justine nach einem Kamm griff, um ihr das Haar zurechtzumachen.

›Madame, Sie sollten heiraten und Kinder bekommen.‹

›Kinder! Die fehlten mir gerade noch, um mich vollends um den Verstand zu bringen!‹ rief sie. ›Ein Ehemann! Welchen Mann sollte ich denn ...? War ich gut frisiert heute abend?‹

›Nicht sehr gut auf jeden Fall.‹

›Du bist eine dumme Gans.‹

›Nichts steht Ihnen schlechter als zu fein gekräuseltes Haar‹, fuhr Justine fort. ›Mit großen, glatten Locken sehen Sie viel besser aus.‹

›Wirklich?‹

›Bestimmt, Madame, gekräuseltes Haar steht nur Blondinen gut.‹

›Heiraten? Nein, und nochmals nein! Die Ehe ist ein Handel, für den ich nicht geschaffen bin.‹

Welch entsetzliche Szene für einen Liebhaber! Diese alleinstehende Frau, ohne Verwandte und ohne Freunde, die in der Liebe eine Atheistin war und an kein Gefühl glaubte und die ihr, wenn auch nur sehr schwach ausgeprägtes, doch jedem menschlichen Wesen so natürliches Bedürfnis nach Mitteilung in einem Gespräch mit ihrer Kammerfrau befriedigen mußte, in ein paar dürftigen Sätzen oder Nichtigkeiten! ... Sie tat mir leid. Justine schnürte ihr das Korsett auf. Neugierig betrachtete ich sie in dem Augenblick, da die letzte Hülle fiel. Sie hatte eine jungfräuliche Brust, die mich blendete; im Kerzenlicht schimmerte ihr weißer, rosiger Körper durch das Hemd, wie eine Silberstatue unter einer Gazehülle funkelt. Nein, keine einzige Unvollkommenheit mußte sie die verstohlenen Blicke der Liebe fürchten lassen. Ach, ein schöner Körper wird immer über die grimmigsten Entschlüsse triumphieren! Die Herrin setzte sich stumm und nachdenklich vor dem Feuer nieder, während die Kammerfrau die Kerze der Alabasterlampe anzündete, die vor dem Bett hing. Justine holte eine Wärmflasche, schlug die Decke auf und half ihrer Herrin ins Bett; dann, nach einer ziemlich langen Zeit, die mit der Verrichtung kleiner Dienste verstrich, die von Feodoras tiefer Selbstverehrung zeugten, zog das Mädchen sich zurück. Die Gräfin wälzte sich ein paarmal hin und her; sie war unruhig, sie seufzte; ihren Lippen entfuhr ein leiser, aber deutlich vernehmbarer Laut, der von einer Regung der Ungeduld kündete; sie streckte die Hand nach dem Tisch aus, nahm dort ein Fläschchen, träufelte vier oder fünf Tropfen einer braunen Flüssigkeit in ihre Milch und trank sie aus; nach ein paar schweren Seufzern rief sie schließlich:

›Mein Gott!‹

Dieser Ausruf und besonders der Ausdruck, den sie hineinlegte, schnürten mir das Herz zusammen. Allmählich wurde sie still. Mir wurde angst und bang; aber bald vernahm ich den regelmäßigen und tiefen Atem eines schlafenden Menschen. Ich schlug die knisternde Seide der Vorhänge auseinander, verließ meinen Posten, trat an das Fußende ihres Bettes und betrachtete sie mit einem Gefühl, für das es keinen Ausdruck gibt. Sie sah entzückend aus. Sie hatte den Arm über den Kopf gehoben, wie ein Kind; ihr stilles und schönes, von Spitzen umhülltes Gesicht war von einer Sanftmut, die mich entflammte. Ich hatte mich überschätzt und meine Folter nicht begriffen; ihr so nahe und so fern zu sein! Nun mußte ich all die Martern erdulden, die ich mir selbst bereitet hatte. *Mein Gott!* Dieser Fetzen eines unbekannten Gedankens, den ich als einzige Aufklärung mit mir nehmen mußte, hatte meine Einschätzung Feodoras plötzlich verändert.

Dieses Wort, das ohne Bedeutung oder tief war, ohne Gegenstand oder voller Wirklichkeit, ließ sich gleichermaßen aus Glück oder aus Leiden, aus körperlichen Qualen wie aus seelischem Schmerz herleiten. War es eine Verwünschung oder ein Gebet, bedeutete es Erinnerung oder Zukunft, Bedauern oder Hoffnung? Es lag ein ganzes Leben in diesem Ausruf, ein Leben in Not oder in Reichtum, vielleicht bedeutete es gar ein Verbrechen! Das Rätsel, das in diesem schönen Schein einer Frau verborgen lag, erstand aufs neue; man konnte Feodora auf so viele Weisen erklären, daß sie unerklärbar wurde. Die Launen des Atems, der bald schwach, bald deutlich ausgeprägt, schwer oder leicht aus ihrem Mund drang, bildeten eine Art Sprache, die ich mit Gedanken und Gefühlen verband. Ich träumte mit ihr und hoffte, mich in ihre Geheimnisse einschleichen zu können, indem ich in ihren Schlaf eindrang; ich schwankte zwischen tausend entgegengesetzten Entschlüssen, zwischen tausend Urteilen. Beim Anblick dieses schönen, ruhigen und reinen Gesichts war es mir unmöglich, dieser Frau ein Herz abzusprechen. Ich beschloß, noch einen Versuch zu machen. Ich wollte ihr von meinem Leben erzählen, meiner Liebe und meinen Opfern, um vielleicht auf diese Weise ihr Mitleid zu erregen und ihr eine Träne zu entlocken, ihr, die niemals weinte. Ich hatte all meine Hoffnungen in diese letzte Prüfung gesetzt, da kündete mir der Lärm der Straße den Tagesanbruch an.

Einen Augenblick lang stellte ich mir vor, wie Feodora in meinen Armen erwachte. Ich konnte mich ganz behutsam neben sie legen, zu ihr gleiten und sie umschlingen. Dieser Gedanke tyrannisierte mich so grausam, daß ich, im Verlangen, ihm zu widerstehen, in den Salon flüchtete, ohne im geringsten darauf zu achten, ob ich nun ein Geräusch verursachte oder nicht; zum Glück stieß ich auf eine Tapetentür, die auf eine kleine Treppe führte. Wie ich vermutet hatte, steckte der Schlüssel im Schloß; ich riß die Tür auf, stieg ohne Bedenken in den Hof hinunter und war, ohne jede Vorsicht, nicht gesehen zu werden, mit drei Sätzen auf der Straße. Zwei Tage später sollte ein Autor bei der Gräfin eine Komödie vorlesen; ich ging in der Absicht hin, als letzter zu bleiben und ihr ein recht seltsames Ansinnen vorzutragen; ich wollte sie bitten, mir den Abend des nächsten Tages zu gewähren und ihn mir gänzlich zu widmen, indem sie ihre Tür verschlossen hielt. Als ich mit ihr allein war, verließ mich der Mut. Jeder Schlag der Stutzuhr ließ mich erschauern. Es war viertel vor zwölf.

›Wenn ich nicht mit ihr spreche‹, sagte ich mir, ›muß ich mir den Schädel am Kaminsims zerschmettern.‹

Ich gab mir eine Frist von drei Minuten; die drei Minuten verstrichen, ich zerschmetterte mir nicht den Schädel an dem Marmor, und mein Herz war schwer geworden wie ein Schwamm im Wasser.

›Sie sind ungemein liebenswürdig‹, sagte sie zu mir.

›Ach, Madame‹, antwortete ich, ›wenn Sie mich verstehen könnten!‹

›Was haben Sie denn?‹ entgegnete sie. ›Sie werden ja ganz blaß.‹

›Ich zögere, Sie um eine Gunst zu bitten.‹

Sie ermutigte mich mit einer Handbewegung, und ich bat sie um das Rendezvous.

›Von Herzen gern‹, sagte sie. ›Aber warum wollen Sie nicht jetzt mit mir sprechen?‹

›Um Sie nicht zu täuschen, muß ich Sie auf die Tragweite Ihres Versprechens hinweisen: ich möchte diesen Abend bei Ihnen verbringen, so als ob wir Bruder und Schwester wären. Seien Sie unbesorgt, ich kenne Ihre Abneigungen; Sie haben mich zur Genüge kennengelernt, um sicher zu sein, daß ich nichts von Ihnen will, was Ihnen mißfallen könnte; im übrigen, wer kühne Absichten hat, geht anders vor. Sie haben mir Ihre Freundschaft bewiesen, Sie sind gütig und voller Nachsicht. Nun, so vernehmen Sie, daß ich Ihnen morgen Lebewohl sagen muß ... Ziehen Sie Ihr Versprechen nicht zurück!‹ rief ich, als ich sah, daß sie sprechen wollte.

Und ich verschwand.

Im vergangenen Mai, gegen acht Uhr abends, habe ich allein mit Feodora in ihrem gotischen Boudoir gesessen. In diesem Augenblick habe ich nicht gezittert, war ich mir doch sicher, glücklich zu werden. Meine Geliebte mußte mir gehören, oder ich würde mich in die Arme des Todes flüchten. Ich hatte über meine feige Liebe das Urteil gesprochen. Der Mensch ist sehr stark, sobald er sich seine Schwäche eingesteht. Die Gräfin trug ein Kleid aus blauem Kaschmir und lag auf einem Diwan, die Füße auf einem Kissen. Ein orientalisches Barett, eine Kopfbedeckung, wie sie die Maler den alten Hebräern geben, bereicherte ihre verführerische Schönheit um den Reiz einer lockenden Fremdartigkeit. Ihre Züge waren von einem flüchtigen Zauber durchdrungen, der zu beweisen schien, daß wir in jedem Augenblick neue, einzigartige Wesen ohne jede Ähnlichkeit mit dem *Wir* der Zukunft und dem *Wir* der Vergangenheit sind. Nie zuvor hatte ich sie so strahlend schön gesehen.

›Wissen Sie‹, sagte sie lachend, ›daß Sie meine Neugier geweckt haben?‹

›Ich werde sie nicht enttäuschen‹, antwortete ich kühl, setzte mich neben sie und nahm ihre Hand, die sie mir überließ. ›Sie haben eine wirklich schöne Stimme!‹

›Aber Sie haben mich doch nie gehört‹, rief sie mit einer unwillkürlichen Bewegung der Überraschung.

›Ich werde Ihnen das Gegenteil beweisen, sobald es nötig ist. Sollte Ihr entzückender Gesang denn noch ein weiteres Geheimnis sein? Doch seien Sie beruhigt, ich will es nicht lüften.‹

Wir verbrachten nun etwa eine Stunde mit vertraulichem Geplauder. Ich hatte zwar den Ton und das Gehaben eines Mannes angenommen, dem Feodora nichts verweigern durfte, aber ich wahrte auch all den Respekt eines Liebhabers. Bei diesem Spiel erlangte ich die Gunst, ihre Hand küssen zu dürfen; sie streifte mit einer anmutigen Bewegung ihren Handschuh ab, und ich war auf eine so wollüstige Weise der Illusion verfallen, an die ich zu glauben versuchte, daß meine Seele schmolz und sich in diesem Kuß ergoß. Mit einer unglaublichen Hingabe ließ Feodora sich umschmeicheln und liebkosen. Aber wirf mir bitte nicht vor, dumm gewesen zu sein: Hätte ich nur einen Schritt über diese geschwisterliche Zärtlichkeit hinaus tun wollen, hätte ich die Krallen dieser Katze zu spüren bekommen. Etwa zehn Minuten lang blieben wir in ein tiefes Schweigen versunken. Ich bewunderte sie, da ich sie mit Reizen ausgestattet sah, die sie nur vortäuschte. In diesem Augenblick gehörte sie mir, mir ganz allein ... Ich besaß dieses entzückende Geschöpf, so wie man es besitzen durfte: in der Anschauung; ich hüllte es in mein Begehren, hielt es, drückte es an mich, und meine Phantasie vermählte mich mit ihm. Ich habe die Gräfin damals durch die Kraft eines magnetischen Zaubers besiegt. Daher habe ich es immer bedauert, mir diese Frau nicht gänzlich untertan gemacht zu haben; in diesem Augenblick jedoch habe ich nicht ihren Körper begehrt, mich verlangte nach einer Seele, einem Leben, diesem idealen und vollkommenen Glück, dem schönen Traum, an den wir nicht lange glauben.

›Madame‹, sagte ich schließlich, als ich fühlte, daß die letzte Stunde meines Rausches gekommen war, ›hören Sie mich an. Ich liebe Sie, das wissen Sie, ich habe es Ihnen tausendmal gesagt, und Sie hätten mich verstehen müssen. Da ich Ihre Liebe weder den Reizen eines Gecks noch den Schmeicheleien oder den Zudringlichkeiten eines Flachkopfs verdanken wollte, bin ich nicht verstanden worden. Wie viele Qualen habe ich um Ihretwillen erduldet, und dennoch trifft Sie keine Schuld! Aber in einigen Augenblicken werden Sie über mich urteilen können. Es gibt zwei Arten von Elend, Madame. Das eine geht ohne Scheu in seinen Lumpen durch die Straßen; ohne es zu wissen, lebt es nach dem Vorbild des Diogenes, nährt sich von wenig und beschränkt seine Bedürfnisse auf die einfachsten Dinge des Lebens; diese Art Elend ist vielleicht glücklicher als der Reichtum, zumindest sorgloser, es nimmt sich die Welt dort, wo die Mächtigen sie nicht mehr haben wollen. Daneben gibt es das Elend des Luxus, das Elend nach spanischer Art, das seine Not unter einem Adelstitel versteckt; stolz und schmuck fährt dieses Elend in weißer Weste und gelben Handschuhen im Wagen und verliert ein Vermögen, weil es ihm an einem Centime fehlt. Das eine ist das Elend des Volkes; das andere das der Gauner, Könige und der talentierten Menschen. Ich bin weder Volk noch König, noch Gauner, vielleicht habe ich nicht einmal Talent: Ich bin eine Ausnahme. Mein Name befiehlt mir, eher zu sterben, als zu betteln ... Seien sie unbesorgt, Madame, heute bin ich reich, ich besitze alles an irdischen Gütern, was ich brauche‹, sagte ich, als ich sah, daß ihr Gesicht den kühlen Ausdruck annahm, der sich auf unsere Züge legt, sobald uns jemand aus der guten Gesellschaft um Geld angeht. ›Erinnern Sie sich des Tages, da Sie ohne mich ins Gymnase[98] gehen wollten, im Glauben, ich würde nicht dort sein?‹

Sie nickte mit dem Kopf.

›Ich hatte meinen letzten Taler geopfert, um dort hinzugehen und Sie sehen zu können ... Erinnern Sie sich unseres Spaziergangs im Jardin des Plantes? Ihr Wagen hat mein ganzes Vermögen verschlungen.‹

Ich erzählte ihr von meinen Opfern, ich schilderte ihr mein Leben, aber nicht so, wie ich es dir heute erzähle, im Rausch des Weines, sondern im edlen Rausch des Herzens. Meine Leidenschaft ergoß sich in lodernden Worten und in Zeichen des Gefühls, die ich seitdem vergessen habe und die weder die Kunst noch die Erinnerung wiederzugeben vermöchten. Das war nicht die kaltblütig erzählte Geschichte einer verhaßten Liebe: In ihrer Kraft und in der Schönheit ihrer Hoffnung gab mir meine Liebe die Worte ein, die ein ganzes Leben ausdrükken, indem sie die Schreie einer zerrissenen Seele wiederholen. Der Ton meiner Stimme ähnelte dem, mit dem ein Sterbender auf einem Schlachtfeld die letzten Gebete spricht. Sie weinte. Ich hielt ein. Großer Gott! Ihre Tränen waren die Frucht dieses künstlichen Gefühls, wie man es für hundert Sous am Eingang eines Theaters kauft: Ich hatte den Erfolg eines guten Schauspielers errungen.

›Wenn ich gewußt hätte . . .‹, sagte sie.

›Sprechen Sie nicht zu Ende‹, rief ich. ›Ich liebe Sie in diesem Augenblick noch stark genug, um Sie umzubringen . . .‹

Sie wollte nach der Klingelschnur greifen. Ich brach in ein schallendes Gelächter aus.

›Rufen Sie nicht‹, sagte ich, ›ich lasse Sie Ihr Leben in Frieden beenden. Sie töten hieße den Haß mißzuverstehen! Sie brauchen keine Gewalttat zu fürchten: ich habe eine ganze Nacht am Fußende Ihres Bettes verbracht, ohne . . .‹

›Monsieur . . .‹, sagte sie errötend.

Doch nach dieser ersten Regung der Scham, die jede Frau, auch die gefühlloseste besitzt, warf sie mir einen verächtlichen Blick zu und sagte: ›Da muß Ihnen aber ganz schön kalt gewesen sein!‹

›Glauben Sie, Madame, daß Ihre Schönheit mir so teuer ist?‹ antwortete ich, wohl ahnend, welche Gedanken sie bewegten. ›Ihr Antlitz verheißt mir eine Seele, die noch schöner ist, als Sie es sind. Ach, Madame, die Männer, die in einer Frau nur die Frau sehen, können sich jeden Abend Odalisken kaufen, die eines Harems würdig sind, und für wenig Geld glücklich werden . . . Ich aber war ehrgeizig, ich wollte Herz an Herz mit Ihnen leben, mit Ihnen, die Sie gar kein Herz besitzen. Jetzt weiß ich es. Gehörten Sie einem Mann, so würde ich ihn ermorden. Doch nein, dann liebten Sie ihn, und sein Tod würde Sie vielleicht schmerzen ... Wie ich leide!‹ rief ich.

›Falls dieses Versprechen Sie zu trösten vermag‹, sagte sie fröhlich, ›so kann ich Ihnen versichern, daß ich niemandem gehören werde ...‹

›Oh‹, unterbrach ich sie, ›Sie lästern Gott und werden dafür bestraft werden. Eines Tages werden Sie auf einem Diwan liegen und weder Lärm noch Licht ertragen können, werden in einer Art Gruft leben und ungeahnte Leiden ertragen müssen. Wenn Sie dann nach der Ursache dieser langsamen und rachsüchtigen Schmerzen suchen, gedenken Sie all des Elends, das Sie so verschwenderisch auf Ihrem Weg ausgestreut haben! Sie haben überall Verwünschungen gesät und werden Haß ernten. Wir sind die wahren Richter, die Henker einer Justiz, die auf Erden herrscht und die über dem Gericht der Menschen und unter dem Gottes steht.‹

›Oho‹, sagte sie lachend, ›ich bin wohl eine große Verbrecherin, weil ich Sie nicht liebe? Ist das meine Schuld? Nein, ich liebe Sie nicht; Sie sind ein Mann, das ist Grund genug. Ich bin glücklich, so allein zu sein, warum sollte ich mein Leben, das egoistisch ist, wenn Sie wollen, gegen die Launen eines Gebieters eintauschen? Die Ehe ist ein Sakrament, das zu nichts taugt, als einander Kummer zu bereiten. Außerdem langweilen mich Kinder. Habe ich Sie nicht in aller Freundschaft vor meinem Charakter gewarnt? Warum haben Sie sich nicht mit meiner Freundschaft begnügt? Ich wollte, ich könnte Sie für die Qualen entschädigen, die ich Ihnen bereitet habe, weil ich den Wert Ihres Kleingelds nicht zu schätzen wußte; ich achte die Größe Ihrer Opfer; doch allein die Liebe kann Ihre Ergebenheit und Ihr Zartgefühl entlohnen, und ich liebe Sie so wenig, daß diese Szene mich höchst unangenehm berührt.‹

›Ich fühle, wie lächerlich ich bin, bitte, verzeihen Sie mir‹, sagte ich sanft zu ihr und konnte mich der Tränen nicht erwehren. ›Ich liebe Sie zur Genüge‹, fuhr ich fort, ›um die grausamen Worte aus Ihrem Munde mit Entzücken zu hören. Oh, ich wollte, ich könnte Ihnen meine Liebe mit all meinem Blut beweisen.‹

›Das sind Sätze, die wir mehr oder minder gut von allen Männern zu hören bekommen‹, antwortete sie immer noch lachend. ›Aber offenbar ist es sehr schwer, zu unseren Füßen zu sterben, denn dieser Art von Toten begegne ich überall . . . Es ist Mitternacht, gestatten Sie, daß ich mich schlafen lege.‹

›Um dann in zwei Stunden *Mein Gott* zu rufen‹, sagte ich.

›Vorgestern! Ja‹, sagte sie, ›da habe ich an meinen Wechselmakler gedacht; ich hatte vergessen, ihn meine Rentenpapiere zu fünf Prozent in solche zu drei Prozent umtauschen zu lassen, und im Verlauf des Tages waren die zu drei gefallen.‹

Ich schaute sie an, und meine Augen funkelten vor Wut. Ach, bisweilen muß ein Verbrechen ein wahres Gedicht sein, das habe ich in diesem Augenblick verstanden. Zweifellos waren die leidenschaftlichsten Liebeserklärungen für sie etwas ganz Gewöhnliches, und so hatte sie meine Tränen und meine Worte bereits vergessen.

›Würden Sie einen Pair von Frankreich heiraten?‹ fragte ich sie kühl.

›Vielleicht, wenn es ein Herzog wäre.‹

Ich nahm meinen Hut und grüßte sie.

›Gestatten Sie, daß ich Sie bis an meine Wohnungstür begleite‹, sagte sie mit beißender Ironie in ihrer Handbewegung, in der Haltung ihres Kopfes und in ihrem Tonfall.

›Madame . . .‹

›Monsieur?‹

›Ich werde Sie nicht wiedersehen.‹

›Das will ich hoffen‹, antwortete sie mit einer höhnischen Verbeugung.

›Sie wollen Herzogin werden?‹ fuhr ich fort, angefeuert von einer Art Raserei, die diese Geste in meinem Herzen entzündet hatte. ›Sie sind versessen auf Titel und Ehren?

Nun, so lassen Sie sich nur von mir lieben, befehlen Sie meiner Feder, nur für Sie zu schreiben, und meiner Stimme, nur für Sie zu ertönen, seien Sie das geheime Prinzip meines Lebens, seien Sie mein Stern! Und akzeptieren Sie mich erst als Ehemann, wenn ich Minister bin, Pair von Frankreich, Herzog ... Ich werde alles werden, vorausgesetzt, Sie wollen, daß ich es sei!‹

›Sie haben‹, sagte sie lächelnd, ›Ihre Zeit bei dem Anwalt gut genutzt: Ihre Plädoyers haben Feuer.‹

›Dir gehört die Gegenwart‹, rief ich, ›und mir die Zukunft! Ich verliere nur eine Frau, du aber verlierst einen Namen und eine Familie. Die Zeit geht schwanger mit meiner Rache: Dir wird sie Häßlichkeit und einen einsamen Tod bringen; mir aber den Ruhm!‹

›Schönen Dank für den effektvollen Schluß!‹ sagte sie, wobei sie ein Gähnen unterdrückte und mit ihrer Haltung bekundete, daß sie mich nicht weiter zu sehen wünschte.

Diese Bemerkung brachte mich zum Schweigen. In einem letzten Blick warf ich ihr meinen Haß entgegen, dann eilte ich davon. Ich mußte Feodora vergessen, mich von meinem Wahn heilen, wieder in meine fruchtbare Einsamkeit zurückfinden oder sterben. Ich lud mir nun eine gewaltige Arbeitslast auf, ich wollte meine Werke vollenden. Vierzehn Tage lang habe ich den Fuß nicht aus meiner Mansarde gesetzt und all meine Nächte mit kraftlosen Studien hingebracht. Trotz meines Eifers und der Inspiration meiner Verzweiflung arbeitete ich mühsam und mit vielen Unterbrechungen. Die Muse war entflohen. Ich konnte das strahlende und höhnende Gespenst Feodoras nicht vertreiben. Jeder meiner Gedanken brütete einen anderen krankhaften Gedanken aus, irgendeinen Wunsch, der fürchterlich war wie ein Gewissensbiß. Ich hielt es wie die Einsiedler in der Thebais. Ohne zu beten wie sie, lebte ich in einer Einöde und bohrte in meiner Seele, statt in den Felsen zu bohren. Notfalls hätte ich mir einen mit Stacheln bewehrten Gürtel um die Hüften geschlungen, um die Schmerzen der Seele durch die Schmerzen des Leibes zu bändigen.

Eines Abends drang Pauline in mein Zimmer ein.

›Sie bringen sich um‹, sagte sie mit flehender Stimme; ›Sie sollten ausgehen, Freunde besuchen ...‹

›Ach, Pauline, Ihre Prophezeiung hat sich erfüllt. Feodora tötet mich, ich will sterben. Das Leben ist mir unerträglich.‹

›Gibt es denn nur eine Frau auf der Welt?‹ sagte sie lächelnd. ›Warum wollen Sie sich unendliche Schmerzen in einem so kurzen Leben bereiten?‹

Betroffen sah ich Pauline an. Sie ließ mich allein. Ich hatte gar nicht bemerkt, daß sie fortging, ich hatte ihre Stimme gehört, ohne den Sinn ihrer Worte zu begreifen. Bald darauf mußte ich das Manuskript meiner Memoiren zu meinem Literaturunternehmer bringen. Ich war besessen von meiner Leidenschaft und hatte keine Ahnung, wie ich ohne Geld hatte leben können, ich wußte lediglich, daß die vierhundertfünfzig Francs, die ich zu erwarten hatte, ausreichen würden, um meine Schulden zu bezahlen; ich zog also los, um mein Honorar abzuholen, und begegnete Rastignac; er fand mich verändert und abgemagert.

›Aus welchem Spital kommst denn du?‹ fragte er.

›Diese Frau bringt mich um den Verstand‹, antwortete ich. ›Ich kann sie weder verachten noch vergessen.‹

›Du solltest sie lieber umbringen, dann hörst du vielleicht auf, an sie zu denken‹, rief er lachend.

›Daran habe ich auch schon gedacht‹, antwortete ich. ›Aber wenn ich meine Seele zuweilen mit dem Gedanken an ein Verbrechen erfrische, eine Vergewaltigung oder einen Mord oder beides zusammen, dann fühle ich, daß ich außerstande bin, es tatsächlich zu begehen. Die Gräfin ist ein anbetungswürdiges Ungeheuer, das um Gnade bitten würde, und wer begehrt, ist kein Othello!‹

›Sie ist wie alle Frauen, die wir nicht haben können‹, unterbrach mich Rastignac.

›Ich bin irrsinnig!‹ rief ich. ›In manchen Augenblicken spüre ich den Wahnsinn in meinem Hirn toben. Meine Gedanken sind wie Gespenster, sie tanzen vor meinen Augen, ohne daß ich sie greifen kann. Lieber will ich tot sein als so weiterleben. Und so suche ich nach dem besten Mittel, um diesen Kampf zu beenden. Es geht nicht mehr um die lebende Feodora, die Feodora im Faubourg Saint-Honoré, sondern um meine Feodora, um die, die hier drin steckt!‹ sagte ich und schlug mir gegen die Stirn. ›Was hältst du von Opium?‹

›Pah, die Schmerzen sind fürchterlich.‹

›Kohlenoxyd?‹

›Das ist was für Proleten.‹

›Die Seine?‹

›Die Netze und die Morgue sind verdammt dreckig.‹

›Ein Pistolenschuß?‹

›Und wenn du nicht richtig triffst, bleibst du für immer entstellt. Hör mal‹, fuhr er fort, ›wie alle jungen Leute habe auch ich über den Selbstmord nachgedacht. Wer von uns hätte sich mit dreißig Jahren nicht schon ein paarmal umgebracht? Ich habe nichts Besseres gefunden, als das Dasein durch das Vergnügen aufzubrauchen. Stürz dich in die Abgründe der Ausschweifung, und du oder deine Liebe werden darin umkommen. Die Maßlosigkeit, mein Lieber, ist die Königin aller Todesarten. Gebietet sie nicht über den niederschmetternden Schlaganfall? Der Schlaganfall, das ist ein Pistolenschuß, der uns trifft. Die Orgien überschütten uns mit allen Freuden des Leibes; ist das nicht Opium in kleiner Münze? Indem die Ausschweifung uns zwingt, maßlos zu trinken, fordert sie einen tödlichen Zweikampf mit dem Wein heraus. Schmeckt das Malvasierfaß des Herzogs von Clarence[99] nicht besser als der Schlamm der Seine? Wenn wir gepflegt unter den Tisch fallen, ist das nicht eine Kohlenoxydvergiftung in kleinen Dosen? Wenn uns die Wache aufsammelt und wir auf den kalten Betten der Wachstube ausgestreckt liegen, genießen wir dann nicht die Freuden der Morgue, ohne die aufgetriebenen, geblähten, blauen, grünen Bäuche, aber dafür im Bewußtsein der Krise? Ach!‹ fuhr er fort, ›dieser lange Selbstmord ist etwas anderes als der Tod eines bankrotten Krämers. Die Geschäftsleute haben den Fluß entehrt, sie stürzen sich ins Wasser, um ihre Gläubiger zu beschwichtigen. An deiner Stelle versuchte ich, mit Eleganz zu sterben. Wenn du eine neue Todesart erschaffen willst, indem du dich auf solche Weise mit dem Leben schlägst, so bin ich dein Sekundant. Ich langweile mich, ich bin enttäuscht. Die Elsässerin, die man mir als Frau vorgeschlagen hat, hat sechs Zehen am linken Fuß, und mit einer Frau, die sechs Zehen hat, kann ich nicht leben! Es spräche sich herum, und ich machte mich lächerlich. Sie hat nur achtzehntausend Francs Rente, ihr Vermögen schrumpft, und ihre Zehen wachsen. Zum Teufel damit! ... Wenn wir ein wüstes Leben führen, finden wir vielleicht durch einen Zufall das Glück!‹

Rastignac riß mich mit. Dieser Plan lockte mit zu großen Verführungen und entfachte zu viele Hoffnungen, kurz, er hatte einen viel zu poetischen Reiz, als daß er einem Dichter nicht hätte gefallen müssen.

›Und das Geld?‹ fragte ich ihn.

›Hast du nicht vierhundertfünfzig Francs?‹

›Ja, aber ich habe Schulden bei meinem Schneider, bei meiner Wirtin ...‹

›Du bezahlst deinen Schneider? Aus dir wird nie etwas, nicht einmal ein Minister.‹

›Aber was machen wir mit zwanzig Louis?‹

›Spielen.‹

Ich zuckte zusammen.

›Oh‹, rief er, als er meine Scheu bemerkte, ›du willst etwas wagen, was ich das *System der Verschwendung* nenne, und hast Angst vor dem grünen Tuch!‹

›Hör mal‹, antwortete ich, ›ich habe meinem Vater versprochen, nie einen Fuß in ein Spielhaus zu setzen. Nicht nur, daß dieses Versprechen mir heilig ist, ich fühle auch einen unüberwindbaren Abscheu, sooft ich an einem Spielsaal vorbeikomme; hier, nimm diese hundert Taler und geh allein hin. Während du unser Vermögen aufs Spiel setzt, bringe ich meine Angelegenheiten in Ordnung und komme dann wieder, um dich in deiner Wohnung zu erwarten.‹

Auf diese Weise, mein Lieber, habe ich mich also zugrunde gerichtet. Es genügt, daß ein junger Mann einer Frau begegnet, die ihn nicht liebt, oder einer Frau, die ihn zu sehr liebt, und schon gerät sein ganzes Leben aus der Bahn. Das Glück verzehrt unsere Kräfte, wie das Unglück unsere Tugenden auslöscht. Als ich wieder in meinem Hotel Saint-Quentin war, betrachtete ich lange Zeit meine Mansarde, in der ich das keusche Leben eines Gelehrten geführt hatte, ein Leben, das vielleicht ehrenhaft und lang hätte sein können und das ich nicht für das Leben in der Leidenschaft hätte verlassen sollen, das mich in einen Abgrund riß. Während ich so schwermütig dasaß, überraschte mich Pauline.

›Ja, was ist denn mit Ihnen los?‹ fragte sie.

Ich stand mit kühler Miene auf und zählte das Geld hin, das ich ihrer Mutter schuldete, wobei ich noch die Miete für die nächsten sechs Monate hinzufügte. Sie sah mich erschrocken an.

›Ich verlasse Sie, meine liebe Pauline.‹

›Ich habe es geahnt‹, rief sie.

›Hören Sie, mein Kind, das heißt nicht, daß ich nicht wiederkomme. Halten Sie meine Zelle noch ein halbes Jahr lang frei. Sollte ich bis zum 15. November nicht zurückgekehrt sein, so treten Sie meine Erbschaft an. Dieses versiegelte Manuskript‹, sagte ich und zeigte ihr einen Stapel Papier, ›ist die Reinschrift meines großen Werkes über *den Willen*: die hinterlegen Sie in der königlichen Bibliothek. Mit allem andern, das ich hier zurücklasse, können Sie machen, was Sie wollen.‹

Sie warf mir Blicke zu, die schwer auf meinem Herzen lasteten. Pauline stand vor mir wie ein leibhaftiges Gewissen.

›Dann bekomme ich also keinen Unterricht mehr?‹ sagte sie und wies auf das Klavier.

Ich antwortete nicht.

›Werden Sie mir schreiben?‹

›Leben Sie wohl, Pauline.‹

Ich zog sie sanft an mich, dann drückte ich auf ihre zur Liebe bestimmte Stirn, die jungfräulich war wie der Schnee, der die Erde noch nicht berührt hat, den Kuß eines Bruders, den Kuß eines alten Mannes. Sie lief davon. Ich wollte Madame Gaudin nicht mehr sehen. Ich legte den Schlüssel an seinen gewohnten Platz und ging aus dem Haus. Als ich die Rue de Cluny verließ, hörte ich den leichten Schritt einer Frau hinter mir.

›Ich habe diese Börse für Sie gestickt, wollen Sie die auch ablehnen?‹ sagte Pauline.

Im Licht der Straßenlaterne glaubte ich eine Träne in Paulines Augen wahrzunehmen und stieß einen Seufzer aus. Vielleicht trieb uns der gleiche Gedanke, jedenfalls trennten wir uns hastig wie Leute, die vor der Pest fliehen wollen. Das Leben in der Ausschweifung, dem ich mich zu weihen gedachte, schien mir auf absonderliche Weise seinen Ausdruck in dem Zimmer zu finden, darin ich mit vornehmer Sorglosigkeit die Rückkehr Rastignacs erwartete. Mitten auf dem Kamin stand eine Stutzuhr, gekrönt von einer auf einer Schildkröte sitzenden Venus, die eine halb aufgerauchte Zigarre in ihren Armen hielt. Elegante Möbel, Geschenke der Liebe, waren wahllos über das Zimmer verstreut. Auf einem wollüstigen Diwan lagen alte Socken. Der bequeme Sessel, in dem ich saß, trug Narben wie ein alter Soldat, er bot seine zerfetzten Arme den Blicken dar und zeigte auf seiner Rükkenlehne die Spuren der Pomade und des alten Haaröls, das all die Köpfe der Freunde dort hinterlassen hatten. Üppigkeit und Elend paarten sich unschuldig in dem Bett, auf den Wänden, überall. Man wurde an die Paläste Neapels erinnert, die von Lazaroni umlungert werden. Es war das Zimmer eines Spielers oder eines Taugenichts, dessen Luxus ganz persönlich ist, der von Erregungen lebt und sich über Unstimmigkeiten keine Gedanken macht. Diesem Bild mangelte es im übrigen nicht an Poesie. Das Leben zeigte sich hier mit seinem Flitterzeug und seinen Lumpen, wetterwendisch und unvollkommen, wie es wirklich ist, lebendig und bunt, wie auf dem Rastplatz eines Marodeurs, der alles zusammengeplündert hat, was ihm Freude macht. Ein Band Byron, dem einige Seiten fehlten, hatte dem jungen Mann zum Feueranzünden gedient: Er hatte tausend Francs im Spiel riskiert und besaß kein richtiges Brennholz, er fuhr im Tilbury spazieren und hatte kein einziges intaktes Hemd mehr. Am nächsten Tag schon konnten eine Gräfin, eine Schauspielerin oder das Ecarté ihm die Ausstattung eines Königs schenken. Hier steckte die Kerze in der grünen Hülse eines Phosphorfeuerzeugs; dort lag das Bildnis einer Frau, das seines Rahmens aus ziseliertem Gold beraubt worden war. Wie sollte ein junger Mann, der von Natur aus begierig auf Erregungen war, den Verlockungen eines Lebens widerstehen, das so reich an Gegensätzen ist und ihm mitten im Frieden die Freuden des Krieges verschafft? Ich war soeben eingenickt, als Rastignac mit einem Fußtritt die Zimmertür aufstieß und rief:

›Sieg! Jetzt können wir sterben, wie wir lustig sind . . .‹

Er zeigte mir seinen mit Gold gefüllten Hut, stellte ihn auf den Tisch, und wir tanzten um ihn herum wie zwei Kannibalen um ihren Beuteschmaus, heulten, stampften, hüpften, versetzten einander Faustschläge, die ein Nashorn niedergestreckt hätten, und sangen angesichts aller Freuden der Welt, die dieser Hut für uns enthielt.

›Siebenundzwanzigtausend Francs‹, rief Rastignac und warf noch ein paar Banknoten auf den Goldhaufen. ›Anderen würde dieses Geld zum Leben genügen, ob es uns aber zum Sterben langt? Oh, ja! Wir werden unsern letzten Atemzug in einem Goldbad tun . . . Hurra!‹

Und wir begannen wieder mit unseren Luftsprüngen. Dann teilten wir wie Erben, Münze für Münze; mit den doppelten Napoleons fingen wir an, gingen von den großen zu den kleinen Münzen und genossen unsere Freude tröpfchenweise, indem wir eine lange Zeit immer sagten: ›Die ist für dich! . . . Die ist für mich!‹

›Heute wird nicht geschlafen‹, rief Rastignac. ›Joseph, bring uns Punsch!‹

Er warf seinem treuen Diener ein paar Goldstücke hin:

›Hier ist dein Anteil‹, sagte er, ›laß dich dafür begraben, wenn du kannst.‹

Am Tag darauf kaufte ich Möbel bei Lesage[100], mietete die Wohnung in der Rue Taitbout, in der du mich kennengelernt hast, und beauftragte den besten Tapezierer, sie auszustatten. Ich hielt Pferde. Ich stürzte mich in einen Strudel von Freuden, die leer und wirklich zugleich waren. Ich spielte, gewann und verlor Schlag auf Schlag riesige Summen, aber immer nur beim Ball, bei unseren Freunden; niemals in den Spielhäusern, für die ich mir meinen heiligen und ursprünglichen Abscheu bewahrte. Unmerklich gewann ich Freunde. Ich verdankte ihre Zuneigung irgendeinem Streit oder dieser vertrauensseligen Leichtigkeit, mit der wir uns unsere Geheimnisse anvertrauen, wenn wir uns unter Kameraden gemein machen; vielleicht auch binden allein unsere Laster uns wirklich aneinander. Ich wagte einige literarische Arbeiten, die mir Komplimente eintrugen. Die großen Männer des Literaturgeschäfts, die in mir keinen Rivalen mehr sahen, den sie fürchten mußten, lobten mich, freilich weniger um meiner persönlichen Verdienste willen, als um die ihrer Kollegen zu schmälern. Ich wurde ein *Lebemann*, um mich des pittoresken Ausdrucks zu bedienen, den eure Orgiensprache geprägt hat. Ich setzte meinen Stolz darein, mich rasch umzubringen und die unbekümmertsten Gefährten durch meinen Schwung und meine Kraft auszustechen. Stets war ich frisch und elegant. Ich galt als geistreich. Nichts an mir verriet dieses furchtbare Dasein, das aus einem Menschen einen Trichter, einen Verdauungsapparat, ein Luxuspferd macht. Bald erschien mir die Ausschweifung in der ganzen Majestät ihrer Abscheulichkeit, und ich verstand sie! Gewiß, vernünftige Leute, die in geordneten Verhältnissen leben und Weinflaschen für ihre Erben etikettieren, können weder die Theorie dieses üppigen Lebens noch seinen Normalzustand begreifen; wer wollte auch Provinzlern, für die das Opium und der Tee mitsamt ihren Köstlichkeiten nur zwei Medikamente sind, die Poesie eines solchen Lebens beibringen? Findet man nicht sogar in Paris, dieser Hauptstadt des Geistes, unvollkommene Sybariten? Sie sind unfähig, ein Übermaß an Genuß zu ertragen, und gehen nach einer Orgie übermüdet nach Hause, gerade wie die wackeren Bürger, die, nachdem sie eine neue Oper von Rossini gehört haben, die Musik verdammen. Sie verzichten auf dieses Leben wie ein an mäßige Kost gewöhnter Mensch, der keine Pasteten von Ruffec mehr essen mag, weil ihm die erste den Magen verdorben hat. Sicherlich ist die Ausschweifung eine Kunst wie die Dichtung und verlangt starke Seelen. Um ihre Geheimnisse zu ergründen und ihre Schönheiten auszukosten, muß man sich in gewisser Hinsicht sorgfältigen Studien widmen. Wie alle Wissenschaften ist sie zunächst abweisend und dornenreich. Gewaltige Hindernisse umgeben die großen Freuden des Menschen, nicht seine einzelnen Genüsse, sondern die Systeme, die die seltensten Empfindungen zur Gewohnheit erheben, sie konzentrieren und sie für ihn fruchtbar machen, indem sie ihm ein dramatisches Leben in seinem Leben verschaffen und eine ungeheure, eine schnelle Verschwendung seiner Kräfte verlangen.

Der Krieg, die Macht und die Künste sind Verderbnisse, die genauso weit außerhalb der menschlichen Fassungskraft liegen und genauso tief sind wie die Ausschweifung – der Zugang zu ihnen ist gleichermaßen schwer. Aber hat der Mensch diese großen Geheimnisse erst einmal erstürmt, so wandelt er in einer neuen Welt. Die Generäle, die Minister, die Künstler, alle werden sie durch das Bedürfnis, ihr Dasein, das sich so weit über das gewöhnliche Leben erhebt, heftigen Zerstreuungen auszusetzen, mehr oder minder der Zerstörung entgegengetrieben. Schließlich ist der Krieg die Ausschweifung des Blutes, wie die Politik die der Interessen ist. Alle Exzesse sind Geschwister. Diese Auswüchse der Gesellschaft haben die Kraft der Abgründe, sie ziehen uns an, wie

St. Helena Napoleon gelockt hat; sie machen uns schwindeln, sie fesseln uns, und wir wollen bis auf ihren Grund hinabsehen, ohne zu wissen warum. Vielleicht wohnt der Gedanke des Unendlichen in diesen Tiefen, vielleicht bergen sie irgendeine große Schmeichelei für den Menschen; gewinnt er dann nicht alles für sich selbst? Als Gegensatz zum Paradies seiner Schaffensstunden, zu den Wonnen des Schöpfens braucht der ermüdete Künstler entweder, wie Gott, die Ruhe des Sonntags oder, wie der Teufel, die Wollüste der Hölle, um die Arbeit der Sinne der Arbeit seiner geistigen Kräfte entgegenzusetzen. Die Erholung eines Lord Byron konnte nicht die geschwätzige Partie Boston[101] sein, die einen Rentner entzückt; als ein Dichter brauchte er ganz Griechenland, um gegen Mahmud[102] zu spielen. Wird der Mensch im Krieg nicht zu einem Würgeengel, zu einer Art riesigem Henker? Bedarf es nicht wirklich außergewöhnlicher Bezauberungen, um uns die grausamen Schmerzen ertragen zu lassen, die Feinde unserer zerbrechlichen Hülle, die die Leidenschaften wie ein Dornengürtel umgeben? Hat der Raucher, der sich in Krämpfen wälzt und eine Art Todeskampf durchmacht, nachdem er den Tabak allzu reichlich genossen hat, nicht in unbekannten Regionen an wundervollen Festen teilgenommen? Hat Europa nicht unablässig wieder einen Krieg begonnen, ohne sich die Zeit zu nehmen, seine Füße zu säubern, die bis zu den Knöcheln im Blut stehen? Hat der Mensch in der Masse also genauso seine Trunkenheit, wie die Natur ihre Liebesanfälle hat? Für den Privatmann, für den Mirabeau, der in Friedenszeiten dahinvegetiert und von Stürmen träumt, bedeutet die Ausschweifung alles, sie ist eine ständige Umarmung des gesamten Daseins, oder, besser gesagt, ein Zweikampf mit einer unbekannten Macht, einem Ungeheuer; zunächst flößt das Ungeheuer Schrecken ein, man muß es bei den Hörnern packen; das kostet unerhörte Mühen. Die Natur hat uns einen zu engen oder faulen Magen gegeben? Man bändigt ihn, man weitet ihn aus, man lernt, Wein zu vertragen, man gewöhnt sich an die Trunkenheit, man verbringt Nächte ohne Schlaf, man eignet sich schließlich die Konstitution eines Kürassierobersten an, indem man sich selbst ein zweites Mal erschafft, als ob man Gott tadeln wolle! Hat der Mensch sich auf diese Weise verwandelt, hat der Neuling als alter Soldat seine Seele an das Artilleriefeuer und seine Beine an das Marschieren gewöhnt, ohne dem Ungeheuer anheimgefallen zu sein, aber auch ohne zu wissen, wer von beiden der Herr ist, so ringen sie miteinander, bald Sieger, bald Besiegte, in einer Sphäre, wo alles wundervoll ist, wo die Schmerzen der Seele einschlummern und wo allein die Trugbilder des Geistes wieder zum Leben erwachen. Und schon ist dieser grausame Kampf zu einer Notwendigkeit geworden.

Der Verschwender ist die leibhaftige Verkörperung der Fabelgestalten, die der Legende zufolge ihre Seele dem Teufel verkauft haben, um Böses tun zu können: er hat seinen Tod gegen alle Genüsse des Lebens eingetauscht, fruchtbare Genüsse im Übermaß! Statt lange zwischen zwei eintönigen Ufern dahinzufließen, in der Tiefe eines Kontors oder einer Schreibstube, schäumt das Dasein und schießt dahin wie ein Sturzbach. Letztlich ist die Ausschweifung für den Körper zweifellos, was für die Seele die mystischen Freuden sind. Der Rausch versenkt uns in Träume, deren Phantasmagorien ebenso absonderlich sind, wie es die der Ekstase sein können. Wir verdanken ihnen Stunden, die so entzückend sind wie die Launen eines jungen Mädchens, köstliche Plaudereien mit Freunden, Worte, die ein ganzes Leben schildern, Freuden, die ehrlich und ohne Hintergedanken sind, Reisen ohne Mühsale und ganze Dichtungen in wenigen Sätzen. Der brutalen Befriedigung des Tieres, in dessen Tiefe die Wissenschaft eine Seele gesucht hat, folgen wunderbare Zustände der Stumpfheit, nach denen die Menschen lechzen, die ihres Geistes überdrüssig sind. Empfinden sie nicht alle das Bedürfnis nach vollkommener Ruhe, und ist die Ausschweifung nicht eine Art Steuer, die das Genie dem Bösen zahlt? Schau dir doch all die großen Männer an: sind sie nicht wollüstig, so hat die Natur sie als Kümmerlinge geschaffen. Eine höhnische oder eifersüchtige Macht verdirbt ihnen die Seele oder den Körper, um ein Gegengewicht zu den Mühen ihrer Talente zu schaffen. Während dieser Stunden der Trunkenheit erscheinen Menschen und Dinge vor unsern Augen, so wie wir sie sehen wollen. Als Könige der Schöpfung verwandeln wir sie nach unserm Geschmack. Inmitten dieses beständigen Deliriums gießt uns das Spiel nach unserm Ermessen sein geschmolzenes Blei in die Adern. Eines Tages schließlich gehören wir dem Ungeheuer; dann erlebt ein jeder, so wie seinerzeit ich, ein wüstes Erwachen: an unserm Lager sitzt die Impotenz; den alten Krieger verzehrt die Schwindsucht; im Herzen des Diplomaten hängt ein Aneurysma das Leben an einen Faden; mir selbst wird vielleicht eine Lungenentzündung sagen: ›Schluß jetzt!‹, wie einst zu Raffael aus Urbino, den die Wollust getötet hat. So habe ich gelebt! Ich bin zu früh oder zu spät in das Leben der großen Welt getreten; zweifellos wäre meine Kraft hier gefährlich gewesen, wenn ich sie nicht auf diese Weise verbraucht hätte; wurde die Welt nicht von Alexander befreit durch den Becher des Herakles[103], den jener am Ende einer Orgie leerte? Kurz, gewisse enttäuschte Schicksale bedürfen des Himmels oder der Hölle, der Ausschweifung oder des Hospizes auf dem Sankt Bernhard. Vorhin habe ich nicht gewagt, diesen beiden Geschöpfen Moral zu predigen«, sagte er und wies auf Euphrasie und Aquilina. »Sind sie nicht die Verkörperung meiner Geschichte, das Abbild meines Lebens? Ich konnte sie nicht anklagen, sie erschienen mir wie Richter. Inmitten dieses lebendigen Gedichts, im Bann dieser betäubenden Krankheit habe ich allerdings noch zwei Krisen durchlebt, die reich an bitteren Schmerzen waren. Zunächst begegnete ich wenige Tage, nachdem ich mich wie Sardanapal[104] auf meinen Scheiterhaufen geworfen hatte, in der Eingangshalle der Bouffons Feodora. Wir warteten beide auf unsere Wagen.

›Oh, ich sehe, Sie sind noch am Leben.‹

Das war die Übersetzung ihres Lächelns, der boshaften Worte, die sie ihrem Cicisbeo zuflüsterte, dem sie zweifellos meine Geschichte erzählte, wobei sie meine Liebe als eine ganz alltägliche Verliebtheit abtat. Sie beglückwünschte sich zu ihrer falschen Scharfsichtigkeit! Ach, für sie zu sterben, sie immer noch zu vergöttern, sie während meiner Ausschweifungen vor mir zu sehen, in meinen Räuschen, im Bett der Kurtisanen und mich als Opfer ihres Spottes fühlen! Mir nicht die Brust zerfleischen, meine Liebe herauswühlen und ihr vor die Füße werfen zu können! Kurz, ich habe meinen Reichtum mühelos erschöpft; aber drei Jahre strengen und maßvollen Lebens hatten mir die widerstandsfähigste aller Gesundheiten verschafft, und an dem Tag, da mein Geld zu Ende war, befand ich mich bestens. Um mein Sterben fortzusetzen, unterzeichnete ich Wechsel mit kurzer Laufzeit; der Tag der Einlösung kam heran. Grausame Erregungen! Und welch ein Leben sie in jungen Herzen entfachen! Ich war nicht geschaffen, um schon zu altern; meine Seele war immer noch jung, voller Leben und frisch. Meine erste Schuld rief all meine Tugenden wieder ins Leben; langsamen Schrittes und, wie mir schien, einigermaßen verzweifelt kamen sie zurück. Ich wußte mit ihnen zu verhandeln wie mit diesen alten Tanten, die uns erst ausschelten und anschließend mit Tränen und Geld verwöhnen. Meine Phantasie aber war strenger, sie zeigte mir, wie mein Name von Stadt zu Stadt, von einer Börse Europas zur andern reiste. *Unser Name, das sind wir selbst*, hat Eusèbe Salverte[105] gesagt. Nach langen Irrfahrten kam ich wie der Doppelgänger eines Deutschen in meine Wohnung zurück, die ich gar nicht verlassen hatte, und schreckte mich selber aus dem Schlaf.

Die Bankangestellten, diese Gewissensbisse der Geschäftswelt, die die graue, mit einer silbernen Plakette versehene Livree ihres Herrn tragen, sind mir früher gleichgültig gewesen, wenn sie durch die Straßen von Paris liefen; heute aber haßte ich sie im voraus. Würde nicht eines Morgens einer von ihnen kommen, um Rechenschaft über die elf Wechsel zu verlangen, die ich unterzeichnet hatte? Meine Unterschrift war dreitausend Francs wert, ich selber nicht! Die Gerichtsvollzieher, deren Gesichter gegen alle Verzweiflungen, ja sogar gegen den Tod gleichgültig bleiben, erschienen vor meinen Augen wie die Henker, die einem Verurteilten sagen: ›Eben schlägt es halb vier.‹ Ihre Schreiber hatten das Recht, sich meiner zu bemächtigen, meinen Namen hinzukritzeln, ihn zu beschmutzen und zu verhöhnen. *Ich hatte Schulden!* Gehört man noch sich selbst, wenn man Schulden hat? Konnten andere Menschen von mir nicht Rechenschaft über mein Leben verlangen? Warum hatte ich Puddings *à la Chipolata* gegessen, warum eisgekühlte Getränke getrunken? Warum schlief, ging, dachte ich und amüsierte ich mich, ohne sie zu bezahlen? Mitten in einer Dichtung, während einer Eingebung oder beim Mittagessen, umgeben von Freunden, von Freude, von liebevollen Spöttereien, konnte ich einen Herrn im maronenbraunen Frack mit einem schäbigen Hut in der Hand eintreten sehen. Dieser Herr wird meine Schuld, wird mein Wechsel sein, ein Gespenst, das meine Freude welken läßt und mich zwingt, den Tisch zu verlassen, um mit ihm zu sprechen; er wird mir meinen Frohsinn nehmen, meine Geliebte, alles, sogar mein Bett. Der Gewissensbiß ist duldsamer, er setzt uns weder auf die Straße, noch bringt er uns nach Sainte-Pélagie, er stürzt uns nicht in den scheußlichen Pfuhl des Lasters; er bringt uns nur aufs Schafott, wo der Henker uns adelt: im Augenblick unserer Hinrichtung glaubt alle Welt an unsre Unschuld; einem Wüstling ohne Geld dagegen gesteht die Gesellschaft keine einzige Tugend zu. Und dann diese Schulden auf zwei Beinen, im grünen Tuchanzug mit blauen Brillen oder bunten Regenschirmen; diese fleischgewordenen Schulden, denen wir an einer Straßenecke just in dem Augenblick von Angesicht zu Angesicht gegenüberstehen, da wir gerade lächelten, diese Leute würden das grausame Recht haben zu sagen: ›Monsieur de Valentin schuldet mir Geld und zahlt nicht. Ich habe ihn in der Hand. Oh, daß er bloß nicht unfreundlich zu mir ist!‹ Wir müssen unsere

Gläubiger grüßen, müssen sie liebenswürdig grüßen. Sie aber sagen: ›Wann werden Sie zahlen?‹ Und wir sind gezwungen zu lügen, einen andern Menschen um Geld anzuflehen, uns vor einem Dummkopf zu krümmen, der auf seiner Kasse sitzt, müssen uns seinen kalten Blick gefallen lassen, seinen Blutsaugerblick, der abscheulicher ist als eine Ohrfeige, seine Barrême-Moral[106] und seine erbärmliche Dummheit. Eine Schuld ist ein Werk der Phantasie, das sie nicht begreifen. Wer Schulden macht, den beherrscht, den reißt oft eine innere Begeisterung hin, während die, die im Geld schwimmen und nichts als das Geld kennen, von nichts Großem beherrscht und von nichts Großherzigem geleitet werden. Das Geld war mir zuwider.

Schließlich kann ein Wechsel sich in einen alten Mann verwandeln, der eine Familie hat und von Tugenden umgeben ist. Vielleicht schuldete ich mein Geld einem lebenden Bild von Greuze[107], einem Gelähmten mit einem Haufen Kinder, der Witwe eines Soldaten, die uns eines Tages ihre flehenden Hände entgegenstrecken. Schreckliche Gläubiger, mit denen wir weinen müssen, und haben wir sie bezahlt, so schulden wir ihnen noch Hilfe. Am Abend vor dem Verfallstag habe ich mich mit der falschen Ruhe von Leuten ins Bett gelegt, die vor ihrer Hinrichtung oder einem Duell schlafen: sie wiegen sich stets in einer trügerischen Hoffnung. Doch als ich erwachte, als ich wieder kalten Blutes war, als ich meine Seele in der Brieftasche eines Bankiers eingekerkert sah, wo sie auf roten Zahlen schlief, da sprangen meine Schulden überall wie Heuschrecken hervor; sie waren in meiner Stutzuhr, meinen Sesseln, in den Möbeln, die mir am liebsten waren. Diese treuen Sklaven aus Holz und Stoff sollten eine Beute der Harpyien des Châtelet[108], sollten von Bütteln weggeschleppt und brutal auf dem Markt versteigert werden. Ach, allein meine nackte Haut gehörte noch mir! Die Schelle meiner Wohnung tönte in meinem Herzen; sie traf mich dort, wo man Könige treffen muß, am Kopf. Es war ein Martyrium ohne den Himmel als Lohn. Ja, für einen großmütigen

Menschen ist eine Schuld die Hölle, die Hölle angereichert mit Gerichtsvollziehern und Wucherern. Eine unbezahlte Schuld, das ist die Niedrigkeit, der Anfang der Spitzbüberei, und schlimmer noch, eine Lüge; sie sät Verbrechen und sammelt die Balken für das Schafott.

Meine Wechsel wurden protestiert. Drei Tage später bezahlte ich sie, und zwar auf folgende Weise: Ein Spekulant schlug mir vor, ihm die Loire-Insel zu verkaufen, auf der sich das Grab meiner Mutter befand. Ich willigte ein. Als ich den Vertrag bei dem Notar meines Käufers unterzeichnete, traf mich in der dunklen Kanzlei ein eisiger Hauch, der aus einer Gruft zu steigen schien. Mich schauderte, als ich die gleiche feuchte Kälte erkannte, die mich am Rand des Grabes gepackt hatte, in dem mein Vater lag. Ich nahm diesen Zufall als ein unheilvolles Vorzeichen. Mir war, als hörte ich die Stimme meiner Mutter und sähe ihren Schatten; eine unbekannte Macht ließ mir undeutlich meinen eigenen Namen im Ohr klingen, inmitten von Glockengeläut! Aus dem Erlös meiner Insel blieben mir, nach Bezahlung aller Schulden, zweitausend Francs. Nun hätte ich freilich in das friedliche Gelehrtendasein zurückkehren, in meine Dachkammer heimkehren können, jetzt, nachdem ich das Leben erprobt und den Kopf voll mit Beobachtungen hatte und mich schon einer gewissen Berühmtheit erfreute. Aber Feodora hatte ihre Beute nicht aus den Klauen gelassen. Wir waren einander häufig begegnet. Ich ließ ihr meinen Namen durch ihre Verehrer, die meinen Geist, meine Pferde, meine Erfolge und meine Equipagen bestaunten, ins Ohr posaunen. Sie blieb kalt und gefühllos bei alledem, selbst als Rastignac ihr die furchtbaren Worte ›Er tötet sich um Ihretwillen!‹ sagte.

Ich lud der ganzen Welt meine Rache auf, aber ich war nicht glücklich! Ich hob das Leben auf diese Weise bis auf seinen schlammigen Grund aus und empfand dabei immer stärker die Wonnen einer erwiderten Liebe, deren Phantom mich durch alle nur denkbaren Ausschweifungen bis in den Abgrund der Orgien hinein verfolgte. Zu meinem Unglück wurde ich in meinen schönen Hoffnungen getäuscht, für meine Wohltaten durch Undank belohnt und für meine Fehler durch tausend Freuden entschädigt. Eine düstere Philosophie, aber für den Wüstling wahr! Feodora hatte mich schließlich mit dem Aussatz ihrer leeren Eitelkeit angesteckt. Als ich meine Seele erforschte, fand ich sie brandig und faulig. Der Dämon hatte mir seine Afterklaue auf die Stirn gedrückt. Fortan war es mir unmöglich, auf die unaufhörlichen Erregungen eines Lebens in steter Gefahr und die verruchten Verfeinerungen des Reichtums zu verzichten. Hätte ich Millionen besessen, ich hätte noch immer gespielt, getafelt und Abenteuer gesucht. Ich wollte nicht mehr allein mit mir sein. Ich brauchte Kurtisanen, falsche Freunde, den Wein und die Freuden der Tafel, um mich zu betäuben. Die Bande, die einen Menschen an die Familie fesseln, waren für immer in mir zerrissen. Ich war ein Sträfling auf der Galeere der Lust und mußte mein selbstmörderisches Schicksal vollenden. Während der letzten Tage, da ich noch Geld besaß, stürzte ich mich jeden Abend in unglaubliche Ausschweifungen; doch jeden Morgen warf mich der Tod in das Leben zurück. Gleich dem Inhaber einer Leibrente hätte ich unversehrt durch eine Feuersbrunst schreiten können. Schließlich blieb mir nichts als ein Zwanzigsousstück, da erinnerte ich mich an das Glück Rastignacs ...

Hoho! ...« rief Raphaël, der plötzlich wieder an seinen Talisman dachte und ihn aus der Tasche zog.

Sei es, daß ihm nach den Kämpfen dieses langen Tages die Kraft fehlte, um inmitten der Fluten von Wein und Punsch seinen Geist zu beherrschen, sei es, daß ihn die Schilderung seines Lebens außer sich gebracht und der Strom seiner Worte ihn berauscht hatte, jedenfalls wurde Raphaël munter und geriet in Wallung wie jemand, der vollkommen den Verstand verloren hat.

»Zum Teufel mit dem Tod!« rief er und schwenkte das Leder. »Jetzt will ich leben! Ich bin reich, ich habe alle Tugenden. Nichts kann mir widerstehen. Wer wäre nicht gut, wenn er alles vermag? Hurra! Ich habe mir zweihunderttausend Livres Rente gewünscht, ich werde sie bekommen. Auf, auf, ihr Schweine, die ihr euch auf diesem Teppich wälzt wie im Mist, erhebt euch und macht eure Reverenz. Ihr gehört mir, ein hübscher Besitz! Ich bin reich, ich kann euch alle kaufen, sogar den Abgeordneten, der dort schnarcht. Los, ihr Kanaillen der guten Gesellschaft, huldigt mir! Ich bin der Papst!«

In diesem Augenblick wurde Raphaëls Gegröle, das bis dahin vom basso continuo der Schnarchlaute übertönt worden war, jäh vernehmlich. Die Mehrzahl der Schläfer erwachte mit Geschrei, sie sahen den Störenfried unsicher auf seinen Beinen stehen und verfluchten seine lärmende Betrunkenheit mit einem Konzert von Verwünschungen.

»Still!« schrie Raphaël. »Kuscht euch, ihr Hunde! Émile, ich besitze Schätze, ich will dir Havannazigarren schenken.«

»Ja, doch, ich höre«, antwortete der Dichter, »*Feodora oder der Tod!* Erzähl weiter! Diese Zuckerpuppe Feodora hat dich betrogen. Alle Frauen sind Evastöchter. Deine Geschichte ist nicht im mindesten dramatisch.«

»Wie, du hast geschlafen, du Lump?«

»Nein ... Feodora oder der Tod! Ich folge.«

»Wach auf!« schrie Raphaël und prügelte mit dem Chagrinleder auf Émile ein, als ob er Funken aus ihm schlagen wolle.

»Zum Teufel!« sagte Émile, stand auf und faßte Raphaël um den Leib, »lieber Freund, bedenke, daß du dich in Gesellschaft von anrüchigen Frauenzimmern befindest.«

»Ich bin Millionär!«

»Wenn du auch nicht Millionär bist, besoffen bist du ganz gewiß.«

»Besoffen von Macht. Ich kann dich töten ... Ruhe, ich bin Nero! Ich bin Nebukadnezar!«

»Aber so hör doch, Raphaël, wir sind hier in schlechter Gesellschaft, du solltest deine Würde wahren und schweigen.«

»Mein Leben ist ein viel zu langes Schweigen gewesen. Jetzt will ich mich an der ganzen Welt rächen. Ich will mich nicht damit begnügen, elende Taler zum Fenster hinauszuwerfen, ich will mein Zeitalter nachahmen, es zusammenfassen und Menschenleben, Geister und Seelen verprassen. Endlich ein Luxus, der nicht kleinlich ist! Die Üppigkeit der Pest! Ich will mit dem gelben, blauen, grünen Fieber wetteifern, mit den Armeen, mit den Schafotten. Ich kann Feodora haben ... Doch nein, ich will Feodora gar nicht, sie ist meine Krankheit, ich sterbe an Feodora! Ich will Feodora vergessen!«

»Wenn du weiter so schreist, trage ich dich in den Speisesaal!«

»Siehst du dieses Leder hier? Das ist der Nachlaß Salomos! Salomo, dieser arme Schlucker von einem König, ist jetzt mein. Mein ist Arabien und Peträa dazu. Mein ist das Universum. Auch du bist mein, wenn ich will. Ja, wenn ich will, nimm dich in acht! Ich kann deine ganze Journalistenbude kaufen, und dann bist du mein Diener. Du mußt Couplets für mich dichten und mein Papier linieren. Diener, Bursche, Valet! *Valet*, das bedeutet: ›Er fühlt sich wohl, weil er an nichts denkt.‹«

Auf diese Äußerung hin schleppte Émile Raphaël in den Speisesaal hinüber.

»Ja doch, mein Lieber«, sagte er, »ich bin dein Diener. Du aber sollst Chefredakteur einer Zeitung werden, also halt den Mund. Benimm dich aus Rücksicht auf mich! Hast du mich gern?«

»Und ob! Du sollst Havannazigarren bekommen, durch dieses Stück Leder! Immer das Leder, mein Freund, das allmächtige Leder! Ein vortreffliches Pflaster, ich kann Hühneraugen damit heilen. Hast du Hühneraugen? Ich schaff sie dir weg.«

»Nie zuvor habe ich dich so albern gesehen ...«

»Albern, mein Freund? Nein. Dieses Leder zieht sich zusammen, wenn ich einen Wunsch habe ..., es ist eine Antiphrase. Der Brahmane – es steckt ein Brahmane dahinter! –, dieser Brahmane also muß ein Spaßvogel gewesen sein, denn siehst du, die Wünsche, die müssen doch größer machen ...«

»Aber ja doch.«

»Ich sage dir ...«

»Ja, sehr richtig, ich bin ganz deiner Meinung. Der Wunsch macht größer ...«

»Ich sage dir, das Leder!«

»Ja.«

»Du glaubst mir nicht. Ich kenne dich, mein Freund, du lügst wie ein frisch gekrönter König.«

»Soll ich das Geschwätz deiner Trunkenheit denn etwa ernst nehmen?«

»Ich wette mit dir, ich kann es dir beweisen. Nehmen wir Maß ...«

»Also, der schläft nicht wieder ein«, rief Émile, als er sah, daß Raphaël den Speisesaal durchstöberte.

Dank der sonderbaren Hellsichtigkeit, die den Betrunkenen manchmal eigen ist und die im Gegensatz zu den verschwommenen Visionen des Rausches steht, gelang es Valentin mit affenartiger Behendigkeit, ein Schreibzeug und eine Serviette zu finden, wobei er ununterbrochen wiederholte: »Nehmen wir Maß! Nehmen wir Maß!«

»Schön«, sagte Émile, »nehmen wir Maß!«

Die beiden Freunde breiteten die Serviette aus und legten das Chagrinleder darauf. Émile, dessen Hand sicherer schien als die Raphaëls, zog mit der Feder die Umrisse des Talismans nach, während sein Freund zu ihm sagte:

»Ich habe mir zweihunderttausend Livres Rente gewünscht, nicht wahr? Gut, sobald ich sie bekommen habe, wirst du sehen, daß mein Leder[109] kleiner geworden ist.«

»Ja ..., und jetzt schlaf! Soll ich dich auf das Kanapee dort legen? Ist's recht so?«

»Jawohl, mein Pressebaby. Du sollst mich unterhalten, du sollst mir die Fliegen wegjagen. Der Freund im Unglück hat das Recht, der Freund des Mächtigen zu sein. Und ich will dir Ha . . . van . . . na . . . zig . . .«

»Schlaf deinen Goldrausch aus, Millionär.«

»Und du deine Artikel. Gute Nacht. Willst du wohl Nebukadnezar gute Nacht sagen! . . . Liebe! Zu trinken! Frankreich . . ., Ruhm und reich . . ., reich . . .«

Bald mischte sich das Schnarchen der beiden Freunde in die Musik, die aus den Salons ertönte. Ein Konzert, das niemand hörte! Die Kerzen erloschen eine nach der andern und brachten ihre kristallenen Tellerchen zum Platzen. Die Nacht deckte ihren Schleier über diese lange Orgie, in der Raphaëls Erzählung wie eine Orgie von Worten gewesen war, von Worten ohne Gedanken und von Gedanken, denen oft der Ausdruck gefehlt hatte.

Am folgenden Tag gegen Mittag erhob sich die schöne Aquilina gähnend und müde, die Wangen vom Abdruck der Samtpolster marmoriert, auf denen ihr Kopf geruht hatte. Euphrasie, die von den Bewegungen ihrer Gefährtin geweckt worden war, fuhr mit einem heiseren Schrei auf; ihr hübsches Gesicht, am Abend zuvor noch so weiß und so frisch, war gelb und bleich wie das einer Dirne auf dem Weg ins Spital. Allmählich regten sich die Gäste unter dumpfen Seufzern, sie befühlten ihre steif gewordenen Arme und Beine, tausend Plagen drückten sie beim Erwachen. Ein Diener öffnete die Vorhänge und Fenster der Salons. Die Gesellschaft stand auf den Beinen, ins Leben zurückgerufen durch die warmen Sonnenstrahlen, die auf die Gesichter der Schläfer fielen. Die Bewegungen des Schlafes hatten die kunstvollen Frisuren der Frauen zerstört und ihre Kleider zerknittert; bei Tageslicht boten sie einen gräßlichen Anblick: ihre Haare hingen wirr herunter, der Ausdruck ihrer Züge hatte sich verändert, ihre vordem so strahlenden Augen waren von der Übermüdung getrübt. Der gelbliche Teint, bei Kerzenlicht noch voller Glanz, wirkte abscheulich; die blutleeren Gesichter, so weiß und zart in ausgeruhtem Zustand, waren grün geworden; die vor kurzem noch köstlichen und roten Lippen waren trocken und bleich und trugen die schändlichen Male der Trunkenheit.

Die Männer verleugneten ihre nächtlichen Geliebten, als sie sie so sahen, so entfärbt und leichenhaft wie die zertretenen Blumen, die nach einer Prozession auf der Straße liegen. Doch diese von Verachtung erfüllten Männer waren noch schrecklicher anzusehen. Jedermann wäre zurückgeschaudert beim Anblick dieser menschlichen Gesichter mit ihren hohlen, dunkel umränderten Augen, die vom Wein umnebelt und durch einen oft gestörten, eher ermüdenden denn erholsamen Schlaf stumpf geworden waren und nichts zu sehen schienen. Diese übernächtigten Gesichter, auf denen die Begierden des Leibes nackt zutage traten, ohne die Poesie, mit der unsere Seele sie schmückt, hatten etwas Wüstes und gleichgültig Bestialisches. Dieses Erwachen des hüllenlosen, ungeschminkten Lasters, dieses entblößte, kalte, leere, der Sophismen des Geistes oder der Verzauberungen des Luxus beraubte Skelett des Bösen erschreckte diese furchtlosen Streiter, so sehr sie auch an den Kampf mit der Ausschweifung gewohnt sein mochten. Künstler und Kurtisanen musterten stumm und mit verstörten Blicken die Unordnung in der Wohnung, wo das Feuer der Leidenschaften alles verheert und verwüstet hatte. Unvermittelt erscholl ein infernalisches Gelächter, als Taillefer, von dem dumpfen Röcheln aufgeschreckt, seine Gäste durch eine Grimasse zu begrüßen versuchte; sein blutrot gefärbtes, vor Schweiß triefendes Gesicht ließ über dieser höllischen Szene das Bild des Verbrechens ohne Reue schweben. (Siehe *Die rote Herberge*[110].) Das Gemälde war vollkommen. Es war das schmutzige Leben inmitten des Luxus, eine grausige Mischung aus menschlichem Glanz und Elend, das Erwachen der Ausschweifung, nachdem sie mit ihren kräftigen Händen alle Früchte des Lebens ausgepreßt hat, um rings um sich herum nichts als schändliche Trümmer oder Lügen zu hinterlassen, an die sie nicht mehr glaubt. Es schien, als ob der grinsende Tod inmitten einer pestkranken Familie stände: keine betäubenden Düfte oder Lichter mehr, keine Heiterkeit und kein Verlangen; statt dessen der Ekel mit seinen Übelkeit erregenden Gerüchen und seiner ätzenden Philosophie, die Sonne, strahlend hell wie die Wahrheit, und eine Luft, rein wie die Tugend, im Gegensatz zu einer schwülen Atmosphäre, die mit Miasmen geladen war, den Miasmen einer Orgie!

Obwohl sie an das Laster gewohnt waren, dachten mehrere dieser jungen Mädchen an ihr Erwachen in früheren Zeiten, da sie unschuldig und rein durch ihre ländlichen, mit Geißblatt und Rosen geschmückten Fenster auf eine morgenfrische Landschaft schauten, die verzaubert war von den fröhlichen Trillern der Lerche, erhellt vom lichten Dunst der Morgenröte und verziert von den Launen des Taus. Andere malten sich das Frühstück der Familie aus, den Tisch, um den in unschuldiger Freude die Kinder und der Vater saßen, wo über allem ein unbeschreiblicher Zauber lag und die Gerichte einfach waren wie die Herzen. Ein Künstler dachte an den Frieden seines Ateliers, an seine keusche Statue, an das anmutige Modell, das ihn erwartete. Ein junger Mann erinnerte sich des Prozesses, von dem das Schicksal seiner Familie abhing, und er dachte an die wichtige Verhandlung, bei der seine Gegenwart unerläßlich war. Der Gelehrte sehnte sich nach seinem Arbeitszimmer, in das ein edles Werk ihn rief. Fast alle machten sich Selbstvorwürfe. In diesem Augenblick erschien lachend Émile, frisch und rosig wie der hübscheste Kommis eines florierenden Geschäfts.

»Ihr seid häßlicher als Gerichtsbüttel!« rief er. »Heute könnt ihr doch nichts mehr tun, der Tag ist verloren; ich meine, wir sollten frühstücken.«

Auf diese Äußerung hin ging Taillefer hinaus, um die entsprechenden Anweisungen zu erteilen. Erschöpft traten die Frauen vor die Spiegel und suchten ihre Toiletten wieder in Ordnung zu bringen. Jedermann schüttelte sich. Die Lasterhaftesten predigten den Maßvollsten Moral. Die Kurtisanen spotteten über jene, die nicht die Kraft zu finden schienen, dieses aufreibende Gelage fortzusetzen. Im Handumdrehen kam neues Leben in diese Gespenster, sie bildeten Gruppen, plauderten und lachten. Ein paar geschickte und flinke Diener stellten rasch die Möbel und die übrigen Dinge wieder an ihren Platz. Ein üppiges Frühstück wurde aufgetragen. Die Gäste stürzten in den Speisesaal. Obgleich dort alles den untilgbaren Stempel der Exzesse vom Vorabend trug, gab es darin doch wenigstens noch eine Spur von Leben und Denken, wie in den letzten Zuckungen eines Sterbenden. Wie bei dem Zug am Faschingsdienstag wurde die Saturnalie von Masken begraben, die von ihren Tänzen ermüdet waren, von ihrer Trunkenheit trunken und die der Lust Impotenz einreden wollten, um sich die eigene nicht einzugestehen. In dem Augenblick, da diese unverzagte Gesellschaft sich um die Tafel des Kapitalisten scharte, tauchte das sanft lächelnde Beamtengesicht Cardots auf, der sich am Abend zuvor schlau nach dem Essen verdrückt hatte, um seine Orgie im Ehebett zu beschließen. Cardot schien eine Erbschaft gewittert zu haben, bei der es etwas zu knabbern, zu teilen, zu inventarisieren und urkundlich festzuhalten gab, eine Erbschaft voller noch anzulegender Akten und fetter Honorare, ebenso saftig wie das zitternde Filet, in das der Gastgeber soeben sein Messer versenkte.

»Hoho! Wir werden unter notarieller Aufsicht frühstükken«, rief de Cursy.

»Sie kommen gerade rechtzeitig, um all diese Stücke zu numerieren und zu paraphieren«, sagte der Bankier und wies auf das Festmahl.

»Es gibt kein Testament zu machen, aber vielleicht sind ja Eheverträge abzuschließen!« sagte der Gelehrte, der seit einem Jahr vorteilhaft verheiratet war.

»Oho!«

»Aha!«

»Einen Augenblick«, entgegnete Cardot, den ein ganzer Chor von schlechten Witzen betäubte, »ich bin um einer ernsten Sache willen hier. Ich bringe einem von Ihnen sechs Millionen.« (Tiefes Schweigen.)

»Monsieur«, wandte er sich an Raphaël, der eben damit beschäftigt war, sich ohne viel Umstände mit einem Zipfel seiner Serviette die Augen auszuwischen, »war Ihre Frau Mutter nicht eine geborene O'Flaharty?«

»Jawohl«, antwortete Raphaël mechanisch, »Barbe-Marie.«

»Haben Sie«, fuhr Cardot fort, »Ihren Geburtsschein und den von Madame de Valentin bei sich?«

»Ich glaube.«

»Nun, Monsieur, dann sind Sie der Alleinerbe des Majors O'Flaharty, gestorben im August 1828 in Kalkutta.«

»Ein unkalkuttierbares Vermögen!« rief der Besserwisser.

»Da der Major in seinem Testament über mehrere Summen zugunsten einiger Anstalten der öffentlichen Wohlfahrt verfügt hatte, hat die französische Regierung seine Hinterlassenschaft von der Indischen Handelsgesellschaft eingefordert«, fuhr der Notar fort. »Sie ist jetzt flüssig und kann angetreten werden. Seit vierzehn Tagen habe ich vergeblich die Rechtsnachfolger der Demoiselle Barbe-Marie O'Flaharty gesucht, als gestern bei Tisch ...«

In diesem Augenblick spang Raphaël plötzlich mit einer heftigen Bewegung auf wie jemand, der eine Wunde empfängt. Es gab so etwas wie stummen Beifall; die erste Regung der Gäste wurde von dumpfem Neid diktiert; alle Augen richteten sich auf ihn wie ebenso viele Flammen. Dann begann ein Tuscheln, ähnlich dem Murren eines unzufriedenen Theaterpublikums, ein aufrührerisches Gemurmel erhob sich und schwoll an, und jeder sagte etwas zur Begrüßung des ungeheuren Vermögens, das der Notar mitgebracht hatte. Raphaël, durch den prompten Gehorsam des Schicksals wieder völlig bei Sinnen, breitete sogleich die Serviette auf dem Tisch aus, mit der er vor kurzem das Chagrinleder ausgemessen hatte. Ohne irgend etwas zu hören, legte er den Talisman darauf und fuhr unwillkürlich zusammen, als er zwischen dem Umriß, der auf das Leinen gezeichnet war, und dem des Leders einen kleinen Abstand bemerkte.

»Na, was hat er denn?« rief Taillefer. »Er ist billig zu seinem Vermögen gekommen.«

»Steh ihm bei, Châtillon[111]«, sagte Bixiou zu Émile, »die Freude wird ihn töten!«

Eine furchtbare Blässe ließ jeden Muskel in dem welken Gesicht des Erben hervortreten, seine Züge verkrampften sich, die hervorstehenden Partien seines Gesichts färbten sich weiß, die Höhlungen wurden dunkel – eine fahle Maske mit starren Augen. Er sah den TOD. Dieser glänzende Bankier im Kreise verwelkter Kurtisanen, übersättigter Gesichter, dieser Todeskampf des Vergnügens waren ein leibhaftiges Abbild seines Lebens. Dreimal betrachtete Raphaël den Talisman, der zwischen den unbarmherzigen Linien auf der Serviette Spielraum hatte: er versuchte zu zweifeln, aber ein klares Vorgefühl machte seinen Unglauben zunichte. Die Welt gehörte ihm, er konnte alles und wollte nichts mehr. Wie ein Reisender inmitten der Wüste hatte er eine knappe Ration Wasser gegen den Durst und mußte sein Leben nach der Zahl der Schlucke bemessen. Er sah, was jeder Wunsch ihn an Tagen kostete. Nun glaubte er an das Chagrinleder, er hörte sich atmen, er fühlte sich bereits krank und fragte sich:

»Bin ich etwa schwindsüchtig? Ist meine Mutter nicht an einem Lungenleiden gestorben?«

»Oh, Raphaël, jetzt werden Sie in Saus und Braus leben! Was wollen Sie mir schenken?« rief Aquilina.

»Trinken wir auf den Tod seines Onkels, des Majors O'Flaharty! Das war ein Mann!«

»Er wird Pair von Frankreich werden.«

»Pah! Was ist schon ein Pair von Frankreich nach der Julirevolution[112]!« sagte der Besserwisser.

»Nimmst du eine Loge in den Bouffons?«

»Ich hoffe, Sie werden uns alle freihalten!« sagte Bixiou.

»Ein Mann wie er versteht die Dinge im großen Stil zu erledigen«, sagte Émile.

Das Hurrageschrei dieser lachenden Gesellschaft dröhnte Valentin in den Ohren, ohne daß er den Sinn eines einzigen

Wortes hätte erfassen können; unbewußt mußte er an das Dasein eines bretonischen Bauern denken, der eine Horde Kinder hat, sein Feld bestellt, Buchweizen ißt, seinen Cidre aus einem Krug trinkt, an die Jungfrau Maria und den König glaubt, am Osterfest zur Kommunion geht, am Sonntag auf dem grünen Rasen tanzt und von der Predigt seines Pfarrers kein Wort versteht. Das Schauspiel, das sich in diesem Augenblick seinen Augen bot, dies vergoldete Tafelwerk, diese Kurtisanen, dies Essen, dieser Luxus, das alles würgte ihn in der Kehle und brachte ihn zum Husten.

»Wünschen Sie Spargel?« rief ihm der Bankier zu.

»Ich wünsche gar nichts!« fuhr ihn Raphaël mit Donnerstimme an.

»Bravo!« antwortete Taillefer. »Sie verstehen, was ein Vermögen bedeutet. Es ist ein Freibrief für die Unverschämtheit. Sie sind einer der Unsern! – Mein Herren, trinken wir auf die Macht des Goldes. Monsieur de Valentin ist sechsfacher Millionär geworden und an die Macht gekommen. Er ist König, er kann alles, er steht über allem wie alle Reichen. Das *Alle Franzosen sind vor dem Gesetz gleich* ist für ihn fortan eine Lüge, die am Anfang der Verfassung steht. Nicht er wird den Gesetzen, sondern die Gesetze werden ihm gehorchen. Für Millionäre gibt es kein Schafott und keinen Henker!«

»Richtig«, entgegnete Raphaël, »sie sind ihre eigenen Henker.«

»Noch ein Vorurteil!« rief der Bankier.

»Trinken wir!« sagte Raphaël und steckte den Talisman in seine Tasche.

»Was machst du da?« sagte Émile und hielt seine Hand fest. – »Meine Herren«, wandte er sich an die Gesellschaft, die über Raphaëls Verhalten einigermaßen erstaunt war, »Sie müssen wissen, daß unser Freund de Valentin, was sage ich, daß Monsieur le Marquis de Valentin ein Geheimnis besitzt, um zu Glück und Vermögen zu gelangen. Seine Wünsche erfüllen sich in dem Augenblick, da er sie äußert. Sofern er nicht für einen Lakaien, für einen Menschen ohne Herz gelten will, muß er uns alle reich machen.«

»Ach, mein lieber kleiner Raphaël, ich möchte ein Perlenkollier«, rief Euphrasie.

»Wenn er dankbar ist, schenkt er mir zwei Wagen mit schönen, schnellen Pferden davor!« sagte Aquilina.

»Wünschen Sie hunderttausend Livres Rente für mich!«

»Kaschmirschals!«

»Bezahlen Sie meine Schulden!«

»Schick meinem Onkel, dem zähen Kerl, einen Schlagfluß!«

»Raphaël, meinen Dank bekommst du für zehntausend Livres Rente.«

»Das sind vielleicht Schenkungen!« rief der Notar.

»Mich könnte er von der Gicht heilen!«

»Lassen Sie die Staatspapiere fallen!« rief der Bankier.

Alle diese Sätze schossen hervor wie die Garben des Raketenbüschels am Ende eines Feuerwerks. Die ungestümen Wünsche waren vielleicht eher ernst als scherzhaft gemeint.

»Lieber Freund«, sagte Émile mit ernster Miene, »ich will mich mit zweihunderttausend Livres Rente begnügen; also quäl dich ein bißchen, los!«

»Émile«, sagte Raphaël, »weißt du denn nicht, welchen Preis mich das kostet?«

»Schöne Ausrede!« rief der Dichter. »Müssen wir uns nicht für unsere Freunde opfern?«

»Fast hätte ich Lust, euch allen den Tod zu wünschen«, sagte Valentin und warf einen düsteren, unergründlichen Blick auf die Anwesenden.

»Sterbende sind furchtbar grausam«, sagte Émile lachend. »Nun bist du reich«, fügte er ernsthaft hinzu, »also schön, ich gebe dir keine zwei Monate, dann bist du ein schmutziger Egoist. Verblödet bist du schon, du verstehst keinen Spaß. Jetzt fehlt nur noch, daß du an dein Chagrinleder glaubst...«

Raphaël, der den Spott dieser Gesellschaft fürchtete, antwortete nicht, trank über die Maßen und berauschte sich, um seine unheimliche Macht für einen Augenblick zu vergessen.

III

Der Todeskampf

In den ersten Dezembertagen schritt ein siebzigjähriger Greis ungeachtet des Regens durch die Rue de Varenne, hob vor der Tür eines jeden Stadtpalais die Nase und suchte mit der Naivität eines Kindes und der gedankenversunkenen Miene eines Philosophen das Haus des Marquis de Valentin. Auf diesem Gesicht, von langem, wirrem, grauem Haar umrahmt und ausgedörrt wie ein Stück altes Pergament, das sich im Feuer krümmt, zeigten sich die Spuren eines bitteren Kummers im Widerstreit mit einem despotischen Charakter. Wäre ein Maler dieser sonderbaren schwarzgekleideten, klapperdürren Gestalt begegnet, so hätte er sie nach der Rückkehr in sein Atelier zweifellos in seinem Skizzenbuch verewigt und unter das Porträt geschrieben: »Klassischer Poet auf der Suche nach einem Reim.« Nachdem dieser leibhaftig wiederauferstandene Rollin[113] die Nummer gefunden hatte, die ihm genannt worden war, klopfte er behutsam an das Tor eines prächtigen Gebäudes.

»Ist Monsieur Raphaël zu Hause?« fragte der wackere Alte einen livrierten Schweizer.

»Der Herr Marquis empfängt niemanden«, antwortete der Diener und schlang an einer riesigen Brotschnitte, die er zuvor in eine große Schale Kaffee getunkt hatte.

»Sein Wagen ist da«, antwortete der unbekannte Alte und wies auf eine glänzende Equipage, die unter einem hölzernen Vordach in Form eines Zeltes stand, das die Stufen der Freitreppe vor Regen schützte. »Er will ausfahren, ich werde auf ihn warten.«

»Ach, Alterchen, da können Sie bis morgen früh hier warten«, antwortete der Schweizer. »Es steht immer ein Wagen für Monsieur bereit. Aber bitte gehen Sie; ich würde sechshundert Livres Leibrente verlieren, wenn ich auch nur ein einziges Mal unerlaubt einen Fremden ins Haus ließe.«

In diesem Augenblick kam ein hochgewachsener Greis, dessen Kleidung der eines Türstehers in einem Ministerium glich, aus dem Vestibül und stieg hastig ein paar Stufen hinab, wobei er den verdutzt dastehenden alten Bittsteller musterte.

»Da kommt übrigens Monsieur Jonathan«, sagte der Schweizer, »sprechen Sie mit ihm.«

Die beiden alten Männer, die sich durch Sympathie oder Neugier zueinander hingezogen fühlten, trafen in der Mitte des weiten Innenhofes an einem Rondell zusammen, wo zwischen den Pflastersteinen ein paar Büschel Gras wuchsen. Schreckliche Stille herrschte in diesem Palais. Wer Jonathan sah, hätte nur zu gern das Geheimnis gelüftet, das seine Gestalt umgab und von dem die kleinsten Dinge in diesem düsteren Hause kündeten.

Als Raphaël die riesige Erbschaft seines Onkels angetreten hatte, war es seine erste Sorge gewesen, herauszufinden, wo der alte treue Diener lebte, auf dessen Ergebenheit er sich verlassen konnte. Jonathan weinte vor Freude, als er seinen jungen Herrn wiedersah, dem er für immer Lebewohl gesagt zu haben glaubte; aber nichts glich seinem Glück, als der Marquis ihn mit den wichtigen Aufgaben eines Verwalters betraute. Der alte Jonathan wurde zu einer Art Mittlerinstanz zwischen Raphaël und der Welt. Oberster Zahlungsanweiser für das Vermögen seines Herrn, blinder Vollstrecker eines unbekannten Willens, war er gleichsam ein sechster Sinn, durch den hindurch die Wellen des Lebens zu Raphaël gelangten.

»Monsieur«, sagte der Alte zu Jonathan und stieg ein paar Stufen hinauf, um sich vor dem Regen zu schützen, »ich möchte Monsieur Raphaël sprechen.«

»Den Herrn Marquis sprechen?« rief der Verwalter. »Er redet schon kaum mit mir, seinem Pflegevater!«

»Aber auch ich bin sein Pflegevater«, rief der Alte. »Wenn Ihre Frau ihn einst stillte, so war ich es, der ihn an die Brust der Musen legte. Er ist mein Zögling, mein Kind, mein *carus alumnus*[114]! Ich habe seinen Verstand geformt, sein Urteilsvermögen entwickelt, seinen Geist geschärft, und zwar, wie ich zu behaupten wage, mir zur Ehre und zum Ruhm. Ist er nicht einer der bedeutendsten Männer unserer Zeit? Bei mir war er in der Sexta, der Tertia und der Unterprima. Ich bin sein Lehrer.«

»Ah! Sie sind Monsieur Porriquet?«

»Ganz genau. Aber, Monsieur ...«

»Pst! Pst!« zischte Jonathan zwei Küchenjungen zu, deren Stimmen das klösterliche Schweigen durchbrachen, darin das Haus begraben lag.

»Aber, Monsieur«, fuhr der alte Lehrer fort, »ist der Herr Marquis etwa krank?«

»Oh, Monsieur«, antwortete Jonathan, »Gott allein weiß, wie es um meinen Herrn steht. Wissen Sie, es gibt in Paris kein Haus, das dem unsern gleicht. Verstehen Sie? Kein Haus. Nein, wirklich nicht. Der Herr Marquis hat dies Palais kaufen lassen, das vormals einem Herzog und Pair gehörte. Er hat dreihunderttausend Francs ausgegeben, um es einzurichten. Nicht wahr, das ist ein recht hübsches Sümmchen, dreihunderttausend Francs! Aber dafür ist jedes Zimmer in unserm Haus ein wahres Wunderwerk. ›Gut‹, sag ich mir also, wie ich diese Herrlichkeit sehe, ›es ist ganz so wie bei seinem seligen Herrn Großvater: Unser junger Marquis will die Stadt und den Hof empfangen!‹ Nicht die Spur! Monsieur hat keine Menschenseele sehen wollen. Er führt ein komisches Leben, Monsieur Porriquet, verstehen Sie? Ein *unverträgliches* Leben. Monsieur steht jeden Tag zur selben Stunde auf. Nur ich, ich allein, wissen Sie, darf sein Schlafzimmer betreten. Um sieben Uhr öffne ich die Tür, im Sommer wie im Winter. Das ist ein für allemal festgelegt. Bin ich drinnen, sage ich:

›Herr Marquis, Sie müssen aufwachen und sich anziehen.‹

Er wacht auf und zieht sich an. Ich muß ihm seinen Hausrock reichen, der stets nach demselben Schnitt und aus demselben Stoff gemacht ist. Ist er abgetragen, so habe ich dafür zu sorgen, daß er ersetzt wird, nur um ihm die Mühe zu ersparen, einen neuen zu verlangen. Ist das nicht verrückt? Fest steht, daß er täglich tausend Francs zu seiner Verfügung hat; er macht, was er will, der gute Junge. Im übrigen habe ich ihn so lieb, ich hielte ihm die linke Backe hin, wenn er mir eine Ohrfeige auf die rechte gäbe! Er könnte mir noch schwierigere Dinge auftragen, ich führte sie aus, verstehen Sie? Ansonsten habe ich so viel Kleinkram für ihn zu erledigen, daß ich kaum weiß, wo mir der Kopf steht. Er liest Zeitungen, nicht wahr? Ich habe Befehl, sie stets an dieselbe Stelle, auf denselben Tisch zu legen. Ich komme auch um dieselbe Stunde, um ihn eigenhändig zu rasieren, und ich zittere nicht dabei. Der Koch verlöre tausend Taler Leibrente, die ihn nach dem Tod von Monsieur erwarten, wenn das Frühstück nicht *unverträglich* jeden Morgen um zehn und das Diner Punkt fünf Uhr auf dem Tisch ständen. Der Speiseplan ist für das ganze Jahr aufgestellt, Tag für Tag. Dem Herrn Marquis bleibt nichts zu wünschen übrig. Er bekommt Erdbeeren, wenn es Erdbeeren gibt, und die erste Makrele, die in Paris ankommt, ißt er. Das Menü ist gedruckt, er weiß am Morgen auswendig, was er zum Abendessen bekommt. Ferner zieht er zur selben Stunde dieselbe Kleidung an, dieselbe Wäsche, die ich – verstehen Sie? – immer auf denselben Sessel lege. Ich muß auch darauf achten, daß er immer dasselbe Tuch trägt; gesetzt den Fall, sein Überrock ist abgenutzt, das ist bloß ein Beispiel, so muß ich ihn durch einen andern ersetzen, ohne ihm ein Wort zu sagen. Ist schönes Wetter, so gehe ich hinein und sage zu meinem Herrn:

›Sie sollten ausfahren, Monsieur!‹

Er antwortet ja oder nein. Wenn es ihm in den Kopf kommt, spazierenzufahren, so wartet er nicht auf seine Pferde, sie sind immer angespannt, der Kutscher sitzt *unverträglich* mit der Peitsche in der Hand da, so wie Sie ihn hier sehen. Abends, nach dem Essen, geht Monsieur an einem Tag in die Oper und am nächsten Tag zu den It. . ., nein, Unsinn, zu den Italienern ist er noch nie gegangen, ich habe ja gestern erst eine Loge bekommen. Dann kommt er Punkt elf Uhr und legt sich schlafen. In der Zwischenzeit am Tag, in der er nichts tut, liest er, er liest immer, wissen Sie, das ist so eine Idee von ihm. Ich habe Weisung, vor ihm das *Journal de la Librairie*[115] zu lesen und die neuen Bücher zu kaufen, damit er sie am Tage des Erscheinens auf seinem Kaminsims liegen hat. Ich habe Befehl, stündlich zu ihm hineinzugehen, um nach dem Feuer und allem zu sehen und darauf zu achten, daß ihm nichts fehlt. Er hat mir, Monsieur, ein kleines Buch zum Auswendiglernen gegeben, wo alle meine Pflichten drinstehen, ein richtiger Katechismus! Im Sommer muß ich mit großen Eisblöcken die Temperatur immer gleichmäßig niedrig halten und jederzeit überall frische Blumen aufstellen. Er ist reich! Er hat tausend Francs täglich zu seiner Verfügung und kann sich jede Laune leisten. Lange genug hat er das Notwendigste entbehrt, der arme Junge! Er tut niemandem etwas zuleide, er ist gut wie das tägliche Brot, nie sagt er ein Wort, aber im Haus und im Garten muß zum Beispiel absolute Stille herrschen. Kurz, mein Herr braucht keinen einzigen Wunsch zu äußern, alles funktioniert auf den kleinsten Wink hin, und zwar genau! Und er hat recht: Wenn man die Dienerschaft nicht richtig führt, geht bald alles drunter und drüber. Ich sage ihm alles, was er tun muß, und er hört auf mich. Sie glauben gar nicht, wie weit er es getrieben hat. Seine Zimmer liegen in einer . . . verdammt, wie nennt man das? . . . ach ja, in einer Flucht. Öffnet er nun, das ist bloß ein Beispiel, die Tür seines Schlafzimmers oder seines Arbeitszimmers, dann, peng!, öffnen sich alle Türen von selbst durch einen Mechanismus. Auf diese Weise kann er von einem Ende seines Hauses zum andern gehen, ohne auf eine einzige geschlossene Tür zu stoßen. Das ist praktisch und angenehm und für uns alle sehr bequem. Aber das, zum Beispiel, hat uns einen schönen Batzen Geld gekostet! Und schließlich und endlich, Monsieur Porriquet, hat er zu mir gesagt:

›Jonathan, du mußt für mich sorgen wie für ein Wickelkind.‹

Ein Wickelkind, jawohl, Monsieur, wie für ein Wickelkind, so hat er gesagt!

›Du mußt statt meiner an alles denken, was ich brauche . . .‹

Ich bin der Herr, verstehen Sie? Und er ist sozusagen der Diener. Und warum? Ach, das, zum Beispiel, wissen auf Erden nur er und der liebe Gott. Das ist *unverträglich*!«

»Er arbeitet an einem Gedicht«, rief der alte Professor.

»Glauben Sie, Monsieur, daß er an einem Gedicht arbeitet? Das wäre eine schöne Plackerei, nicht? Aber sehen Sie, ich glaube das nicht. Er sagt mir oft, er wolle leben wie die *Vergetation*, nämlich *vergetarisch*[116]. Und erst gestern, Monsieur Porriquet, hat er eine Tulpe angeschaut und beim Ankleiden gesagt:

›So ist mein Leben . . . Ich *vergetiere*, mein guter Jonathan!‹

Und es gibt andere, die behaupten, er sei *Monomane*. Das ist *unverträglich*!«

»All das beweist mir«, entgegnete der Professor mit schulmeisterlicher Würde, die dem alten Kammerdiener tiefen Respekt einflößte, »daß Ihr Herr sich mit einem großen Werk beschäftigt. Er ist in tiefe Betrachtungen versunken und will durch die Bedürfnisse des gemeinen Lebens nicht davon abgelenkt werden. Ein genialer Mann, der mitten in seiner geistigen Arbeit steckt, vergißt alles. Eines Tages hat der berühmte Newton . . .«

»Also Newton, schön und gut . . .«, sagte Jonathan, »den kenne ich nicht.«

»Newton, ein großer Mathematiker«, fuhr Porriquet fort, »hat vierundzwanzig Stunden lang dagesessen, die Ellbogen auf den Tisch gestützt; als er aus seiner Grübelei auffuhr, glaubte er, heute sei noch gestern, so als hätte er geschlafen . . . Ich will ihn sehen, den lieben Jungen, ich kann ihm nützlich sein.«

»Augenblick!« rief Jonathan. »Und wenn Sie der König von Frankreich wären, der alte, das versteht sich, so kämen Sie hier nur herein, wenn Sie die Türen sprengten und über meine Leiche gingen. Aber, Monsieur Porriquet, ich gehe zu ihm, sage, Sie seien da, und frage ihn: ›Soll er heraufkommen?‹ Er antwortet dann ja oder nein. Nie frage ich ihn: ›Wünschen Sie? Wollen Sie? Möchten Sie?‹ Diese Worte sind aus der Unterhaltung gestrichen. Einmal ist mir eins davon entschlüpft. – ›Willst du mich umbringen?‹ hat er wütend zu mir gesagt.«

Jonathan ließ den alten Professor in der Eingangshalle stehen und bedeutete ihm, keinen Schritt weiter vorzutreten; er kehrte jedoch schnell mit einer positiven Antwort zurück und führte den alten Emeritus durch prunkvolle Gemächer, deren Türen allesamt offenstanden. Porriquet sah seinen Schüler schon von weitem an einem Kamin sitzen. Raphaël war in einen großgemusterten Hausmantel gehüllt, saß zusammengesunken in einem Lehnsessel und las die Zeitung. Die tiefe Schwermut, der er zum Opfer gefallen schien, fand in der kränklichen Haltung seines ausgezehrten Körpers Ausdruck; sie stand auf seiner Stirn und auf seinem Gesicht, das blaß war wie eine gebrochene Blüte. Etwas wie weibliche Anmut und die reichen Kranken eigentümlichen Absonderlichkeiten prägten seine Erscheinung. Seine Hände waren weiß, zart und weich wie die einer hübschen Frau. Sein blondes, bereits schütteres Haar lockte sich mit gesuchter Koketterie um seine Schläfen. Eine griechische Mütze aus Kaschmir wurde von einer für den leichten Stoff viel zu schweren Troddel heruntergezogen und saß schief auf seinem Kopf. Ein mit Gold verziertes Malachitmesser, das er zum Aufschneiden eines Buches benutzt hatte, hatte er neben seine Füße fallen lassen. Auf seinen Knien lag das Bernsteinmundstück einer prachtvollen indischen Wasserpfeife, deren bunt durchwirkter Schlauch sich wie eine Schlange durch sein Zimmer ringelte und deren kühle Düfte er einzusaugen vergaß. Die allgemeine Schwäche seines jungen Körpers wurde indessen von blauen Augen Lügen gestraft, in die das ganze Leben sich zurückgezogen zu haben schien: ein außerordentliches

Gefühl strahlte aus ihnen, das sogleich ergriff. Es tat weh, diesen Blick zu sehen.

Die einen mochten Verzweiflung darin lesen, andere einen inneren Kampf erahnen, der so schrecklich war wie Gewissensbisse. Es war der durchdringende Blick des Impotenten, der seine Begierden auf den Grund seines Herzens zurückdrängt, oder der des Geizigen, der in Gedanken all die Lüste auskostet, die sein Geld ihm verschaffen könnte und auf die er verzichtet, um seinen Schatz nicht anzutasten; oder der Blick des gefesselten Prometheus, des gestürzten Napoleon, der 1815 im Elysée-Palast von dem strategischen Fehler erfährt, den seine Gegner begangen haben, für vierundzwanzig Stunden das Kommando verlangt und es nicht erhält. Wahrhaftig, es war der Blick eines Eroberers und eines Verdammten! Ja, mehr noch, es war der Blick, den Raphaël einige Monate zuvor auf die Seine oder auf sein letztes, aufs Spiel gesetztes Goldstück geworfen hatte. Er unterwarf seinen Willen und seinen Geist dem plumpen gesunden Menschenverstand eines alten Bauern, den fünfzig Jahre Dienststellung nur notdürftig zivilisiert hatten. Fast froh darüber, eine Art Automat geworden zu sein, entsagte er dem Leben, um zu leben, und verstieß alle Poesie des Wünschens aus seiner Seele. Um der grausamen Macht, deren Herausforderung er angenommen hatte, besser entgegentreten zu können, war er nach Art des Origenes[117] keusch geworden, indem er seine Phantasie entmannte.

Einen Tag nach dem Tag, da er durch ein Testament plötzlich reich geworden war und das Chagrinleder hatte schrumpfen sehen, war er zu seinem Notar gegangen. Dort hatte ein Arzt, der gerade sehr in Mode war, allen Ernstes beim Nachtisch erzählt, wie ein Schweizer sich von der Schwindsucht geheilt habe. Dieser Mann hatte zehn Jahre lang kein Wort gesprochen und sich gezwungen, nur sechsmal in der Minute in der dicken Luft eines Kuhstalles zu atmen, wobei er sich ausschließlich von äußerst leicht bekömmlichen Speisen ernährte. »So will ich es auch halten«, hatte sich Raphaël gesagt, der um jeden Preis leben wollte. Umgeben von Luxus führte er das Leben einer Dampfmaschine. Als der alte Professor diesen jungen Leichnam ansah, schauderte ihn; alles an diesem schmächtigen, gebrechlichen Körper schien ihm künstlich zu sein. In diesem Marquis mit dem brennenden Blick und der gedankenschweren Stirn konnte er nicht mehr den Schüler mit dem frischen, rosigen Teint und den jugendlichen Gliedern erkennen, wie er in seiner Erinnerung lebte. Hätte der wackere Verehrer der klassischen Ideale, der scharfsinnige Kritiker und Bewahrer des guten Geschmacks Lord Byron gelesen, so hätte er geglaubt, Manfred vor sich zu sehen, wo er Childe Harold erwartet hatte.

»Guten Tag, Vater Porriquet«, sagte Raphaël zu seinem Lehrer und drückte die eisigen Finger des alten Mannes mit seiner heißen, feuchten Hand. »Wie geht es Ihnen?«

»Nun, mir geht es gut«, antwortete der Alte, den die Berührung dieser fiebrigen Hand erschreckt hatte. »Und Ihnen?«

»Oh, ich hoffe, mich bei guter Gesundheit zu erhalten.«

»Sie arbeiten gewiß an einem bedeutenden Werk?«

»Nein«, antwortete Raphaël, »*exegi monumentum*[118], Papa Porriquet, ich habe eine große Schrift zu Ende gebracht und der Wissenschaft für immer Lebewohl gesagt. Ich wüßte nur mit Mühe, wo sich mein Manuskript befindet.«

»Sein Stil ist rein, nicht wahr?« fragte der Professor. »Sie haben doch hoffentlich nicht die barbarische Sprache dieser neuen Schule übernommen, die Wunder zu vollbringen glaubt, indem sie Ronsard neu entdeckt!«

»Meine Arbeit ist ein rein physiologisches Werk.«

»Oh, das sagt alles«, entgegnete der Professor. »In den Naturwissenschaften muß die Grammatik sich den Erfordernissen der Entdeckungen anpassen. Trotzdem, mein Sohn, ein klarer harmonischer Stil, die Sprache Masillons[119], Monsieur de Buffons[120], des großen Racine, kurz, ein klassischer Stil kann niemals schaden ... Aber, lieber Freund«, unterbrach sich der Professor, »ich vergesse den Anlaß meines Besuchs. Es ist ein eigennütziger Besuch.«

Zu spät erinnerte Raphaël sich der wortreichen Eleganz und der beredten Umschreibungen, an die das langjährige Professorendasein seinen Lehrer gewöhnt hatte, und er bereute fast, ihn empfangen zu haben; aber in dem Augenblick, da er sich gerade wünschen wollte, ihn wieder draußen zu sehen, unterdrückte er rasch sein geheimes Verlangen und warf einen verstohlenen Blick auf das Chagrinleder, das vor ihm hing; es war auf einen weißen Stoff gespannt, auf dem seine schicksalsträchtigen Umrisse sorgfältig mit einer roten Linie nachgezogen waren, die das Leder genau abschloß. Seit der verhängnisvollen Orgie erstickte Raphaël jede Anwandlung eines Wunsches im Keim und lebte in einer Weise, die auch nicht die geringste Zuckung des schrecklichen Talismans verursachen konnte. Das Chagrinleder war wie ein Tiger, mit dem er zusammenleben mußte, ohne seine Blutgier zu wecken. So hörte er denn geduldig die weitschweifigen Erklärungen des alten Professors an. Vater Porriquet brauchte eine Stunde, um ihm von den Verfolgungen zu erzählen, deren Opfer er seit der Julirevolution geworden war. Der biedere Bürger, der eine starke Regierung wollte, hatte den patriotischen Wunsch geäußert, man möge die Krämer in ihren Läden, die Staatsmänner bei der Führung der Staatsgeschäfte, die Advokaten im Justizpalast und die Pairs von Frankreich im Luxembourg belassen; aber einer der volkstümlichen Minister des Bürgerkönigs hatte ihn des Karlismus[121] bezichtigt und ihn von seinem Katheder verbannt. Der alte Mann war nun ohne Stellung, ohne Rente, ohne Brot. Da er für einen armen Neffen zu sorgen hatte, dessen Kostgeld im Seminar von Saint-Sulpice er bezahlte, war er weniger um seiner selbst als um seines Adoptivsohnes willen gekommen, um seinen ehemaligen Schüler zu bitten, er möchte sich bei dem neuen Minister für ihn verwenden, nicht, damit er wieder eingestellt werde, sondern um eine Rektorstelle an irgendeinem Provinzgymnasium zu bekommen. Raphaël hatte eine unwiderstehliche Schläfrigkeit befallen, als die eintönige Stimme des guten Alten schließlich aufhörte, in seinen Ohren zu tönen. Die Höflichkeit hatte ihn gezwungen, dem Greis bei seinem langsamen und schwerfälligen Vortrag in die weißen und fast starren Augen zu blicken, und eine unerklärliche Trägheit war über ihn gekommen und hatte ihn magnetisiert und fast betäubt.

»Nun, lieber Papa Porriquet«, sagte er, ohne genau zu wissen, auf welche Frage er antwortete, »da kann ich nichts tun, gar nichts. *Ich wünsche inständig*, daß Sie Erfolg haben . . .«

Im gleichen Augenblick bäumte sich Raphaël, der gar nicht darauf achtete, welche Wirkung diese banalen, egoistischen und leichtfertig dahingesagten Worte auf der runzligen Stirn des Alten hervorriefen, heftig auf wie ein erschrecktes junges Wild. Er bemerkte eine dünne weiße Linie zwischen dem Rand des schwarzen Leders und der roten Umrißzeichnung; er stieß einen so furchtbaren Schrei aus, daß der arme Professor entsetzt zusammenfuhr.

»Hinaus, alter Trottel!« rief er. »Sie werden Ihre Rektorstelle bekommen! Hätten Sie mich nicht um eine Leibrente von tausend Talern bitten können statt um solch einen mörderischen Wunsch? Ihr Besuch hätte mich nichts gekostet. Es gibt hunderttausend Stellen in Frankreich, und ich habe nur ein Leben! Ein Menschenleben ist mehr wert als alle Stellen der Welt . . . Jonathan!«

Jonathan erschien.

»Da, schau, was du angestellt hast, du dreifacher Trottel! Warum hast du mir geraten, den Herrn zu empfangen?« sagte er und wies auf den wie versteinert dastehenden Greis. »Habe ich meine Seele in deine Hände gelegt, damit du sie in Stücke reißt? Du raubst mir in diesem Augenblick zehn Jahre meines Lebens! Noch ein Fehler wie dieser, und du wirst mich an den Ort geleiten, an den ich meinen Vater geleitet habe. Hätte ich mir da nicht lieber gewünscht, die schöne Feodora zu besitzen, als diesem Gerippe, diesem Jammerlappen hier einen

Dienst zu erweisen? Ich habe Gold genug für ihn ... Und außerdem, auch wenn alle Porriquets der Welt verhungerten, was geht mich das an?«

Raphaëls Gesicht war vor Zorn ganz weiß geworden; ein leichter Schaum stand auf seinen bebenden Lippen, und der Ausdruck seiner Augen war mörderisch. Bei diesem Anblick überkam die beiden Alten ein krampfhaftes Zittern, sie standen da wie zwei Kinder vor einer Schlange. Der junge Mann sank in seinen Sessel zurück; in seiner Seele vollzog sich eine Art Reaktion, und Ströme von Tränen quollen aus seinen flammenden Augen.

»Oh, mein Leben! Mein schönes Leben! ...« sagte er. »Keine wohltätigen Gedanken mehr! Keine Liebe! Nichts!«

Er wandte sich dem Professor zu.

»Das Unglück ist geschehen, alter Freund«, fuhr er mit sanfter Stimme fort. »Ich habe Sie reich für Ihre Dienste entlohnt; und mein Unglück bewirkt zumindest das Glück eines guten und würdigen Mannes.«

In dem Ton, der diese nahezu unverständlichen Worte färbte, lag so viel Seele, daß die beiden Alten weinten, wie man weint, wenn man eine rührende Weise vernimmt, die in einer fremden Sprache gesungen wird.

»Er ist Epileptiker!« flüsterte Porriquet.

»Ich bin Ihnen dankbar für Ihre Güte, mein Freund«, entgegnete Raphaël sanft, »Sie wollen mich entschuldigen. Krankheit ist ein Unglück, Unmenschlichkeit wäre ein Laster. Lassen Sie mich jetzt allein«, fügte er hinzu. »Sie bekommen morgen oder übermorgen, vielleicht sogar noch heute abend Ihre Ernennung, denn der *Widerstand* hat über die *Bewegung*[122] gesiegt ... Leben Sie wohl.«

Von Entsetzen gepackt und lebhaft über Valentins Geisteszustand besorgt, zog sich der Alte zurück. Dieser Auftritt hatte für ihn etwas Übernatürliches gehabt. Er zweifelte an sich selbst und fragte sich, ob er nicht aus einem schweren Traum erwacht sei.

»Hör, Jonathan«, wandte der junge Mann sich dann an seinen alten Diener. »Versuch, die Aufgabe zu begreifen, die ich dir anvertraut habe!«

»Ja, Herr Marquis.«

»Ich bin wie ein Mensch, der außerhalb der gewöhnlichen Gesetze des Daseins steht.«

»Ja, Herr Marquis.«

»All die Freuden des Lebens hüpfen um mein Totenbett und tanzen wie schöne Frauen vor meinen Augen; wenn ich sie zu mir rufe, sterbe ich. Immer der Tod! Du mußt eine Schranke sein zwischen mir und der Welt.«

»Ja, Herr Marquis«, sagte der alte Diener und trocknete die Schweißperlen, die auf seiner runzligen Stirn standen. »Aber wenn Sie keine schönen Frauen sehen wollen, was sollen Sie dann heute abend in der Italienischen Oper? Eine englische Familie, die nach London zurückkehrt, hat mir den Rest ihres Abonnements überlassen, und Sie haben eine schöne Loge ..., oh, eine Prachtloge, im ersten Rang.«

Raphaël war in tiefe Grübelei versunken und hörte nicht mehr zu.

Sehen Sie diesen prächtigen Wagen, dieses braune, äußerlich schlichte Coupé, auf dessen Turschlägen das Wappen einer alten adligen Familie prangt? Fährt dieses Coupé mit hoher Geschwindigkeit vorüber, bewundern es die Grisetten, werfen begehrliche Blicke auf den gelben Atlas, die Decke aus der Savonnerie[123], die Borten, die sauber wie Reisstroh sind, die schwellenden Kissen und die stummen, verdunkelten Scheiben. Zwei Lakaien in Livree stehen hinten auf diesem aristokratischen Gefährt; innen auf der Seide aber liegt ein fiebrig-heißer Kopf mit umränderten Augen, der Kopf Raphaëls, traurig und in sich gekehrt. Düsteres Bild des Reichtums! Er rast quer durch Paris wie eine Rakete, langt vor der Säulenhalle des Théâtre Favart[124] an, der Wagentritt wird heruntergelassen, die beiden Diener stützen ihn, eine neidische Menge starrt ihn an.

»Was hat der bloß angestellt, daß er so reich ist?« sagte ein armer Student der Rechte, der, mangels eines Talers, auf die bezaubernden Klänge Rossinis verzichten mußte.

Raphaël schritt langsam durch die Gänge des Theaters; er versprach sich keinerlei Vergnügen von diesen einst so heißbegehrten Freuden. Den zweiten Akt von »Semiramis« erwartend, ging er im Foyer auf und ab und irrte durch die Flure, unbekümmert um seine Loge, die er noch nicht betreten hatte. Das Gefühl für Eigentum existierte schon nicht mehr in seinem Herzen. Wie alle Kranken dachte er nur noch an sein Leiden. An den Sims des Kamins im Foyer gelehnt, vor dem junge und alte Stutzer, frühere und jetzige Minister, Pairs ohne Pairswürden und Pairswürden ohne Pairs, wie sie die Julirevolution hervorgebracht hat, und schließlich eine Unmenge Spekulanten und Journalisten auf- und abwandelten, erblickte Raphaël einige Schritte von sich entfernt unter all diesen Köpfen eine seltsame und übernatürliche Gestalt. Er trat vor und kniff ganz ungeniert die Augen zusammen, um dieses absonderliche Wesen aus der Nähe zu betrachten. »Was für ein herrliches Bild!« sagte er sich. Die Brauen, die Haare, das Spitzbärtchen à la Mazarin, mit dem der Unbekannte sich eitel spreizte, waren schwarz gefärbt; aber offenbar war das Schönheitsmittel auf allzu weißes Haar aufgetragen worden, und so war das Ergebnis eine violette, widernatürliche Farbe, deren Tönungen je nach den mehr oder minder starken Reflexen der Lichter wechselten. Sein schmales, plattes Gesicht, dessen Falten mit einer dicken Schicht Puder und Rouge überdeckt waren, drückte zugleich Verschlagenheit und Unruhe aus. An einigen Stellen des Gesichts fehlte die Schminke, und sein Verfall, sein bleierner Teint traten desto deutlicher hervor; so konnte man sich das Lachen nicht verkneifen, wenn man diesen Kopf mit dem spitzen Kinn und der vorspringenden Stirn sah, der an die grotesken Holzfiguren erinnerte, wie sie die Schäfer in Deutschland während ihrer Mußestunden schnitzen.

Wer abwechselnd diesen alten Adonis und Raphaël betrachtete, hätte in dem Marquis die Augen eines Jünglings unter der Maske eines Greises und in dem Unbekannten die matten Augen eines Greises unter der Maske eines Jünglings zu erkennen geglaubt. Valentin suchte sich zu erinnern, bei welcher Gelegenheit er diesem kleinen, vertrockneten Alten schon einmal begegnet war, der eine schmucke Halsbinde und die Stiefel eines Halbwüchsigen trug, seine Sporen klirren ließ und seine Arme kreuzte, als ob er alle Kräfte einer sprühenden Jugend zu verschwenden hätte. In seinem Gang lag nichts Gehemmtes oder Erzwungenes. Sein eleganter, sorgfältig zugeknöpfter Frack bekleidete ein uraltes, kräftiges Knochengerüst und gab ihm das Aussehen eines alten Gekken, der noch der Mode huldigt. Diese Art lebendige Puppe besaß für Raphaël alle Reize eines Gespenstes, und er betrachtete sie wie einen alten, verräucherten Rembrandt, der kürzlich restauriert, gefirnißt und in einen Rahmen gesteckt worden ist. Dieser Vergleich ließ ihn in der Wirrnis seiner Erinnerungen die richtige Spur wiederfinden: er erkannte den Antiquitätenhändler wieder, den Mann, dem er sein Unglück verdankte. In diesem Augenblick glitt ein stummes Lachen über die blutleeren Lippen dieser phantastischen Gestalt und ließ ein falsches Gebiß sichtbar werden. Bei diesem Lachen entdeckte Raphaëls lebhafte Einbildungskraft eine frappierende Ähnlichkeit dieses Mannes mit der Idealform des Kopfes, den die Maler Goethes Mephistopheles gegeben haben.

Tausend abergläubische Gedanken bemächtigten sich Raphaëls starker Seele, er glaubte an die Macht des Teufels, an all die Hexenkünste, die in den Legenden des Mittelalters überliefert und von den Dichtern neu gestaltet werden. Ihn schauderte vor dem Schicksal Fausts, unvermittelt rief er den Himmel an, denn wie alle Sterbenden hegte er einen glühenden Glauben an Gott und die Jungfrau Maria. Ein strahlendes, reines Licht ließ ihn den Himmel Michelangelos und Sanzios von Urbino[125] schauen: Wolken, einen alten Mann mit weißem Bart, Engelsköpfe, eine schöne, in einer Aureole thronende Frau. Jetzt begriff er diese wunderbaren Schöpfungen und sog sie in sich auf, da ihre geradezu menschlichen

Phantasien ihm sein Abenteuer deuteten und ihm noch eine Hoffnung ließen. Aber als seine Augen sich wieder auf das Foyer der Italienischen Oper senkten, sah er anstelle der Heiligen Jungfrau ein entzückendes Mädchen, die verworfene Euphrasie, die Tänzerin mit dem geschmeidigen und graziösen Körper, die, in ein strahlendes Gewand gekleidet und bedeckt mit orientalischen Perlen, ungeduldig nach ihrem ungeduldigen Alten Ausschau hielt und sich mit kecker Stirn und blitzenden Augen frech dieser Welt der Neidhälse und Spekulanten zeigte, um den grenzenlosen Reichtum des Händlers zu bezeugen, dessen Schätze sie vergeudete. Raphaël erinnerte sich an den spöttischen Wunsch, mit dem er das verhängnisvolle Geschenk des alten Mannes in Empfang genommen hatte, und er genoß alle Wonnen der Rache angesichts dieser tiefen Erniedrigung der erhabenen Weisheit, deren Sturz unlängst noch unmöglich schien. Das Grabeslächeln des Hundertjährigen galt Euphrasie, die es mit einem Liebeswort erwiderte; er bot ihr seinen dürren Arm, machte ein paarmal die Runde durch das Foyer und genoß selig die leidenschaftlichen Blicke und die Komplimente, mit denen die Menge seine Geliebte bedachte, ohne das verächtliche Lachen zu bemerken, ohne den beißenden Spott zu hören, dessen Gegenstand er war.

»Auf welchem Friedhof hat dieser junge Vampir denn diesen Leichnam ausgegraben?« rief der eleganteste aller Romantiker.

Euphrasie mußte lächeln. Der Spötter war ein junger, blondhaariger Mann mit blauen, strahlenden Augen und einem Schnurrbart; er trug einen kurzen Frack, den Zylinder auf dem Ohr, war schlagfertig, beherrschte ganz die Sprache dieses Typs Mensch.

»Wie viele Greise«, sagte sich Raphaël im stillen, »krönen ein ehrbares, arbeitsames und tugendhaftes Leben mit einer Torheit! Der hier steht mit den Füßen schon im Grab und treibt es mit einem Mädchen. – Na, Monsieur«, rief Valentin, hielt den Händler an und zwinkerte Euphrasie zu, »erinnern

Sie sich nicht mehr der strengen Grundsätze Ihrer Philosophie?«

»Ach«, antwortete der Händler mit bereits gebrochener Stimme, »ich bin jetzt glücklich wie ein Jüngling. Ich hatte das Leben verkehrt herum angepackt. In einer Liebesstunde liegt ein ganzes Leben.«

In diesem Augenblick vernahmen die Zuschauer das Klingelzeichen, verließen das Foyer und begaben sich auf ihre Plätze. Der Alte und Raphaël trennten sich. Als der Marquis seine Loge betrat, bemerkte er Feodora, die ihm genau gegenüber auf der anderen Seite des Zuschauerraums saß. Die Gräfin, die offensichtlich eben erst gekommen war, warf ihren Schal zurück, entblößte ihren Hals und vollführte all die kleinen, unbeschreiblichen Bewegungen einer koketten Frau, die sich in Pose setzt: alle Blicke waren auf sie gerichtet. Ein junger Pair von Frankreich begleitete Feodora, sie ließ sich von ihm das Opernglas reichen, das sie ihn hatte tragen lassen. Ihre Geste und die Art, wie sie ihren neuen Partner ansah, verrieten Raphaël, welcher Tyrannei sein Nachfolger unterworfen war. Gewiß war er ebenso bezaubert und wurde ebenso hinters Licht geführt wie einst er selbst; wie er kämpfte jetzt der junge Mann mit der ganzen Kraft einer wahren Liebe gegen die kalten Berechnungen dieser Frau an und mußte die Qualen erleiden, auf die Valentin zum Glück verzichtet hatte.

Als Feodora ihr Glas auf alle Logen gerichtet und schnell die Toiletten gemustert hatte, belebte eine unaussprechliche Freude ihr Gesicht; sie war sich nun gewiß, daß sie durch ihren Schmuck und ihre Schönheit die elegantesten Frauen von Paris ausstach; sie lachte, um ihre weißen Zähne zu zeigen, neigte ihren mit Blumen geschmückten Kopf vor, um bewundert zu werden; ihr Blick glitt von Loge zu Loge, verhöhnte hier ein Barett, das linkisch auf der Stirn einer russischen Prinzessin saß, dort einen geschmacklosen Hut, der einer Bankierstochter abscheulich schlecht stand. Plötzlich begegnete sie den starren Augen Raphaëls und erbleichte; ihr verschmähter Liebhaber schmetterte sie mit einem unerträglichen Blick der Verachtung nieder. Während keiner ihrer in Acht und Bann getanen Liebhaber sich ihrer Macht entzog, war Raphaël als einziger auf Erden gegen ihre Verführungskünste gefeit. Eine Macht, der man ungestraft trotzen kann, steht vor dem Untergang. Diese Lebensregel ist tiefer in das Herz einer Frau gegraben als in das Hirn der Könige. So sah Feodora in Raphaël den Tod ihrer Reize und ihrer Koketterie. Ein Ausspruch, den er am Abend zuvor in der Oper getan hatte, war in den Pariser Salons bereits in aller Munde. Die Schärfe dieses furchtbaren Epigramms hatte der Gräfin eine unheilbare Wunde geschlagen. In Frankreich verstehen wir uns darauf, eine Wunde auszubrennen, aber wir kennen noch kein Heilmittel gegen die Pein, die ein Wort anrichtet.

In dem Augenblick, da alle Frauen abwechselnd auf den Marquis und die Gräfin schauten, hätte Feodora ihn in die Verliese eines Gefängnisses stürzen mögen, denn trotz ihrer Verstellungskunst errieten ihre Rivalinnen, daß sie litt. Schließlich wurde sie ihres letzten Trostes beraubt. Die köstlichen Worte: »Ich bin die Schönste!«, dieser ewige Satz, der allen Kummer ihrer Eitelkeit beschwichtigte, war mit einem Mal zur Lüge geworden. Während des Vorspiels zum zweiten Akt hatte eine Frau in einer Loge neben Raphaël Platz genommen, die bis dahin leer geblieben war. Überall aus dem Parterre drang ein Murmeln der Bewunderung. Dieses Meer aus menschlichen Gesichtern bewegte seine beseelten Wellen, und alle Augen waren auf die Unbekannte gerichtet. Jung und alt machten solch einen andauernden Lärm, daß sich die Musiker des Orchesters, während der Vorhang hochging, erst einmal umdrehten, um Ruhe zu gebieten; dann aber stimmten sie in die Beifallsrufe ein und vergrößerten den allgemeinen Tumult. In jeder Loge begannen lebhafte Unterhaltungen. Die Frauen hatten sich sämtlich mit ihren Operngläsern bewaffnet, die Greise wurden wieder jung und putzten mit dem Leder ihrer Handschuhe das Glas ihrer Lorgnetten. Allmählich legte sich die Begeisterung wieder, auf der Bühne erklang Gesang, alles kehrte zur Ordnung zurück. Die gute Gesellschaft schämte sich, einer natürlichen Regung nachgegeben zu haben, und nahm wieder die aristokratische Kälte ihrer glatten Manieren an. Reiche Leute wollen über nichts staunen, sie müssen beim ersten Anblick eines schönen Werkes den Fehler entdecken, der sie einem gewöhnlichen Gefühl wie dem der Bewunderung enthebt.

Indessen verharrten einige Männer reglos, ohne der Musik zu lauschen, in eine naive Bewunderung versunken und hörten nicht auf, Raphaëls Nachbarin zu betrachten. In einer Parterreloge bemerkte Valentin an der Seite Aquilinas das gemeine, blutrote Gesicht Taillefers, der ihm wohlwollend zugrinste. Dann sah er Émile, der in seiner Orchesterloge stand und ihm zu sagen schien: »Aber schau doch auf das schöne Geschöpf neben dir!« Schließlich entdeckte er noch Rastignac, der neben Madame de Nucingen und ihrer Tochter saß und seine Handschuhe zerknüllte wie ein Mann, der verzweifelt ist, dort angekettet zu sein, ohne zu der himmlischen Unbekannten eilen zu können.

Raphaëls Leben hing von einem Pakt ab, den er mit sich selbst geschlossen und bislang nicht gebrochen hatte; er hatte sich gelobt, niemals aufmerksam eine Frau anzuschauen; und um sich vor jeder Versuchung zu schützen, trug er ein Lorgnon, dessen vergrößernde Gläser so kunstvoll eingesetzt waren, daß sie die Harmonie der schönsten Züge zerstörten und ihnen ein häßliches Aussehen gaben. Raphaël stand noch unter dem Eindruck des Entsetzens, das ihn am Morgen gepackt hatte, als der Talisman auf einen bloß aus Höflichkeit geäußerten Wunsch hin sofort zusammengeschrumpft war, und war fest entschlossen, sich nicht nach seiner Nachbarin umzuwenden. Er saß da wie eine Herzogin, den Rücken der Ecke seiner Loge zugekehrt, und verdeckte der Unbekannten rücksichtslos den halben Ausblick auf die Bühne, geradeso als ob er sie verachte, ja, als ob er gar nicht wüßte, daß eine schöne Frau hinter ihm saß. Die Nachbarin ahmte Valentins Haltung genau nach: sie hatte ihren Ellbogen auf den Rand der Loge gestützt, ihren Kopf nach der Seite gewandt und schaute den Sängern zu, als säße sie einem Maler Modell. Die beiden wirkten wie zwei verzankte Liebende, die schmollen, sich den Rücken zukehren und sich beim ersten Liebeswort um den Hals fallen. Dann und wann streiften die leichten Marabufedern oder das Haar der Unbekannten Raphaëls Kopf und lösten ein Gefühl der Wollust in ihm aus, das er tapfer bekämpfte; bald spürte er die zarte Berührung der Rüschen aus Seidenspitzen, die den Saum des Kleides schmückten, und vernahm das weibliche Rascheln von dessen Falten, ein Geräusch, das sanft und bestrickend war; schließlich sprang die unmerkliche Bewegung, in die der Atem die Brust, den Rücken, die Kleidung dieser hübschen Frau versetzte, sprang ihr ganzes anmutiges Sein auf Raphaël über wie ein elektrischer Funke; der Tüll und die Spitzen, die seine Schulter kitzelten, übertrugen ihm getreulich die köstliche Wärme dieses weißen, nackten Rückens. Durch eine Laune der Natur atmeten diese beiden durch den guten Ton voneinander getrennten und durch die Abgründe des Todes voneinander geschiedenen Geschöpfe im selben Takt, und vielleicht dachten sie sogar aneinander. Ein durchdringendes Aloeparfüm berauschte Raphaël vollends. Seine Einbildungskraft, durch ein Hindernis gereizt und die Fesseln bis ins Phantastische gesteigert, zeichnete ihm gedankenschnell in flammenden Zügen eine Frau. Jäh wandte er sich um. Die Unbekannte, der es gewiß unangenehm war, mit einem Fremden in Berührung zu kommen, machte eine ähnliche Bewegung; vom gleichen Gedanken erfüllt, trafen sich ihre Blicke.

»Pauline!«

»Monsieur Raphaël!«

Starr vor Staunen, sahen sie einander einen Augenblick lang schweigend an. Raphaël erblickte Pauline in einer schlichten, geschmackvollen Toilette. Durch die Gaze, die ihren Busen keusch verhüllte, hätten scharfe Augen eine Lilienweiße wahrnehmen und Formen erraten können, die sogar eine Frau bewundert hätte. Überdies besaß sie nach wie vor ihre jungfräuliche Bescheidenheit, ihre himmlische Reinheit und ihre anmutige Haltung. Der Stoff ihres Ärmels verriet das Zittern, das ihren Körper beben ließ, wie das Herz bebte.

»Oh, kommen Sie morgen«, sagte sie, »kommen Sie ins Hotel Saint-Quentin und holen Sie Ihre Manuskripte! Ich bin um zwölf Uhr dort. Seien Sie pünktlich!«

Sie stand hastig auf und verschwand. Raphaël wollte Pauline folgen, fürchtete, sie zu kompromittieren, blieb sitzen, sah Feodora an und fand sie häßlich; aber da er keiner einzigen Note der Musik mehr zu folgen vermochte, in dem Saal fast erstickte und das Herz ihm überströmte, ging er hinaus und fuhr nach Hause zurück.

»Jonathan«, sagte er zu seinem alten Diener, als er im Bett lag, »gib mir einen kleinen Tropfen Laudanum auf ein Stück Zucker, und wecke mich morgen erst zwanzig Minuten vor zwölf ...«

»Ich will von Pauline geliebt werden«, rief er am andern Morgen und blickte mit unbeschreiblicher Angst auf den Talisman.

Das Leder bewegte sich nicht im geringsten, es schien seine Kraft zu schrumpfen verloren zu haben; zweifellos konnte es einen Wunsch nicht verwirklichen, der längst erfüllt war.

»Ah!« rief Raphaël und fühlte sich befreit, als fiele ein Mantel aus Blei von ihm ab, den er seit dem Tag trug, da er den Talisman bekommen hatte, »du lügst, du gehorchst mir nicht, der Pakt ist gebrochen! Ich bin frei, ich werde leben. Das Ganze war doch nur ein schlechter Scherz ...?«

Während er diese Worte sprach, wagte er nicht, an seine eigenen Gedanken zu glauben. Er kleidete sich so schlicht wie in früheren Zeiten und beschloß, zu Fuß zu seiner alten Wohnung zu gehen; er wollte versuchen, sich in jene glücklichen Tage zurückzuversetzen, da er sich ohne Gefahr dem Ungestüm seiner Begierden überlassen und noch nicht allen menschlichen Freuden abgeschworen hatte. So ging er seines

Weges und sah Pauline vor sich, nicht mehr die Pauline des Hotels Saint-Quentin, sondern die Pauline des gestrigen Abends, die vollkommene Geliebte, die er sich so oft erträumt hatte, das geistvolle, liebende, künstlerisch begabte junge Mädchen, das die Dichter verstand, die Poesie verstand und inmitten des Luxus lebte; mit einem Wort: Feodora mit einer schönen Seele, oder Pauline als Gräfin und zweifache Millionärin, wie Feodora es war. Als er auf der abgetretenen Schwelle stand, auf der zerbrochenen Steinplatte dieser Tür, wo er so oft verzweifelten Gedanken nachgehangen hatte, trat eine alte Frau aus dem Eingangszimmer und fragte ihn:

»Sind Sie nicht Monsieur Raphaël de Valentin?«

»Ganz richtig, gute Frau«, antwortete er.

»Sie kennen ja Ihr altes Zimmer«, fuhr sie fort, »Sie werden dort erwartet.«

»Wird dieses Haus noch immer von Madame Gaudin geführt?« fragte Raphaël.

»O nein, Monsieur. Madame Gaudin ist jetzt Baronin. Sie wohnt in einem eigenen schönen Haus am anderen Seine-Ufer. Ihr Mann ist zurückgekehrt. Jesusmaria, der hat einen schönen Batzen Geld mitgebracht ... Es heißt, sie könne das ganze Quartier Saint-Jacques kaufen, wenn sie wolle. Sie hat mir ihre Einrichtung und die im voraus bezahlte Miete kostenlos überlassen. Ach, sie ist wirklich eine gute Frau! Sie ist heute nicht stolzer, als sie es gestern war.«

Hurtig stieg Raphaël zu seiner Mansarde hinauf, und als er die letzten Treppenstufen erreicht hatte, hörte er die Klänge des Klaviers. Pauline war da; sie trug ein einfaches Kleid aus Perkalin; der Schnitt des Kleides jedoch, die Handschuhe, der Hut und der Schal, die nachlässig auf das Bett geworfen waren, verrieten ein Vermögen.

»Ah, da sind Sie ja!« rief Pauline, wandte sich um und sprang in einer unschuldigen Regung der Freude auf.

Raphaël setzte sich neben sie, errötend, beschämt, glücklich; er betrachtete sie, ohne ein Wort zu sagen.

»Warum haben Sie uns denn verlassen?« fragte sie und schlug die Augen nieder, als ihr Gesicht sich purpurn färbte. »Wie ist es Ihnen ergangen?«

»Ach, Pauline, ich war sehr unglücklich und bin es noch!«

»Also doch!« rief sie gerührt. »Ich habe Ihr Schicksal geahnt, als ich Sie gestern so fein gekleidet gesehen habe, scheinbar so reich, aber in Wirklichkeit, nicht wahr, Monsieur Raphaël, da steht es noch immer wie früher?«

Valentin konnte die Tränen nicht zurückhalten, die in seine Augen drängten; er rief:

»Pauline! ... ich ...«

Er brach ab, seine Augen strahlten vor Liebe, und sein ganzes Herz ergoß sich in seinen Blicken.

»Oh! Er liebt mich! Er liebt mich!« rief Pauline.

Raphaël nickte; er fühlte sich außerstande, auch nur ein einziges Wort hervorzubringen. Auf diese Geste hin nahm das junge Mädchen seine Hand, drückte sie und sagte bald lachend, bald schluchzend:

»Wir sind reich, reich, glücklich und reich! Deine Pauline ist reich ... Aber eigentlich müßte ich heute sehr arm sein. Tausendmal habe ich gesagt, daß ich für den Satz: ›Er liebt mich!‹ alle Schätze der Welt hingäbe. Oh, mein Raphaël! Ich besitze Millionen. Du liebst den Luxus, du sollst zufrieden sein; aber du mußt auch mein Herz lieben, es gibt darin so viel Liebe für dich! Weißt du noch nicht? Mein Vater ist zurückgekehrt. Ich bin eine reiche Erbin. Meine Mutter und er lassen mich selbst über meine Zukunft bestimmen; ich bin frei, verstehst du?«

Raphaël war in einer Art Delirium, er hielt Paulines Hände und küßte sie so glühend, so gierig, daß sein Kuß wie ein Krampf schien. Pauline machte ihre Hände frei, legte sie auf Raphaëls Schultern und zog ihn an sich; sie verstanden sich, sie umarmten und küßten einander mit der heiligen und köstlichen Glut, die frei von jedem Hintergedanken ist und die in einem einzigen Kuß Ausdruck findet, dem ersten Kuß, durch den zwei Seelen voneinander Besitz ergreifen.

»Ach!« rief Pauline und sank auf ihren Stuhl zurück, »ich will dich nie wieder verlassen ... Ich weiß nicht, woher ich soviel Kühnheit nehme!« setzte sie errötend hinzu.

»Kühnheit, meine Pauline? Oh, hab keine Angst, das ist Liebe, wahre Liebe, die so tief und ewig ist wie die meine, nicht wahr?«

»Oh! Sprich, sprich, sprich!« sagte sie. »Dein Mund ist so lange stumm gewesen für mich ...«

»Hast du mich denn geliebt?«

»O mein Gott, ob ich dich geliebt habe! Wie oft habe ich geweint, hier an dieser Stelle, wenn ich dein Zimmer gemacht habe, und unser beider Elend beklagt. Ich hätte mich dem Teufel verschrieben, um dir einen Kummer zu ersparen! Heute, *mein* Raphaël, denn du gehörst ja mir: mein ist dieser schöne Kopf, mein ist dein Herz! Oh, ja! Dein Herz, das vor allem, ewiger Reichtum! ... Nun, wo bin ich stehengeblieben?« fuhr sie nach einer Pause fort. »Ach so, jetzt weiß ich es wieder: Heute haben wir drei, vier, fünf Millionen, glaube ich. Wäre ich arm, wünschte ich mir vielleicht, deinen Namen zu tragen und deine Frau genannt zu werden; jetzt aber möchte ich dir die ganze Welt opfern, möchte nach wie vor und für immer deine Magd sein. Siehst du, Raphaël, wenn ich dir mein Herz, meine Person, mein Vermögen zu Füßen lege, so gebe ich dir heute nicht mehr als an dem Tag, da ich dort«, sagte sie und zeigte auf die Tischschublade, »ein gewisses Hundertsousstück hineinlegte. Oh, wie hat mir deine Freude damals weh getan!«

»Warum bist du reich?« rief Raphaël. »Warum bist du nicht eitel? Ich kann nichts für dich tun!«

Er rang die Hände vor Glück, Verzweiflung und Liebe.

»Wenn du die Marquise de Valentin bist, ich kenne dich, himmlische Seele, werden dieser Titel und mein Vermögen dir nicht soviel wert sein wie ...«

»Ein einziges deiner Haare!« rief sie.

»Auch ich besitze Millionen; aber was bedeuten uns jetzt

Reichtümer? Ach, ich habe mein Leben, das kann ich dir anbieten, nimm es.«

»Oh, deine Liebe, Raphaël, deine Liebe wiegt die Welt auf. Wie? Deine Gedanken gehören mir? So bin ich die Glücklichste aller Glücklichen.«

»Man wird uns hören«, sagte Raphaël.

»Ach, es ist kein Mensch da«, antwortete sie und machte eine übermütige Geste.

»Dann komm!« rief Valentin und breitete ihr die Arme entgegen.

Sie sprang auf seine Knie und faltete ihre Hände hinter Raphaëls Hals:

»Küssen Sie mich«, sagte sie, »um all des Kummers willen, den Sie mir bereitet haben, um die Schmerzen zu tilgen, die Ihre Freuden mir zugefügt haben, um all der Nächte willen, die ich wach saß, um meine Lampenschirme zu bemalen ...«

»Deine Lampenschirme?«

»Da wir nun reich sind, mein Schatz, kann ich dir alles sagen. Armes Kind! Wie leicht es ist, kluge Männer hinters Licht zu führen! Glaubst du, daß du für drei Francs Waschgeld im Monat jede Woche zweimal weiße Westen und saubere Hemden hättest haben können? Außerdem hast du doppelt soviel Milch getrunken, als dir für dein Geld zustand. Ich habe dich in allem getäuscht: Feuer, Öl und auch Geld! Oh, lieber Raphaël, nimm mich nicht zur Frau«, sagte sie lachend, »ich bin eine gar zu hinterlistige Person.«

»Wie hast du das bloß angestellt?«

»Ich habe bis zwei Uhr morgens gearbeitet, und ich habe die eine Hälfte des Erlöses für meine Lampenschirme meiner Mutter gegeben und die andere dir.«

Sie sahen einander einen Augenblick lang an, sprachlos vor Freude und Liebe.

»Oh!« rief Raphaël, »gewiß müssen wir dieses Glück einmal mit einem furchtbaren Schmerz bezahlen.«

»Bist du etwa verheiratet?« rief Pauline. »Ach, ich will dich keiner andern Frau überlassen.«

»Ich bin frei, Liebste.«

»Frei!« wiederholte sie. »Frei, und mein!«

Sie sank auf die Knie, faltete die Hände und sah Raphaël mit inbrünstiger Glut an.

»Ich habe Angst, verrückt zu werden. Wie hübsch du bist!« sagte sie und fuhr mit einer Hand durch das blonde Haar ihres Geliebten. »Wie dumm sie ist, deine Gräfin Feodora! Wie habe ich mich gestern gefreut, als alle diese Menschen mich grüßten! Sie hat man noch nie so begrüßt! Weißt du, Liebster, als mein Rücken deinen Arm berührt hat, da habe ich in mir so eine Stimme gehört, die mir zurief: ›Er ist da!‹ Ich habe mich umgedreht und dich gesehen. Oh, ich bin geflüchtet, ich hatte Lust, dir vor aller Welt um den Hals zu fallen.«

»Wie glücklich du bist, daß du reden kannst!« rief Raphaël. »Mir ist das Herz zugeschnürt. Ich möchte weinen und kann nicht. Zieh deine Hand nicht zurück. Mir ist, als müsse ich mein ganzes Leben lang so dasitzen und dich anschauen, glücklich und zufrieden.«

»Oh, sag das noch einmal, Liebster!«

»Ach, was sind Worte?« entgegnete Valentin und ließ eine heiße Träne auf Paulines Hände fallen. »Später will ich versuchen, dir von meiner Liebe zu sprechen; im Augenblick kann ich sie nur fühlen ...«

»Oh!« rief sie, »diese schöne Seele, dieser schöne Geist, dieses Herz, das ich so gut kenne, all das gehört mir, so wie ich dir gehöre?«

»Für immer, mein holdes Geschöpf«, sagte Raphaël mit bewegter Stimme. »Du sollst meine Frau, mein guter Geist sein. Deine Gegenwart hat immer meine Sorgen verscheucht und meine Seele erquickt; in diesem Augenblick hat mich dein himmlisches Lächeln sozusagen geläutert. Ich glaube, es beginnt für mich ein neues Leben. Die grausame Vergangenheit und meine traurigen Tollheiten kommen mir unterdessen wie schlechte Träume vor. In deiner Nähe bin ich rein. Ich spüre den Atem des Glücks. Oh, bleib immer bei mir!« fügte er hinzu und drückte sie innig an sein klopfendes Herz.

»Nun mag der Tod kommen, wann er will«, rief Pauline verzückt, »ich habe gelebt!«

Glücklich, wer ihre Wonnen errät, er hat sie selbst empfunden!

»Oh, mein Raphaël«, sagte Pauline nach zwei Stunden des Schweigens, »ich möchte, daß in Zukunft niemand mehr diese liebe Mansarde betritt.«

»Die Tür muß zugemauert, das Dachfenster vergittert und das Haus gekauft werden«, sagte der Marquis.

»Ganz genau«, antwortete sie.

Dann, nach einer kurzen Pause:

»Wir haben doch glatt vergessen, deine Manuskripte zu suchen.«

In süßer Unschuld fingen sie zu lachen an.

»Pah! Ich pfeife auf die ganze Wissenschaft!« rief Raphaël.

»Soso, Monsieur, und der Ruhm?«

»Mein einziger Ruhm bist du.«

»Du warst sehr unglücklich, als du diese Krähenfüße da gemalt hast«, sagte sie und blätterte in den Papieren.

»Meine Pauline ...«

»Oh, ja, ich bin deine Pauline ..., was ist?«

»Wo wohnst du eigentlich?«

»In der Rue Saint-Lazare. Und du?«

»In der Rue de Varenne.«

»Wie weit wir voneinander entfernt sind, bis ...«

Sie unterbrach sich und sah ihren Geliebten kokett und schelmisch an.

»Aber«, antwortete Raphaël, »wir werden höchstens noch vierzehn Tage getrennt sein.«

»Richtig! In vierzehn Tagen sind wir Mann und Frau!«

Sie hüpfte umher wie ein kleines Kind.

»Oh, ich bin ein entartetes Kind«, fuhr sie fort, »ich denke nicht mehr an Vater und Mutter, noch sonstwas auf der Welt! Du weißt ja noch gar nicht, Liebster, daß mein Vater sehr krank ist. Er ist mit einem schweren Leiden aus Indien zurückgekommen. In Le Havre, wo wir ihn abgeholt haben, wäre er um ein Haar gestorben. Mein Gott«, rief sie und sah auf die Uhr, »es ist schon drei. Um vier, wenn er aufwacht, muß ich bei ihm sein. Ich bin die Herrin im Haus: meine Mutter tut, was ich will, und mein Vater betet mich an; aber ich will ihre Güte nicht mißbrauchen, das wäre nicht recht! Der gute Vater, er hat mich gestern in die Italienische Oper geschickt . . . Du besuchst ihn morgen, nicht wahr?«

»Wollen Frau Marquise de Valentin mir die Ehre erweisen, meinen Arm zu nehmen?«

»Oh, ich will den Schlüssel zu diesem Zimmer an mich nehmen«, sagte sie. »Ist es nicht ein Palast, unser Schatz?«

»Pauline, noch einen Kuß!«

»Tausend! Mein Gott«, sagte sie und schaute Raphaël an, »und so soll es immer sein? Ich glaube, ich träume!«

Langsam stiegen sie die Treppe hinab; dann gingen sie in großer Eintracht, im gleichen Schritt, beide zitternd unter der Last des gleichen Glücks, eng aneinandergeschmiegt wie zwei Tauben, bis zur Place de la Sorbonne, wo Paulines Wagen wartete.

»Ich will mit zu dir nach Hause fahren«, rief sie. »Ich will dein Schlafzimmer, dein Arbeitszimmer sehen und mich an den Tisch setzen, an dem du schreibst und liest. Es wird wie früher sein«, fügte sie errötend hinzu. – »Joseph«, sagte sie zu einem Diener, »ich fahre erst in die Rue de Varenne und dann nach Hause. Es ist viertel nach drei, und ich muß um vier zurück sein. Georges soll die Pferde antreiben.«

Und in wenigen Minuten waren die beiden Liebenden vor Valentins Palais angelangt.

»Oh, wie gut, daß ich das alles gesehen habe«, rief Pauline und knüllte die Seide von Raphaëls Bettvorhängen in ihrer Hand. »Wenn ich einschlafe, werde ich in Gedanken hier sein. Ich werde mir deinen lieben Kopf auf diesem Kissen vorstellen. Sag mal, Raphaël, als du dein Haus eingerichtet hast, da hat dich wirklich niemand beraten?«

»Nein, niemand.«

»Ganz bestimmt nicht? Hat nicht etwa eine Frau ...?«

»Pauline!«

»Oh, ich bin furchtbar eifersüchtig! Du hast einen guten Geschmack. Morgen will ich genau so ein Bett haben wie du.«

Trunken vor Glück nahm Raphaël Pauline in den Arm.

»Oh, mein Vater ..., mein Vater!« sagte sie.

»Ich will dich zurückbegleiten; ich will so wenig wie möglich ohne dich sein«, rief Valentin.

»Wie lieb du bist! Ich habe nicht gewagt, es dir vorzuschlagen ...«

»Bist du denn nicht mein Leben?«

Es wäre langweilig, all dieses entzückende Liebesgeplauder getreulich aufzuzeichnen, dem allein der Ton, der Blick, eine nicht wiederzugebende Geste seinen Wert verleihen. Valentin begleitete Pauline bis nach Hause, und auf dem Rückweg war sein Herz von so viel Glück erfüllt, wie der Mensch hienieden zu empfinden und zu ertragen vermag. Als er in seinem Lehnsessel am Kamin saß und an die plötzliche und vollkommene Erfüllung all seiner Hoffnungen dachte, fuhr ihm ein eisiger Gedanke durch die Seele, wie der Stahl eines Dolches eine Brust durchdringt: er sah auf das Chagrinleder, es war um ein kleines Stück geschrumpft. Er stieß den großen Lieblingsfluch der Franzosen aus – ohne die jesuitischen Auslassungen der Äbtissin von Andouillettes[126] –, ließ den Kopf zurück in den Sessel sinken und blieb reglos sitzen, die Augen starr auf einen Gardinenhalter gerichtet, ohne ihn zu sehen.

»Großer Gott!« rief er. »Alle meine Wünsche, alle! Arme Pauline!«

Er nahm einen Zirkel und maß, wieviel Leben ihn der Vormittag gekostet hatte.

»Mir bleiben kaum noch zwei Monate!« sagte er.

Eiskalter Schweiß trat aus seinen Poren; plötzlich gab er einem unbeschreiblichen Wutausbruch nach, griff nach dem Chagrinleder und rief:

»Ich bin doch ein Narr!«

Er stürzte hinaus, rannte durch die Gärten und warf den Talisman in einen Brunnen.

»Komme, was da mag!« sagte er. »Zum Teufel mit dem ganzen Quatsch.«

Raphaël überließ sich also dem Liebesglück und lebte Herz an Herz mit Pauline. Ihre Hochzeit, durch Schwierigkeiten verzögert, die zu erzählen sich nicht lohnt, sollte in den ersten Märztagen gefeiert werden. Sie hatten sich geprüft und zweifelten nicht aneinander; das Glück hatte ihnen die ganze Stärke ihrer Zuneigung enthüllt, und so waren zwei Herzen, zwei Naturen nie so vollkommen vereinigt wie diese beiden durch die Leidenschaft. Je besser sie einander kennenlernten, desto mehr liebten sie sich: Hier wie dort das gleiche Zartgefühl, die gleiche Wollust, die süßeste Wollust, die Wollust der Engel; keine Wolke trübte ihren Himmel; die Wünsche des einen waren das Gesetz des andern. Sie waren beide reich, es gab für sie keine Launen, die sie nicht befriedigen konnten, und so hatten sie überhaupt keine Launen. Erlesener Geschmack, Sinn für das Schöne, wahre Poesie lebte im Herzen der Braut; sie verachtete den Flitterkram der Frauen, ein Lächeln ihres Geliebten schien ihr schöner als alle Perlen von Hormus; Musselin oder Blumen waren ihr reichster Schmuck. Überdies mieden Pauline und Raphaël die Gesellschaft, war die Einsamkeit für sie doch so hold, so voller Freuden! Die Müßiggänger sahen dieses schöne, unverheiratete Ehepaar jeden Abend in der Italienischen oder der Großen Oper. Anfangs hatte wohl übler Klatsch die Salons erfreut, doch brachte bald die Flut der Ereignisse, die über Paris hinwegströmte, zwei harmlose Liebesleute in Vergessenheit; im übrigen war – eine Art Entschuldigung für die Prüden – ihre Hochzeit angekündigt, ihre Diener waren zufällig verschwiegen, und so strafte sie keine allzu scharfe Bosheit für ihr Glück.

Gegen Ende Februar, zu einer Zeit, da einige schöne Tage schon die Freuden des Frühlings verhießen, frühstückten

Pauline und Raphaël eines Morgens zusammen in einem kleinen Gewächshaus, einer Art Salon voller Blumen, der zu ebener Erde lag und unmittelbar an den Garten grenzte. Die sanfte, blasse Wintersonne, deren Strahlen durch seltene Sträucher brachen, wärmte die Luft. Die Augen wurden durch die kräftigen Gegensätze des unterschiedlichen Laubwerks, durch die Farben der Blüten und durch die Launen von Licht und Schatten erquickt. Während ganz Paris sich noch an den trübseligen Kaminfeuern wärmte, lachte das junge Paar unter einer Laube von Kamelien, Flieder und Erika. Ihre fröhlichen Köpfe erhoben sich über Narzissen, Maiglöckchen und bengalischen Rosen.

In diesem üppigen, reichen Gewächshaus schritten die Füße auf einer afrikanischen Matte, die bunt wie ein Teppich war. Auf den mit festem grünem Stoff bespannten Wänden fand sich nicht die geringste Spur von Feuchtigkeit. Die Möbel waren aus roh aussehendem Holz, dessen geglättete Rinde jedoch vor Sauberkeit glänzte. Eine junges Kätzchen hockte, vom Duft der Milch angelockt, auf dem Tisch und ließ sich von Pauline mit Kaffee bespritzen; sie spielte mit ihm, zog ihm die Sahne weg und ließ es ab und zu daran schnuppern, um es in Geduld zu üben und das mutwillige Spiel fortzusetzen; sie brach bei jedem seiner possierlichen Bewegungen in Lachen aus und verfiel auf tausenderlei Scherze, um Raphaël am Lesen der Zeitung zu hindern, die ihm schon zehnmal aus den Händen gefallen war. In dieser morgendlichen Szene lag eine Fülle unaussprechlichen Glücks, wie in allem, was natürlich und wahr ist. Raphaël tat immer wieder, als läse er sein Blatt, und beobachtete indessen verstohlen Pauline bei ihrem Spiel mit der Katze, seine Pauline, gehüllt in einen langen Morgenrock, der sie seinen Blicken nur unvollkommen verbarg, seine Pauline mit ungeordnetem Haar und einem kleinen weißen, blaugeäderten Fuß, der in einem schwarzen Samtpantoffel steckte. Sie war reizend anzusehen in ihrem Morgenkleid, entzückend wie die phantastischen Gestalten von Westall[127] schien sie Mädchen und Frau zugleich zu sein; mehr Mädchen vielleicht als Frau genoß sie ein ungetrübtes Glück und kannte von der Liebe nur deren erste Freuden. Kaum hatte Raphaël sich völlig seiner süßen Träumerei hingegeben und seine Zeitung vergessen, da schnappte Pauline nach ihr, knüllte sie zusammen, machte eine Kugel daraus, warf sie in den Garten, und die Katze lief der Politik hinterher, die sich wie stets um sich selber drehte. Als Raphaël, von dieser kindlichen Szene abgelenkt, weiterlesen wollte und sich eben anschickte, das entschwundene Blatt zurückzuholen, erklang ein offenes, fröhliches Gelächter, das wie der Gesang eines Vogels immer wieder von neuem anhob.

»Ich bin eifersüchtig auf die Zeitung«, sagte sie und wischte sich die Tränen ab, die ihr Kinderlachen hatte kullern lassen. »Ist es nicht ein Treuebruch«, fuhr sie fort und war plötzlich wieder ganz Frau, »in meiner Gegenwart russische Proklamationen[128] zu lesen und die Prosa des Zaren Nikolaus den Worten und den Blicken der Liebe vorzuziehen?«

»Ich habe gar nicht gelesen, mein geliebter Engel, ich habe dich angeschaut.«

In diesem Augenblick war in der Nähe des Gewächshauses der schwere Schritt des Gärtners zu hören, unter dessen eisenbeschlagenen Schuhen der Sand der Gartenwege knirschte.

»Entschuldigen Sie, Herr Marquis, wenn ich Sie und Madame störe, aber ich bringe Ihnen da etwas Seltsames, wie ich es mein Lebtag noch nicht gesehen habe. Als ich eben, mit Verlaub, einen Eimer Wasser hochgezogen habe, da habe ich diese merkwürdige Wasserpflanze mit heraufgeholt. Hier, sehen Sie! Das Ding muß ganz gut ans Wasser gewöhnt sein, denn es war weder aufgeweicht noch feucht. Trocken wie ein Stück Holz und kein bißchen fett. Der Herr Marquis ist ganz bestimmt gelehrter als ich, und da hab ich gedacht, ich will es ihm bringen, das wird ihn interessieren.«

Und der Gärtner hielt Raphaël das unerbittliche Chagrinleder hin, dessen Oberfläche keine sechs Zoll im Quadrat

»Danke, Vanière«, sagte Raphaël, »das ist in der Tat ein seltsames Ding.«

»Was hast du denn, mein Engel? Du wirst ja ganz blaß!« rief Pauline.

»Lassen Sie uns allein, Vanière.«

»Deine Stimme erschreckt mich«, fuhr das junge Mädchen fort, »sie ist seltsam verändert ... Was hast du? Wie fühlst du dich? Wo tut es dir weh? Dir ist nicht wohl! – Einen Arzt!« rief sie. »Jonathan, Hilfe!«

»Liebe Pauline, sei still«, antwortete Raphaël, der seine Kaltblütigkeit wiedergefunden hatte. »Laß uns fortgehen. Hier in der Nähe ist eine Blume, deren Duft ich nicht vertrage. Vielleicht ist es diese Verbene da?«

Pauline stürzte sich auf die unschuldige Pflanze, packte sie beim Stengel und warf sie in den Garten.

»Oh, mein Engel!« rief sie, drückte Raphaël mit einer Umarmung an sich, die so fest wie ihre Liebe war, und bot ihm mit schmachtender Hingabe ihre Purpurlippen zum Kuß, »als ich dich erbleichen sah, wußte ich, daß ich dich nicht überleben würde: Dein Leben ist mein Leben. Liebster Raphaël, leg deine Hand auf meinen Rücken! Ich spüre noch den kalten Schauer dort ... Deine Lippen glühen. Und deine Hand? ... Die ist eiskalt«, fügte sie hinzu.

»Du bist toll!« rief Raphaël.

»Warum diese Träne?« fragte sie. »Laß sie mich trinken.«

»Oh, Pauline, Pauline, du liebst mich zu sehr.«

»Es geht etwas Ungewöhnliches in dir vor, Raphaël ... Sei ehrlich, ich werde dein Geheimnis bald erfahren. Gib mir das«, sagte sie und griff nach dem Chagrinleder.

»Du bist mein Henker!« rief der junge Mann und warf einen entsetzten Blick auf den Talisman.

»Wie verändert deine Stimme ist«, sagte Pauline und ließ das unheilvolle Symbol des Schicksals fallen.

»Liebst du mich?« fragte er.

»Ob ich dich liebe? Welch eine Frage!«

»Gut, dann laß mich allein, geh!«

Die arme Kleine trollte sich.

»Wie!« rief Raphaël, als er allein war, »in einem Jahrhundert der Aufklärung, da wir entdeckt haben, daß Diamanten Kohlenstoffkristalle sind, in einem Zeitalter, da alles eine Erklärung findet, da die Polizei einen neuen Messias vor Gericht stellen und seine Wunder von der Akademie der Wissenschaften überprüfen lassen würde, in einer Zeit, da wir an nichts mehr glauben als an die Unterschriften der Notare, da sollte ich, ausgerechnet *ich*, an eine Art Mene-Tekel-Upharsin[129] glauben? . . . Nein, bei Gott! Ich kann mir nicht vorstellen, daß das höchste Wesen einen Gefallen daran finden könnte, eine ehrenwerte Kreatur zu quälen . . . Wir wollen die Gelehrten befragen.«

Bald war er zwischen der Weinmarkthalle, einer ungeheuren Ansammlung von Tonnen, und der Salpêtrière[130], der riesigen Lehranstalt der Trunksucht, an einem kleinen Teich angelangt, wo sich Enten tummelten, die durch die Seltenheit ihrer Arten auffielen und deren Farbenpracht in der Sonne funkelte wie die Glasmalereien einer Kathedrale. Alle Enten der Welt waren hier versammelt, und sie quakten, schnatterten, wimmelten durcheinander und bildeten eine Art wider Willen einberufenes Entenparlament, zum Glück aber ohne Verfassung und politische Prinzipien. Sie lebten hier, ohne sich vor Jägern fürchten zu müssen, unter den Augen der Naturforscher, die sie gelegentlich betrachteten.

»Da ist Monsieur Lavrille«, sagte ein Schließer zu Raphaël, der nach diesem Hohepriester der Zoologie gefragt hatte.

Der Marquis sah ein kleines Männchen, das über die Betrachtung zweier Enten in ein tiefes Nachsinnen versunken war. Der Gelehrte war mittleren Alters und hatte ein sanftes Gesicht, das durch einen verbindlichen Ausdruck noch freundlicher schien; aber in seiner ganzen Erscheinung drückte sich die Zerstreutheit des Wissenschaftlers aus: seine Perücke, an der er sich unablässig kratzte, war abenteuerlich zurückgeschoben, ließ einen Kranz weißer Haare sehen und zeugte von der Entdeckerwut, die uns, wie alle Leidenschaften, so machtvoll von den Dingen dieser Welt ablenkt, daß wir das Bewußtsein für unser eigenes Ich verlieren. Als Mann der Wissenschaft und der Forschung bewunderte Raphaël diesen Naturforscher, dessen Nächte der Erweiterung der menschlichen Kenntnisse gewidmet waren und der noch mit seinen Irrtümern dem Ruhme Frankreichs diente; eine Zierpuppe hingegen hätte gewiß über die Lücke gelacht, die sich zwischen der Hose und der gestreiften Weste des Gelehrten auftat, wobei dieser Zwischenraum im übrigen keusch durch ein Hemd ausgefüllt wurde, das durch das Bücken und Wiederaufrichten im Verlauf seiner zoogenetischen Beobachtungen reichlich vorgebauscht war.

Nach ein paar einleitenden Höflichkeitsfloskeln hielt Raphaël es für angebracht, Monsieur Lavrille ein nichtssagendes Kompliment über seine Enten zu machen.

»Oh, Enten haben wir reichlich«, antwortete der Naturforscher. »Diese Gattung ist ja, wie Sie sicher wissen, die fruchtbarste in der Ordnung der Schwimmvögel. Sie beginnt beim *Schwan*, endet bei der *Krickente* und umfaßt hundertsiebenunddreißig verschiedene Arten, die alle ihre Namen, ihre Lebensgewohnheiten, ihre Heimat, ihr besonderes Aussehen haben und einander nicht ähnlicher sind als ein Weißer einem Neger. Sehen Sie, Monsieur, wenn wir eine Ente verspeisen, machen wir uns meist gar keine Vorstellung davon, wie ausgedehnt ...«

Er unterbrach sich beim Anblick einer hübschen kleinen Ente, die eben die Böschung des Teiches hinaufkletterte.

»Hier sehen Sie den Kragenschwan, einen Sohn Kanadas; der Arme hat eine weite Reise machen müssen, um uns sein graubraunes Gefieder und seine kleine schwarze Krawatte zu zeigen! Schauen Sie, er kratzt sich ... Dort sehen Sie die berühmte Daunengans oder *Eiderente*, unter deren Daunen unsere feinen Damen schlafen; ist sie nicht wunderschön? Wer würde nicht diesen niedlichen rötlichweißen Leib, diesen grünen Schnabel bewundern? Eben gerade, Monsieur«, fuhr er fort, »war ich Zeuge einer Paarung, die ich bislang für unmöglich gehalten hatte. Die Hochzeit ist glücklich vollzogen, und ich warte voller Ungeduld auf das Ergebnis. Ich hoffe, eine hundertachtunddreißigste Art zu erzielen, die dann vielleicht meinen Namen erhält! Sehen Sie, da haben wir das junge Paar«, sagte er und deutete auf zwei Enten. »Die eine ist eine Lachgans (*anas albifrons*), die andere die große Pfeifente (*anas ruffina* nach Buffon). Ich habe lange zwischen der Pfeifente, der Ente mit den weißen Brauen, und der Löffelente (*anas clypeata*) geschwankt; sehen Sie, dort ist die Löffelente, der dicke schwarzbraune Schlingel mit dem grünlichen Hals, der so kokett in den Farben des Regenbogens schillert. Aber, Monsieur, die Pfeifente hat eine Haube, und da werden Sie wohl begreifen, daß ich nicht mehr gezaudert habe. Es fehlt uns hier nur noch eine Varietät, die Schwarzkappenente. Die Herren behaupten einstimmig, daß diese Ente bloß eine Spielart der krummschnabeligen Knäkente sei, ich aber ...«

Er machte eine bewundernswerte Handbewegung, in der zugleich die Bescheidenheit und der Stolz des Gelehrten lagen, ein starrsinniger Stolz und eine selbstgefällige Bescheidenheit.

»Ich glaube das nicht«, fügte er hinzu. »Sie sehen, Monsieur, wir sind nicht zu unserm Vergnügen hier. Ich beschäftige mich zur Zeit mit der monographischen Darstellung der Gattung Ente ... Aber ich stehe Ihnen zu Diensten.«

Sie gingen in Richtung eines schönen Hauses in der Rue de Buffon, und Raphaël gab Monsieur Lavrille das Chagrinleder zur Untersuchung.

»Ich kenne dieses Produkt«, sagte der Gelehrte schließlich, nachdem er seine Lupe auf den Talisman gerichtet hatte. »Das war einmal der Überzug von irgendeiner Schachtel. Das Leder ist sehr alt! Heute benutzen die Futteralmacher lieber das Galuchat. Galuchat ist, wie Sie sicher wissen, die Haut des *Raia zephen*, eines Fisches aus dem Roten Meer.«

»Aber das hier, Monsieur, da Sie die ungemeine Güte haben ...«

»Das hier«, unterbrach ihn der Gelehrte, »ist etwas anderes: Zwischen Galuchat und Chagrin, Monsieur, besteht der gleiche Unterschied wie zwischen Ozean und Land, wie zwischen Fisch und Vierfüßer. Dabei ist die Haut des Fisches härter als die des Landtieres. Das hier«, sagte er und zeigte auf den Talisman, »ist, wie Sie sicher wissen, eins der seltsamsten Produkte der Zoologie.«

»Und das wäre?« rief Raphaël.

»Monsieur«, antwortete der Gelehrte und ließ sich in seinen Sessel sinken, »es ist eine Eselshaut.«

»Das weiß ich«, entgegnete der junge Mann.

»Es gibt in Persien«, fuhr der Naturforscher fort, »einen äußerst seltenen Esel, der Onager der Alten, *equus asinus*, der *Kulan* der Tartaren; Pallas[131] hat ihn in seiner Heimat beobachtet und der Wissenschaft geschenkt. Eigentlich hat dieses Tier lange als ein Phantasieprodukt gegolten. In der Heiligen Schrift wird es, wie Sie wissen, mehrfach erwähnt; Moses hat verboten, es mit seinen Artverwandten zu paaren. Aber berühmter noch ist der Onager durch die Schändungen, deren Opfer er war und von der die Propheten oft sprechen. Pallas erklärt, wie Sie wissen, in seinen *Act. Petrop.*, Band II, daß diese absonderlichen Ausschweifungen noch bei den Persern und den Nogaiern von der Religion gebilligt sind und als unübertreffliches Heilmittel gegen Nierenleiden und Hüftweh gelten. Wir armen Pariser haben von so was keine Ahnung! Unser Museum besitzt keinen Onager. Was für ein prächtiges Tier!« fuhr der Gelehrte fort. »Es steckt voller Geheimnisse; sein Auge ist von einer Art reflektierender Haut überzogen, dem die Orientalen eine bannende Kraft zuschreiben; sein Fell ist geschmeidiger und glatter als das unserer schönsten Pferde; es hat mehr oder weniger falbe Streifen und gleicht dem des Zebras. Seine Behaarung ist weich und voll und fühlt sich fettig an; sein Sehvermögen gleicht, was Genauigkeit und Schärfe anbelangt, dem des Menschen; er ist größer als unsere schönsten Hausesel und verfügt über einen außergewöhnlichen Mut. Wird er angefallen, so verteidigt er sich mit bemerkenswerter Überlegenheit gegen die wildesten Tiere; seine Schnelligkeit läßt sich nur mit dem Flug der Vögel vergleichen; bei einem Wettrennen, Monsieur, würde ein Onager die besten arabischen oder persischen Pferde weit hinter sich lassen.

Der Vater des gewissenhaften Dr. Niebuhr[132], dessen Verlust, wie Sie sicher wissen, wir seit kurzem zu beklagen haben, berichtet, daß der durchschnittliche Schritt dieser außergewöhnlichen Tiere siebentausend Feldmesserschritte in der Stunde beträgt. Unsere degenerierten Esel können uns gar keine Vorstellung von diesem wilden und stolzen Esel geben. Seine Haltung ist geschmeidig und lebhaft, sein Blick klug und verständig, seine Züge sind zierlich und seine Bewegungen überaus anmutig. Er ist der König der Tiere im Orient. Der Aberglaube der Türken und Perser schreibt ihm sogar eine geheimnisvolle Abstammung zu, und der Name Salomos taucht in den Geschichten auf, die in Tibet und der Tatarei von den Heldentaten erzählen, die man diesen edlen Tieren zuschreibt. Ein gezähmter Onager ist ein Vermögen wert; es ist so gut wie unmöglich, ihn in den Bergen zu fangen, wo er wie ein Reh davonspringt und zu fliegen scheint wie ein Vogel. Die Sage von dem geflügelten Pferd, unserem Pegasus, ist sicher in den Ländern entstanden, wo die Hirten oftmals einen Onager von einem Felsen zum andern haben springen sehen. Die Reitesel, die man in Persien durch die Kreuzung einer Eselin mit einem gezähmten Onager züchtet, werden nach einer uralten Tradition rot bemalt. Vielleicht geht unser Sprichwort ›Tückisch wie ein roter Esel‹ auf diesen Brauch zurück. Zu einer Zeit, da die Naturgeschichte in Frankreich im argen lag, wird, so denke ich, ein Reisender eins dieser seltsamen Tiere, die die Sklaverei nur widerwillig ertragen, mitgebracht haben. Daher die Redensart! Das Leder, das Sie mir da zeigen«, fuhr der Gelehrte fort, »stammt von der Haut eines Onagers. Über den Ursprung des Namens sind die Meinungen verschieden. Die einen behaupten, *Chagri* sei ein Wort aus dem Türkischen, andere sagen, *Chagri* sei die Stadt, in der diese Tierhaut einer chemischen Prozedur unterworfen wird, wie Pallas sie ziemlich genau beschreibt, und die ihr das charakteristische Narbenbild gibt, das wir an ihr bewundern; Martellens hat mir geschrieben, Châagri sei ein Bach ...«

»Monsieur, ich danke Ihnen, daß Sie mir Auskünfte erteilt haben, die einem Dom Calmet[133] Stoff zu einer trefflichen Anmerkung verschafft hätten, wenn die Benediktiner noch existierten; aber ich hatte mir erlaubt, Sie darauf hinzuweisen, daß dieses Stück hier ursprünglich so groß war ... wie diese Landkarte«, sagte Raphaël und zeigte Lavrille einen aufgeschlagenen Atlas; »seit drei Monaten jedoch ist sie deutlich zusammengeschrumpft ...«

»Schön«, antwortete der Gelehrte, »ich verstehe. Monsieur, die Haut eines jeden Lebewesens ist, wie leicht zu begreifen, einem natürlichen Verfall ausgesetzt, dessen Fortschreiten von atmosphärischen Einflüssen abhängt. Sogar die Metalle dehnen sich aus und ziehen sich zusammen, und zwar merklich; die Ingenieure haben beträchtliche Lücken zwischen Steinblöcken festgestellt, die ursprünglich von Eisenklammern fest zusammengehalten worden waren. Die Wissenschaft ist ein weites Feld, und das Leben des Menschen ist kurz. Wir maßen uns nicht an, alle Phänomene der Natur zu kennen.«

»Monsieur«, sagte Raphaël einigermaßen verwirrt, »entschuldigen Sie die Frage, die ich Ihnen jetzt stelle. Sind Sie ganz sicher, daß dieses Stück Leder den gewöhnlichen Gesetzen der Natur unterworfen ist und daß es sich ausdehnen läßt?«

»Natürlich ...! Donnerwetter ...!« rief Monsieur Lavrille, während er versuchte, an dem Talisman zu ziehen. »Aber, Monsieur«, fuhr er fort, »vielleicht gehen Sie einmal zu Planchette, dem berühmten Professor der Mechanik, der findet bestimmt ein Mittel, auf dieses Leder einzuwirken, es geschmeidig zu machen und zu dehnen.«

»Ach, Monsieur, Sie retten mir das Leben!«

Raphaël verabschiedete sich von dem gelehrten Naturforscher, eilte zu Planchette und ließ den guten Lavrille in seinem mit Glasflaschen und getrockneten Pflanzen vollgestopften Arbeitszimmer zurück. Ohne es zu wissen, hatte er bei diesem Besuch die gesamte menschliche Wissenschaft mit auf den Weg bekommen: eine Nomenklatur! Der wackere Lavrille ähnelte dem Sancho Pansa, der Don Quijote die Geschichte der Ziegen erzählt; er vertrieb sich die Zeit damit, Tiere zu zählen und zu numerieren. Am Rande des Grabes angelangt, kannte er kaum einen Bruchteil der unermeßlich großen Herde, die Gott zu einem unbekannten Zweck über den Ozean der Welten verteilt hat. Raphaël war zufrieden.

»Ich werde meinen Esel schon im Zaume halten!« rief er.

Schon vor ihm hatte Sterne gesagt: »Wir müssen unsern Esel schonen, wenn wir alt werden wollen.« Aber das Biest ist nun einmal störrisch!

Planchette war ein großer und hagerer Mann, ein wahrer Dichter, der in eine endlose Betrachtung versunken war, damit beschäftigt, in einen grundlosen Abgrund zu schauen: DIE BEWEGUNG. Der gewöhnliche Mensch hält solch erhabene Geister für Narren; als Unverstandene leben sie in einer bewundernswerten Unbekümmertheit um Luxus und Gesellschaft, bringen ganze Tage damit hin, eine ausgegangene Zigarre zu rauchen, oder kommen in einen Salon, ohne die Knöpfe ihres Anzugs mit den entsprechenden Knopflöchern wirklich genau zusammengebracht zu haben. Eines Tages, nachdem sie lange die Leere gemessen oder reihenweise X unter Aa–Gg geschrieben haben, haben sie irgendein Naturgesetz analysiert und das einfachste aller Prinzipien zerlegt; plötzlich bewundert die Menge eine neue Maschine oder einen Sturzkarren, dessen einfache Konstruktion uns erstaunt und verblüfft! Der bescheidene Gelehrte lächelt und sagt zu seinen Bewunderern: »Was habe ich denn schon geschaffen? Nichts. Der Mensch erfindet keine Kraft, er lenkt sie, und die Wissenschaft besteht darin, die Natur nachzuahmen.«

Raphaël fand den Mechaniker steif auf seinen beiden Füßen stehend wie ein Gehenkter, der geradewegs vom Galgen gefallen ist. Planchette beobachtete gerade eine Achatkugel, die über eine Sonnenuhr rollte, und wartete, daß sie liegenbliebe. Der arme Mann besaß weder Orden noch Pension, denn er verstand es nicht, seine Berechnungen ins rechte Licht zu rücken. Er war glücklich, auf der Lauer nach einer Entdeckung zu leben, dachte weder an den Ruhm noch an die Welt, noch an sich selbst und lebte in der Wissenschaft und für die Wissenschaft.

»Das ist unerklärlich«, rief er. – »Oh, Monsieur« fuhr er fort, als er Raphaël bemerkte, »Ihr ergebener Diener. Wie geht's der Mama? . . . Schauen Sie doch mal bei meiner Frau herein.«

»So hätte ich auch leben können!« dachte Raphaël, der den Gelehrten aus seinen Träumen riß, indem er ihm den Talisman zeigte und ihn fragte, wie man darauf einwirken könne.

»Mögen Sie auch über meine Leichtgläubigkeit lachen, Monsieur«, schloß der Marquis, »ich will Ihnen nichts verbergen. Dieses Stück Leder scheint mir eine Widerstandskraft zu besitzen, die nichts zu überwinden vermag.«

»Monsieur«, sagte Planchette, »die Menschen der Gesellschaft pflegen die Wissenschaft gemeinhin einigermaßen hochmütig zu behandeln, sie sprechen alle in etwa mit uns, wie ein Incroyable[134], der nach der Sonnenfinsternis mit ein paar Damen zu Lalande[135] kam und sagte: ›Haben Sie die Güte, und machen Sie das noch mal.‹ Was für eine Wirkung wollen Sie denn erzielen? Die Mechanik hat das Ziel, die Gesetze der Bewegung anzuwenden oder sie außer Kraft zu setzen. Was die Bewegung als solche betrifft, so erkläre ich Ihnen in aller Bescheidenheit, daß wir außerstande sind, sie zu definieren. Soviel vorausgesetzt, haben wir einige gleichbleibende Phänomene beobachtet, die die Veränderung der festen und flüssigen Stoffe bestimmen. Indem wir die Ursachen dieser Phänomene reproduzieren, können wir die Körper fortbewegen, eine Antriebskraft im Verhältnis zu einer bestimmten Geschwindigkeit auf sie übertragen, sie fortschleudern, sie einfach oder bis ins Unendliche teilen, sie zerbrechen oder sie pulverisieren; wir können sie drehen und rollen, wir können ihre Gestalt verändern, können sie zusammendrücken, dehnen und strecken. Diese Wissenschaft, Monsieur, beruht auf einer einzigen Tatsache. Sehen Sie die Kugel auf diesem Stein«, fuhr er fort. »Jetzt ist sie hier, und jetzt ist sie dort. Wie nennen wir diesen Vorgang, der physikalisch so natürlich und für den Geist so außergewöhnlich ist? Bewegung, Verlagerung, Ortsveränderung? Welch ungeheure Eitelkeit verbirgt sich hinter den Worten! Ist ein Name denn eine Lösung? Und doch beruht darauf die ganze Wissenschaft. Unsere Maschinen nutzen diesen Vorgang, diese Tatsache oder setzen sie außer Kraft. Wird dieses unscheinbare Phänomen auf große Massen übertragen, fliegt ganz Paris in die Luft. Wir können die Geschwindigkeit auf Kosten der Kraft erhöhen und die Kraft auf Kosten der Geschwindigkeit. Was aber ist Kraft und was Geschwindigkeit? Unsere Wissenschaft ist außerstande, darauf eine Antwort zu geben, so wie sie unfähig ist, eine Bewegung zu erschaffen. Eine Bewegung, gleich welcher Art, ist eine ungeheure Macht, und der Mensch erfindet keine Mächte. Die Macht ist ein Ganzes wie die Bewegung, die das Wesen der Macht ist. Alles ist Bewegung. Das Denken ist eine Bewegung. Die Natur beruht auf der Bewegung. Der Tod ist eine Bewegung, deren Bestimmung uns kaum bekannt ist. Wenn Gott ewig ist, so ist er, das können Sie mir glauben, immer in Bewegung. Vielleicht ist Gott die Bewegung. Darum ist die Bewegung unerklärlich wie er; sie ist unergründlich wie er, grenzenlos, unbegreiflich und unfaßbar. Wer hätte je die Bewegung berührt, erfaßt und gemessen? Wir spüren ihre Wirkungen, ohne sie zu sehen. Wir können sie sogar leugnen, wie wir Gott leugnen. Wo ist sie? Wo ist sie nicht? Von wo geht sie aus? Wo ist ihre Ursache? Wo ist ihr Ende? Sie umgibt uns, drückt uns und weicht uns aus. Sie ist offensichtlich wie eine Tatsache und dunkel wie eine Abstraktion, ist

Ursache und Wirkung in einem. Sie braucht wie wir den Raum, und was ist der Raum? Allein die Bewegung macht ihn uns deutlich; ohne die Bewegung ist er nicht mehr als ein Wort ohne Sinn. Wie die Leere, die Schöpfung und das Unendliche ist die Bewegung ein unlösbares Problem; sie verwirrt das menschliche Denken, und alles, was der Mensch zu begreifen vermag, ist, daß er sie nie begreifen wird. Zwischen jedem der Punkte, die diese Kugel nacheinander im Raum einnimmt«, fuhr der Gelehrte fort, »klafft für die menschliche Vernunft ein Abgrund, ein Abgrund, in den Pascal gestürzt ist. Um auf den unbekannten Stoff einzuwirken, den Sie einer unbekannten Kraft aussetzen wollen, müssen wir diesen Stoff zunächst untersuchen; je nach Beschaffenheit wird er bei einem Stoß zerbrechen oder wird ihm widerstehen; bricht er in Stücke, und ist es nicht Ihre Absicht, ihn zu teilen, so erreichen wir nicht das beabsichtigte Ziel. Wollen Sie ihn zusammenpressen, muß auf alle Teile des Stoffes die gleiche Bewegung einwirken, so daß der Raum zwischen ihnen gleichmäßig verringert wird. Wünschen Sie ihn auszudehnen, müssen wir versuchen, auf jedes Molekül eine gleiche exzentrische Kraft auszuüben; denn ohne die genaue Beachtung dieses Gesetzes würden wir den Zusammenhalt des Ganzen zerstören. Die Bewegung, Monsieur, kennt unendlich viele Arten und zahllose Kombinationen. Für welche Wirkung entscheiden Sie sich?«

»Monsieur«, sagte Raphaël ungeduldig, »ich wünsche mir irgendeinen Druck, der stark genug ist, dieses Stück Leder unbegrenzt auszudehnen.«

»Da der Stoff begrenzt ist«, antwortete der Mathematiker, »kann er nicht unbegrenzt ausgedehnt werden, aber der Druck vergrößert notwendigerweise seine Oberfläche auf Kosten seiner Dicke; sie wird immer dünner, bis es an Materie fehlt ...«

»Erreichen Sie dieses Ergebnis, Monsieur«, rief Raphaël, »und Sie haben sich Millionen verdient.«

»Ich würde Ihnen Ihr Geld stehlen«, antwortete der Professor mit dem Phlegma eines Holländers. »Ich will Ihnen mit wenigen Worten die Beschaffenheit einer Maschine beschreiben, unter der Gott selber zerquetscht würde wie eine Fliege. Sie ist imstande, einen Menschen in Löschpapier zu verwandeln, einen Mann mit Stiefeln, Sporen, Krawatte, Hut, Gold, Schmuck und allem ...«

»Was für eine furchtbare Maschine!«

»Statt ihre Kinder ins Wasser zu werfen, sollten die Chinesen sie lieber auf diese Weise nutzen«, fuhr der Gelehrte fort, ohne zu bedenken, daß der Mensch seiner Nachkommenschaft Achtung schuldig ist.

Ganz von seiner Idee erfüllt, griff Planchette nach einem leeren Blumentopf mit einem Loch im Boden und setzte ihn auf die Platte der Sonnenuhr; dann holte er etwas Tonerde aus einem Winkel des Gartens. Raphaël stand gebannt da wie ein Kind, dem seine Amme ein Märchen erzählt. Planchette legte seinen Ton auf die Platte, zog aus seiner Tasche ein Gartenmesser, schnitt zwei Holunderzweige ab und begann, sie auszuhöhlen, wobei er vor sich hinpfiff, als sei Raphaël gar nicht anwesend.

»Da haben wir die Bestandteile der Maschine«, sagte er.

Mit Hilfe eines aus dem Ton geformten Knies befestigte er eine der Holzröhren am Boden des Topfes, so daß das Loch des Holunders mit dem des Topfes verbunden war. Es sah aus wie eine übergroße Pfeife. Er breitete auf der Platte eine Tonschicht so aus, daß die Form einer Schaufel entstand, setzte den Blumentopf auf den breitesten Teil und befestigte den Holunderzweig daran wie einen Stiel. Schließlich brachte er etwas Ton am äußersten Ende des Holunderrohrs an und steckte den anderen hohlen Zweig senkrecht hinein, wobei er ein zweites Knie formte, das ihn so mit dem waagrechten Zweig verband, daß die Luft oder irgendeine Flüssigkeit in dieser improvisierten Maschine zirkulieren und von der Öffnung des senkrechten Rohrs durch den Verbindungskanal bis in den leeren Blumentopf gelangen konnte.

»Dieser Apparat, Monsieur«, sagte er zu Raphaël mit dem

Ernst eines Mitgliedes der Akademie, das seine Antrittsrede hält, »ist einer der schönsten Ruhmestitel des großen Pascal, der dafür unsere Bewunderung verdient.«

»Ich verstehe nicht . . .«

Der Gelehrte lächelte. Er nahm ein Fläschchen von einem Obstbaum, in dem sein Apotheker ihm eine Flüssigkeit zum Anlocken von Ameisen geschickt hatte; er schlug den Boden ab, so daß ein Trichter entstand, hielt ihn sorgfältig auf die Öffnung des hohlen Zweiges, den er senkrecht gegenüber dem großen Behältnis, das der Blumentopf bildete, in den Ton gesteckt hatte, und goß dann aus einer Gießkanne so viel hinein, daß es auf gleicher Höhe in dem großen Topf und dem kleinen kreisrunden Loch stand . . . Raphaël dachte an sein Chagrinleder.

»Monsieur«, sagte der Mechaniker, »noch heute gilt das Wasser als ein Körper, der sich nicht zusammenzieht, beachten Sie diesen Grundsatz; trotzdem läßt es sich komprimieren, aber so gering, daß wir seine Kontraktilität gleich Null setzen dürfen. Sehen Sie die Oberfläche des Wassers, das bis oben in den Blumentopf gelangt ist?«

»Ja, Monsieur.«

»Gut. Jetzt stellen Sie sich diese Oberfläche tausendmal größer vor als die Öffnung des Holunderzweigs, durch den ich die Flüssigkeit gegossen habe. Hier, ich nehme den Trichter weg . . .«

»Einverstanden.«

»Gut, Monsieur, wenn ich jetzt durch irgendein Mittel das Volumen dieser Masse vergrößere, indem ich noch mehr Wasser durch die Öffnung dieses kleinen Rohres schicke, dann wird die Flüssigkeit gezwungen, hier zu sinken und dort zu steigen, bis sie an beiden Orten wieder auf gleicher Höhe angelangt ist . . .«

»Das leuchtet ein«, rief Raphaël.

»Aber der Unterschied ist der«, fuhr der Gelehrte fort, »daß, während die dünne Wassersäule, die in dem kleinen senkrechten Rohr hinzugefügt worden ist, eine Kraft darstellt, die beispielsweise dem Gewicht eines Pfundes entspricht, daß sich dann in dem Blumentopf – da die Bewegung der Säule sich auf die flüssige Masse überträgt und auf alle Punkte der Wasseroberfläche einwirkt – tausend Wassersäulen befinden, die alle die Tendenz haben zu steigen, als wären sie von einer Kraft getrieben, die der entspricht, welche die Flüssigkeit in dem senkrechten Holunderzweig hinabdrückt, und also mit Notwendigkeit hier«, sagte Planchette und zeigte Raphaël die Öffnung des Blumentopfes, »eine Leistung hervorbringen, die tausendmal stärker ist, als die, welche dort zugeführt wurde.«

Und der Gelehrte wies den Marquis mit dem Finger auf das Holzrohr hin, das aufrecht in dem Ton steckte.

»Das ist ganz einfach«, sagte Raphaël.

Planchette lächelte.

»Mit anderen Worten«, fuhr er mit der hartnäckigen Logik fort, die den Mathematikern eigen ist, »um den Einbruch des Wassers zurückzudrücken, müßte man auf jeden Punkt der großen Oberfläche eine Kraft ausüben, die der entspricht, welche in dem senkrechten Rohr wirkt; mit dem Unterschied allerdings, daß, während die flüssige Säule hier einen Fuß hoch ist, die tausend kleinen Säulen der großen Oberfläche dort nur um ein Geringes ansteigen. Und jetzt«, sagte Planchette und stieß seine Holunderzweige beiseite, »denken wir uns diese lächerliche kleine Apparatur durch Metallrohre von genügender Stärke und Größe ersetzt; bedecken wir die flüssige Oberfläche des großen Reservoirs mit einer starken, beweglichen Platte, stellen wir ihr eine andere gegenüber, deren Widerstandskraft und Festigkeit erprobt ist, verschaffen wir uns weiterhin die Möglichkeit, unaufhörlich durch das kleine senkrechte Rohr der flüssigen Masse Wasser hinzuzufügen, so muß jeder Gegenstand zwischen den beiden festen Platten notwendigerweise dem gewaltigen Druck weichen und unaufhörlich zusammengepreßt werden. Beständig Wasser durch das kleine Rohr hinzuzufügen, das ist für die Mechanik ein Kinderspiel, ebenso das Verfahren, den Druck der flüssigen Masse auf eine Platte zu übertragen. Zwei Kolben und ein paar Ventile reichen dazu aus. Verstehen Sie nun, Verehrtester«, sagte er und faßte Valentin am Arm, »daß es schwerlich einen Stoff geben kann, der, wenn man ihn zwischen diese beiden unaufhörlich wirkenden Widerstände bringt, nicht gezwungen würde, sich auszudehnen?«

»Wie? Der Verfasser der *Lettres provinciales* ist der Erfinder von ...?« rief Raphaël.

»Er und kein anderer, Monsieur. Die Mechanik kennt nichts Einfacheres und nichts Schöneres. Das entgegengesetzte Prinzip, die Ausdehnungskraft des Wassers, hat die Dampfmaschine hervorgebracht. Aber das Wasser dehnt sich nur bis zu einem gewissen Grad, während seine Nichtkomprimierbarkeit, eine gewissermaßen negative Kraft, notwendigerweise unendlich ist.«

»Wenn dieses Stück Leder sich dehnt«, sagte Raphaël, »verspreche ich Ihnen, Blaise Pascal eine Kolossalstatue zu errichten, einen Preis von hunderttausend Francs für das schönste Problem der Mechanik zu stiften, das in jedem Jahrzehnt gelöst wird, Ihre Kusinen und Großkusinen auszustatten und schließlich ein Spital für verrückt gewordene oder verarmte Mathematiker zu bauen.«

»Das wäre sehr nützlich«, erwiderte Planchette. »Monsieur«, fuhr er mit der Ruhe eines Mannes fort, der ganz in der Sphäre des Geistes lebt, »lassen Sie uns morgen zu Spieghalter gehen. Dieser treffliche Mechaniker hat gerade nach meinen Plänen eine vervollkommnete Maschine gebaut, mit der ein Kind tausend Bund Heu in seinem Hut zusammenpressen könnte.«

»Auf morgen, Monsieur.«

»Auf morgen.«

»Da sage mir noch einer was gegen die Mechanik!« rief Raphaël. »Ist sie nicht die schönste aller Wissenschaften? Der andere mit seinen Wildeseln, seinen Klassifizierungen, seinen Enten, seinen Arten und seinen Gläsern voller Mißgeburten taugt bestenfalls dazu, in einem Kaffeehaus beim Billardspiel die Points zu markieren.«

In bester Laune begab Raphaël sich am andern Tag zu Planchette, und sie gingen zusammen in die Rue de la Santé, ein Name, der ein günstiges Vorzeichen schien. Spieghalters Werkstatt war riesengroß; der junge Mann sah überall rote und donnernde Eisenhämmer. Es war ein Regen von Feuer, eine Sintflut von Nägeln, ein Ozean von Kolben, Schrauben, Hebeln, Stangen, Feilen, Schraubenmuttern, ein Meer von Gußeisen, Holz, Ventilen und stählernen Stangen. Feilstaub behinderte die Atmung. In der Luft lag Eisen, die Männer waren mit Eisen bedeckt, alles stank nach Eisen, das Eisen lebte, war etwas Organisches, verflüssigte sich, lief und dachte, wobei es alle Formen annahm und allen Launen gehorchte. Durch das Geheul der Blasebälge, das *Crescendo* der Hämmer, das Pfeifen der Walzen, unter denen das Eisen ächzte, gelangte Raphaël in einen großen, sauberen und gut durchlüfteten Raum, in dem er in aller Ruhe die gewaltige Presse betrachten konnte, von der Planchette ihm erzählt hatte. Er bewunderte gußeiserne Röhren und Preßwangen aus Eisen, die durch einen unzerstörbaren Kern verbunden waren.

»Wenn Sie siebenmal rasch hintereinander diese Kurbel drehten«, sagte Spieghalter und zeigte auf einen Handgriff aus poliertem Eisen, »so würden Sie eine Stahlplatte in tausend Splitter zersprengen, die Ihnen wie Nadeln in die Beine führen.«

»Donnerwetter!« rief Raphaël.

Planchette legte eigenhändig das Chagrinleder zwischen die beiden Platten der mächtigen Presse, und erfüllt von der Sicherheit, die wissenschaftliche Überzeugungen verleihen, drehte er schnell an der Kurbel.

»Hinlegen, oder wir sind alle des Todes!« rief Spieghalter und warf sich flach auf den Boden.

Ein schreckliches Pfeifen gellte durch die Werkräume. Das in der Maschine enthaltene Wasser platzte aus dem Gußeisen, erzeugte einen Strahl von unvorstellbarer Kraft und richtete sich zum Glück auf einen alten Eisenhammer, den es umwarf, zerschmetterte und herumschleuderte, wie eine Windhose ein Haus erfaßt und mit sich reißt.

»Oh«, sagte Planchette vollkommen ruhig, »das Chagrinleder ist heil wie mein Auge! Meister Spieghalter, es war ein Sprung in Ihrem Guß oder irgendeine undichte Stelle im großen Rohr . . .«

»Nein, nein, ich kenne meinen Guß. Monsieur soll sein Zeug nur wieder mit nach Hause nehmen, da steckt der Teufel drin.«

Der Deutsche griff nach einem Schmiedehammer, warf das Leder auf einen Amboß und ließ mit all der Kraft, die der Zorn verleiht, den furchtbarsten Schlag auf den Talisman niedersausen, der je in seinen Werkstätten erdröhnt war.

»Er zeigt sich bloß nicht!« rief Planchette und streichelte das widerspenstige Leder.

Die Arbeiter kamen herbeigelaufen. Der Werkmeister nahm das Leder und warf es zwischen die Steinkohlen einer Schmiede. Alle standen im Halbkreis um das Feuer und beobachteten ungeduldig die Arbeit eines riesigen Blasebalgs. Raphaël, Spieghalter und Professor Planchette standen in der Mitte dieser schwarzen, aufmerksamen Schar. Als Raphaël all diese weißen Augen, diese mit Eisenstaub gepuderten Köpfe, diese schwarzen, glänzenden Kleider, diese behaarten Brüste sah, glaubte er sich in die nächtliche, phantastische Welt der deutschen Balladen versetzt. Der Werkmeister faßte das Leder, nachdem er es zehn Minuten in der Glut hatte liegen lassen, mit einer Zange.

»Geben Sie es mir«, sagte Raphaël.

Der Werkmeister streckte es Raphaël zum Spaß hin. Der Marquis nahm das Leder ohne weiteres in die Hand, es war kalt und geschmeidig. Die Arbeiter schrien vor Entsetzen auf und liefen davon. Valentin blieb allein mit Planchette in dem verlassenen Werkraum zurück.

»Kein Zweifel, es steckt etwas Teuflisches darin!« rief Raphaël verzweifelt. »Es gibt also wirklich keine menschliche Macht, die mir einen Tag dazugeben kann?«

»Monsieur, ich habe mich geirrt«, antwortete der Mathematiker mit zerknirschter Miene; »wir hätten dieses seltsame Stück Leder der Einwirkung eines Walzwerks aussetzen müssen. Wo habe ich bloß meine Augen gehabt, als ich Ihnen eine hydraulische Presse vorschlug?«

»Ich selber habe darum gebeten«, entgegnete Raphaël.

Der Gelehrte atmete auf wie ein Schuldiger, der von zwölf Geschworenen freigesprochen wird. Doch das eigenartige Problem, vor das ihn dieses Stück Leder stellte, interessierte ihn so, daß er einen Augenblick nachdachte und dann sagte:

»Wir müssen diesen unbekannten Stoff mit Reagenzien behandeln. Lassen Sie uns zu Japhet gehen, vielleicht hat die Chemie mehr Glück als die Mechanik.«

In der Hoffnung, den berühmten Chemiker Japhet in seinem Labor anzutreffen, trieb Raphaël sein Pferd zu einem scharfen Trab an.

»Na, alter Freund«, sagte Planchette, als er Japhet in einem Sessel sitzen und einen Niederschlag beobachten sah, »was macht die Chemie?«

»Sie schläft ein. Nichts Neues. Dabei hat die Akademie die Existenz des Salizin anerkannt. Aber Salizin, Asparagin, Vauquelin[136], Digitalin, das sind alles keine Entdeckungen ...«

»Da Sie keine Stoffe erfinden können«, sagte Raphaël, »bleibt Ihnen anscheinend nichts anderes übrig, als Namen zu erfinden.«

»Leider Gottes haben Sie recht, junger Mann!«

»Da«, sagte Professor Planchette zu dem Chemiker, »versuch doch mal, diesen Stoff zu zerlegen; wenn du irgendeinen neuen Grundstoff daraus gewinnst, so nenne ich ihn schon im voraus *Diabolin*, denn als wir ihn eben komprimieren wollten, haben wir damit eine hydraulische Presse gesprengt.«

»Schau, schau!« rief der Chemiker vergnügt, »das gibt vielleicht ein neues Element.«

»Monsieur«, sagte Raphaël, »es ist ganz einfach ein Stück Eselshaut.«

»Monsieur . . .,« sagte der berühmte Chemiker mit ernster Miene.

»Ich mache keinen Spaß«, antwortete der Marquis und hielt ihm das Chagrinleder hin.

Der Baron Japhet prüfte das Leder mit den Papillen seiner Zunge, die darin geübt war, Salze, Säuren, Alkalien und Gase zu kosten, und sagte nach einigen Versuchen:

»Schmeckt nach nichts. Nun wollen wir ihm mal ein bißchen Fluorsäure zu trinken geben.«

Obwohl das Leder mit diesem Stoff, der tierisches Gewebe so schnell zerstört, behandelt wurde, wies es keinerlei Veränderung auf.

»Das ist kein Chagrin!« rief der Chemiker. »Nun wollen wir diesen geheimnisvollen Unbekannten mal wie ein Mineral behandeln und ihm ordentlich einheizen; ich will es in einen Schmelztiegel legen, in dem ich gerade rote Pottasche habe.«

Japhet ging hinaus und kam bald wieder.

»Monsieur«, sagte er zu Raphaël, »gestatten Sie, daß ich ein Stück von diesem seltsamen Stoff behalte, er ist so außergewöhnlich, daß . . .«

»Ein Stück?« rief Raphaël; »nicht mal eins von Haaresbreite. Sie können es übrigens getrost versuchen«, sagte er mit einer Miene, die bekümmert und spöttisch zugleich war.

Der Gelehrte zerbrach ein Rasiermesser, als er das Leder anschneiden wollte, er versuchte, es mit einer starken elektrischen Ladung zu zerteilen, dann unterwarf er es der Wirkung der voltaischen Säule; kurz, alle Blitze seiner Wissenschaft blieben ohne Wirkung auf den schrecklichen Talisman. Es war sieben Uhr abends, Planchette, Japhet und Raphaël bemerkten nicht, wie die Zeit verging. Sie warteten auf das Ergebnis eines letzten Versuchs. Das Chagrinleder ging siegreich aus einem furchtbaren Angriff hervor, dem es mittels einer gehörigen Dosis Chlorstickstoff ausgesetzt worden war.

»Ich bin verloren!« rief Raphaël. »Hier spricht Gott. Ich werde sterben . . .«

Er ließ die beiden verdutzten Gelehrten stehen.

»Wir wollen uns hüten, dieses Abenteuer der Akademie zu erzählen, unsere Kollegen würden sich schön lustig über uns machen«, sagte Planchette zu dem Chemiker nach einer langen Pause, während derer sie einander anschauten und es nicht wagten, einander ihre Gedanken mitzuteilen.

Die beiden Gelehrten waren wie Christen, die aus ihrem Grab auferstehen und keinen Gott im Himmel finden. Die Wissenschaft? Ohnmächtig! Die Säuren? Reines Wasser! Die rote Pottasche? Blamiert! Die voltaische Säule und der Blitz? Kinderspielzeug!

»Eine hydraulische Presse zerbrochen wie ein Stück Brot!« sprach Planchette weiter.

»Ich glaube an den Teufel«, sagte Baron Japhet nach einem Augenblick des Schweigens.

»Und ich an Gott«, antwortete Planchette.

Sie blieben beide in ihrer Rolle. Für einen Mechaniker ist das Universum eine Maschine, die eines Arbeiters bedarf; für die Chemie, dieses Werk eines Dämons, der alles zersetzt, ist die Welt ein mit Bewegung begabtes Gas.

»Wir können die Tatsache nicht leugnen«, fuhr der Chemiker fort.

»Pah! Um uns zu trösten, haben die Herren Doktrinäre das nebulöse Axiom ›Dumm wie eine Tatsache‹ geschaffen.«

»Dein Axiom«, antwortete der Chemiker, »scheint mir nicht minder dumm zu sein«.

Sie mußten beide lachen und speisten zu Abend wie zwei Leute, die in einem Wunder nicht mehr als ein Phänomen sehen.

Auf dem Heimweg war Valentin von einer kalten Wut befallen; er glaubte an nichts mehr, seine Gedanken brodelten in seinem Hirn, kreisten und schwankten wie die eines jeden Menschen angesichts einer unmöglichen Tatsache. Er hatte ohne weiteres an irgendeinen geheimen Fehler in Spieghalters Maschine geglaubt, auch die Ohnmacht der Wissenschaft und des Feuers erstaunten ihn nicht; aber die Geschmeidigkeit des

Leders, wenn er es in die Hand nahm, und wiederum seine Härte, wenn die dem Menschen zur Verfügung stehenden Zerstörungsmittel auf es einwirkten, flößten ihm Schauder ein. Diese unbestreitbare Tatsache machte ihn schwindlig.

»Ich bin wahnsinnig«, sagte er sich. »Obwohl ich seit heute morgen nichts zu mir genommen habe, verspüre ich weder Hunger noch Durst, und in meiner Brust fühle ich eine Glut, die mich verzehrt . . .«

Er tat das Chagrinleder wieder in den Rahmen, in dem es bis vor kurzem gewesen, zog mit roter Tinte den augenblicklichen Umfang des Talismans nach und setzte sich in seinen Lehnsessel.

»Schon acht Uhr!« rief er. »Dieser Tag ist wie ein Traum vergangen.«

Er stützte den Ellbogen auf die Sessellehne, schmiegte den Kopf in die linke Hand und blieb in düstere Betrachtungen versunken, in aufreibende Gedanken, deren Geheimnis die zum Tode Verurteilten mit sich nehmen.

»Ach, Pauline!« rief er. »Armes Kind! Es gibt Abgründe, die die Liebe nicht zu überwinden vermag, trotz der Kraft ihrer Schwingen.«

In diesem Augenblick vernahm er ganz deutlich ein unterdrücktes Seufzen, und dank eines der rührendsten Vorrechte der Liebe erkannte er den Atem seiner Pauline.

»Ach«, sprach er vor sich hin, »das ist mein Todesurteil. Wenn sie jetzt da wäre, wollte ich in ihren Armen sterben.«

Ein unbeschwertes, fröhliches Lachen ertönte. Er wandte den Kopf nach seinem Bett und sah durch die durchscheinenden Vorhänge Paulines Gesicht. Sie strahlte, glücklich wie ein Kind, das sich über einen gelungenen Streich freut; ihr schönes Haar fiel in tausend Locken über ihre Schultern; sie lag da wie eine bengalische Rose auf einem Haufen weißer Rosen.

»Ich habe Jonathan bestochen«, sagte sie. »Gehört dieses Bett nicht mir, bin ich nicht deine Frau? Schimpf nicht mit mir, Liebling, ich wollte nur in deiner Nähe schlafen, dich überraschen. Verzeih mir diese Torheit.«

Mit einer katzenhaften Bewegung sprang sie aus dem Bett, stand strahlend schön in ihrem Musselin vor Raphaël und setzte sich ihm auf den Schoß.

»Von welchem Abgrund hast du gesprochen, Liebster?« fragte sie, und ein sorgenvoller Ausdruck trat auf ihre Stirn.

»Vom Tod.«

»Du tust mir weh«, antwortete sie. »Es gibt gewisse Gedanken, die wir armen Frauen nicht ertragen können, sie bringen uns um. Ist die Stärke der Liebe oder ein Mangel an Mut dafür verantwortlich? Ich weiß es nicht. Der Tod schreckt mich nicht«, fuhr sie lachend fort. »Mit dir zu sterben, morgen früh, gemeinsam, in einem letzten Kuß, das wäre eine Wonne. Mir ist, als hätte ich trotzdem schon über hundert Jahre gelebt. Was liegt an der Zahl der Tage, wenn wir in einer Nacht, in einer Stunde ein ganzes Leben in Frieden und Liebe ausgeschöpft haben?«

»Du hast recht, der Himmel spricht aus deinem hübschen Mund. Laß mich ihn küssen, und dann wollen wir sterben«, sagte Raphaël.

»Sterben wir also«, antwortete sie lachend.

Gegen neun Uhr morgens drang das Tageslicht durch die Spalten der Jalousien; obwohl die Musselinvorhänge es dämpften, konnte man bereits die reichen Farben des Teppichs und die seidenbezogenen Möbel des Schlafzimmers erkennen, in dem die beiden Liebenden ruhten. Da und dort glitzerte eine Vergoldung. Ein Sonnenstrahl traf das weiche Deckbett, das bei den Liebesspielen zu Boden gefallen war. Paulines Kleid hing über einem großen Stehspiegel und glich einer geheimnisvollen Gestalt. Die zierlichen Schuhe waren weit vor dem Bett zurückgelassen worden. Eine Nachtigall hatte sich aufs Fensterbrett gesetzt; ihr wiederholtes Trillern, ihr rascher Flügelschlag, als sie plötzlich davonflog, weckten Raphaël auf.

»Damit ich sterbe«, sagte er und dachte einen Gedanken zu Ende, den er im Traum begonnen hatte, »muß mein Organismus, dieser Apparat aus Fleisch und Knochen, den mein

Wille beseelt und der aus mir ein Individuum der Gattung Mensch macht, eine beträchtliche Schädigung aufweisen. Die Ärzte müßten die Symptome der angegriffenen Lebenskraft erkennen und mir sagen können, ob ich gesund oder krank bin.«

Er betrachtete seine schlafende Frau, die ihren Arm unter seinen Kopf gelegt hielt und ihn auf diese Weise noch im Schlummer mit der zärtlichen Fürsorge der Liebe umgab. Anmutig hingekuschelt wie ein Kind, das Gesicht zu ihm gewandt, schien Pauline ihn noch immer anzusehen, ihm einen hübschen, halboffenen Mund darzubieten, aus dem ein regelmäßiger, reiner Atem drang. Ihre kleinen, porzellanweißen Zähne hoben das Rot ihrer frischen Lippen hervor, um die ein Lächeln spielte; das Rosa ihres Teints war in diesem Augenblick noch kräftiger, das Weiß sozusagen noch weißer als in den verliebtesten Stunden des Tages. Ihre unschuldige Hingegebenheit, aus der so reines Vertrauen sprach, fügte dem Zauber der Liebe noch den wundervollen Reiz schlummernder Kindheit hinzu. Selbst die natürlichsten Frauen gehorchen während des Tages gewissen gesellschaftlichen Konventionen, welche die ursprünglichen Regungen ihrer Seele in Fesseln legen; der Schlaf jedoch scheint ihnen die Spontaneität des Lebens zurückzugeben, welche die Jahre der Kindheit ziert: Pauline war ohne Scham, wie eins der holden, himmlischen Geschöpfe, denen die Vernunft noch keine Gedanken in die Bewegungen, noch keine Geheimnisse in den Blick gelegt hat. Ihr Profil hob sich deutlich von dem feinen Batist der Kissen ab, breite Spitzenrüschen, die sich unter ihr gelöstes Haar mischten, gaben ihr ein leicht trotziges Aussehen; aber sie war inmitten der Liebesfreuden eingeschlafen; ihre langen Wimpern ruhten auf ihren Wangen, wie um ihren Blick vor allzu grellem Licht zu schützen oder um die Seele bei ihrem Versuch zu unterstützen, eine vollkommene, aber flüchtige Wollust festzuhalten; ihr niedliches, weißes und rosiges Ohr, das, von Haaren umspielt, aus einer Muschel von Mechelner Spitze hervorschaute, hätte einen

Künstler, einen Maler, einen Greis vor Liebe den Verstand verlieren oder gar einen Wahnsinnigen wieder zu Verstand kommen lassen. Unsere schlafende Geliebte zu sehen, wie sie unter unserem Schutz friedlich lächelnd schlummert, wie sie uns noch im Traum liebt, da alles Leben geschwunden zu sein scheint, uns einen stummen Mund darbietet, der uns noch im Schlaf vom letzten Kuß erzählt! Eine arglose Frau zu sehen, die halbnackt, aber in ihre Liebe wie in einen Mantel gehüllt, keusch inmitten der Unordnung daliegt, ihre verstreuten Kleidungsstücke zu bewundern, einen Seidenstrumpf, der am Abend vorher uns zu Gefallen rasch abgestreift wurde, ein gelöster Gürtel, aus dem grenzenloses Vertrauen spricht – ist das nicht eine namenlose Freude? Dieser Gürtel ist ein ganzes Gedicht; die Frau, die er schützte, existiert nicht mehr, sie gehört uns, sie ist ein Teil von uns geworden; sie fortan verraten hieße sich selbst verletzen. Raphaël sah sich gerührt in diesem Zimmer um, das voller Liebe, voller Erinnerungen war und das der Tag in ein wollüstiges Licht tauchte; dann kehrten seine Augen wieder zu dieser Frau mit den reinen, jungen Formen zurück, die immer noch liebte und deren Gefühle ungeteilt ihm gehörten. Er wünschte sich, ewig zu leben. Als sein Blick auf Pauline fiel, schlug sie sogleich die Augen auf, als habe ein Sonnenstrahl sie getroffen.

»Guten Morgen, lieber Freund«, sagte sie lächelnd. »Wie schön du bist, du Bösewicht!«

Liebe, Jugend, ein dämmriges Licht und Schweigen verklärten beider Gesichter mit dem Stempel der Anmut und schufen eines jener göttlichen Bilder, deren flüchtiger Zauber nur den ersten Tagen der Leidenschaft gehört, so wie Naivität und Unschuld die Attribute der Kindheit sind. Ach, die Frühlingsfreuden der Liebe gehen dahin wie das Lachen unserer Kindertage und leben nur noch in unserer Erinnerung, um uns – je nach den Launen der geheimnisvollen Vorgänge in unserem Inneren – zur Verzweiflung zu treiben oder mit einem Hauch des Trostes zu beschenken.

»Warum bist du aufgewacht?« sagte Raphaël. »Ich war so glücklich, dich schlafend zu sehen, daß ich geweint habe ...«

»Auch ich«, antwortete sie, »habe diese Nacht geweint, als ich dir zusah, während du schliefst, aber nicht vor Freude. Hör mal, mein Raphaël. Wenn du schläfst, ist dein Atem nicht frei, es rasselt etwas in deiner Brust, und das macht mir angst. Du hast im Schlafen so einen trockenen Husten, genau wie mein Vater, der an der Schwindsucht leidet. In dem Geräusch, das deine Lungen machen, habe ich einige der seltsamen Symptome dieser Krankheit wiedererkannt. Außerdem hattest du Fieber, da bin ich gewiß, deine Hand war feucht und glühend heiß ... Liebling, du bist jung«, fügte sie hinzu und schauderte zusammen, »du könntest noch geheilt werden, falls du unglücklicherweise ... Aber nein«, rief sie fröhlich, »es ist gar kein Unglück, die Krankheit ist ansteckend, sagen die Ärzte.«

Sie umschlang Raphaël mit ihren beiden Armen und sog seinen Atem mit einem dieser Küsse ein, darin die ganze Seele liegt:

»Ich mag nicht alt werden«, sagte sie. »Wir wollen beide jung sterben und mit den Händen voller Blumen in den Himmel kommen.«

»Dergleichen Pläne pflegt man zu schmieden, wenn man bei guter Gesundheit ist«, antwortete Raphaël und strich mit seinen Händen durch Paulines Haar.

Doch da bekam er einen furchtbaren Hustenanfall. Es war dieser schwere, hohle Husten, der aus dem Grab zu steigen scheint, der die Blässe auf die Stirn der Kranken treibt und sie zitternd und schweißgebadet zurückläßt, nachdem er ihre Nerven durchwühlt, ihre Rippen gerüttelt, ihr Rückenmark erschöpft und eine Art bleierne Schwere in ihre Adern gesenkt hat. Niedergeschlagen und bleich sank Raphaël zurück, er war erschöpft wie ein Mensch, der seine ganze Kraft in einer letzten Anstrengung verbraucht hat. Pauline sah ihn mit starren, angstvoll aufgerissenen Augen an und blieb regungslos, bleich und stumm.

»Laß uns keine Dummheiten mehr machen, mein Engel«, sagte sie, um Raphaël die furchtbaren Ahnungen zu verbergen, die sie quälten.

Sie schlug die Hände vor das Gesicht, denn sie sah das häßliche Skelett des TODES. Raphaëls Kopf war fahl und hohl wie ein Schädel, der für die Studien irgendeines Gelehrten den Tiefen eines Friedhofs entrissen worden ist. Pauline mußte an den Ausruf denken, der Valentin am Vorabend entschlüpft war, und sie sagte sich:

»Ja, es gibt Abgründe, die die Liebe nicht zu überwinden vermag, und wir müssen sie darin begraben.«

Ein paar Tage nach dieser trostlosen Szene saß Raphaël eines Morgens im März in einem Lehnstuhl, umgeben von vier Ärzten; sie hatten ihn am Fenster seines Schlafzimmers Platz nehmen lassen, wo es hell war, und fühlten ihm nacheinander den Puls, klopften ihn ab und befragten ihn scheinbar mit Interesse. Der Kranke belauschte ihre Gedanken, versuchte sowohl ihre Gesten als auch die kleinsten Falten auf ihrer Stirn zu deuten. Diese Konsultation war seine letzte Hoffnung. Diese obersten Richter sollten sein Urteil sprechen: Leben oder Tod. Um der Wissenschaft ihr letztes Wort zu entreißen, hatte Valentin die Orakel der modernen Medizin um sich versammelt. Dank seinem Vermögen und seinem Namen standen die drei Systeme, zwischen denen das menschliche Wissen sich hin und her bewegt, jetzt direkt vor ihm. Drei dieser Doktoren verkörperten die gesamte ärztliche Philosophie und stellten den Kampf dar, den der Spiritualismus, die Analyse und ein gewisser spöttischer Eklektizismus untereinander führen. Der vierte Arzt war Horace Bianchon, ein Mann der Zukunft und reicher Kenntnisse, vielleicht der hervorragendste unter den neuen Ärzten, der weise und bescheidene Vertreter der fleißigen Jugend, die sich anschickte, die Erbschaft der seit einem halben Jahrhundert von der École de Paris angehäuften Schätze anzutreten, und die vielleicht das Denkmal errichten wird, für das die vorangegangenen Jahrhunderte soviel unterschiedliches Material zusammengetragen haben. Er war ein Freund des Marquis und von Rastignac, hatte vor einigen Tagen die Behandlung des Kranken übernommen und half ihm jetzt, die Fragen der drei Professoren zu beantworten; mit einem gewissen Nachdruck wies er sie zuweilen auf die Symptome hin, die ihm eine Lungenschwindsucht anzuzeigen schienen.

»Zweifellos haben Sie sehr ausschweifend gelebt, haben ein zügelloses Leben geführt? Sie haben sich großen geistigen Anstrengungen ausgesetzt?« sagte einer der drei berühmten Ärzte, dessen eckiger Kopf, breites Gesicht und kräftiger Körperbau auf eine Begabung hindeutete, die der seiner beiden Gegner überlegen war.

»Ich habe mich durch die Ausschweifung umbringen wollen, nachdem ich drei Jahre lang an einem umfangreichen Werk gearbeitet hatte, mit dem Sie sich eines Tages vielleicht beschäftigen werden«, antwortete ihm Raphaël.

Der große Arzt nickte zum Zeichen seiner Zufriedenheit mit dem Kopf und murmelte in einer Art Selbstgespräch vor sich hin: »Ich wußte es!« Dieser Arzt war der berühmte Brisset, das Haupt der Organizisten, der Nachfolger eines Cabanis[137] und eines Bichat[138], der Doktor der positivistischen und materialistischen Geister, die im Menschen ein endliches Wesen sehen, das allein den Gesetzen seiner eigenen Organisation unterworfen ist und dessen Normalzustand oder schädliche Anomalien sich auf eindeutige Ursachen zurückführen lassen.

Nach Raphaëls Antwort blickte Brisset schweigend zu einem untersetzten Mann hin, dessen hochrotes Gesicht und glühendes Auge einem antiken Satyr zu gehören schienen; er lehnte mit dem Rücken an der Ecke der Fensternische und betrachtete Raphaël aufmerksam, ohne ein Wort zu sagen. Doktor Caméristus war ein schwärmerischer, gläubiger Mann, das Haupt der Vitalisten und der poetische Verfechter der abstrakten Lehren van Helmonts; er sah im menschlichen Leben ein geheimnisvolles höheres Prinzip, ein unerklärliches Phänomen, dem mit dem Skalpell nicht beizukommen ist, das die Chirurgie hinters Licht führt, das sich den Medikamenten der Pharmazie, dem X der Algebra, den Demonstrationen der Anatomie entzieht und all unsere Bemühungen verlacht; eine Art unfaßbare, unsichtbare, irgendeinem göttlichen Gesetz unterworfene Flamme, die oftmals in einem Körper weiterbrennt, den wir zum Tode verurteilt haben, gerade wie sie auch die lebenskräftigsten Naturen verläßt.

Ein sardonisches Lächeln glitt über die Lippen des dritten Mannes, des Doktor Maugredie. Er war ein herausragender Kopf, aber ein Skeptiker und Spötter, der einzig und allein an das Skalpell glaubte, Brisset den Tod eines Menschen zugestand, der sich bester Gesundheit erfreute, und mit Caméristus anerkannte, daß ein Mensch noch nach seinem Tode weiterleben könne. Er fand an allen Theorien etwas Gutes, machte sich keine zu eigen und behauptete, das beste System in der Medizin sei, keins zu haben und sich an die Tatsachen zu halten. Dieser wahre Panurg, dieser König der Beobachtung, große Forscher und Spötter, der Mann der verzweifelten Versuche musterte das Chagrinleder.

»Ich wäre nur zu gern Zeuge der Wechselwirkung zwischen Ihren Wünschen und seinem Zusammenschrumpfen«, sagte er zu dem Marquis.

»Wozu denn das?« rief Brisset.

»Wozu denn das?« wiederholte Caméristus.

»Oh, Sie sind sich einig«, antwortete Maugredie.

»An diesem Zusammenschrumpfen ist weiter nichts Besonderes«, fügte Brisset hinzu.

»Es ist übernatürlich«, sagte Caméristus.

»In der Tat«, entgegnete Maugredie und nahm eine ernste Miene an, während er Raphaël sein Chagrinleder zurückgab, »das Schrumpfen der Haut ist eine unerklärliche und doch natürliche Tatsache, die seit der Erschaffung der Welt die Medizin und die hübschen Frauen zur Verzweiflung bringt.«

Wie genau Valentin die drei Ärzte auch beobachtete, er entdeckte bei ihnen keinerlei Mitgefühl für seine Leiden. Alle drei blieben nach jeder seiner Antworten stumm, musterten ihn gleichgültig und befragten ihn, ohne ihn zu bedauern. Hinter ihrer Höflichkeit war Gleichgültigkeit zu spüren. Sei es, daß sie ihrer Sache sicher, sei es, daß sie in Überlegungen vertieft waren, ihre Äußerungen waren so spärlich, klangen so unbeteiligt, daß Raphaël zuweilen glaubte, sie wären mit ihren Gedanken ganz woanders. Einzig Brisset antwortete von Zeit zu Zeit mit »Gut! Schön!« auf all die besorgniserregenden Symptome, auf deren Vorhandensein Bianchon hingewiesen hatte. Cameristus blieb in tiefe Grübelei versunken; Maugredie ähnelte einem Komödiendichter, der zwei Originale studiert, um sie naturgetreu auf die Bühne zu bringen. Horaces Gesicht verriet großen Kummer, eine Rührung voller Traurigkeit. Er war noch nicht lange genug Arzt, um gefühllos angesichts von Schmerzen und teilnahmslos an einem Sterbebett zu sein; er brachte es nicht fertig, in seinen Augen die Tränen des Mitgefühls zu unterdrücken, die einen Menschen hindern, klar zu sehen und wie ein Feldherr den Augenblick wahrzunehmen, der für den Sieg geeignet ist, ohne die Schreie der Sterbenden zu hören. Nachdem sie ungefähr eine halbe Stunde darauf verwendet hatten, der Krankheit und dem Kranken gewissermaßen das Maß zu nehmen, wie ein Schneider Maß für den Hochzeitsanzug eines jungen Mannes nimmt, gaben sie einige Allgemeinplätze von sich, und begannen sogar, von öffentlichen Angelegenheiten zu sprechen; dann wollten sie sich in Raphaëls Arbeitszimmer zurückziehen, um einander ihre Gedanken mitzuteilen und das Urteil zu fällen.

»Meine Herren«, fragte Raphaël, »darf ich der Debatte nicht beiwohnen?«

Bei diesen Worten erhoben Brisset und Maugredie heftigen Einspruch und weigerten sich trotz der dringenden Bitten ihres Patienten, in seiner Gegenwart zu beraten. Raphaël fügte sich dem Brauch; ihm war eingefallen, daß er sich in einen Flur schleichen und leicht von dort aus die medizinische Diskussion verfolgen könne, die zwischen den drei Professoren entbrennen würde.

»Meine Herren«, sagte Brisset, kaum daß sie eingetreten, »gestatten Sie mir, Ihnen sogleich meine Meinung darzulegen. Ich will sie Ihnen weder aufdrängen noch sie bestritten sehen: erstens ist sie klar, sicher und das Ergebnis einer vollkommenen Übereinstimmung zwischen einem meiner Patienten und dem *Subjekt*, zu dessen Untersuchung man uns herbeigerufen hat; zweitens erwartet man mich in meiner Klinik. Die Bedeutung des Falles, der meine Anwesenheit dort notwendig macht, entschuldigt, daß ich als erster das Wort ergreife. Das *Subjekt*, mit dem wir es zu tun haben, ist gleichermaßen von geistigen Anstrengungen erschöpft ... – An was hat er eigentlich gearbeitet, Horace?« wandte er sich an den jungen Arzt.

»An einer ›Theorie des Willens‹.«

»Donnerwetter, das ist freilich ein weites Feld. – Er ist, sage ich, durch geistige Exzesse, durch eine fehlerhafte Ernährung, durch den wiederholten Gebrauch allzu starker Stimulantien erschöpft. Die heftige Beanspruchung des Körpers wie des Gehirns hat also die Funktionen des gesamten Organismus durcheinandergebracht. Es ist nicht weiter schwierig, meine Herren, in den Symptomen, die Gesicht und Körper erkennen lassen, eine starke Reizung des Magens, die Neurose des großen Sympathikus, die übergroße Sensibilität des Epigastriums und die Verengung des Hypochondriums zu erkennen. Sie haben die Anschwellung und das Hervortreten der Leber bemerkt. Schließlich hat Monsieur Bianchon die Verdauung seines Patienten ständig beobachtet und uns mitgeteilt, daß sie schwer und mühsam ist. Genau genommen gibt es gar keinen Magen mehr; der Mensch ist verschwunden. Der Intellekt leidet an Atrophie, weil der Mensch nicht mehr verdaut. Die fortschreitende Veränderung des Epigastriums, des Zentrums des Lebens, hat das gesamte System verdorben. Von ihm strahlen die dauernden und deutlich sichtbaren Störungen aus, sie haben durch das Nervengeflecht auf das Hirn übergegriffen, daher die außerordentliche Überreizung dieses Organs. Ein klarer

Fall von Monomanie. Der Kranke wird von einer fixen Idee verfolgt. Für ihn wird dieses Chagrinleder tatsächlich kleiner, möglicherweise ist es immer so groß gewesen, wie wir es gesehen haben; aber ob es sich nun zusammenzieht oder nicht, dieses Stück Leder ist für ihn die Fliege, die ein gewisser Großwesir auf seiner Nase sitzen hatte. Setzen Sie unverzüglich Blutegel an das Epigastrium, beruhigen Sie die Reizung dieses Organs, in dem der ganze Mensch enthalten ist, sorgen Sie dafür, daß der Patient Diät hält, und die Monomanie wird verschwinden. Weiter möchte ich dem Doktor Bianchon nicht vorgreifen; er muß die Behandlung im Allgemeinen und im Besonderen durchführen. Vielleicht liegt eine Komplikation der Krankheit vor, vielleicht sind auch die Atemwege in Mitleidenschaft gezogen; aber ich halte die Behandlung des Verdauungsapparates für weitaus wichtiger, notwendiger, dringender als die der Lungen. Die angespannte Beschäftigung mit abstrakten Gegenständen und heftige Leidenschaften haben schwere Störungen in diesem lebensnotwendigen Mechanismus verursacht; noch aber ist Zeit, seine ordnungsgemäße Funktion wiederherzustellen, noch ist nichts endgültig verdorben. Sie können Ihren Freund also leicht retten«, sagte er zu Bianchon.

»Unser gelehrter Kollege nimmt die Wirkung für die Ursache«, antwortete Caméristus. »In der Tat, die Störungen, die er so trefflich beobachtet hat, sind bei dem Patienten vorhanden; aber doch nicht der Magen hat diese Störungen in den Organismus und das Gehirn ausgestrahlt, so wie ein Loch in einer Glasscheibe strahlenförmig Sprünge um sich zieht. Es hat eines Stoßes bedurft, um die Scheibe zu durchlöchern; wer hat ihn geführt, diesen Stoß? Wissen wir es? Haben wir den Patienten genügend beobachtet? Kennen wir denn all die Zusammenhänge seines Lebens? Meine Herren, das Lebensprinzip, der *Archeus* des van Helmont, ist bei ihm angegriffen, die Lebenskraft selbst ist an ihrer Wurzel verletzt; der göttliche Funke, die transitorische Intelligenz, die der Maschine den Zusammenhalt gibt und den Willen erzeugt, das Bewußtsein des Lebens hat aufgehört, die täglichen Erscheinungen des Organismus und die Funktionen jedes Organs zu regeln: das verursacht die Störungen, die mein verehrter Herr Kollege ganz richtig konstatiert hat. Die Bewegung ist nicht vom Epigastrium zum Hirn, sondern vom Hirn zum Epigastrium verlaufen. Nein«, sagte er und schlug sich heftig auf die Brust, »nein, ich bin kein menschgewordener Magen! Nein, der Magen ist nicht alles. Ich habe nicht den Mut zu behaupten, daß, wenn mein Epigastrium in Ordnung ist, alles übrige bloße Formsache sei ...«

»Wir können«, fuhr er dann ruhiger fort, »die schweren Schädigungen, die bei unterschiedlich stark erkrankten Individuen auftreten, nicht auf ein und dieselbe physische Ursache zurückführen und auf die gleiche Weise behandeln. Kein Mensch gleicht dem andern. Wir alle haben besondere Organe, die unterschiedlich belastet, unterschiedlich ernährt sind und die geeignet sind, verschiedene Aufgaben zu erfüllen und der Bestimmung zu folgen, welche zur Vollendung einer uns unbekannten Ordnung der Dinge notwendig ist. Der Teil des großen Ganzen, der, einem höheren Willen gemäß, in uns das Phänomen des Lebens bewirkt und erhält, drückt sich in jedem Menschen auf unterschiedliche Weise aus und macht aus ihm ein Wesen, das scheinbar endlich ist, das aber in einem Punkt mit einer unendlichen Ursache verbunden ist. Daher müssen wir jedes Subjekt gesondert betrachten, es studieren, erkennen, worin sein Leben besteht, welche Kraft ihm eigen ist.

Zwischen der Weichheit eines nassen Schwamms und der Härte eines Bimssteins gibt es unendliche Abstufungen. So auch beim Menschen. Welch ein Unterschied besteht zwischen dem schwammigen Organismus der Lymphatiker und der metallischen Muskelhärte mancher Menschen, die zu einem langen Leben bestimmt sind! Was für Fehler beginge da das einheitliche, unabänderliche System der Heilung durch Niederschlagen und Unterwerfung der menschlichen Kräfte, die Sie grundsätzlich für gereizt halten! Im vorliegenden Fall trete ich für eine rein seelische Behandlung ein, eine tiefgehende Prüfung des inneren Wesens. Suchen wir die Ursache des Übels in den Eingeweiden der Seele und nicht in den Eingeweiden des Körpers! Ein Arzt ist ein erleuchtetes, mit einer besonderen Gabe begnadetes Wesen: Gott gewährt ihm die Macht, in der Lebenskraft zu lesen, wie er den Propheten Augen gibt, die Zukunft zu schauen, den Dichtern die Fähigkeit, die Natur zu beschwören, und den Musikern ermöglicht, die Töne in eine harmonische Ordnung zu bringen, deren Urbild vielleicht dort droben ist . . . !«

»Immer kommt er uns mit seiner absolutistischen, monarchistischen und religiösen Medizin!« brummte Brisset.

»Meine Herren«, warf Maugredie ein und übertönte damit rasch Brissets Einwand, »wir wollen doch den Kranken nicht aus den Augen verlieren . . .«

»So steht es also um die Wissenschaft!« rief Raphaël bekümmert. »Meine Heilung bewegt sich zwischen einem Rosenkranz und einem Kranz von Blutegeln, zwischen dem Skalpell Dupuytrens[139] und dem Gebet des Prinzen von Hohenlohe[140]. Auf der Linie, die die Tatsache vom Wort, die Materie vom Geist trennt, steht Maugredie und zweifelt. Das *Ja und Nein* des Menschen verfolgt mich überall! Immer das *Carymary, Carymara* des Rabelais: ich bin geistig krank, carymary! Oder körperlich krank, carymara! Ob ich am Leben bleibe? Sie wissen es nicht. Planchette war wenigstens ehrlicher, als er mir antwortete: ›Ich weiß es nicht‹.«

In diesem Augenblick vernahm Valentin die Stimme des Doktor Maugredie:

»Der Patient ist ein Monomane, also gut, einverstanden!« rief er; »aber er hat zweihunderttausend Francs Rente: diese Art Monomanen sind höchst selten, und wir schulden ihnen zumindest einen Rat. Ob nun sein Epigastrium auf das Hirn oder das Hirn auf sein Epigastrium eingewirkt hat, diese Frage können wir vielleicht klären, wenn er tot ist. Fassen wir uns kurz. Er ist krank, das steht fest. Auf irgendeine Weise muß er also behandelt werden. Lassen wir die Doktrinen aus dem Spiel. Setzen wir ihm Blutegel an, um die Reizung des Verdauungssystems und die Neurose, über deren Vorhandensein wir uns einig sind, zu beruhigen, und schicken wir ihn in ein Bad: auf diese Weise wenden wir beide Systeme zugleich an. Ist er schwindsüchtig, so können wir ihn sowieso kaum retten, daher ...«

Raphaël verließ rasch den Flur und setzte sich wieder in seinen Lehnstuhl. Bald darauf kamen die vier Ärzte aus dem Arbeitszimmer. Horace führte das Wort und sagte zu ihm:

»Die Herren haben sich einstimmig für die Notwendigkeit des sofortigen Ansetzens von Blutegeln in der Magengegend ausgesprochen sowie für die Dringlichkeit einer zugleich körperlichen und seelischen Behandlung. Zunächst eine diätetische Ernährung, um die Reizung Ihres Organismus abklingen zu lassen ...«

Hier machte Brisset ein Zeichen der Zustimmung.

»Alsdann eine hygienische Lebensweise, um auf Ihre geistige Verfassung einzuwirken. Wir raten Ihnen also einstimmig, die Heilquellen von Aix in Savoyen oder aber die von Mont-Dore in der Auvergne aufzusuchen, sofern Sie die vorziehen sollten; die Luft und die Lage von Savoyen sind angenehmer als die des Cantal, doch entscheiden Sie selbst.«

Hier war ein Kopfnicken des Doktor Caméristus zu verzeichnen.

»Die Herren«, fuhr Bianchon fort, »haben leichte Störungen Ihres Atmungsapparates festgestellt und sind sich über die Nützlichkeit meiner bislang getroffenen Maßnahmen einig. Sie meinen, Ihre Heilung sei nicht weiter schwierig und hänge von einem klugen Wechsel in der Anwendung dieser verschiedenen Mittel ab ... Und ...«

»Und also sind wir genauso schlau wie vorher!« sagte Raphaël lächelnd und zog Horace in sein Arbeitszimmer, um ihm das Honorar für diese nutzlose Konsultation auszuhändigen.

»Sie sind doch nur konsequent«, antwortete der junge Arzt. »Caméristus fühlt, Brisset beobachtet, und Maugredie zweifelt. Hat der Mensch denn nicht eine Seele, einen Körper und einen Verstand? Eine dieser drei Grundursachen wirkt mehr oder minder in uns, und die menschliche Wissenschaft wird eben immer menschlich sein. Glaub mir, Raphaël, wir heilen nicht selbst, wir helfen nur der Heilung. Zwischen der Medizin von Brisset und der von Caméristus gibt es noch die Methode des Abwartens; aber um die mit Erfolg anzuwenden, müßte man seinen Patienten seit zehn Jahren kennen. Die Medizin basiert auf Negation wie alle Wissenschaften. Versuch also, vernünftig zu leben, versuch es mit einer Reise nach Savoyen! Das Beste ist und bleibt, sich der Natur anzuvertrauen.«

Einen Monat später waren an einem schönen Sommerabend einige Badegäste von Aix nach der Rückkehr von ihrer Promenade in den Salons des Kurhauses versammelt. Raphaël saß an einem Fenster, mit dem Rücken gegen die Gesellschaft, allein, versunken in ein stumpfes Brüten, in dem unsere Gedanken kommen, sich aneinanderreihen und wieder verschwinden, ohne recht Gestalt anzunehmen, und wie leichte, zart getönte Wolken in uns vorüberziehen. Die Trauer ist in solchen Augenblicken sanft, die Freude gedämpft, und die Seele fast eingeschlummert. Valentin überließ sich diesem Leben der Sinne, badete in der lauen Atmosphäre des Abends und sog die reine, würzige Bergluft ein, glücklich, keinen Schmerz zu fühlen und sein drohendes Chagrinleder endlich zur Ruhe gebracht zu haben. Das letzte Rot des Sonnenunterganges erlosch über den Gipfeln, es wurde kühler. Er verließ seinen Platz und schloß das Fenster.

»Monsieur«, sagte eine alte Dame zu ihm, »würden Sie wohl die Güte haben, das Fenster nicht zu schließen? Wir ersticken ...«

Dieser Satz verletzte Raphaëls Ohr durch Dissonanzen von eigenartiger Schrille; er war wie das Wort, das einem Mann entschlüpft, an dessen Freundschaft wir haben glauben wollen, und das eine holde Illusion zerstört, indem es einen Abgrund von Egoismus verrät. Der Marquis sah die alte Frau mit dem kalten Blick eines gefühllosen Diplomaten an, rief einen Diener und befahl ihm trocken:

»Öffnen Sie das Fenster!«

Bei diesen Worten zeigte sich deutliches Erstaunen auf allen Gesichtern. Die Anwesenden begannen zu tuscheln und blickten den Kranken mit mehr oder minder beredter Miene an, als habe er eine grobe Unverschämtheit begangen. Raphaël, der seine ursprüngliche Jünglingsschüchternheit nicht gänzlich abgelegt hatte, spürte eine Regung der Scham in sich aufsteigen; aber er schüttelte seine Beklommenheit ab, gewann seine Energie zurück und verlangte von sich selber Rechenschaft über diese sonderbare Szene. Plötzlich belebte eine rasche Bewegung sein Hirn, die Vergangenheit erschien ihm in einer deutlichen Vision: Die Ursachen des Gefühls, das er hervorrief, traten plastisch hervor wie die Adern eines Leichnams, an dem die Naturforscher mittels einer entsprechenden Injektion die zartesten Verästelungen sichtbar gemacht haben; er erkannte sich selbst in diesem flüchtigen Bild, verfolgte sein Leben, Tag für Tag, Gedanken für Gedanken; er sah sich darin, nicht ohne Staunen, düster und zerstreut inmitten dieser lachlustigen Gesellschaft; sah, wie er immerzu an sein Schicksal dachte, mit seinem Leiden beschäftigt war, das harmloseste Gespräch zu verschmähen schien, die flüchtigen Vertraulichkeiten scheute, die sich rasch zwischen Reisenden anbahnen, weil sie zweifellos damit rechnen, einander nie wieder zu begegnen; sah, wie er sich wenig um die andern bekümmerte und einem dieser Felsen glich, die unempfindlich gegen das Kosen wie das Wüten der Wogen sind.

Dann, dank einer seltenen Intuitionsgabe, las er in all den Seelen: Im Schein eines Leuchters entdeckte er den gelben Schädel und das sardonische Profil eines alten Mannes und erinnerte sich, daß er ihm sein Geld abgewonnen hatte, ohne ihm Revanche anzubieten; ein Stück weiter bemerkte er eine hübsche Frau, gegen deren herausfordernde Blicke er kalt geblieben war; jedes Gesicht warf ihm ein Unrecht vor, das scheinbar unerklärlich ist, dessen Vergehen aber immer in einer unsichtbaren Kränkung der Eigenliebe besteht. Unwissentlich hatte er all die kleinen Eitelkeiten, die um ihn kreisten, verletzt. Die Gäste seiner Feste oder all diejenigen, denen er seine Pferde zur Verfügung gestellt hatte, hatten sich über seinen Wohlstand geärgert; überrascht ob ihrer Undankbarkeit hatte er ihnen diese Art Kränkung erspart: Fortan glaubten sie sich verschmäht und ziehen ihn des Dünkels.

Er durchforschte solcherart den Grund der Herzen und vermochte es mit einem Mal, ihre geheimsten Regungen zu entziffern; die Gesellschaft, ihre Höflichkeit, ihr Firnis widerten ihn an. Weil er reich war und einen überlegenen Geist besaß, wurde er beneidet und gehaßt; sein Schweigen enttäuschte die Neugier, seine Bescheidenheit nahmen diese engherzigen und oberflächlichen Menschen als Hochmut. Er erriet das verborgene, unverzeihliche Verbrechen, dessen er sich ihnen gegenüber schuldig gemacht hatte: er hatte sich der Gerichtsbarkeit ihres Mittelmaßes entzogen. Er lehnte sich gegen ihre despotische Neugier auf, er brauchte sie nicht; um sich für dieses heimliche Königtum zu rächen, hatten sich alle instinktiv verbündet, um ihn ihre Macht spüren zu lassen, ihn einer Art Scherbengericht zu unterwerfen und ihm zu zeigen, daß auch sie ihn nicht brauchten.

Zunächst ergriff ihn Mitleid bei diesem Anblick der Welt; bald aber schauderte ihn, als er sich der geschmeidigen Macht erinnerte, die ihm so den körperlichen Schleier lüftete, hinter dem die innere Natur verborgen ist, und er schloß die Augen, wie um nichts mehr zu sehen. Plötzlich senkte sich ein schwarzer Vorhang über das düstere Bild der Wahrheit, und er fand sich allein in der furchtbaren Einsamkeit, die das Los der Großen und Mächtigen ist. In diesem Augenblick überkam ihn ein heftiger Hustenanfall. Weit davon entfernt, ein einziges dieser gleichgültigen und banalen Worte zu vernehmen, mit denen die zufällig zusammengeführten Mitglieder der guten Gesellschaft wenigstens eine Art höfliches Mitleid vorgeben, hörte er feindselige Rufe und leise gemurmelte Beschwerden. Weil er sie möglicherweise durchschaute, geruhte die Gesellschaft nicht einmal mehr, sich um seinetwillen zu verstellen.

»Seine Krankheit ist ansteckend ...«

»Die Direktion müßte ihm den Zutritt zum Kurhaus verbieten.«

»Der hustet ja schlimmer, als es die Polizei erlaubt!«

»Wenn ein Mensch so krank ist, dann gehört er nicht in einen Badeort ...«

»Der wird mich noch von hier vertreiben!«

Raphaël stand auf, um sich der allgemeinen Verwünschung zu entziehen, und begann auf und ab zu spazieren. Er suchte Beistand und trat zu einer alleinsitzenden jungen Frau, um ihr ein paar Schmeicheleien zu sagen; doch als er näher kam, kehrte sie ihm den Rücken und tat, als sähe sie den Tänzern zu. Raphaël fürchtete, an diesem Abend bereits seinen Talisman in Anspruch genommen zu haben; er verspürte weder den Willen noch den Mut, ein Gespräch zu beginnen, verließ den Salon und zog sich in das Billardzimmer zurück. Dort sprach niemand mit ihm, keiner grüßte ihn oder bedachte ihn mit einem Blick, aus dem auch nur das leiseste Wohlwollen sprach. Sein von Natur aus nachdenklicher Geist entdeckte ihm intuitiv die allgemeine und begreifbare Ursache der Abneigung, die er hervorgerufen hatte. Diese kleine Welt gehorchte, vielleicht ohne es zu wissen, dem großen Gesetz, das die vornehme Gesellschaft regiert, deren unversöhnliche Moral sich vor Raphaëls Augen vollends enthüllte. Ein Blick zurück zeigte ihm das vollkommene Urbild dieser Gesellschaft in Feodora. Er würde hier nicht mehr Mitgefühl für seine Leiden finden als bei Feodora für die Qualen seines Herzens. Die feine Gesellschaft verbannt die Unglücklichen aus ihrer Mitte, wie ein Mensch von kräftiger Gesundheit einen Krankheitsträger aus seinem Körper vertreibt. Die Gesellschaft verabscheut Schmerzen und Mißgeschicke, sie fürchtet sie wie eine ansteckende Krankheit, und zwischen ihnen und dem Laster schwankt sie nie: Laster ist für sie ein Luxus. Wie erhaben ein Unglück auch sein mag, die Gesellschaft weiß es herabzuwürdigen, es durch ein Witzwort lächerlich zu machen; sie zeichnet Karikaturen, um den entthronten Königen die Kränkungen an den Kopf zu werfen, die sie von ihnen erlitten zu haben glaubt; wie die jungen Römerinnen im Zirkus begnadigt sie den zu Boden gegangenen Gladiator niemals; sie lebt von Gold und Spott ... *Tod den Schwachen!* So lautet die Losung dieser Art Ritterorden, der in allen Nationen der Erde heimisch ist, denn überall gibt es Reiche, und dieses Wort ist tief in den Herzen eingegraben, die vom Überfluß versteinert oder vom aristokratischen Dünkel geschwollen sind. Man stelle sich die Kinder in einem Collège vor! Ein Bild der Gesellschaft im kleinen, aber ein Bild, das um so wahrer ist, als es naiver und ehrlicher ist; immer finden sich da kleine Heloten, Geschöpfe des Leidens und des Schmerzes, die unaufhörlich zwischen Verachtung und Mitleid stehen: ihrer ist das Himmelreich, sagt das Evangelium. Steigen wir noch etwas tiefer auf der Stufenleiter der Lebewesen. Wenn unter dem Federvieh eines Hühnerhofs eines krank ist, verfolgen die andern es mit Schnabelhieben, reißen ihm die Federn aus und töten es.

Diesem Grundgesetz des Egoismus entsprechend geht die Gesellschaft gegen alles Unglück, das keck genug ist, ihre Feste zu stören, ihre Freuden zu trüben, mit unerbittlicher Strenge vor. Wer an Leib oder Seele leidet, wem es an Geld oder Macht fehlt, der ist ein Paria! Möge er in der Wüste seiner Einsamkeit bleiben! Überschreitet er deren Grenzen, begegnet ihm überall grausame Kälte: frostige Blicke, frostiges Benehmen, kühle Worte, kalte Herzen; er kann noch von Glück sagen, wenn er nicht Schimpf und Schande erntet, wo eigentlich ein Trost für ihn blühen müßte! – Sterbende, bleibt in eurem verlassenen Bett. Greise, bleibt allein an eurem erloschenen Herd. Arme Mädchen ohne Mitgift, erfriert und verschmort in euren einsamen Dachstuben. Duldet die Gesellschaft ein Unglück, dann nur, um es sich für den eigenen

Gebrauch zurechtzumachen, einen Nutzen daraus zu ziehen, ihm eine Schabracke und einen Packsattel aufzulegen, es an die Kandare zu nehmen, zu besteigen und in ein Vergnügen zu verwandeln. Ihr wunderlichen Gesellschaftsdamen, schafft euch fröhliche Gesichter an; ertragt die Launen eurer vorgeblichen Wohltäterin; tragt ihre Hunde; seid wie ihre Affenpinscher, unterhaltet sie, erratet ihre Wünsche und haltet den Mund! Und du, König der Lakaien ohne Livree, schamloser Schmarotzer, laß deinen Charakter daheim; verdaue, wie dein Gastgeber verdaut, weine seine Tränen, lache sein Lachen, nimm seine Bosheiten für Annehmlichkeiten; willst du über ihn lästern, so warte seinen Sturz ab. So ehrt die Gesellschaft das Unglück: sie tötet oder verjagt es, erniedrigt oder kastriert es.

Diese Betrachtungen entsprangen Raphaëls Seele mit der Raschheit einer poetischen Inspiration; er schaute um sich und fühlte die unheimliche Kälte, die die Gesellschaft verbreitet, um das Elend zu vertreiben, und die noch eisiger durch die Seele fährt als der Nordwind im Dezember durch die Glieder. Er kreuzte die Arme über der Brust, lehnte sich mit dem Rücken an die Wand und versank in tiefe Schwermut. Er dachte, wie wenig Glück diese furchtbare Ordnung der Welt gewährt. Worin bestand es denn? In Amüsements ohne Spaß, in Fröhlichkeit ohne Vergnügen, in Festen ohne Freude, in Räuschen ohne Wollust, kurz, es war das Holz oder die Asche eines Herdes, aber ohne jeden Funken Feuer. Als er wieder aufblickte, sah er, daß er allein war, die Spieler waren geflohen.

»Ich brauchte ihnen bloß meine Macht zu zeigen, und sie würden meinen Husten vergöttern!« sagte er sich.

Bei diesem Gedanken warf er die Verachtung wie einen Mantel zwischen sich und die Welt.

Am nächsten Tag besuchte ihn der Badearzt mit teilnahmsvoller Miene und erkundigte sich besorgt nach seinem Befinden. Raphaël empfand eine Regung der Freude, als er solch freundschaftliche Worte vernahm. Er fand die Züge des Doktors sanft und gütig, aus den Locken seiner blonden Perücke wehte Menschenliebe, der Schnitt seines karierten Anzuges, die Falten seiner Hose, seine Schuhe, die breit wie die eines Quäkers waren, alles, sogar der Puder, der von seinem kleinen Zopf kreisförmig über seinen leicht gebeugten Rücken gestreut worden war, zeugte von einem apostolischen Charakter, drückte christliche Nächstenliebe und die Ergebenheit eines Mannes aus, der sich aus Beflissenheit, im Dienste seiner Patienten, genötigt hatte, so gut Whist und Tricktrack zu spielen, daß er ihnen stets ihr Geld abgewann.

»Herr Marquis«, sagte er, nachdem er lange mit Raphaël geplaudert hatte, »sicherlich werde ich Ihre Betrübnis zerstreuen können. Ich kenne jetzt Ihre Konstitution gut genug, um Ihnen zu versichern, daß die Pariser Ärzte, deren großes Können mir bekannt ist, sich in der Natur Ihrer Krankheit geirrt haben. Wenn Sie nicht irgendeinen Unfall haben, Herr Marquis, werden Sie alt wie Methusalem. Ihre Lungen sind so kräftig wie die Blasebälge einer Schmiede, und Ihr Magen könnte es mit einem Straußenmagen aufnehmen; aber wenn Sie in einem Höhenklima bleiben, laufen Sie Gefahr, schnell und sicher in geweihte Erde zu kommen. Zwei Worte, und der Herr Marquis werden mich verstehen. Die Chemie hat bewiesen, daß die Atmung des Menschen ein echter Verbrennungsprozeß ist, dessen mehr oder minder große Intensität davon abhängt, ob der Organismus eines Individuums viel oder wenig phlogistische Stoffe angesammelt hat. Bei Ihnen ist das Phlogiston im Überfluß vorhanden; Sie sind, wenn ich mich so ausdrücken darf, überoxygeniert infolge des hitzigen Naturells aller zu großen Leidenschaften fähigen Menschen. Wenn Sie die starke und reine Luft atmen, die Menschen mit schlaffen Nervenfibern belebt, dann unterstützen Sie noch einen ohnehin schon zu schnellen Verbrennungsprozeß. Eine der Grundbedingungen für Ihre Existenz ist also die dicke Luft der Ställe, der Täler. Ja, die Lebensluft für den vom Genie verzehrten Mann findet sich auf den fetten Weiden Deutschlands, in Baden-Baden oder Teplitz. Fahren Sie nach

England, sofern es Ihnen nicht davor graust, das Nebelklima dort wird Ihre innere Glut dämpfen; unser Bad aber, das tausend Fuß über dem Spiegel des Mittelmeers liegt, ist verderblich für Sie. Da haben Sie meinen Rat«, sagte er mit einer bescheidenen Handbewegung; »ich erteile ihn gegen unsere Interessen, denn wenn Sie ihn befolgen, haben wir das Pech, Sie zu verlieren.«

Ohne diese letzten Worte hätte Raphaël sich von der falschen Güte des honigsüßen Arztes täuschen lassen; aber er war ein zu genauer Beobachter, um nicht aus dem Ton, der Geste und dem Blick, die diesen etwas spöttischen Satz begleiteten, den Auftrag zu erraten, mit dem der kleine Mann zweifellos von der Gesellschaft seiner fröhlichen Patienten betraut worden war. Diese Müßiggänger mit blühendem Teint, diese gelangweilten alten Frauen, diese vagabundierenden Engländer, diese Zierpuppen, die ihren Ehemännern entwischt und von ihren Geliebten ins Bad entführt worden waren, versuchten also einen armen, schwachen, hinfälligen Kranken, der dem Tode geweiht war und unfähig schien, einer täglichen Verfolgung Widerstand zu leisten, aus dem Bad zu jagen! Raphaël nahm den Kampf an, da diese Intrige ihn amüsierte.

»Da Sie über meine Abreise untröstlich wären«, antwortete er dem Doktor, »will ich versuchen, mir Ihren guten Rat zunutze zu machen und dennoch hierzubleiben. Gleich morgen will ich anfangen, mir ein Haus bauen zu lassen, in dem wir die Luft Ihren Vorschriften entsprechend regulieren können.«

Der Arzt machte sich seinen Reim auf das Lächeln bitteren Spotts, das über Raphaëls Lippen geglitten war, und empfahl sich ohne ein Wort der Erwiderung.

Der See von Bourget ist ein weites, zerklüftetes Gebirgsbecken, sieben- oder achthundert Fuß über dem Mittelmeer, ein Wassertropfen von so leuchtendem Blau wie kein zweiter in der Welt. Sieht man von der Höhe des Dent-du-Chat auf diesen See hinunter, so liegt er da wie ein verlorener Türkis.

Dieser hübsche Wassertropfen hat neun Meilen Umfang und ist an manchen Stellen fast fünfhundert Fuß tief. Unter einem klaren Himmel in einem Boot über diese Wasserfläche zu fahren, nichts als das Geräusch der Riemen zu hören, am Horizont nichts als umwölkte Berge zu sehen, den glitzernden Schnee der französischen Maurienne zu bewundern; bald an Granitblöcken vorüberzugleiten, die Farnkraut oder Zwergsträucher in ein grünes Samtkleid hüllen, bald an lachenden Hängen, auf der einen Seite Öde, auf der anderen üppige Natur, ein armer Gast am Tisch eines Reichen: In diesen Harmonien und Dissonanzen genießt man ein Schauspiel, in dem alles groß, in dem alles klein ist. Der Anblick der Berge ändert die Bedingungen der Optik und Perspektive: Eine Tanne von hundert Fuß Höhe sieht aus wie ein Schilfrohr, weite Flußtäler gleichen engen Pfaden. Dieser See ist der einzige See, auf dem man traulich von Herz zu Herz sprechen kann. Hier läßt sich sinnen und lieben. Nirgends trifft man ein schöneres Einvernehmen zwischen Wasser, Himmel, Bergen und Erde. Hier findet sich Balsam für jeden Kummer des Lebens. Dieser Ort bewahrt das Geheimnis des Leids, er tröstet, er mildert es und fügt der Liebe einen gewissen Ernst hinzu, eine Sammlung, die die Leidenschaft tiefer und reiner macht. Ein Kuß wird hier zu etwas Großem. Vor allem aber ist dies der See der Erinnerungen; er fördert sie, gibt ihnen die Farben seiner Wellen, ist ein Spiegel, in dem alles erscheint[141].

Raphaël vermochte seine Last nur inmitten dieser schönen Landschaft zu ertragen, hier konnte er schmerzlos, träumerisch und wunschlos sein. Nach der Visite des Arztes ging er spazieren und ließ sich zu der einsamen Spitze eines hübschen Hügels übersetzen, auf dem das Dorf Saint-Innocent gelegen ist. Von diesem kleinen Vorgebirge aus umfängt der Blick die Berge von Bugey, zu deren Füßen die Rhône fließt, und das Ende des Sees; von hier aus pflegte Raphaël gern auf die Schwermut ausstrahlende Abtei Haute-Combe auf dem gegenüberliegenden Ufer zu schauen, die Grabstätte der

Könige von Sardinien[142], die den Bergen zu Füßen liegen wie Pilger, die am Ziel ihrer Reise angelangt sind. Ein gleichmäßiger, rhythmischer Ruderschlag störte die Stille dieser Landschaft und gab ihr eine eintönige Stimme, die an die Psalmodien der Mönche erinnerte. Erstaunt, in diesem Teil des Sees, der für gewöhnlich einsam war, Menschen anzutreffen, musterte der Marquis traumverloren die Personen, die in dem Kahn saßen, und erkannte auf der hinteren Bank die alte Dame, die ihn am Abend zuvor so unfreundlich angesprochen hatte. Als das Boot an Raphaël vorüberfuhr, grüßte ihn einzig die Gesellschafterin dieser Dame, ein armes adliges Mädchen, das er zum erstenmal zu sehen glaubte. Er hatte die Ausflügler, die rasch hinter dem Vorgebirge verschwunden waren, nach ein paar Augenblicken schon wieder vergessen, als er das Rascheln eines Kleides und das Geräusch leichter Schritte in seiner Nähe hörte. Er wandte sich um und erblickte die Gesellschafterin; aus ihrer verlegenen Miene erriet er, daß sie mit ihm sprechen wollte, und näherte sich ihr. Sie war etwa sechsunddreißig Jahre alt, groß und hager, vertrocknet und kalt, und wie alle alten Jungfern etwas verschüchtert von seinem Blick, der mit seinem unsicheren, zögernden Gang ohne Elastizität nicht mehr übereinstimmen wollte. Zugleich alt und jung, gab sie durch eine gewisse würdevolle Haltung zu verstehen, welch hohen Wert sie ihren Vorzügen und Tugenden beimaß. Im übrigen hatte sie die stillen, klösterlichen Bewegungen der Frauen, die es gewohnt sind, sich selbst zu lieben, gewiß, um ihre Bestimmung zur Liebe zu erfüllen.

»Monsieur, Ihr Leben ist in Gefahr, kommen Sie nicht mehr ins Kurhaus!« sagte sie zu Raphaël und wich dabei ein paar Schritte zurück, als sei ihre Tugend bereits kompromittiert.

»Aber, Mademoiselle«, antwortete Valentin lächelnd, »wollen Sie sich nicht etwas deutlicher erklären, wo Sie schon so freundlich waren, bis hierher zu kommen . . .«

»Oh!« entgegnete sie, »wäre die Sache nicht so wichtig, hätte ich nie gewagt, die Ungnade von Madame la Comtesse zu riskieren, denn wenn sie jemals erführe, daß ich Sie gewarnt habe ...«

»Und wer sollte sie davon in Kenntnis setzen, Mademoiselle?« rief Raphaël.

»Das ist wahr«, antwortete das alte Mädchen und warf ihm den zitternden Blick eines Käuzchens zu, das der Sonne ausgesetzt wird. »Aber denken Sie an sich«, fügte sie hinzu; »mehrere junge Leute, die Sie aus dem Bade vertreiben wollen, haben einander gelobt, Sie zu provozieren und zu einem Duell zu zwingen.«

Aus der Ferne erscholl die Stimme der alten Dame.

»Mademoiselle«, sagte der Marquis, »mein Dank ...«

Seine Beschützerin war bereits geflüchtet, als sie die Stimme ihrer Herrin hörte, die abermals durch die Felsen gellte.

»Armes Mädchen! Die Unglücklichen verstehen und helfen einander stets«, dachte Raphaël und setzte sich an den Fuß eines Baums.

Der Schlüssel zu allen Wissenschaften ist unbestritten das Fragezeichen; die meisten großen Entdeckungen verdanken wir dem *Wie?*, und die Weisheit des Lebens besteht vielleicht darin, sich bei jeder Gelegenheit zu fragen: *Warum?* Aber diese Art nachgeahmte Voraussicht zerstört unsere Illusionen. So nahm Valentin die gute Tat des alten Mädchens ohne weitere philosophische Bedenken zum Thema seiner schweifenden Gedanken und fand lauter Galle darin.

»Daß eine Gesellschafterin mich mag«, sagte er sich, »darin liegt nichts Außergewöhnliches: Ich bin siebenundzwanzig Jahre alt, besitze einen Titel und zweihunderttausend Francs Rente! Aber daß ihre Herrin, die den Katzen die Palme der Wasserscheu streitig macht, sie zufällig in einem Boot hierher, in meine Nähe geführt haben soll, ist das nicht seltsam und ein wahres Wunder? Diese beiden Frauenzimmer, die nach Savoyen gekommen sind, um zu schlafen wie die Murmeltiere, die mittags fragen, ob schon Tag ist, sollten heute früh vor acht Uhr aufgestanden sein, um einfach so meinen Spuren zu folgen?«

Bald waren diese alte Jungfer und ihre vierzigjährige Unschuld in seinen Augen nurmehr eine neue Erscheinungsform dieser künstlichen und tückischen Welt, eine schäbige List, ein täppisches Komplott, ein Zank, wie ihn Priester oder Frauen führen. War das Duell ein Märchen, oder wollte man ihm bloß Angst machen? Diese engen Seelen, die dreist und lästig wie Fliegen waren, hatten es fertiggebracht, seine Eitelkeit zu verletzen, seinen Stolz zu reizen und seine Neugier zu wecken. Er wollte sich weder von ihnen zum Narren halten lassen noch als Feigling gelten, vielleicht amüsierte ihn dieses kleine Drama, jedenfalls ging er noch am nämlichen Abend ins Kurhaus. Er stützte sich auf den Marmor des Kamins und blieb ruhig in der Mitte des großen Salons stehen, sorgsam bedacht, sich keine Blöße zu geben; aber er musterte die Gesichter und forderte die Gesellschaft durch diese Vorsicht in gewisser Weise heraus. Wie eine Dogge, die ihrer Kraft sicher ist, wartete er den Kampf auf seinem Platz ab, ohne unnütz zu bellen. Gegen Ende des Abends spazierte er in dem Spielsalon auf und ab, zwischen der Eingangstür und der Tür des Billardzimmers, durch die er dann und wann einen Blick auf die jungen Leute warf, die dort eine Partie spielten. Nach ein paar Runden hörte er sie seinen Namen nennen. Obwohl sie leise sprachen, erriet Raphaël leicht, daß er der Gegenstand einer Auseinandersetzung geworden war, und schließlich gelang es ihm, ein paar laut gesprochene Sätze zu erfassen.

»Du?«

»Ja, ich!«

»Das traue ich dir nicht zu!«

»Wollen wir wetten?«

»Oh, er wird hingehen.«

Als Valentin, der herausbekommen wollte, worum es bei dieser Wette ging, näher trat, um aufmerksam dem Gespräch zu lauschen, trat ein großer, kräftiger junger Mann von angenehmem Äußeren, aber mit dem festen und unverschämten Blick von Leuten, die sich auf irgendeine materielle Macht stützen, vom Billard her auf ihn zu.

»Monsieur«, sagte er in ruhigem Ton zu Raphaël, »ich habe es übernommen, Ihnen etwas beizubringen, das Sie nicht zu wissen scheinen: Ihr Gesicht und Ihre Person mißfallen hier jedermann und mir im besonderen ... Sie sind zu gut erzogen, um sich nicht dem allgemeinen Wohl zu opfern, und ich bitte Sie, nicht mehr im Kurhaus zu erscheinen.«

»Dieser Scherz, Monsieur, hat schon während des Kaiserreichs in mehreren Garnisonen die Runde gemacht. Heutzutage zeugt er von äußerst schlechtem Geschmack«, antwortete Raphaël kühl.

»Ich scherze nicht«, antwortete der junge Mann, »ich wiederhole Ihnen: Ihre Gesundheit nähme großen Schaden durch Ihren Aufenthalt hier; die Hitze, die Lichter, die Luft im Salon, die Gesellschaft, all das ist schädlich für Sie.«

»Wo haben Sie Medizin studiert?« fragte Raphaël.

»Ich habe den Bakkalaureus im Schießen bei Lepage[143] in Paris gemacht und den Doktor bei Cérisier[144], dem König des Floretts.«

»Ein letzter Grad fehlt Ihnen noch«, antwortete Valentin, »studieren Sie den Kodex der Höflichkeit, und Sie sind ein vollkommener Edelmann.«

In diesem Augenblick verließen die jungen Leute teils lachend, teils schweigend das Billard. Die anderen Spieler waren aufmerksam geworden und ließen ihre Karten im Stich, um einem Streit zu lauschen, der ihre Leidenschaft erfreute. Raphaël stand allein inmitten dieser feindlichen Welt und versuchte, sein kaltes Blut zu bewahren und sich nicht das geringste Unrecht zuschulden kommen zu lassen; aber als sein Gegner sich eine sarkastische Bemerkung erlaubte, deren grobe Beleidigung in eine äußerst witzige und schneidende Form gehüllt war, da antwortete er ihm ernst:

»Monsieur, es ist heutzutage nicht mehr erlaubt, einem

Mann eine Ohrfeige zu verpassen, aber ich finde kein Wort, um ein so niederträchtiges Benehmen wie das Ihre zu züchtigen.«

»Genug! Genug! Sie können sich morgen auseinandersetzen«, sagten ein paar junge Leute, die sich zwischen die Streitenden warfen.

Raphaël verließ den Salon. Er galt als Beleidiger und hatte ein Treffen auf einer kleinen, abfallenden Wiese in der Nähe des Schlosses Bordeau vereinbart, unweit einer kürzlich angelegten Straße, auf welcher der Sieger Lyon[145] erreichen konnte. Raphaël würde entweder das Bett hüten oder die Bäder von Aix verlassen müssen. Die Gesellschaft triumphierte. Am nächsten Morgen gegen acht Uhr traf Raphaëls Gegner in Begleitung von zwei Zeugen und einem Wundarzt als erster an Ort und Stelle ein.

»Der Platz ist gut; das Wetter ist herrlich, um sich zu schlagen!« rief er fröhlich und betrachtete das blaue Himmelsgewölbe, das Wasser des Sees und die Felsen ohne einen Hauch von Zweifel oder Besorgnis.

»Wenn ich ihn an der Schulter treffe«, fuhr er fort, »dann schicke ich ihn doch für einen Monat ins Bett, nicht wahr, Doktor?«

»Mindestens«, antwortete der Wundarzt. »Aber lassen Sie die kleine Weide da in Ruhe; Sie ermüden noch Ihre Hand und haben Ihren Schuß nicht in der Gewalt. Sie könnten Ihren Gegner töten, anstatt ihn zu verwunden.«

Man hörte das Geräusch eines Wagens.

»Da kommt er«, sagten die Zeugen, die alsbald auf der Straße einen vierspännigen Reisewagen gewahrten, den zwei Postillione lenkten.

»Merkwürdige Art!« rief Valentins Gegner. »Er kommt mit der Post, um sich töten zu lassen.«

Beim Duell wie beim Spiel üben auch die kleinsten Zwischenfälle große Wirkung auf die Phantasie der Teilnehmer aus, die am Erfolg ihrer Sache stark interessiert sind; daher wartete der junge Mann mit einer gewissen Unruhe auf die Ankunft dieses Wagens, der auf der Straße stehenblieb. Als erster kletterte schwerfällig der alte Jonathan heraus, um Raphaël beim Aussteigen zu helfen; er stützte ihn mit seinen schwachen Armen und entfaltete dabei all die peinliche Sorgfalt eines Liebenden für seine Liebste. Die beiden gerieten auf den Fußpfaden, die die Landstraße von dem Kampfplatz trennten, außer Sicht und kamen erst nach geraumer Zeit wieder zum Vorschein: Sie gingen langsam. Die vier Zuschauer dieser seltsamen Szene ergriff eine tiefe Bewegung, als sie den auf den Arm seines Dieners gestützten Raphaël vor sich sahen. Er war bleich und erschöpft, ging wie ein Gichtkranker, hielt den Kopf gesenkt und sprach kein Wort. Die beiden gleichen zwei Greisen, die in gleichem Maße zugrunde gerichtet waren: der eine durch die Zeit, der andere durch das Denken; dem ersteren stand sein Alter in seinen weißen Haaren geschrieben, der junge hatte kein Alter mehr.

»Monsieur, ich habe nicht geschlafen«, sagte Raphaël zu seinem Gegner.

Diese eisigen Worte und der fürchterliche Blick, der sie begleitete, ließen den eigentlichen Herausforderer erzittern; er wurde sich seines Unrechts bewußt und schämte sich insgeheim seines Benehmens. In Raphaëls Haltung, im Klang seiner Stimme und in seinen Bewegungen lag etwas Sonderbares. Der Marquis machte eine Pause, und alle anderen schwiegen wie er. Unruhe und Spannung hatten ihren Höhepunkt erreicht.

»Noch ist Zeit«, fuhr er fort, »mir eine leichte Satisfaktion zu geben; gewähren Sie sie mir, Monsieur, sonst sind Sie des Todes. Sie zählen in diesem Augenblick noch immer auf Ihre Geschicklichkeit und schrecken nicht vor einem Kampf zurück, der Ihnen alle Vorteile zu bieten scheint. Nun, Monsieur, ich bin großzügig, ich warne Sie vor meiner Überlegenheit. Ich besitze eine schreckliche Macht. Um Ihre Geschicklichkeit zunichte zu machen, Ihren Blick zu trüben, Ihre Hand zum Zittern und Ihr Herz zum Beben zu bringen, ja selbst um Sie zu töten, brauche ich es bloß zu wünschen. Ich möchte nicht gezwungen werden, meine Macht zu gebrauchen, es kostet mich zuviel, sie auszuüben. Sie wären nicht der einzige, der sterben müßte. Wenn Sie es also ablehnen, sich bei mir zu entschuldigen, wird Ihre Kugel, ungeachtet Ihrer Übung in diesem blutigen Geschäft, in den Wasserfall dort fliegen, und die meine, ohne daß ich ziele, mitten in Ihr Herz.«

In diesem Augenblick wurde Raphaël durch ein Gewirr von Stimmen unterbrochen. Während der Marquis diese Worte sprach, hielt er ständig die unerträgliche Klarheit seines starren Blicks auf seinen Gegner gerichtet; aufrecht und mit verschlossenem Gesicht stand er da wie ein bösartiger Irrer.

»Bring ihn zum Schweigen«, hatte der junge Mann zu einem seiner Zeugen gesagt, »seine Stimme dreht mir die Eingeweide herum!«

»Monsieur, es reicht . . . Ihre Reden sind unnütz«, riefen der Wundarzt und die Zeugen Raphaël zu.

»Meine Herren, ich erfülle eine Pflicht. Hat der junge Mann noch Anordnungen zu treffen?«

»Genug jetzt! Genug!«

Der Marquis stand reglos da, ohne Charles, seinen Gegner, einen Augenblick aus den Augen zu lassen, der sich, von einer fast magischen Gewalt beherrscht, verhielt wie ein Vogel angesichts einer Schlange: gezwungen, diesen mörderischen Blick zu ertragen, floh er ihn und suchte ihn immer wieder aufs neue.

»Gib mir Wasser, ich habe Durst«, sagte er zu demselben Zeugen.

»Hast du Angst?«

»Ja«, antwortete er. »Die Augen dieses Menschen glühen, und sie bannen mich.«

»Möchtest du dich bei ihm entschuldigen?«

»Dazu ist nicht mehr Zeit.«

Die beiden Gegner wurden fünfzehn Schritt voneinander

entfernt aufgestellt. Sie hatten jeder ein Paar Pistolen bei sich und sollten, gemäß dem Programm dieser Zeremonie, nach Belieben zwei Schüsse abgeben, freilich erst, nachdem die Zeugen das Zeichen gegeben haben würden.

»Was machst du da, Charles?« rief der junge Mann, der Raphaëls Gegner als Sekundant diente. »Du lädst ja die Kugel vor dem Pulver.«

»Ich bin verloren!« murmelte er, »ihr habt mich so gestellt, daß die Sonne mich blendet ...«

»Sie steht hinter Ihnen«, sagte Raphaël mit ernster, feierlicher Stimme und lud langsam seine Pistole, ohne sich durch das Zeichen, das bereits gegeben war, oder die Sorgfalt, mit der sein Gegner auf ihn zielte, aus der Ruhe bringen zu lassen.

Diese übernatürliche Sicherheit hatte etwas Fürchterliches, das selbst die beiden Postillione entsetzte, die eine grausame Neugier herbeigetrieben hatte. Raphaël spielte mit seiner Macht oder wollte sie auf die Probe stellen: er sprach mit Jonathan und sah ihn in dem Augenblick an, da sein Gegner feuerte. Charles Kugel zerschmetterte einen Weidenzweig und klatschte ins Wasser. Raphaël schoß aufs Geratewohl, traf seinen Gegner ins Herz und zog rasch, ohne sich weiter um den zusammensinkenden jungen Mann zu bekümmern, das Chagrinleder hervor, um zu sehen, was ein Menschenleben ihn koste. Der Talisman war nur noch so groß wie ein kleines Eichenblatt.

»Was habt ihr da zu gaffen, Postillione? Vorwärts!« rief der Marquis.

Er langte noch am selben Abend in Frankreich an, schlug sogleich die Landstraße in Richtung Auvergne ein und begab sich zu den Bädern von Mont-Dore. Während dieser Reise schoß in seinem Herzen einer dieser Gedanken auf, die, wie ein Sonnenstrahl durch dicke Wolken auf ein dunkles Tal, jäh in unsere Seele fallen. Traurige Erleuchtungen, unerbittliche Wahrheiten! Sie erhellen, was geschehen ist, enthüllen uns unsere Fehler und halten uns einen gnadenlosen Spiegel vor. Er begriff mit einem Mal, daß der Besitz der Macht, so gewaltig sie auch sein mochte, nicht die Fähigkeit verlieh, sich ihrer zu bedienen. Das Zepter ist ein Spielzeug für ein Kind, eine Axt für Richelieu und für Napoleon ein Hebel, um die Welt aus den Angeln zu heben. Die Macht läßt uns, wie wir sind, nur die Großen macht sie noch größer. Raphaël hatte alles tun können und hatte nichts getan.

In Mont-Dore fand Raphaël die Gesellschaft wieder, die sich eilig vor ihm zurückzog, wie die Tiere einen tot daliegenden Artgenossen fliehen, sobald sie ihn gewittert haben. Der Haß war gegenseitig. Sein letztes Abenteuer hatte ihn mit tiefer Abscheu vor der Gesellschaft erfüllt. So war es denn seine erste Sorge, sich eine abgelegene Zufluchtsstätte in der Umgebung des Bades zu suchen. Instinktiv fühlte er das Bedürfnis, der Natur nahe zu sein, wahren Gefühlen und diesem vegetativen Leben, dem wir uns auf dem Land so gern überlassen. Am Tag nach seiner Ankunft erstieg er, nicht ohne Mühe, den Pic de Sancy und besichtigte die hoch gelegenen Täler, die luftigen Höhen, die unbekannten Seen, die ländlichen Hütten auf den Bergketten des Dore, deren herbe, wilde Reize die Pinsel unserer Künstler zu locken beginnen. Es finden sich dort bisweilen wunderbare Landschaften voller Anmut und Frische, die in kräftigem Gegensatz zu dem düsteren Anblick dieser öden Berge stehen. Etwa eine halbe Meile von dem Dorf entfernt kam Raphaël an eine Stelle, wo die Natur, kokett und fröhlich wie ein Kind, offenbar Gefallen daran gefunden hatte, Schätze zu verstecken; als er diese malerische und unschuldige Einsamkeit erblickte, beschloß er, dort zu wohnen. Hier mußte das Leben ruhig, ursprünglich und fruchtbringend sein wie das einer Pflanze.

Man stelle sich einen umgedrehten Kegel vor, einen breit ausladenden, hohlen Kegel aus Granit, eine Art Becken, dessen Ränder durch bizarre Zacken zerstückelt waren; hier steile, glatte, bläuliche Tafeln ohne Pflanzenwuchs, auf denen die Sonnenstrahlen aufgleißten wie auf einem Spiegel; dort zerklüftete, von Schluchten zerrissene Felswände, von denen Lavablöcke herunterhingen, deren Sturz die Wasser des

Regens langsam vorbereiteten und die oftmals gekrönt waren von ein paar verkrüppelten, von den Winden gepeitschten Bäumen; hie und da dunkle, kühle Felsbänke, auf denen sich eine Gruppe von Kastanienbäumen, hoch wie Zedern, erhob, oder gelbliche Grotten, die einen schwarzen, tiefen Schlund öffneten, den Brombeersträucher und Blumen umrankten und eine grüne Zunge zierte. Auf dem Grund dieses Kessels, vielleicht der Krater eines erloschenen Vulkans, befand sich ein kleiner See, dessen klares Wasser glitzerte wie ein Diamant. Um dieses tiefe, von Granit, Weiden, Schwertlilien, Eschen und tausenderlei duftenden, in voller Blüte stehenden Pflanzen gesäumte Becken dehnte sich eine grüne Wiese wie ein englischer Rasen; ihr schönes zartes Gras wurde von der Feuchtigkeit bewässert, die aus den Felsspalten hervorsickerte, und gedüngt von den Pflanzenresten, die die Unwetter unablässig von den hohen Gipfeln in die Tiefe trieben.

Der kleine See, der unregelmäßig gezackt wie der Saum eines Frauengewandes war, mochte eine Fläche von etwa drei Morgen haben; entsprechend den Annäherungen zwischen Fels und Wasser war die Wiese einen oder zwei Morgen breit; an manchen Stellen blieb kaum so viel Platz, daß die Kühe hindurchgehen konnten. In einer bestimmten Höhe hörte der Pflanzenwuchs auf. Der Granit ragte in den absonderlichsten Formen in die Lüfte und nahm dort jene dunstigen Tönungen an, die den hohen Bergen eine entfernte Ähnlichkeit mit den Wolken des Himmels gibt. Dem lieblichen Anblick des kleinen Tales setzten diese kahlen, nackten Felsen die wilden, unfruchtbaren Bilder der Öde entgegen, der drohenden Bergstürze und so wunderlicher Formen, daß einer dieser Felsen *Der Kapuziner* genannt wird, so sehr ähnelt er einem Mönch. Je nach dem Stand der Sonne oder den Launen der Atmosphäre leuchteten einzelne dieser spitzen Nadeln, dieser kühnen Pfeiler, dieser luftigen Höhlen bisweilen auf und schimmerten golden, färbten sich purpurn, nahmen die Töne eines tiefen Rosa an oder wurden trüb und grau. Diese Höhen boten ein ständig wechselndes Schauspiel wie die irisierenden Lichter auf einem Taubenhals.

Mit der Morgenröte oder bei Sonnenuntergang drang oftmals zwischen zwei Lavaplatten, die aussahen, als habe ein Axthieb sie getrennt, ein schöner Lichtstrahl bis auf den Grund dieses schmucken Körbchens und spielte auf dem Wasser des Beckens wie der goldene Strahl, der durch den Spalt eines Fensterladens in ein spanisches Zimmer dringt, das sorgsam für die Siesta verschlossen wurde. Wenn die Sonne über dem alten Krater stand, der von irgendeiner vorsintflutlichen Umwälzung her mit Wasser gefüllt war, erwärmten sich die Felsflanken, der alte Vulkan entbrannte, und seine Glut erweckte die Keime, befruchtete den Pflanzenwuchs, färbte die Blumen und reifte die Früchte dieses unbekannten Fleckchens Erde.

Als Raphaël hier ankam, sah er mehrere Kühe auf der Wiese weiden; als er ein paar Schritte auf den See zu getan hatte, entdeckte er an der Stelle, wo der Landstreifen seine größte Breite hatte, ein bescheidenes Haus, das aus Granit gebaut und mit Schindeln gedeckt war. Das Dach dieser Art Hütte schmückten in schöner Harmonie mit der Umgebung Moose, Efeuranken und Blumen, die sein hohes Alter bezeugten. Dünner Rauch, der die Vögel längst nicht mehr schreckte, stieg aus dem verfallenen Schornstein. An der Tür stand eine große Bank zwischen zwei riesigen, wohlig duftenden Geißblattsträuchern voller roter Blüten. Die Mauern waren kaum zu erkennen unter all den Weinranken, Kletterrosen und Jasminsträuchern, die ungehindert emporwucherten. Die Bewohner kümmerten sich nicht um diesen ländlichen Putz und ließen der Natur ihre jungfräuliche, mutwillige Anmut. An einen Johannisbeerstrauch waren Windeln zum Trocknen gehängt. Eine Katze hockte auf einer Hanfbrechmaschine; darunter stand ein frisch gescheuerter gelber Kochkessel inmitten eines Haufens von Kartoffelschalen. An der anderen Seite des Hauses erblickte Raphaël eine Einfriedung aus dürren Dornzweigen, die offenbar die Hühner davon abhalten sollte, die Obststräucher und den Gemüsegarten zu plündern.

Die Welt schien hier zu enden. Diese Behausung glich den Vogelnestern, die geschickt in eine Felshöhlung gebaut sind, kunstvoll und nachlässig zugleich. Hier fand sich eine gute, unschuldige Natur, eine echte Bäuerlichkeit, die gerade darum poetisch war, weil sie tausend Meilen von unseren gemalten Poesien entfernt blühte und keiner Idee, sondern – ein wahrer Triumph des Zufalls – einzig sich selbst entsprang. Als Raphaël dort anlangte, stand die Sonne zu seiner Rechten, ließ die bunten Farben der Pflanzen aufleuchten und warf den Zauber des Lichts, das Spiel von Licht und Schatten über die gelben und grauen Gründe der Felsen, das verschiedene Grün des Laubwerks, die blauen, roten und weißen Blütenmeere, die Kletterpflanzen mit ihren Glocken, den schimmernden Samt der Moose, die purpurnen Trauben des Heidekrauts sowie die klare Wasserfläche, in der sich die granitnen Gipfel, die Bäume, das Haus und der Himmel getreulich spiegelten. In diesem entzückenden Bild hatte alles seinen Glanz, vom funkelnden Glimmer bis zum Büschel goldiger Gräser, die in einem sanften Halbschatten versteckt wuchsen; alles war harmonisch anzusehen: die gefleckte Kuh mit dem glänzenden Fell, die zarten Wasserpflanzen, die wie Fransen über das Wasser einer kleinen Bucht hingen, in der azurblaue oder smaragdgrüne Insekten summten, und die Baumwurzeln, die sandigen Haarschöpfen glichen und ein unförmiges Steingesicht krönten. Die lauen Düfte des Wassers, der Blumen und der Grotten, die diese einsame Zufluchtsstätte erfüllten, erregten in Raphaël ein beinah wollüstiges Gefühl.

Die erhabene Stille in diesem Winkel, der auf den Listen des Steuereinnehmers vermutlich vergessen war, wurde plötzlich durch das Gebell zweier Hunde unterbrochen. Die Kühe wandten den Kopf nach dem Eingang des Tals, streckten Raphaël ihre feuchten Mäuler entgegen und weideten weiter, nachdem sie Raphaël stumpfsinnig angeglotzt hatten. Eine Ziege und ihr Zicklein, die wie durch Zauberei Halt in den Felsen fanden, sprangen durch die Lüfte und hielten schließlich auf einer Granitplatte in Raphaëls Nähe, als ob sie ihn ausfragen wollten. Das Kläffen der Hunde lockte ein dikkes Kind vor das Haus, wo es mit offenem Mund stehen blieb, dann erschien ein mittelgroßer, weißhaariger alter Mann. Die beiden Wesen standen im Einklang mit der Landschaft, der Luft, den Blumen und dem Haus. In dieser üppigen Natur strotzte alles vor Gesundheit, Alter und Jugend waren hier schön; kurz, aus all diesen Erscheinungsformen des Lebens sprach ein ursprüngliches Sichgehenlassen, ein dauerhaftes Glück, das all unsere philosophischen Kapuzinerpredigten Lügen strafte und das Herz von seinen aufgeblähten Leidenschaften heilte.

Der Alte ähnelte den Modellen, wie sie der männliche Pinsel von Schnetz[146] liebt: ein wettergebräuntes Gesicht, dessen zahlreiche Falten wie versteinert schienen, eine gerade Nase, hervorspringende Wangen, die rot geädert waren wie ein altes Weinblatt, eckige Konturen, all die Merkmale der Kraft, selbst dort, wo die Kraft ihn verlassen hatte; seine Hände waren schwielig, obwohl sie nicht mehr arbeiteten, und noch immer mit spärlichen weißen Haaren bedeckt; seine Haltung war die eines wahrhaft freien Mannes und ließ ahnen, daß er aus Liebe zu seiner kostbaren Freiheit in Italien vielleicht zum Räuber geworden wäre. Das Kind, ein echtes Kind der Berge, hatte schwarze Augen, die in die Sonne schauen konnten, ohne zu blinzeln, eine schokoladenbraune Gesichtsfarbe und wirres, braunes Haar. Seine Bewegungen waren flink, entschieden und natürlich wie die eines Vogels; durch die Löcher seiner armseligen Kleidung schimmerte eine weiße und frische Haut. Alle beide blieben schweigend nebeneinander stehen, vom selben Gefühl bewegt; ihre Züge zeugten von einer vollkommenen Identität ihres gleichermaßen müßiggängerischen Lebens. Der Alte hatte sich die Spiele des Kindes zu eigen gemacht und das Kind das ernste Gemüt des Alten angenommen; eine Art Pakt zwischen zwei Schwachen, zwischen einer Kraft, die dem Ende zuging, und einer Kraft, die vor der Entfaltung stand. Bald zeigte sich eine etwa dreißigjährige Frau auf der Türschwelle. Sie spann im Gehen. Es war eine Auvergnatin mit roten Wangen, heiterer, offener Miene und weißen Zähnen; sie hatte das Gesicht der Auvergne, den Wuchs der Auverge, Haube und Tracht der Auvergne, die vollen Brüste der Auvergne und die Mundart der Auvergne; das vollkommene Idealbild des Landes, Arbeitseifer, Unwissenheit, Sparsamkeit und Herzlichkeit, es fehlte nichts.

Sie grüßte Raphaël; es entspann sich ein Gespräch. Die Hunde beruhigten sich, der Alte setzte sich auf eine Bank in der Sonne, und das Kind folgte seiner Mutter auf Schritt und Tritt; es schwieg, aber hörte aufmerksam zu und musterte den Fremden.

»Haben Sie denn keine Angst hier, gute Frau?«

»Wovor sollen wir denn Angst haben, Monsieur? Wenn wir den Eingang versperren, wer soll dann noch hier hereinkommen? Oh, wir haben keine Angst! Und außerdem«, sagte sie und ließ den Marquis in die Wohnstube des Hauses eintreten, »was sollen die Diebe denn bei uns holen?«

Sie wies auf die rauchgeschwärzten Wände, an denen als einziger Schmuck einige dieser blau, rot und grün kolorierten Drucke hingen, die *Kredits Tod*, die *Passion Jesu Christi* und die *Grenadiere der kaiserlichen Garde* darstellen; außerdem gab es in dem Raum ein altes Säulenbett aus Nußbaum, einen Tisch mit gedrechselten Beinen, Holzschemel, den Backtrog, eine Speckseite, die von der Decke hing, einen Salztopf, eine Pfanne und auf dem Kaminsims verblaßte, bemalte Gipsfiguren. Als er das Haus verließ, bemerkte Raphaël inmitten der Felsen einen Mann mit einer Hacke in der Hand, der sich neugierig vorbeugte und zu dem Haus hinsah.

»Das ist der Mann, Monsieur«, sagte die Auvergnatin mit dem vertraulichen Lächeln der Bäuerinnen, »er ackert dort oben.«

»Und der Alte ist Euer Vater?«

»Sie müssen schon entschuldigen, Monsieur, das ist der Großvater vom Mann. So wie Sie ihn da sehen, ist er hundertzwei Jahre alt. Na, und vor ein paar Tagen hat er unsern Kleinen zu Fuß nach Clermont gebracht! Das war mal ein starker Mann; jetzt tut er nichts als schlafen, trinken und essen. Er spielt immer mit dem Kleinen. Der Junge schleppt ihn manchmal in die Berge, und da geht er immer noch mit.«

Sogleich entschloß sich Valentin, mit diesem alten Mann und diesem Kind zu leben, in ihrer Luft zu atmen, ihr Brot zu essen, ihr Wasser zu trinken, ihren Schlaf zu schlafen, sich ein Blut wie das ihre in den Adern zu erschaffen. Die Laune eines Sterbenden! Eine der Austern an diesem Felsen zu werden, seine Schale für ein paar Tage mehr zu retten, indem er den Tod betäubte, das war für ihn das Urbild der individuellen Moral, die wahre Formel der menschlichen Existenz, das schöne Ideal des Lebens, das einzige Leben, das wahre Leben. Eine tiefe Selbstsucht erfüllte sein Herz, in der das Universum versank. In seinen Augen gab es kein Universum mehr, das Universum war ganz in ihm. Für einen Kranken beginnt die Welt am Kopf seines Bettes und endet an dessen Fuß. Diese Landschaft war Raphaëls Bett.

Wer hat nicht schon einmal in seinem Leben dem geschäftigen Hin und Her einer Ameise zugeschaut, Strohhalme in das einzige Atemloch einer braunen Nacktschnecke gesteckt, den launischen Flug einer Wasserjungfer beobachtet, die tausend Äderchen bewundert, die sich, bunt wie die Rosette einer gotischen Kathedrale, auf dem rötlichen Grund eines Eichenblattes abzeichnen? Wer hat nicht entzückt eine geraume Weile dem Spiel des Regens und der Sonne auf einem braunen Ziegeldach zugesehen, oder die Tautropfen, die Blütenblätter, ihre mannigfaltig gezackten Kelche betrachtet? Wer hat sich nicht diesen stofflichen Träumereien hingegeben, die träge und beschäftigt sind, die kein Ziel haben und dennoch zu irgendeinem Gedanken führen? Wer hat, mit einem Wort, nicht das Leben der Kindheit geführt, das Leben in Muße, das Leben des Wilden – ohne dessen Arbeit? So lebte Raphaël mehrere Tage lang, ohne Sorgen, ohne Wünsche. Er fühlte sich merklich besser, fühlte ein ungemeines Wohlsein, das seine Unruhe beschwichtigte und seine Qualen linderte. Er erklomm die Felsen und ließ sich schließlich auf einer Bergspitze nieder, von der aus sein Blick eine unermeßliche Landschaft umfaßte. Dort blieb er ganze Tage lang, wie eine Pflanze in der Sonne, wie ein Hase in seiner Sasse. Oder er versenkte sich in die Erscheinungen des Pflanzenwuchses, die Launen des Himmels und studierte das Geheimnis allen Werdens auf der Erde, im Wasser oder in der Luft.

Er versuchte an der inneren Bewegung dieser Natur teilzuhaben und soweit als möglich mit ihrem duldenden Gehorsam zu verschmelzen, um sich dem despotischen, konservativen Gesetz zu unterstellen, das alle dem bloßen Naturtrieb unterworfenen Geschöpfe regiert. Er wollte nicht länger mit sich selbst belastet sein. Gleich den von der Justiz verfolgten Verbrechern vergangener Zeiten, die gerettet waren, wenn sie den Schatten eines Altars erreichten, versuchte er, sich in das Heiligtum des Lebens einzuschleichen. Es gelang ihm, ein Teil dieser umfassenden und mächtigen Befruchtung zu werden. Er hatte sich mit allen Unbilden der Luft vertraut gemacht, in allen Höhlungen der Felsen gehaust, die Sitten und Gebräuche aller Pflanzen kennengelernt, die Herkunft und den Verlauf der Quellen erforscht und mit den Tieren Bekanntschaft geschlossen; kurz, er war mit dieser belebten Erde so völlig eins geworden, daß er gewissermaßen ihre Seele erfaßt hatte und in ihre Geheimnisse eingedrungen war. Die unendlichen Formen in all den Reichen der Natur waren für ihn nur die Entwicklungen ein und derselben Substanz, die Kombinationen ein und derselben Bewegung, die mächtige Atmung eines unermeßlich großen Wesens, das wirkte, dachte, voranschritt, wuchs und mit dem er wachsen, voranschreiten, denken, wirken wollte. Auf phantastische Weise hatte er sein Leben mit dem Leben dieses Felsens vermischt und Wurzeln geschlagen in ihm.

Dieser geheimnisvollen Erleuchtung verdankte Valentin eine künstliche Genesung, die den wohltuenden Delirien glich, mit denen die Natur dem Schmerz immer wieder eine

Ruhepause gewährt, und er genoß in der ersten Zeit seines Aufenthalts inmitten dieser lachenden Landschaft die Wonnen einer zweiten Kindheit. Er zog aus, um Nichtigkeiten zu erkunden, unternahm tausenderlei Dinge, ohne eins zu vollenden, vergaß heute, was er gestern vorgehabt hatte, war glücklich und glaubte sich gerettet. Eines Tages war er zufällig bis Mittag im Bett geblieben, versunken in eine dieser Träumereien, in denen sich Schlaf und Wachen mischen, so daß die Wirklichkeit als Phantasie erscheint und die Traumbilder den Anschein von Wirklichkeit bekommen. Da hörte er plötzlich, ohne zunächst zu wissen, ob er nicht weiterträumte, den Krankenbericht, den seine Wirtin Jonathan gab, der wie jeden Tag gekommen war, um sich danach zu erkundigen. Die Auvergnatin glaubte zweifellos, daß er noch schliefe, und hielt es nicht für nötig, ihre schallende Gebirgsbäuerinnenstimme zu senken.

»Es geht nicht besser und nicht schlechter«, sagte sie. »Er hat heute nacht wieder gehustet, als ob er seine Seele von sich geben wollte. Er hustet und spuckt, der gute Monsieur, daß es zum Gotterbarmen ist. Ich und mein Mann, wir fragen uns, wo er die Kraft hernimmt, so zu husten. Das bricht einem ja das Herz. Was für eine verdammte Krankheit das bloß ist! Es geht ihm ganz und gar nicht gut! Ich hab immer Angst, daß ich ihn in der Früh einmal tot in seinem Bett finde. Wie blaß er ausschaut, wie ein Jesus aus Wachs! Oh, ich seh ihn doch, wenn er aufsteht, sein armer Körper, der ist klapperdürr. Na, und er riecht auch schon schlecht, alles was recht ist! Aber ihm ist das gleich, er läuft herum, als ob er von seiner Gesundheit noch was abgeben könnte. Er ist wirklich tapfer, daß er nie jammert! Ja, im Grab, da wär ihm bestimmt wohler, denn hier auf Erden leidet er wie unser Herr und Heiland! Ich tu's mir nicht wünschen, Monsieur, es ist ja nicht zu unserm Nutzen. Na, aber wir hätten ihn auch gern, wenn er uns nicht so viel geben tät, es ist nicht nur wegen dem Nutzen. Ach, mein Gott«, fuhr sie fort, »solch verfluchte Krankheiten haben doch nur die Pariser! Woher sie die nur kriegen? Der arme junge Mann! Das nimmt kein gutes Ende, ganz bestimmt nicht. Das Fieber, wissen Sie, das bohrt in ihm, das höhlt ihn aus, das schmeißt ihn um; aber er hat keine Ahnung, Monsieur, er merkt gar nichts ... Na, nun weinen Sie mal nicht, Monsieur Jonathan! Denken Sie nur mal dran, daß er glücklich ist, wenn er nicht mehr leiden braucht. Sie sollten eine Novene für ihn lesen lassen. Ich hab schon erlebt, wie schön das geholfen hat, so eine Novene, und ich will auch gern selber eine Kerze zahlen, um so ein sanftes und gutes Geschöpf zu retten, das reinste Osterlamm.«

Raphaëls Stimme war zu schwach geworden, als daß er sich hätte bemerkbar machen können, und so mußte er dieses fürchterliche Geschwätz über sich ergehen lassen. Schließlich aber trieb die Ungeduld ihn aus dem Bett, und er erschien auf der Türschwelle:

»Alter Schurke«, schrie er Jonathan an, »willst du unbedingt mein Henker sein?«

Die Bäuerin glaubte ein Gespenst zu sehen und lief davon.

»Ich verbiete dir«, fuhr Raphaël fort, »dir irgendwelche Sorgen um meine Gesundheit zu machen.«

»Jawohl, Herr Marquis«, sagte der alte Diener und wischte sich die Tränen ab.

»Und du tätest sogar gut daran, von jetzt ab nicht ohne meinen ausdrücklichen Befehl hierherzukommen.«

Jonathan wollte gehorchen; aber bevor er sich zurückzog, warf er dem Marquis einen Blick voll der Treue und des Mitleids zu, in dem Raphaël sein Todesurteil las. Mit einem Schlage wurde er sich seines wahren Zustands bewußt; entmutigt setzte er sich auf die Türschwelle, kreuzte die Arme über der Brust und ließ den Kopf hängen. Erschreckt näherte Jonathan sich seinem Herrn:

»Monsieur ...«

»Geh! Geh!« rief der Kranke.

Am Morgen des nächsten Tages war Raphaël auf die Felsen geklettert und hatte sich in eine kleine, mit Moos bewachsene

Spalte gesetzt, von der aus er den schmalen Weg sehen konnte, auf dem man vom Bade zu seiner Behausung kam. Am Fuße des Felsens entdeckte er Jonathan, der sich aufs neue mit der Auvergnatin unterhielt. Eine boshafte Macht deutete ihm das Kopfschütteln, die verzweifelten Gesten, die unheilverkündende Schlichtheit dieser Frau und trug ihm durch den Wind und die Stille sogar ihre verhängnisvollen Worte zu. Von Entsetzen gepackt, floh er auf die höchsten Gipfel der Berge und blieb dort bis zum Abend, ohne die düsteren Gedanken vertreiben zu können, die die grausame Teilnahme, deren Gegenstand er war, auf so unselige Weise in seinem Herzen geweckt hatte. Mit einem Mal stand die Auvergnatin vor ihm wie ein Schatten in der Abenddämmerung; dank der wunderlichen Phantasie des Dichters schienen ihm die schwarzen und weißen Streifen ihres Rocks eine gewisse Ähnlichkeit mit dem ausgedörrten Gerippe eines Gespenstes zu haben.

»Jetzt kommt der Abendtau, lieber Monsieur«, sagte sie. »Wenn Sie da sitzen bleiben, ergeht es Ihnen nicht besser als einer faulen Frucht. Kommen Sie nach Hause. Das ist nicht gesund, den Tau einzuatmen, noch dazu, wo Sie nichts gegessen haben seit der Früh.«

»Zum Donnerwetter!« schrie er, »Sie alte Hexe, ich befehle Ihnen, mich leben zu lassen, wie ich will, oder ich verschwinde hier. Es reicht schon, daß Sie mir jeden Morgen mein Grab schaufeln, jetzt wühlen Sie wenigstens nicht noch am Abend darin herum ...«

»Ihr Grab, Monsieur! Ihr Grab schaufeln! ... Wo ist denn Ihr Grab? Ich wollt', Sie wären so stämmig wie unser Vater und noch lang nicht im Grab. Das Grab! Da kommen wir früh genug hinein, ins Grab ...«

»Genug!« sagte Raphaël.

»Nehmen Sie meinen Arm, Monsieur.«

»Nein.«

Kein Gefühl erträgt der Mensch so schwer wie das Mitleid, besonders wenn er es verdient. Der Haß ist ein Stärkungsmittel, er belebt und läßt uns an Rache denken; das Mitleid aber tötet, es schwächt noch unsere Schwäche. Es ist das Übel im Gewand des Schwindlers, die Verachtung in der Güte oder die Güte in der Kränkung. Raphaël sah bei dem Hundertjährigen ein triumphierendes, bei dem Kind ein neugieriges, bei der Frau ein zudringliches, bei dem Mann ein auf Nutzen erpichtes Mitleid; aber in welchem Gewand sich dieses Gefühl auch zeigen mochte, immer war es todesschwanger. Einem Dichter wird alles zum Gedicht, sei es nun, je nach den Bildern, die ihn bedrängen, voller Entsetzen oder Freude; seine überspannte Seele verwirft die zarten Schattierungen und wählt stets die starken und satten Farben. Dieses Mitleid brachte in Raphaëls Herzen ein furchtbares Gedicht der Trauer und der Schwermut hervor.

Als er der Natur seinerzeit nahe zu sein wünschte, hatte er gewiß nicht an die Unverstelltheit der natürlichen Gefühle gedacht. Wenn er allein unter einem Baum zu sein glaubte und mit einem hartnäckigen Hustenanfall rang, den er nie bezwang, ohne völlig zerschlagen aus diesem fürchterlichen Kampf hervorzugehen, sah er die glänzenden, feuchten Augen des kleinen Jungen auf sich gerichtet, der wie ein Wilder hinter einem Grasbüschel auf der Lauer lag und ihn mit dieser kindlichen Neugier beobachtete, in der ebenso viel Spott wie Freude und ein seltsames Gemisch aus Interesse und Gefühllosigkeit liegt. In den Augen der Bauern, bei denen Raphaël lebte, schien stets das *Bruder, du mußt sterben* der Trappisten zu stehen; er wußte nicht, was er mehr fürchtete, ihre einfältigen Worte oder ihr Schweigen; alles an ihnen störte ihn. Eines Morgens sah er zwei schwarzgekleidete Männer, die um ihn herumstrichen, ihn beschnupperten und verstohlen beobachteten; schließlich taten sie, als seien sie zu einem Spaziergang hergekommen und richteten banale Fragen an ihn, die er kurz angebunden beantwortete. Er erkannte sie als den Arzt und den Pfarrer des Badeorts, die gewiß von Jonathan hergeschickt, von seinen Wirtsleuten herbeigerufen oder vom Geruch eines nahe bevorstehenden

Todes herbeigelockt worden waren. Da sah er seinen eigenen Leichenzug vor sich, hörte den Gesang der Priester, zählte die Kerzen und sah die Schönheiten dieser reichen Natur, in deren Schoß er das Leben gefunden zu haben glaubte, nur noch durch einen Trauerschleier. Alles, was ihm vor kurzem noch ein langes Leben verheißen hatte, prophezeite ihm nun ein nahes Ende. Am nächsten Tag reiste er nach Paris ab, nicht ohne vorher noch eine Flut trauriger Herzensäußerungen aus dem Munde seiner Wirtsleute über sich ergehen lassen zu müssen.

Er fuhr die ganze Nacht hindurch und erwachte in einem der lieblichsten Täler des Bourbonnais, dessen Landschaften und Ausblicke vor ihm tanzten und rasch vorüberzogen wie die luftigen Bilder eines Traums. Mit einer grausamen Koketterie entfaltete die Natur vor seinen Augen ihre Reize. Bald entrollte der Allier bis in weite Fernen sein feucht schimmerndes Band, dann wieder zeigten Weiler, die sich bescheiden auf dem Grund einer gelbgleißenden Felsschlucht verbargen, die Spitzen ihrer Kirchtürme; bald tauchten die Mühlen eines kleinen Tales plötzlich hinter eintönigen Weinbergen auf, und überall erschienen strahlende Schlösser, an Abhängen erbaute Dörfer oder mit majestätischen Pappeln gesäumte Landstraßen; endlich leuchteten die Loire und ihre weiten, diamanten glitzernden Wasserflächen inmitten ihrer goldenen Bänke aus Sand. Verlockungen ohne Ende!

Die Natur, die rege und lebhaft war wie ein Kind und all die Liebe und den Saft des Monats Juni kaum an sich halten konnte, zog die erloschenen Blicke des Kranken auf verhängnisvolle Weise an. Er schloß die Vorhänge seines Wagens und legte sich wieder schlafen. Gegen Abend, als er Cosne hinter sich gelassen hatte, wurde er von fröhlicher Musik geweckt; er war mitten in ein Dorffest geraten. Die Post lag in unmittelbarer Nähe des Dorfplatzes. Während der Zeit, da die Postillione seinen Wagen mit neuen Pferden bespannten, sah er den Tänzen dieses fröhlichen Völkchens zu, sah die hübschen, scherzenden, mit Blumen geschmückten Mädchen, die ausgelassenen jungen Burschen und schließlich die runden, vom fröhlichen Trunk geröteten Gesichter der alten Bauern. Kleine Kinder tollten übermütig umher, alte Frauen plauderten und lachten: alles war in fröhlicher Eintracht versammelt, und die Freude verschönte sogar die Kleider und die Tische, die man aufgestellt hatte. Der Platz und die Kirche sahen glücklich drein und selbst die Dächer, Fenster und Türen des Dorfes schienen ihren Sonntagsstaat angelegt zu haben.

Wie alle Todkranken schon durch das geringste Geräusch verstimmt, konnte Raphaël weder einen finsteren Fluch unterdrücken noch den Wunsch, die Geigen zum Schweigen zu bringen, all dem Lärm und der Bewegung um ihn Einhalt zu gebieten und das ganze unverschämte Fest auseinanderzujagen. Verdrossen stieg er wieder in seinen Wagen. Als er noch einmal zu dem Platz zurückblickte, sah er die Freude verscheucht, die Bäuerinnen auf der Flucht und die Bänke verlassen. Auf dem Bretterboden des Orchesters blies ein blinder Spielmann auf seiner Klarinette ein quäkendes Rondo weiter. Diese Musik ohne Tänzer, dieser einsame Alte mit dem mürrischen Gesicht, in Lumpen gehüllt und mit spärlichem Haar, im Schatten einer Linde, all das war wie ein phantastisches Abbild von Raphaëls Wunsch. In Strömen ging einer jener starken Regen nieder, die die elektrisch geladenen Juniwolken plötzlich ausschütten und die ebenso schnell wieder enden. Das war etwas so Natürliches, daß Raphaël, nachdem er ein paar weißliche Wolken am Himmel gesehen hatte, die ein leichter Wind davontrieb, gar nicht daran dachte, nach seinem Chagrinleder zu schauen. Er lehnte sich in die Ecke seines Wagens zurück, der bald auf der Landstraße einherrollte.

Am nächsten Tag war er wieder zu Hause, in seinem Zimmer, an seinem Kamin. Er hatte sich ein großes Feuer anzünden lassen, denn ihn fror. Jonathan brachte ihm Briefe. Sie waren alle von Pauline. Er öffnete den ersten in aller Ruhe und entfaltete ihn so gleichgültig, als handelte es sich um das gräuliche Papier einer Steuermahnung. Er las den ersten Satz:

»Verreist! Na, das ist ja eine Flucht, liebster Raphaël ... Wie! Niemand kann mir sagen, wo du bist? Und wenn ich es nicht weiß, wer soll es dann wissen?«

Mehr zu erfahren, hatte er keine Lust; kalt griff er nach den Briefen und warf sie ins Feuer. Mit stumpfem, teilnahmslosem Blick sah er dem Spiel der Flammen zu, in denen das duftende Papier sich krümmte, zusammenschrumpfte, sich drehte und zerfiel.

Einige Fetzen flogen auf die Asche und ließen ihn die Anfänge von Sätzen erkennen, Worte, halb verbrannte Gedanken, die er traumverloren in den Flammen zu entziffern begann.

»... An Deiner Tür gesessen ... gewartet ... Laune ... ich gehorche ... Nebenbuhlerinnen ... ich nicht! Deine Pauline ... liebt ... also keine Pauline mehr? Wenn Du Dich hättest von mir trennen wollen, hättest Du mich nicht verlassen ... Ewige Liebe ... Sterben ...«

Bei diesen Worten ergriff ihn so etwas wie Gewissensbisse: Er nahm die Feuerzange und rettete ein letztes Stück Brief aus den Flammen.

»... Ich habe gemurrt«, schrieb Pauline, »aber ich habe mich nicht beklagt, Raphaël. Wenn Du mich weit von Dir entfernt haben wolltest, so hast Du mir gewiß die Last irgendeines Kummers ersparen wollen. Vielleicht tötest Du mich eines Tages, aber Du bist zu gut, um mich leiden zu lassen. Oh, geh nie wieder so fort. Glaub mir, ich kann die größten Qualen ertragen, aber nur, wenn ich bei Dir bin. Der Kummer, den Du mir bereitetest, wäre kein Kummer mehr: Ich habe in meinem Herzen noch viel mehr Liebe, als ich Dir habe zeigen können. Ich kann alles ertragen, nur nicht, fern von Dir zu weinen und nicht zu wissen, was Du ...«

Raphaël legte diesen vom Feuer geschwärzten Brieffetzen auf den Kamin, dann warf er ihn plötzlich wieder ins Feuer.

Dieses Stück Papier war ein allzu deutliches Bild seiner Liebe und seines unseligen Lebens.

»Geh und hole Monsieur Bianchon«, sagte er zu Jonathan.

Horace kam und fand Raphaël im Bett.

»Lieber Freund, kannst du mir einen leicht opiumhaltigen Trank mischen, der mich in einen dauernden Halbschlaf versetzt, ohne daß der stete Genuß dieses Getränks mir schadet?«

»Nichts leichter als das«, antwortete der junge Doktor; »nur müßtest du trotzdem ein paar Stunden am Tag wach sein, um zu essen.«

»Ein paar Stunden?« unterbrach ihn Raphaël; »nein, nein! Ich will höchstens eine Stunde auf sein.«

»Was willst du denn damit erreichen?« fragte Bianchon.

»Schlafen heißt noch leben!« antwortete der Kranke. – »Laß niemanden herein, und sei es auch Mademoiselle Pauline de Vitschnau«, sagte Valentin zu Jonathan, während der Arzt sein Rezept schrieb.

»Was glauben Sie, Monsieur Horace, gibt es noch Hoffnung?« fragte der alte Diener den jungen Doktor, den er bis zur Freitreppe begleitet hatte.

»Er kann es noch lange machen oder aber heute abend sterben. Die Aussichten auf Leben oder Tod stehen bei ihm gleich. Ich werde aus diesem Fall nicht klug«, antwortete der Arzt und machte eine zweifelnde Gebärde. »Man müßte ihn zerstreuen.«

»Ihn zerstreuen! Monsieur, Sie kennen ihn nicht. Er hat neulich einen Menschen getötet, ohne auch nur mit der Wimper zu zucken. Ihn zerstreut nichts.«

Raphaël blieb einige Tage in das Nichts seines künstlichen Schlafes versunken. Dank der materiellen Macht, die das Opium auf unsere immaterielle Seele ausübt, sank dieser Mann von so gewaltiger, tätiger Phantasie auf die Stufe dieser trägen Tiere nieder, die in der Tiefe der Wälder unter einem Stück Rinde verkommen, ohne auch nur einen Schritt zu tun, um eine leichte Beute zu erhaschen. Er hatte sogar das Licht des Himmels ausgelöscht; kein Tagesschimmer drang mehr zu ihm herein. Gegen acht Uhr abends verließ er sein Bett; ohne ein klares Bewußtsein seiner Existenz zu haben, befriedigte er seinen Hunger und legte sich sogleich wieder hin. Seine frostigen, welken Stunden brachten ihm nur wirre Bilder, Erscheinungen, Halbschatten auf schwarzem Grund. Er hatte sich in ein tiefes Schweigen vergraben, in eine Verneinung der Bewegung und des Denkens. Eines Abends erwachte er sehr viel später als üblich und fand sein Essen nicht serviert. Er läutete nach Jonathan.

»Du kannst gehen«, sagte er. »Ich habe dich reich gemacht, du kannst glücklich sein auf deine alten Tage; aber ich will nicht mehr, daß du mit meinem Leben spielst ... Wie! Elender, ich habe Hunger. Wo ist mein Essen? Antworte!«

Jonathan lächelte zufrieden, nahm eine Kerze, deren Licht in der tiefen Dunkelheit der riesigen Räume des Hauses zitterte, führte seinen Herrn, der wieder zu einer Art Maschine geworden war, zu einem großen Saal und öffnete dessen Tür mit einem Ruck. Im gleichen Augenblick stand Raphaël in einem Meer von blendendem Licht; ein unerhörtes Schauspiel überraschte ihn. Er sah seine Kronleuchter mit Kerzen besteckt, die seltensten Blumen seines Treibhauses kunstvoll verteilt, eine gewaltige Tafel voller glänzendem Silber, Gold, Perlmutt und Porzellan, ein königliches, dampfendes Mahl, dessen leckere Gerichte den Gaumen reizten. Er sah seine Freunde versammelt und zwischen ihnen hinreißende Frauen voller Schmuck, mit tief ausgeschnittenen Kleidern, nackten Schultern, Blumen im Haar, funkelnden Augen, alle von unterschiedlicher Schönheit, verlockend in wollüstigen Verkleidungen: die eine hatte ihre reizenden Formen durch ein irisches Jäckchen betont, die andere trug die unzüchtige Basquina der Andalusierinnen; diese stellte halbnackt die Jägerin Diana dar, jene hatte sich züchtig verliebt in das Kostüm der Mademoiselle de La Vallière[147] gehüllt, beide waren sie dem Rausch geweiht. In den Blicken aller Gäste blitzten Freude, Liebe, Sinnenlust.

In dem Augenblick, da Raphaëls Totenantlitz in der Türöffnung erschien, brach ein Sturm des Beifalls aus, jäh und lodernd wie die Strahlen dieses spontanen Festes. Die Stimmen, die Düfte, das Licht, diese Frauen von überwältigender Schönheit reizten alle seine Sinne und weckten sein Verlangen. Köstliche Musik tönte aus einem benachbarten Salon, überdeckte diesen berauschenden Tumult mit einer Flut von Harmonien und vervollständigte diese seltsame Vision. Raphaël fühlte seine Hand von einer schmeichelnden Hand gedrückt, von der Hand einer Frau, deren frische und weiße Arme sich hoben, um ihn an sich zu ziehen: es war die Hand Aquilinas. Er begriff, daß dieses Bild nicht verschwommen und phantastisch war wie die flüchtigen Bilder seiner farblosen Träume; er stieß einen dumpfen Schrei aus, schloß hastig die Tür und züchtigte seinen alten Diener mit einem Schlag ins Gesicht.

»Ungeheuer, du hast also geschworen, mich umzubringen!« schrie er.

Dann, noch immer zitternd ob der Gefahr, der er soeben ausgesetzt gewesen, fand er die Kraft, sich in sein Zimmer zurückzuschleppen, trank eine starke Dosis seines Schlafmittels und legte sich zu Bett.

»Zum Teufel!« sagte Jonathan und richtete sich wieder auf. »Dabei hat Monsieur Bianchon mir doch ausdrücklich aufgetragen, ihn zu zerstreuen.«

Es war gegen Mitternacht. Durch eine Laune der Physiologie, die das Erstaunen und die Verzweiflung der medizinischen Wissenschaft sind, war der schlafende Raphaël um diese Stunde von einer strahlenden Schönheit. Ein lebhaftes Rosa färbte seine bleichen Wangen. Seine Stirn, die anmutig wie die eines jungen Mädchens war, kündete von Genie. Blühendes Leben sprach aus seinem stillen, gelösten Antlitz. Er glich einem kleinen Kind, das unter der Obhut seiner Mutter eingeschlafen ist. Sein Schlaf war ein guter Schlaf, gleichmäßiger, reiner Atem drang aus seinem roten Mund, er lächelte, gewiß hatte ein Traum ihn in ein schönes Leben versetzt.

Vielleicht war er hundert Jahre alt, vielleicht wünschten seine Enkelkinder ihm ein langes Leben; vielleicht saß er auf seiner ländlichen Bank unter dem Blätterdach in der Sonne und erblickte wie der Prophet vom Gipfel des Berges aus das Gelobte Land in verheißungsvoller Ferne ...

»Da bist du also!«

Diese mit Silberstimme gesprochenen Worte verscheuchten die verschwommenen Gestalten seines Traums. Beim Schimmer der Lampe sah er Pauline auf seinem Bett sitzen, seine Pauline, die durch die Trennung und den Schmerz noch schöner geworden war. Raphaël war betroffen beim Anblick dieses Gesichts, das weiß war wie die Blütenblätter einer Seerose und das, umflossen von langen schwarzen Haaren, im Dunkel des Zimmers noch bleicher schien. Tränen hatten ihre glitzernde Spur über ihre Wangen gezogen und hingen dort, bereit, bei der geringsten Bewegung herabzufallen. Weiß gekleidet, den Kopf geneigt, das Bett kaum berührend, saß sie da wie ein Engel, der vom Himmel herabgestiegen war, wie eine Erscheinung, die ein Hauch verscheuchen konnte.

»Ach, ich habe alles vergessen!« rief sie, als Raphaël die Augen aufschlug. »Meine Stimme gehört mir nur, um dir zu sagen: Ich bin dein! Ja, nichts als Liebe ist in meinem Herzen. Ach, Engel meines Lebens, noch nie warst du so schön. Wie deine Augen blitzen ..., ach geh, ich ahne alles! Du hast ohne mich gesund werden wollen, du hast mich gefürchtet ... Nun ...«

»Fort! Fort! Laß mich allein!« antwortete Raphaël endlich mit tonloser Stimme. »So geh doch! Wenn du bleibst, sterbe ich. Willst du, daß ich sterbe?«

»Sterben!« antwortete sie. »Kannst du ohne mich sterben? Sterben, aber du bist jung! Sterben, aber ich liebe dich! Sterben!« wiederholte sie mit tiefer, kehliger Stimme und griff mit einer wilden Bewegung nach seinen Händen ... »Sie sind kalt«, sagte sie, »träume ich?«

Raphaël zog unter seinem Kopfkissen den Überrest seines Chagrinleders hervor, das jetzt zart und klein war wie das

Blatt eines Immergrüns, und zeigte es ihr. »Pauline, schönes Bild meines schönen Lebens, laß uns einander Lebewohl sagen!« sagte er.

»Lebewohl?« wiederholte sie erstaunt.

»Ja. Das hier ist ein Talisman, der meine Wünsche erfüllt und der mein Leben darstellt. Sieh, wieviel mir noch bleibt. Wenn du mich noch länger anschaust, sterbe ich ...«

Das junge Mädchen glaubte, Valentin sei verrückt geworden, nahm den Talisman und holte die Lampe. In dem flakkernden Licht, das sich gleichermaßen über Raphaël und den Talisman ausbreitete, musterte sie aufmerksam das Gesicht ihres Geliebten und das letzte Stück des magischen Leders. Als er Pauline so schön in ihrer Angst und Liebe sah, war er nicht mehr Herr seiner Gedanken: Die Erinnerungen an die zärtlichen Stunden und trunkenen Wonnen seiner Leidenschaft obsiegten in seiner seit langem schlummernden Seele und erwachten darin wie ein schlecht gelöschtes Feuer.

»Pauline, komm! ... Pauline! ...«

Ein furchtbarer Schrei drang aus der Kehle des jungen Mädchens, ihre Augen weiteten sich; ihre von einem unermeßlichen Schmerz zusammengepreßten Brauen riß das Entsetzen empor, sie las in Raphaëls Augen ein rasendes Verlangen, wie es einst ihr Stolz gewesen; aber je größer dieses Verlangen wurde, desto mehr schrumpfte das Stück Leder in ihrer Hand. Ohne zu überlegen, flüchtete sie in das Nachbarzimmer und verschloß dessen Tür.

»Pauline! Pauline!« rief der Sterbende und eilte ihr nach. »Ich liebe dich, ich bete dich an, ich begehre dich! ... Ich verfluche dich, wenn du mir nicht aufmachst! Ich möchte bei dir sterben!«

Mit außergewöhnlicher Kraft, dem letzten Ausbruch des Lebens, stieß er die Tür zu Boden und sah, wie seine Geliebte sich halbnackt auf einem Diwan wälzte. Pauline hatte vergebens versucht, sich die Brust zu zerfleischen, und um einen raschen Tod zu finden, wollte sie sich mit ihrem Schal erwürgen.

»Wenn ich sterbe, wird er leben!« sagte sie und versuchte, die Schlinge zusammenzuziehen, die sie gemacht hatte.

Ihr Haar hatte sich gelöst, ihre Schultern waren nackt, ihre Kleider in Unordnung, und wie sie sich so in diesem Kampf mit dem Tod in furchtbarer Verzweiflung umherwarf, die Augen tränenüberströmt, das Gesicht entflammt, bot sie dem liebestrunkenen Raphaël tausend Reize, die seine Raserei noch steigerten; mit der Geschmeidigkeit eines Raubvogels stürzte er sich auf sie, zerriß den Schal und wollte sie in seine Arme nehmen.

Der Sterbende suchte nach Worten, um das Verlangen auszudrücken, das all seine Kräfte verzehrte; allein es drangen nur noch von Röcheln erstickte Laute aus seiner Brust, und jeder Atemzug, der zuvor hohl geklungen hatte, schien nun aus seinen Eingeweiden zu kommen. Als er schließlich keinen Laut mehr hervorbringen konnte, biß er Pauline in die Brust. Entsetzt über die Schreie, die er vernommen, kam Jonathan herbeigeeilt und versuchte, dem jungen Mädchen den Leichnam zu entreißen, auf dem es in einer Ecke kauerte.

»Was wollen Sie?« sagte Pauline. »Er gehört mir, ich habe ihn umgebracht; habe ich es nicht vorausgesagt?«

Epilog

»Und Pauline?«

»Ah! Pauline? Also gut. Sind Sie manchmal an einem stillen Winterabend zu Hause vor ihrem Kamin sitzen geblieben, wollüstig in Erinnerungen an die Liebe oder die Jugend versunken, und haben dabei den Mustern zugeschaut, die das Feuer auf ein Stück Eichenholz zaubert? Hier zeichnet das Feuer die roten Felder eines Damebretts; dort glänzt es wie Samt; kleine Flammen laufen, hüpfen und züngeln spielerisch über den glühenden Grund. Da kommt ein unbekannter Maler und bedient sich dieser Flamme; mit einzigartiger Kunst zeichnet er mitten in diese flammenden violetten oder purpurroten Farben eine Gestalt, die übernatürlich und von wundervoller Zartheit ist, eine flüchtige Erscheinung, die der Zufall nicht noch einmal erschafft: es ist eine Frau, deren Haare im Wind wehen und deren Antlitz eine selige Leidenschaft atmet: Feuer im Feuer! Sie lächelt und vergeht, Sie werden sie nie wiedersehen. Leb wohl, du Blüte der Flamme! Leb wohl, du unerwarteter, unvollendeter Stoff, der du zu früh oder zu spät gekommen bist, um ein schöner Diamant zu werden.«

»Aber Pauline?«

»Haben Sie nicht verstanden? Also noch mal. Platz! Platz da! Sie naht, sie ist da, die Königin der Illusionen, die Frau, die wie ein Kuß vorübergeht, die Frau, die feurig ist wie ein Blitz und wie er glühend vom Himmel niederfährt, das unerschaffene Wesen, das ganz Geist, ganz Liebe ist! Sie hat sich in den Körper einer Flamme gehüllt, oder die Flamme ist für sie einen Augenblick lang zum Leben erwacht. Die Reinheit ihrer Linien sagt Ihnen, daß sie vom Himmel kommt. Strahlt sie nicht wie ein Engel? Hören Sie nicht das Schwirren Ihrer Flügel in den Lüften? Leichter als ein Vogel läßt sie sich neben Ihnen nieder, und ihre furchtbaren Augen schlagen Sie in Bann; ihr sanfter, aber mächtiger Atem zieht mit magischer Kraft Ihre Lippen an; sie flieht und reißt Sie mit sich empor,

Sie fühlen die Erde nicht mehr. Sie wollen ein einziges Mal Ihre gekitzelte, Ihre leidenschaftlich erregte Hand über diesen schneeigen Leib gleiten lassen, in ihr goldenes Haar greifen, ihre glitzernden Augen küssen. Ein Duft berauscht, eine bezaubernde Musik verzückt Sie. Sie beben mit jeder Fiber, Sie sind ganz Verlangen, ganz Leiden. O namenloses Glück! Sie haben die Lippen dieser Frau berührt; aber mit einem Mal weckt Sie ein grausamer Schmerz. Haha! Sie sind mit dem Kopf gegen die Bettkante gestoßen, Sie haben das braune Mahagoni, die kalten Vergoldungen, irgendein Stück Bronze, einen kupfernen Amor geküßt.«

»Aber Monsieur, Pauline?«

»Immer noch nicht? So hören Sie. Eines schönen Morgens, bei der Abfahrt von Tours, hielt ein junger Mann an Bord der *Ville d'Angers* die Hand einer hübschen Frau in seiner Hand. So vereint bewunderten beide lange Zeit über den breiten Wassern der Loire eine weiße Gestalt, die dem Schoß des Nebels entschlüpft war wie eine Frucht des Wassers und des Lichts oder eine Laune der Wolken und der Luft. Bald Undine, bald Sylphide, schwebte dieses gestaltlose Wesen in den Lüften wie ein vergebens gesuchtes Wort, das durch das Gedächtnis irrt, ohne daß man es zu fassen bekommt; sie wandelte zwischen den Inseln und lugte zwischen den Zweigen der hohen Pappeln hervor; dann wurde sie riesengroß, brachte die tausend Falten ihres Rocks zum Leuchten oder den Strahlenkranz, den die Sonne um ihr Antlitz zeichnete, zum Glänzen, sie schwebte über die Weiler und Hügel hin und schien dem Dampfschiff verwehren zu wollen, am Schloß Ussé vorüberzufahren. Man mochte sie für den Geist der Dame des belles cousines[148] halten, die ihr Land vor den modernen Invasionen schützen wollte.

»Schön, ich verstehe; so viel zu Pauline. Aber Feodora?«

»Oh, Feodora, der begegnen Sie bestimmt ... Sie war gestern in den Bouffons, heute abend geht sie in die Oper, sie ist überall. Sie ist, wenn Sie so wollen, die Gesellschaft.«

Paris, 1830–31.

Anmerkungen

Der Übersetzung liegt die Ausgabe zugrunde: Honoré de Balzac: La Peau de chagrin. Introduction, notes et relevé de variantes par Maurice Allem. Paris: Garnier Frères, 1967. (Classiques Garnier.)

1 *Für Monsieur Savary:* Balzac widmete seinen Roman Félix Savary (1797–1841), einem Lehrer an der École Polytechnique für Geodäsie und Maschinenbau, der sich vor allem mit Mathematik und Astronomie beschäftigte.

2 *Tristram Shandy:* In Lawrence Sternes Roman *Tristram Shandy* stellt eine vertikale Schlangenlinie die Bewegung dar, die der Korporal Trim mit seinem Stock in der Luft vollführt, um Onkel Toby seine ablehnende Haltung gegenüber der Ehe auseinanderzusetzen – womit er, wie es heißt, den »Geist der Überlegung und des Vergleichs« heraufbeschwört, den er nur mit einer Erzählung wieder hinwegbeschwören kann. Balzac hat die Zeichnung in leicht veränderter Form übernommen, spätere Verleger haben ihre Bedeutung mißverstanden und daraus eine Schlange mit Kopf, Zunge, Schwanz und Schuppen gemacht.

3 *Oktober 1829:* Diese Jahreszahl wird erst in der 1845 erschienenen Auflage des Romans genannt. In der 1831 erstmals vollständig veröffentlichten Ausgabe hatte es ursprünglich »Oktober letzten Jahres« geheißen. Die folgenden Ereignisse (mehrfach ist von der Julirevolution 1830 die Rede) sprechen dafür, daß der unter großem Zeitdruck nicht immer bis ins letzte Detail sorgfältig arbeitende Balzac sich schlicht um ein Jahr vertan hat.

4 *Palais-Royal:* Das Palais-Royal, 1633 von Kardinal Richelieu begonnen und später Wohnsitz der Prinzen des Hauses Orléans, war während der Revolution, des Kaiserreichs und der ersten Jahre der Restauration ein Vergnügungszentrum mit Restaurants, Spielsälen und Freudenhäusern.

5 *Guazacoalco:* in den Golf von Mexiko mündender Fluß, an dem Frankreich 1823 versuchsweise eine Strafkolonie errichtete.

6 *Darcets Gallertsuppen:* Jean-Pierre-Joseph Darcet (1777–1844), französischer Chemiker, Akademiemitglied, dessen Interesse in erster Linie der praktischen Anwendung der Chemie galt. Unter anderem beschäftigte er sich mit der Zusammensetzung von Knochen, gewann aus den darin enthaltenen Gallerten einen Leim von

bis dahin ungekannter Qualität sowie ein Nahrungsmittel, von dessen Nährwert er sich allerdings – wie sich herausstellte – falsche Vorstellungen gemacht hatte.

7 *Place de Grève:* seit 1806 der Place de l'Hôtel de Ville, auf dem zwischen 1310 und 1830 alle großen Hinrichtungen vollzogen wurden.

8 *Di tanti palpiti:* (ital.) »Von so viel Herzklopfen«, Anfangsworte der Schlußcabaletta der Oper »Tancredi« von Rossini.

9 *seit 1793:* Anspielung auf die als »Schreckenszeit« bezeichnete Phase der Französischen Revolution, in der – unter der Führung Robespierres – die blutige Diktatur der Jakobiner herrschte.

10 *Lord Castlereagh:* Robert-Henry Steward (1769–1822), zweiter Marquis von Londonderry, Viscount von C., Tory-Minister und Gesandter Englands bei den Kongressen zu Châtillon und zu Wien. Kurz vor der geplanten Abreise zu dem Kongreß von Verona, schnitt er sich in einem Anfall von Spleen auf seinem Schloß in North Cray Place die Kopfschlagader auf.

11 *Auger:* Louis-Simon A. (1772–1829), französischer Literaturkritiker, Schriftsteller, Journalist und Herausgeber von Werken großer französischer Autoren des 17. und 18. Jahrhunderts; ständiger Sekretär der Académie française. Auger war ein ebenso heftiger wie angefeindeter Gegner der Romantik. Am 5. Januar 1829 verließ er sein Haus und ward nicht mehr gesehen. Mehrere Wochen später wurde sein Leichnam aus der Seine gefischt.

12 *Monsieur Dacheux:* 1830 Inspektor der für die Erste Hilfe Ertrinkender in Paris an beiden Ufern der Seine errichteten Rettungsstationen.

13 *Räucherungen:* Eine zeitgenössische Maßnahme zur Wiederbelebung Ertrunkener bestand darin, daß man ihnen mit Hilfe einer in den After eingeführten Spritze Tabakrauch in den Dickdarm blies.

14 *Caliban:* der wilde und mißgestaltete, heimtückische Diener des Prospero in dem Drama *Der Sturm* von Shakespeare.

15 *Bernard Palissy:* französischer Glasmaler, Töpfer, Schriftsteller und Naturwissenschaftler (1510–89); er entdeckte das Verfahren, Tongefäße mit farbigem Email herzustellen, und wurde berühmt durch seine Fayencen mit tierischen und pflanzlichen Darstellungen.

16 *Madame Jacotot:* Marie-Victoire Jacquotot (1778–1855), nicht: J., wie Balzac schreibt, französische Porzellanmalerin, die lange Zeit

für die Manufaktur von Sèvres arbeitete. Kopierte die Werke zahlreicher großer Maler auf Porzellan und schuf auch eine Reihe von Porträts. 1828 wurde sie von Karl X. als »erste königliche Porzellanmalerin« ausgezeichnet.

17 *Ruyschs Kabinett:* Fredrik Ruysch (1638–1731), niederländischer Anatom, der in Amsterdam lehrte und ein besonderes Verfahren zur Konservierung anatomischer Präparate entwickelte. Seine Sammlung wurde 1717 von Peter dem Großen erworben und der Akademie in Petersburg zur Verfügung gestellt.

18 *Lara:* Titelheld der gleichnamigen Verserzählung von Lord Byron (1814), Fortsetzung des *Korsaren*; sie erzählt vom Leben eines Seefahrers und Piraten.

19 *Rebec:* kleine, dreisaitige Geige.

20 *Corinna:* Griechische Lyrikerin (5. Jh. v. Chr.), ebenso berühmt für ihre Schönheit wie für ihr Talent; Rivalin Pindars.

21 *Werke Cuviers:* Anspielung auf die zoologischen Arbeiten des Paläontologen und Naturforschers Georges Baron de C. (1769–1832), der 1812, zusammen mit Alexandre Brongniart, auch eine »Geologische Beschreibung der Umgebung von Paris« verfaßt hatte.

22 *Funambules:* Das am Boulevard du Temple gelegene »Théâtre des Funambules« wurde 1815 gegründet. 1830 erhielt das Theater, in dem bislang nur Marionettentheater und Pantomimen aufgeführt werden durften, die Erlaubnis, Vaudevilles zu spielen. Der berühmte Schauspieler Jean-Baptiste Deburau (1796–1846) schuf hier die schon bei den Zeitgenossen sehr populäre Gestalt des Pierrot.

23 *Siegel Salomos:* das sternförmige Hexagon mit dem Namen Gottes, das Salomo auf seinem Ring getragen haben soll und das in der Kabbalistik als Talisman der Weisheit und der Zauberei eine große Rolle spielt.

24 *Sanskrit:* Die »geheimnisvollen Worte« sind nicht in Sanskrit, sondern in arabischen Lettern verfaßt. »Sanskrit« hatte Balzac auch schon in der ersten Auflage geschrieben, die allein die französische Version der Inschrift enthielt.

25 *Regenten:* Gemeint ist Philipp von Orléans, der zwischen 1715 und 1723 die Regentschaft für den minderjährigen Ludwig XV. führte.

26 *Swedenborgs:* Balzac hatte sich ausführlicher mit den Schriften und der Person des schwedischen Theosophen und Mystikers

Emanuel von S. (1688–1772) auseinandergesetzt. In seinem Roman *Seraphita* etwa ist Seraphitas Vater, der Baron Saraphitus, ein Vetter und Schüler Swedenborgs.

27 *Léonarde:* Figur der Köchin in dem Roman *Gil Blas* von Alain-René Le Sage (1668–1747).

28 *Rastignac:* Eugène de R., geboren 1797 auf Rastignac bei Ruffec, kommt 1819 als armer Student nach Paris und wird schließlich 1845 Pair von Frankreich. Er ist eine der zentralen Figuren in Balzacs *Comédie humaine* und tritt unter anderem im *Vater Goriot*, den *Verlorenen Illusionen* und in *Das Bankhaus Nucingen* auf.

29 *Bouffons:* traditionelle Bezeichnung für das 1789 gegründete »Théâtre des Italiens«.

30 *umgezogen ist:* d. h. von der traditionellen Wohngegend des Adels in die der Finanzbourgeoisie.

31 *Panurge:* Figur aus Jean-François Rabelais' Roman *Gargantua und Pantagruel.*

32 *Crispins:* Crispin, dreiste und stets auf das eigene Wohl bedachte Dienergestalt der Commedia dell'arte.

33 *Taillefer:* Jean-Fréderic T., geboren 1779 in Beauvais, tritt innerhalb der *Comédie humaine* unter anderem noch in *Vater Goriot* und *Das Bankhaus Nucingen* auf. Er hat sich durch die Ermordung eines reichen Kaufmanns ein Vermögen erworben; die Schuld an diesem Verbrechen wird seinem Freund Prosper Magnan zugeschrieben, der dafür verurteilt und hingerichtet wird (*Die rote Herberge*).

34 *Roten Korsaren:* Anspielung auf den Protagonisten des zeitgenössischen Romans *Der rote Korsar* (1828) von James Fenimore Cooper (1789–1851).

35 *Botany-Bay:* große Bucht an der Südostküste Australiens, von den Engländern ursprünglich als Standort für eine Strafkolonie vorgesehen. Die Sträflinge wurden aber schließlich in die Nähe der Bucht, nach Port Jackson deportiert; aus dieser Ansiedlung entstand die Stadt Sydney.

36 *De Viris illustribus: De Viris illustribus urbis Romae* (*Über berühmte Männer der Stadt Rom*, 1775), ein seinerzeit weitverbreitetes Elementarbuch des Abbé Charles-François Lhomond (1727–94) zum Erlernen der römischen Geschichte.

37 *Meister Alcofribas:* Figur aus dem Roman *Gargantua und Pantagruel* von Rabelais.

38 *Saint-Simonist:* Anhänger der Lehre des französischen Sozialphi-

losophen Claude-Henri Comte de Saint-Simon (1760–1825), einem Hauptvertreter des utopischen Sozialismus.

39 *Kavatine:* knappe Arie, meist in der Oper, mit liedmäßigem Charakter.

40 *Eintracht und Vergessen:* Eintracht mit den Bonapartisten und Vergessen der gegen die Revolution gerichteten Aufstände in der Vendée.

41 *Freundes:* s. Balzacs Erzählung *Die rote Herberge*, vgl. auch Anm. 33.

42 *Cambacérès:* Jean-Jacques Régis de C. (1753–1824) war in verschiedenen Regierungen gleichermaßen erfolgreich und nacheinander Präsident des Nationalkonvents, Mitglied des Wohlfahrtsausschusses und Zweiter Konsul; im Kaiserreich Erzkanzler und Senatspräsident.

43 *Brillat-Savarin:* Anthelme B.-S. (1755–1826), berühmt geworden durch sein Werk *Physiologie des Geschmacks oder Betrachtungen über das höhere Tafelvergnügen* (1825), eine mit Anekdoten, Aphorismen und Rezepten angereicherte Huldigung der Gastronomie und der Tafelfreuden.

44 *Non cecidit animus:* (lat.) Der Geist ist nicht geschwächt.

45 *den Bossuet zu machen:* Anspielung auf den bedeutenden französischen Kanzelredner und Historiker Jacques-Bénigne B. (1625–1704), der u. a. in seiner Schrift *Politique tirée des propres paroles de l'Écriture Sainte* eine theoretische Begründung des Absolutismus und des Gottesgnadentums lieferte.

46 *Ballanches:* Pierre-Simon Ballanche (1776–1847), französischer Schriftsteller, Mitglied der Académie française und Freund der Mme de Récamier; war einer mystisch-christlichen Vorstellungswelt verhaftet und versuchte, dem Gang der Geschichte eine religiöse Bedeutung zu geben.

47 *Canalis:* Constant-Cyr-Melchior, Baron de C., geboren 1800 in Canalis, Dichter und Haupt der »Seraphischen Schule«, später Minister und Pair von Frankreich, ist eine fiktive Figur, die in mehreren Romanen der *Comédie humaine* auftritt, u. a. in *Zwei Frauen* und in *Modeste Mignon*.

48 *Monbard:* M. oder Montbars (1645–?), genannt »der Vernichter«, berühmter französischer Freibeuter und erbitterter Feind Spaniens; Held mehrerer Romane und eines Melodramas von Aubertin und Bosquier-Gavaudan.

49 *Charlet:* Nicolas Ch. (1792–1845), seinerzeit sehr populärer fran-

zösischer Maler, Zeichner und Lithograph; trug durch zahlreiche glorifizierende Darstellungen der Soldaten des Empire zum Napoleonmythos bei.

50 *Malibran:* Maria Felicia García M. (1808–36), Tochter des spanischen Tenors Manuel García. Berühmte Opernsängerin mit einer drei Tonleitern umfassenden Stimme, die zunächst in London, Mexiko, New York und ab 1828 in Paris auftrat.

51 *Seigneur des Accords:* Étienne Tabourot, Seigneur des A. (1549–90), Advokat und schon zu Lebzeiten Balzacs weitgehend vergessener französischer Dichter.

52 *Karlist:* Anhänger des durch die Revolution von 1830 gestürzten Karls X.

53 *Juli:* d. h. während der Julirevolution von 1830.

54 *Geschichte … sieben Schlösser:* 1830 erschienene Erzählung von Charles Nodier (1780–1844).

55 *Charenton:* Irrenanstalt in Charenton-le-Pont am Zusammenfluß von Seine und Marne in der Nähe von Paris.

56 *Sordinen:* Dämpfer bei Musikinstrumenten.

57 *Revue des deux Mondes:* 1829 gegründete Kulturzeitschrift. Die Anspielung bezieht sich auf ihren damaligen Direktor François Buloz, der seines einen Auges wegen Gegenstand allgemeinen Spottes war und der »Polyphem der Rue Saint-Benoît« genannt wurde.

58 *Thomires:* Pierre-Philippe Thomire (1751–1844), Fabrikant ziselierter Bronzen, Hoflieferant Ludwigs XVI., später arbeitete er für den Grafen von Artois und den Herzog von Berry.

59 *in Sèvres kopiert:* Seit 1756 gab es in Sèvres eine berühmte Porzellan-Manufaktur; als Vorlagen wurden auch Bilder alter Meister benutzt.

60 *Bichat:* Marie-François-Xavier B. (1771–1802), berühmter französischer Arzt und Anatom.

61 *dem Pantagruel als Schluß:* Anspielung auf das Ende des Romans *Gargantua und Pantagruel* von Rabelais.

62 *Diis ignotis:* (lat.) Den unbekannten Göttern.

63 *Lebel:* Dominique-Guillaume L. (1696–1768), erster Kammerdiener Ludwigs XV.

64 *Geretteten Venedig:* Aquilina ist der Name einer Figur aus der Tragödie *Das gerettete Venedig* (1682) des englischen Dramatikers Thomas Otway (1652–85).

65 *La Rochelle:* Als Vertreter des französischen Carbonarismus hat-

ten sich die Serganten Bories, Gaulin, Raoulx und Pomier in La Rochelle an einer gegen die Bourbonen und die Restauration gerichteten Verschwörung beteiligt und waren 1822 in Paris hingerichtet worden.

66 *Clamart:* ehemaliger Pariser Friedhof an der Rue du Fer-à-Moulin.

67 *Carymary, carymara:* Anspielung auf eine Szene aus dem anonymen Schwank *Maistre Pierre Pathelin* (um 1470), in der Pathelin das Delirium simuliert, um einen Tuchmacher zu prellen (»Otez ces gens noirs! Marmara / Carimari, carimara / amenez-les-moi, amenez!«). Rabelais hat die Worte in seinen *Gargantua* aufgenommen (vgl. 1. Buch, Kapitel 17).

68 *Pyrrhons:* Pyrrhon (um 365–275 v. Chr.), griechischer Philosoph und Begründer des Skeptizismus, der die Möglichkeit der Wahrheitserkenntnis verneint.

69 *Buridans Esel:* Dem scholastischen Philosophen Jean Buridan (um 1300–66) wird – ohne daß sich in seinen Texten ein Beleg dafür finden ließe – das Gleichnis des Esels zugeschrieben, der sowohl Hunger als auch Durst hat, sich gleich weit von einem Bündel Heu und einem Eimer Wasser befindet und schließlich stirbt, weil er sich nicht entscheiden kann.

70 *Pont Notre-Dame:* Hebepumpe am Pont Notre-Dame, die mehrere Pariser Springbrunnen mit Wasser versorgte.

71 *Damiens:* Robert-François D. (1715–57) versetzte 1757 Ludwig XV. einen harmlosen Messerstich, als »Warnung«, daß der König seinen Pflichten besser gerecht werden müsse, und wurde dafür auf der Place de Grève öffentlich gevierteilt.

72 *Véry:* Pariser Café und Restaurant im Palais-Royal, das von 1805–45 von der Familie Véry geführt wurde.

73 *Villèle:* Jean-Baptiste-Guillaume-Joseph, Comte de V. (1773 bis 1854), Verbündeter der Bourbonen und Führer der Ultraroyalisten unter der Restauration. Setzte u. a. als Finanzminister die reaktionären Gesetze zur politischen, militärischen und sozialen Reorganisation des Landes durch.

74 *Marceline:* Mutter des Figaro in *Die Hochzeit des Figaro* (1784) von Beaumarchais.

75 *Chénier:* Anspielung auf eine verbreitete Anekdote über den französischen Dichter André Ch. (1762–94), der sich gegen den Terror der Jakobiner gewandt hatte und 1794 zum Tode verurteilt wurde. Kurz vor seiner Hinrichtung soll Chénier sich an die Stirn

geklopft und gesagt haben: »Und dabei habe ich hier etwas drin gehabt!«

76 *Pont-des-Arts:* Das Überschreiten des Pont-des-Arts kostete damals einen Sou Brückenzoll.

77 *Theorie des Willens:* Auch Louis Lambert in Balzacs gleichnamigem Roman verfaßt während seiner Zeit als Schüler im Collège de Vendôme eine »Theorie des Willens«.

78 *Beresina:* Auf ihrem fluchtartigen Rückzug von Moskau überquerten die Franzosen im November 1812 die Beresina, wobei sie schwere Verluste erlitten.

79 *Fürstin Borghese:* Napoleons Schwester Pauline Bonaparte (1780–1825), die 1803 den Fürsten Camillo Borghese heiratete.

80 *Carlo Dolci:* florentinischer Maler (1616–86); die allegorische Darstellung, auf die Balzac hier anspielt, befindet sich in der Galerie Corsini in Florenz.

81 *Chrysostomos:* Johannes Ch. (347–407), Kirchenvater, den man seiner Beredsamkeit wegen »Goldmund« nannte.

82 *Bois:* Gemeint ist der Bois de Boulogne.

83 *de Restaud:* Delphine de Nucingen und Anastasie de R. sind die beiden heißgeliebten Töchter des Père Goriot und treten – wie auch die fiktive Figur Madame de Sérizy – in mehreren Romanen der *Comédie humaine* auf.

84 *Prinzessin:* Ironie oder ein Irrtum Balzacs.

85 *Lauzuns:* Antoine Nompar de Caumont, Duc de L. (1633–1723), berühmt für seine galanten Abenteuer; verliebte sich in die Mademoiselle de Montpensier, eine Kusine Ludwigs XIV.; von Neidern beeinflußt, widerrief der König seine zunächst gegebene Heiratserlaubnis und ließ Lauzun ins Gefängnis stecken. Nach zehn Jahren kam Lauzun frei und heiratete heimlich die Prinzessin. Die Ehe hielt dann allerdings nicht lange.

86 *Kroatien:* Im 17. Jahrhundert gehörten schmale, leinene oder seidene Halstücher zur Uniform der Reiter der kroatischen Armee. Unter Ludwig XIV. ahmte man diese Kleidungsform in einem Regiment nach, das in der Folge »Royal-Croate« und schließlich »Royal-Cravate« genannt wurde. Etymologisch erklärt sich das Wort »cravate« also aus dem Wort »croate«.

87 *Marschall Soult:* Nicolas Jean de Dieu S., Maréchal de France (1769–1851), hatte von seinem Feldzug 1811 in Spanien eine Gemäldesammlung spanischer Meister mitgebracht. Balzac spielt

vermutlich auf Murillos »Unbefleckte Empfängnis der Heiligen Jungfrau« an, die sich heute im Louvre befindet.

88 *Lescombat:* Gemeint sind die leidenschaftlichen Briefe der Marie-Catherine L. (1725–55) an ihren Geliebten, in denen sie ihn zum Mord an ihrem Ehemann anstiftete; beide wurden nach Aufdekkung des Verbrechens in Montfaucon gehängt.

89 *Clarissa Harlowe: Clarissa; or The History of a Young Lady* (1748), Briefroman von Samuel Richardson (1689–1761); Robert Lovelace ist der gewissenlose Verführer der tugendhaften, schönen und intelligenten Clarissa.

90 *Arsinoë:* Figur aus Molières Komödie *Der Misanthrop* (1666).

91 *Araminte:* Figur aus Marivaux' Komödie *Falsche Geständnisse* (1737).

92 *Érard:* Sébastien É. (1752–1831), Instrumentenbauer, Erfinder der modernen, mit zwei Pedalen versehenen Form des Klaviers und der Harfe.

93 *Café de Paris:* seinerzeit berühmtes Café und Restaurant an der Ecke des Boulevard des Italiens und der Rue Taitbout.

94 *Museum:* das 1794 im Jardin des Plantes angelegte naturwissenschaftliche Museum.

95 *Polyklet:* athenischer Bildhauer (2. Jh. v. Chr.). Balzac spielt auf die Statue eines Hermaphroditen im Louvre an, die Winkelmann dem Polyklet zuschrieb. Bei dem Roman, der auf phantastische Weise die Geschichte eines Hermaphroditen gestaltet, handelt es sich um *Fragoletta, Naples et Paris en 1799* (1829), ein heute vergessenes Werk, das Balzac seinerzeit sehr positiv im *Mercure du XIXe siècle* rezensiert hatte.

96 *Lady Delacour:* Figur aus dem Roman *Belinda* (1801) von Maria Edgeworth (1767–1849).

97 *Pria che spunti:* Arie aus Domenico Cimarosas (1749–1801) Oper »Die heimliche Ehe« (1792).

98 *Gymnase:* das Théâtre du Gymnase, Boulevard Bonne-Nouvelle 38, ein unter der Schirmherrschaft der Duchesse du Barry im Jahre 1820 gegründetes Vaudeville- und Komödientheater.

99 *Clarence:* George, letzter Herzog von C. (1449–78), konspirierte gegen seinen Bruder, Eduard IV., König von England. Er wurde vom Parlament zum Tode verurteilt, wobei er sich die Art der Hinrichtung aussuchen durfte. Er bat, so heißt es, in einem Faß voll Malvasier ertränkt zu werden.

100 *Lesage:* zu der Zeit elegantes Möbelgeschäft in der Rue Grange-Batelière 2.
101 *Partie Boston:* Kartenspiel, das von vier Personen mit 52 Whistkarten gespielt wird; durch die Weiterentwicklung des Whist zum Bridge verdrängt.
102 *Mahmud:* der osmanische Sultan M. (1784–1839), der im Frieden von Adrianopel die Unabhängigkeit Griechenlands anerkennen mußte.
103 *Herakles:* Der Überlieferung mehrerer antiker Historiker zufolge wurde Alexander der Große vom Schlag gerührt, als er nach einem Gastmahl einen gewaltigen Kelch Wein in einem Zuge leerte.
104 *Sardanapal:* letzter assyrischer König (7. Jh. v. Chr.), galt bei den Griechen als Urbild des Tyrannen und Schwelgers, der sich umbrachte, indem er die belagerte Stadt Ninive in Flammen aufgehen ließ.
105 *Salverte:* Anne-Joseph-Eusèbe Baconnière de S. (1771–1835), französischer Philosoph und Politiker. Balzac bezieht sich hier auf Salverts zweibändige Abhandlung *Essai historique et philosophique sur les noms d'hommes, de peuples et de lieux* (1824).
106 *Barrême-Moral:* Anspielung auf Bertrand-François Barrême (1640–1703), Mathematiker und Erfinder eines Rechenbuchs.
107 *Greuze:* Jean-Baptiste G. (1725–1805), Maler von Genrebildern, insbesondere idyllischer und pathetischer Familienszenen.
108 *Châtelet:* Sitz des Handelsgerichts und Gefängnis.
109 *Leder:* unübersetzbares Wortspiel mit der Doppelbedeutung von *chagrin* (›Chagrinleder‹ und ›Kummer‹).
110 *Die rote Herberge:* Anmerkung Balzacs. Zu Taillefer und seinem Verbrechen vgl. Anm. 33.
111 *Steh ihm bei, Châtillon:* nicht nachgewiesenes Dramenzitat.
112 *Julirevolution:* Nach der Julirevolution war die Erblichkeit der Pairswürde im August 1830 abgeschafft worden. Die Pairskammer bestand noch bis 1848.
113 *Rollin:* Charles R. (1661–1741), Schriftsteller, Historiker und Professor der Rhetorik am Collège de France.
114 *carus alumnus:* (lat.) teurer Zögling.
115 *Journal de la Librairie:* Gemeint ist die 1811 gegründete und noch heute erscheinende *Bibliographie de la France, journal général et officiel, paraissant tous les vendredis.*
116 *vergetarisch:* Gemeint ist: vegetarisch; wie eine Pflanze leben.

117 *Origenes:* griechischer Kirchenschriftsteller und Asket (178 bis 254), der allerdings, so heißt es, nicht bloß seinen Geist, sondern auch seinen Leib entmannte.

118 *exegi monumentum:* »Exegi monumentum aere perennius« (lat.): »Ich habe ein Denkmal errichtet, das dauerhafter als Erz ist«. (Erster Vers der dreißigsten und letzten Ode des dritten Buches der *Oden* des Horaz.)

119 *Masillons:* Jean-Baptiste M. (1663–1742), französischer Kanzelredner und Professor der Rhetorik.

120 *Buffons:* Georges-Louis Leclerc, Comte de B. (1707–88), Naturforscher und Schriftsteller, großer Stilist, verfaßte einen *Discours sur le style* (1753).

121 *Karlismus:* vgl. Anm. 52.

122 *Bewegung:* Nach der Julirevolution zerfielen ihre Anhänger in zwei einander entgegengesetzte politische Parteien, den »Widerstand« (Résistance) und die »Bewegung« (Mouvement). Zunächst dominierte die u. a. von Laffitte und La Fayette angeführte »Bewegung«, 1831 wurde sie durch den konservativen, u. a. von Casimir-Périer geführten, »Widerstand« von der Macht abgelöst.

123 *Savonnerie:* am Anfang des 17. Jh.s in einer ehemaligen Seifensiederei gegründete Wandteppichmanufaktur, die 1826 mit der von Les Gobelins vereinigt wurde.

124 *Théâtre Favart:* die 1780 gegründete Comédie Italienne, seit 1801 auch Opéra Comique genannt.

125 *Urbino:* Raffael.

126 *Andouillettes:* Anspielung auf eine Szene in Sternes Roman *Tristram Shandy*: Die Äbtissin von Les Andouillettes will zusammen mit Marguerite, einer Novizin, ihre störrischen Maultiere mit Flüchen antreiben; um diese Sünde zu mildern, sprechen die beiden Frauen jeweils nur eine Hälfte der Flüche aus.

127 *Westall:* Richard W. (1765–1836), englischer Zeichner und Aquarellmaler, der u. a. Werke von John Milton, Shakespeare und Thomas Moore illustrierte.

128 *Proklamationen:* Anspielung auf zwei im Dezember 1830 veröffentlichte Proklamationen des Zaren Nikolaus I. im Anschluß an den polnischen Aufstand im November des gleichen Jahres.

129 *Mene-Tekel-Upharsin:* im Buch Daniel, Kap. 5, die von Geisterhand an eine Wand geschriebenen Mahnworte, die, gedeutet als »Gezählt, gewogen und zerteilt«, Belsazar, dem König von Ba-

bylon, während eines Festmahls seinen nahen Sturz und Tod verkünden.

130 *Salpêtrière:* Altes, unter Ludwig XIV. gegründetes Pariser Armenkrankenhaus, zeitweise auch Nervenheilanstalt, seit 1823 Spital für alte Frauen.

131 *Pallas:* Peter Simon P. (1741–1811), deutscher Naturforscher und Ethnograph, der im Auftrag der Kaiserin Katharina II. mehrere wissenschaftliche Expeditionen in den östlichen und südlichen Teilen des russischen Reiches durchführte.

132 *Niebuhr:* Karsten N. (1733–1815), deutscher Forschungsreisender, der sich um die Erforschung Südwestasiens verdient gemacht hat. Sein Sohn, der Historiker Barthold Georg Niebuhr (1776–1831), schrieb eine berühmte *Römische Geschichte*, deren Bedeutung auf ihrer quellenkritischen Methode beruht.

133 *Dom Calmet:* Dom Augustin C. (1672–1757), gehörte der Kongregation der Benediktiner von Saint-Vannes an. Verfasser eines historischen und kritischen Bibellexikons, von Kommentaren des Alten und Neuen Testaments sowie von kirchenhistorischen Werken.

134 *Incroyable:* Spitzname der jungen, in Sprechweise, Verhalten und Kleidung affektierten Royalisten unter dem Directoire.

135 *Lalande:* Joseph-Jérôme Lefrançois de L. (1732–1807), bedeutender Astronom und Mitglied der Akademie der Wissenschaften.

136 *Vauquelin:* das Strychnin, von seinen Entdeckern Pelletier und Caventou ursprünglich nach dem berühmten Chemiker Vauquelin benannt.

137 *Cabanis:* Pierre-Jean-Georges C. (1757–1808), Arzt und Philosoph, Atheist und Vertreter eines naturalistischen Monismus.

138 *Bichat:* vgl. Anm. 60.

139 *Dupuytrens:* Guillaume Dupuytren (1777–1835), berühmter Chirurg, Leibarzt Karls X., Mitglied der Akademie der Wissenschaften.

140 *Hohenlohe:* Alexander Leopold, Prinz von Hohenlohe-Waldenburg (1794–1850), Mitglied der Gesellschaft vom Herzen Jesu, behauptete, gleich welche Krankheit heilen zu können. Zu diesem Zweck mußte der Kranke an gleich welchem Ort, aber zur nämlichen Zeit, da der Prinz von Hohenlohe für ihn eine Messe abhielt, ein bestimmtes, von dem Prinzen verfaßtes Gebet spre-

chen. Trotz scheinbarer Erfolge wurden diese vorgeblichen Wunder vom Papst aber nicht anerkannt.

141 *erscheint:* Der See von Bourget liegt etwa neun Kilometer nördlich von Chambéry. Balzac verwendet zum Teil die identischen Wendungen, mit denen Lamartine den See in seiner Elegie *Le Lac* besungen hat.

142 *Sardinien:* Savoyen befand sich bis 1860 im Besitz Sardiniens.

143 *Lepage:* Waffenhändler und Büchsenmacher in der Rue Richelieu, der auch einen Schießstand besaß.

144 *Cérisier:* Inhaber eines Fechtsaals in der Rue Poisonnière.

145 *Lyon:* d. h. französischen Boden.

146 *Schnetz:* Jean-Victor Sch. (1787–1870), Schüler von David, Gros und Gérard, Direktor der französischen Akademie, markiert den Übergang vom Klassizismus zur Romantik.

147 *de La Vallière:* Louise-Françoise de La Baume Le Blanc, Duchesse de L. (1644–1710); Mätresse Ludwigs XIV., ging mit dreißig Jahren ins Kloster.

148 *Dame des belles cousines:* Figur aus dem Roman *Le Petit Jehan de Saintré* (1456) von Antoine de La Sale (um 1386–1462).

Nachwort

»Unmöglich, darin das Werk eines mehr als alltäglichen Talents zu verkennen und es ohne Interesse zu lesen«, so sprach der alte Goethe in Weimar über *Das Chagrinleder*[1]. Ganz offensichtlich teilte er sein beifälliges Urteil mit vielen zeitgenössischen Lesern. Die ersten, im August 1831 erschienenen 750 Exemplare des Romans waren schnell vergriffen, und schon im September des gleichen Jahres wurde *Das Chagrinleder* wieder aufgelegt[2].

Der Erfolg des Werkes kam nicht überraschend. Zumindest in Paris war der Name seines noch jungen Autors bereits in vieler Munde. Seit etwa 1830 galt Honoré de Balzac (1799–1850) in der Seinemetropole als »der Mann des Literaturbetriebs par excellence«[3]. Ein Ehehandbuch im Stil der seinerzeit populären Salonliteratur hatte ihn bekannt gemacht (*Physiologie der Ehe*, 1829), er verkehrte in den bedeutenden literarischen Salons von Charles Nodier und Madame Récamier, führte ein mondänes Leben (auf Pump), schrieb als Journalist für die renommierten Zeitschriften Frankreichs. Und als ein Mann, der fest entschlossen war, Reichtümer als Berufsschriftsteller zu erwerben, hatte er das Schicksal seines ersten wichtigen Romans nicht dem Zufall überlassen: bereits vor Erscheinen des Textes waren bei allen großen Zeitschriften Rezensionen bestellt, für zwei der am Ende fast zwanzig Besprechungen mit durchweg positivem Tenor hatte der

1 In einem Gespräch am 27. Februar 1832 mit Frédéric Soret. Soret berichtet darüber in seinen *Notices sur Goethe*. Vgl. *Goethes Unterhaltungen mit F. Soret*, hrsg. von Carl August Hugo Burkhardt, Weimar 1905, S. 149.

2 Die hier vorliegende Neuübersetzung folgt einer 1869 postum erschienenen Fassung letzter Hand des Romans; sie berücksichtigt auch die handschriftlichen Korrekturen, die der stets an seinen Romanen tüftelnde Balzac noch an der sechsten Auflage von 1845 vorgenommen hat.

3 Also solchen bezeichnet ihn 1830 z. B. Antoine Fontaney. Hier zitiert nach: *Über Balzac*, hrsg. von Claudia Schmölders, Zürich 1977, S. 10.

Autor – unter einem Pseudonym – vorsichtshalber selbst zur Feder gegriffen.

Dabei bewährte sich Balzacs »mehr als alltägliches Talent« letztlich nicht in der professionellen Handhabe der Verkaufstricks seiner Zunft. Der Geschäftsmann Balzac sollte sein Leben lang nicht zum ersehnten großen Geld kommen. Der Künstler hingegen hielt, was sein Debüt versprach, und so steht – von heutiger Warte aus gesehen – *Das Chagrinleder* am Anfang eines gewaltigen Lebenswerks.

In den nahezu hundert Romanen und Erzählungen seiner *Comédie humaine*, die wie die Kapitel *eines* Werkes angelegt sind, hat der große Realist ein Bild seiner Zeit, ein Sittengemälde der französischen Gesellschaft in den bewegten Jahren zwischen 1789 und 1850 geschaffen. Einerseits der Beginn der Industrialisierung und der unaufhaltsame Aufstieg des Bürgertums als sozialer Klasse, andererseits ständig wechselnde Regimes und Herrschaftsformen – die Wirren der Französischen Revolution nach 1789, das Empire, die Restauration, die Julirevolution von 1830, die Herrschaft des Bürgerkönigs Louis-Philippe sowie die Februarrevolution von 1848, steile Karrieren ebenso wie Stürze ins Bodenlose: das ist die historische Szenerie, auf deren Folie Balzac das Panorama einer imaginären Gesellschaft entwirft. Ein ambitioniertes Werk, das, so sein Schöpfer in der berühmten *Vorrede* zur letzten Ausgabe der *Comédie humaine*, »zugleich die Geschichte und die Kritik der Gesellschaft, die Analyse ihrer Übel und die Erörterung ihrer Prinzipien umfaßt«[4].

Balzacs Idee, die menschliche Gesellschaft in einer Art riesigem Romanpuzzle systematisch abzubilden, stützt sich auf die Arbeiten des französischen Naturforschers Geoffroy de Saint-Hilaire (1772–1844), insbesondere auf den Gedanken, daß die Spezifikation der zoologischen Arten durch das Milieu, in dem sie sich entwickelt haben, bedingt sei. Im Ansatz glaubt Balzac Menschen- und Tierreich vergleichen zu

4 Hier und im folgenden zitiert nach der Übersetzung von Claudia Schmölders in: ebd., S. 255 ff.

können: »Formt nicht auch die Gesellschaft aus dem Menschen je nach der Umwelt, nach den Milieus, in denen er sich handelnd entfaltet, ebensoviele verschiedenartige Menschen, wie es in der Zoologie Spezies gibt?« Im Unterschied zum Tier allerdings, dem ein jeweils fester Platz innerhalb der natürlichen Lebenswelt zukommt, kann die soziale Stellung des Menschen bis zu einem gewissen Grade zufällig sein oder sich plötzlich verändern. »Die Frau eines Kaufmanns ist bisweilen eines Fürsten würdig, und oft ist die eines Fürsten weniger wert als die eines Künstlers.« Vor dem Hintergrund dieser Beobachtung gründet der Schriftsteller sein Projekt einer fiktiven Welt mit repräsentativem Anspruch auf zwei Prämissen. Erstens auf die Vorstellung, daß die soziale Wirklichkeit »Natur *plus* Gesellschaft« sei und sich notwendigerweise stets im Wandel befinde: ursächlich für ihre dynamische Entwicklung, für ihre Dramen und Verwirrungen sei die »Leidenschaft«, in der Balzac *die* Grundenergie des Menschen sieht, »das aufbauende, aber eben deshalb auch das zerstörerische Element des Sozialen«. Der zweite Pfeiler des Balzacschen Realismuskonzepts ist die Theorie der Typenhaftigkeit allen sozialen Seins. »Nicht nur die Menschen, auch die wesentlichen Ereignisse des Lebens formalisieren sich nach Typen. Es gibt Situationen, die in allen Existenzen wiederkehren, typische Phasen, und gerade darin habe ich besonders genau sein wollen«, schreibt Balzac in der bereits zitierten *Vorrede*.

Um der selbstgewählten Aufgabe als poetischer Chronist seiner Zeit zu genügen, hat Balzac mehr als dreitausend fiktive Figuren geschaffen, die in den einzelnen Romanen der *Comédie humaine* zum Teil mehrfach wiederkehren. Die hier in einer Fülle von typischen Einzelschicksalen zur Anschauung gebrachte »Geschichte des menschlichen Herzens«, die alle möglichen sozialen Milieus, Situationen und Charaktere umschließt, ist nach Themen untergliedert: »Szenen aus dem Privatleben«, »Szenen aus dem Pariser Leben«, »Szenen aus dem Provinzleben«, »Szenen aus dem politischen Leben«, »Szenen aus dem militärischen Leben«, »Szenen aus dem Landleben«, »Analytische Studien« und »Philosophische Studien«. *Das Chagrinleder* gehört in diesem Rahmen den »Philosophischen Studien« an, in die es 1845 in einer mehrfach überarbeiteten sechsten Auflage Eingang gefunden hat. Diese »Philosophischen Studien«, die bis zu Balzacs frühem Tod über eine kleine Gruppe von Erzählungen (darunter *Louis Lambert* und *Séraphita*) nicht hinausgekommen sind, sollten einen »zweiten Teil« der *Comédie humaine* bilden, »in dem die soziale Ursache aller Wirkungen aufgezeigt wird, wo die Verheerungen des Denkens geschildert sind«. *Das Chagrinleder* sollte hier, so Balzac in seiner *Vorrede*, das »Leben an sich« im »Kampf mit der Begierde« darstellen, »dem Prinzip aller Leidenschaft«.

Tatsächlich ist *Das Chagrinleder* nicht allein über das Prinzip der wiederkehrenden Figuren (Rastignac und Taillefer wären da an erster Stelle zu nennen) mit anderen Werken der *Comédie humaine* vernetzt. Der Roman ist vielmehr eine Art Brennpunkt im Innern der *Comédie humaine*, in dem sich konzentriert, was das Werk als Ganzes bestimmt. »Balzac rückt der Welt umso näher auf den Leib, je weiter er von ihr sich entfernt, indem er sie schafft. Die Anekdote, der zufolge er in den Tagen der Märzrevolution von den politischen Begebenheiten sich abkehrte und an den Schreibtisch ging mit den Worten: ›Kehren wir zur Wirklichkeit zurück‹, beschreibt ihn treu, auch wenn sie erfunden sein sollte.«[5] Das Paradox, das Theodor W. Adorno für das Balzacsche Œuvre formulierte, trifft auf *Das Chagrinleder* in besonderem Maße zu. Es zeigt einen frühen Balzac, der seiner Phantasie freien Lauf läßt und doch ein treues Bild der zeitgenössischen Wirklichkeit gibt.

Zeittypisch ist das Elend seines Protagonisten, Raphaël de Valentin. Geboren im Jahre 1804, herangewachsen unter Napoleon und groß geworden während der Restauration, ist

5 Theodor W. Adorno, »Balzac-Lektüre«, in: Th. W. A., *Noten zur Literatur; Gesammelte Schriften*, Bd. 3, Frankfurt a. M. 1961, S. 144.

er der Zeigenosse von Joseph Delorme aus Sainte-Beuves *Vie, poésies et pensées de Joseph Delorme* (1829), von Julien Sorel aus Stendhals *Le rouge et le noir* (1830), von Octave aus Alfred de Mussets *La confession d'un enfant du siècle* (1836). Sein Unglück, von dem die Literatur der Zeit vielfach handelt, ist das des talentierten und ehrgeizigen jungen Mannes, der, noch vom Genie Napoleons beseelt, in einer vom Geist der Restauration und des Juste-milieu beherrschten Epoche vergebens danach trachtet, Großes zu vollbringen.

»Was er mit dem Schwert vollbracht hat, will ich mit der Feder vollbringen«, soll der junge Balzac angesichts eines Porträts von Napoleon ausgerufen haben. In seiner Figur Raphaël hat der Dichter die eigene Biographie gestaltet. Wie sein Protagonist stammt auch Balzac aus der Touraine, hat auf dem Collège und dem Lycée die für seinen gutbürgerlichen Stand typische Schulausbildung genossen, hat in Paris Jurisprudenz studiert und gleichzeitig in der Kanzlei eines Rechtsanwalts arbeiten müssen. Auch Balzacs Vater hat seinen Sohn streng erzogen und sorgfältig überwacht. Mit großer Mühe rang Balzac dem in der Militärverwaltung tätigen Mann die Erlaubnis ab, für eine gewisse Probezeit eine Existenz als »Homme de lettres« führen zu dürfen. Zurückgezogen hauste er dann zunächst in einer bescheidenen Mansarde in der Rue Lesdiguières und schrieb dort – wie Raphaël in seinem »luftigen Grab« – zuallererst ein Drama (*Cromwell*), das bis zu seinem Tod weder gespielt noch gedruckt wurde. Und wie seine glücklose Hauptfigur hat Balzac das trickreiche »englische System« des im Gegensatz zu Raphaël weltläufigen und pragmatischen Rastignac nicht beherrscht. Auch der Schriftsteller Balzac hat den »ewigen Geldmangel« als »den Fluch seines Lebens« begriffen und sein zeitweise ausschweifendes Leben mit der ständigen Furcht vor zudringlichen Gläubigern bezahlen müssen. »Ja, für einen großmütigen Menschen ist eine Schuld die Hölle, die Hölle angereichert mit Gerichtsvollziehern und Wucherern.« Die Klage Raphaëls spricht seinem Autor aus dem Herzen.

»Zwischen den traurigen Witzen, die diese Kinder der Revolution bei der Geburt einer Zeitung rissen, und den Reden der fröhlichen Trinker bei der Geburt von Gargantua, klaffte der tiefe Abgrund, der das neunzehnte Jahrhundert vom sechzehnten trennt. Jenes bereitete lachend eine Zerstörung vor, das unsere lachte inmitten der Ruinen.« So kommentiert der Erzähler die Orgie im Hause des mit Blut befleckten Kapitalisten Taillefer. Das in aller Anschaulichkeit vorgeführte, kaum eine Art der Ausschweifung aussparende Fest ist, wie etwa auch das weitverbreitete Problem von Spielschulden und einer hohen Selbstmordrate, charakteristisch für die Dekadenz der Pariser Gegenwart des Jahres 1830. Nur allzu deutlich zeigt dieser »Hexensabbat der Intelligenzen« mitsamt der mehr oder minder scharfsinnigen Zeitanalysen seiner Gäste, daß die Julirevolution die sozialen und wirtschaftlichen Verhältnisse der Restauration nicht wesentlich verändert hat. Die drei Julitage, die sogenannten Trois Glorieuses, sind keine Revolution, sondern ein Sturm im Wasserglas gewesen, der allein die Sache des Bürgertums beförderte – das bringt in der französischen Literatur erstmals Balzac zum Ausdruck. Mit dem Bourgeois und seinem Kapital sitzen die neuen »Hohenpriester« der säkularisierten Gesellschaft zu Tisch: die Journalisten, die für ein entsprechendes Zeilenhonorar die »öffentliche Meinung schminken« – immer vorausgesetzt, so einer der jungen Freunde Raphaëls, »daß wir uns *insgeheim* über Könige und Völker lustig machen dürfen«. Balzac, der nach dem Juli 1830 selbst regelmäßig Artikel schrieb, in denen er den Franzosen in der Provinz die politische Lage in der Hauptstadt erklärte, kennt die Welt, von der er hier erzählt. Die Skrupellosigkeit, mit der er seinen Protagonisten schließlich frei erfundene Memoiren an den »Literaturunternehmer« Finot verkaufen läßt, zeigt im übrigen, daß auch die Literatur zunächst einmal eine Ware ist. »Es gibt keine Wissenschaft oder Tugend, die einen Tropfen Blut wert wäre. Würden wir die Wahrheit liquidieren, so müßten wir vielleicht ihren Bankrott feststellen«, sagt der Notar Cardot.

Mit solchen Bonmots treffen die Tischgenossen des imaginierten Gastmahls lallend den zynischen Kern des zeitgenössischen Liberalismus.

Die Relativität aller Werte und Ordnungen vor dem Hintergrund der Alleinherrschaft des Geldes wird nicht bloß in den Äußerungen der Figuren und den Kommentaren des Erzählers zur Sprache gebracht. In dem wahllosen Durcheinander, das in den riesigen Lagerräumen des Antiquitätenhändlers herrscht, diesem »philosophischen Kehrrichthaufen«, über den die staunenden Augen des lebensmüden Raphaëls wandern, bildet sich das »anything goes« der Zeit sinnfällig ab. Valentins Besuch der »Gebeine von zwanzig Welten«, diesem Trümmerfeld des menschlichen Geistes, läßt sich in diesem Kontext allerdings auch in einem positiven Sinne lesen: angesichts der inflationären Vielfalt dessen, was *ist*, bietet die Einbildungskraft des Individuums ein willkommenes Korrektiv. Sie vermag es, die ruinöse Beliebigkeit des einzelnen Objekts zu überwinden, indem sie den Dingen einen Platz in einer – wenn auch nur subjektiv gültigen – Ordnung gibt. So strukturiert denn die schöpferisch tätige Phantasie Raphaëls das absurde Nebeneinander der Gegenstände und verwandelt das trübe Chaos der Wirklichkeit in eine farbig schillernde Komposition.

»Der Geist ist der Schlüssel zu allen Schätzen«, sagt der Antiquitätenhändler zu dem »unter den Überresten von fünfzig vergangenen Jahrhunderten« am Ende doch ermattet niedergesunkenen Raphaël und fährt fort: »Ich bin durch das Universum spaziert wie durch den Garten eines Hauses, das mir gehört. Was die Menschen Kümmernisse, Liebschaften, Ehrgeiz, Schicksalsschläge und Traurigkeit nennen, das sind für mich Ideen, die ich in Träume verwandle; anstatt sie zu empfinden, gestalte und übersetze ich sie.« Ganz offensichtlich wird der Alte hier zum Sprachrohr seines Autors, der das Thema von der schöpferischen Kraft der Phantasie in seiner Hymne auf den Paläontologen Cuvier, den »größten Dichter unseres Jahrhunderts«, noch einmal variiert. Auch Balzac hat sich als Dichter *und* Naturforscher verstanden und den Roman als Wissenschaft begründet.[6] Wie sein geheimnisvoller Antiquitätenhändler, dessen Gesicht das »schöne Bild des ewigen Vaters« und die »höhnische Maske des Mephistopheles« in sich vereint, hat auch dieser »Gründer von Generationen, Verschwender von Schicksalen«[7] sich in der *Comédie humaine* eine Welt geschaffen – eine Welt, die die bürgerliche Gesellschaft seiner Zeit abbildet und in der Unbedingtheit des Kunstwerks zugleich deren Mediokrität zu überwinden sucht.

Die Polarität von Nachahmung und Schöpfung, Bindung an die gegebene historische Wirklichkeit und Freiheit der Phantasie kennzeichnet das gesamte Projekt der *Comédie humaine*. Im *Chagrinleder* hat Balzac sie in ungewöhnlich radikaler Weise ins Werk gesetzt.

»Diese Vision hatte sich in Paris ereignet, auf dem Quai Voltaire, im 19. Jahrhundert, zu einer Zeit und an einem Ort, wo Zauberei gar nicht möglich sein dürfte.« Mit diesen Worten hebt der Erzähler das Mysteriöse an der Erscheinung des über hundert Jahre alten Antiquitätenhändlers hervor. Tatsächlich hat die im *Chagrinleder* erzählte Welt ein eigenartiges Profil, das die zeitgenössischen Leser besonders fasziniert haben muß. Auf der einen Seite finden sich die Ereignisse, Gesetze und Konventionen der alltäglichen Erfahrungswirklichkeit der Jahre um 1830, auf der anderen Seite steht die rätselhafte Macht des Chagrinleders mitsamt der fatalen Erfüllung einer Prophezeiung Paulines. Im Unterschied zu einem Werk des literarischen Realismus oder dem klassischen Märchen, die jeweils eindeutig in oder außerhalb der alltäglichen Erfahrungswirklichkeit angesiedelt sind, ist die Fiktion des *Chagrinleders* von zwei Ordnungen der erzählten Wirk-

6 Vgl. dazu Winfried Wehle, »Littérature des images. Balzacs Poetik der wissenschaftlichen Imagination«, in: *Honoré de Balzac*, hrsg. von Hans-Ulrich Gumbrecht, Karlheinz Stierle, Rainer Warning, München 1980, S. 57ff.

7 Vgl. Rainer Maria Rilke, *Rodin*; *Sämtliche Werke*, Bd. 5, Frankfurt a. M. 1965, S. 197.

lichkeit bestimmt. Hier die zeitgenössische, auf ein naturwissenschaftliches Weltbild gegründete Realität des neunzehnten Jahrhunderts, dort das Wunderbare, empirisch nicht Erklärbare.

Das Schockmoment, das entsteht, weil diese beiden Ordnungen miteinander nicht vereinbar sind, hat Balzac in der denkwürdigen Szene illustriert, da das unheimliche Leder die hydraulische Presse des wackeren Mechanikers Spieghalter zersprengt. »Meister Spieghalter, es war ein Sprung in Ihrem Guß oder irgendeine undichte Stelle im großen Rohr ...« So lautet die rationale Erklärung, die der Mathematiker Planchette anzubieten hat, während Spieghalter in der unerhörten Begebenheit das Wirken des Teufels erkennt.

Balzac führt die zeitgenössische Naturwissenschaft im Detail vor – man erinnere sich, wie genau er etwa Planchette das Prinzip der hydraulischen Presse erklären läßt – und zeigt zugleich ihre Grenzen. »Die Wissenschaft? Ohnmächtig! Die Säuren? Reines Wasser! Die rote Pottasche? Blamiert! Die voltaische Säule und der Blitz? Kinderspielzeug!« Zu diesem Fazit führen Raphaëls Konsultationen der gelehrten Kapazitäten seiner wissenschaftsgläubigen Zeit. »Die beiden Gelehrten waren wie Christen, die aus ihrem Grab auferstehen und keinen Gott im Himmel finden«. In einprägsamen Bildern offenbart *Das Chagrinleder*, was die phantastische Literatur im allgemeinen auszeichnet, nämlich ein »Ärgernis, einen Riß, einen befremdenden, fast unerträglichen Einbruch in die wirkliche Welt«[8].

Doch *Das Chagrinleder* ist eben nicht das Werk einer zuallererst auf die Verunsicherung des Lesers bedachten Phantastik. Mit gutem Grund hat der Roman Eingang in die »Philosophischen Studien« gefunden. »Eine bestimmte Anschauung vom Wesen der menschlichen Energie trägt Balzacs

8 So die vielzitierte Formel eines Theoretikers des Phantastischen, Roger Caillois. Hier zitiert nach der auszugsweisen Übersetzung seines Werkes *Images, images* (durch Rein A. Zondergeld) in: *Phaïcon. Almanach der phantastischen Literatur*, Bd. 1, hrsg. von R. A. Z., Frankfurt a. M. 1974, S. 45.

gesamtes Schaffen«, schreibt der Romanist Ernst Robert Curtius in seiner Balzac-Studie, in der er die gesamte *Comédie humaine* unter einem monistischen Gesichtspunkt zu interpretieren sucht.[9] Die Lehre, daß die Energie die Grundkraft allen Seins und Geschehens sei, es also – mit Spinoza gesprochen – *eine* Substanz gebe, die sich in unendlichen Modi konkretisiere, bildet, so hat Curtius gezeigt, »das Nervensystem der Balzacschen Kunst«. Balzac, der neben Raphaël de Valentin auch seinen *Louis Lambert* (1832 ff.) eine »Abhandlung über den Willen« schreiben ließ, hat das menschliche Leben als ein Phänomen der Kraftentfaltung gedeutet. Dem Grundgedanken seiner Energetik gemäß besitzt der Mensch eine gegebene Summe von Energie, die er auf unterschiedliche Weise einzusetzen vermag. Er kann sie vergeuden, zerstreuen oder konzentrieren. Raphaëls Bemerkung im Salon Feodoras, »daß der menschliche Wille eine Kraft sei wie der Dampf; daß nichts in der geistigen Welt dieser Kraft widerstünde, wenn ein Mensch daran gewöhnt sei, sie zu konzentrieren«, entspricht also der Überzeugung Balzacs.

In dem Chagrinleder, das alle Wünsche seines Besitzers erfüllt, ihn dafür aber mit jedem Wunsch dem Ende seines Lebens näher bringt, symbolisiert Balzac, was er selbst als »die Formel des menschlichen Lebens«[10] begriff. »Nun denn, Ihr Selbstmord ist bloß aufgeschoben«, sagt der alte Antiquitätenhändler, nachdem Raphaël den Pakt geschlossen hat, der sein Leben an das Stück Leder bindet. »Wie ein Reisender inmitten der Wüste hatte er eine knappe Ration Wasser gegen den Durst und mußte sein Leben nach der Zahl der Schlucke bemessen.« Raphaëls scheinbar außergewöhnlicher Kampf gegen den Tod, von dem der dritte Teil des Romans erzählt,

9 Vgl. Ernst Robert Curtius, »Energie«, in: E. R. C., *Balzac*, Bonn 1923, S. 74.

10 »La ›Peau de Chagrin‹ est la formule de la vie humaine«, schrieb Balzac nach Erscheinen seines Romans an einen Kritiker; zitiert nach Curtius in: ebd., S. 95.

ist die Folge eines Verhängnisses, das nach Balzac das Dasein eines jeden Menschen bestimmt. Der Mensch, der lange leben will, muß versuchen, mit seiner Energie hauszuhalten. Raphaël stirbt früh, weil er sich nicht mehr zügelt und in Pauline verliebt. Daß den schließlich nur noch im Halbschlaf dahinvegetierenden Raphaël eine letzte Regung der Leidenschaft das Leben kostet und er, nachdem er auch im Schoß der Natur keine Ruhe vor seinen Wünschen hat finden können, am Ende tot in den Armen seiner Geliebten liegt – das ist die bittere Konsequenz der Balzacschen Energetik. »Mit einem Wort: die Gefühle töten, um lange zu leben, oder jung sterben und das Martyrium der Leidenschaften auf uns nehmen, so lautet unser Urteil.« Mit diesem Resümee bringt Raphaëls Freund Émile auch einen wesentlichen Gedanken seines Schöpfers auf den Punkt.

Manches an Balzacs Energetik hat wohl schon zu Lebzeiten des Franzosen abstrus geklungen. Anderes, so zum Beispiel der mit dieser Form des »All-Einheits-Denkens« verbundene Gedanke, daß der Mensch über eine gewisse Triebenergie verfügt, die er vielfach sublimiert, ist noch heute von Interesse. Neuere zoologische Forschungen scheinen auch Balzacs These eines Zusammenhangs zwischen Lebensdauer und Energieverbrauch (bezogen auf die Intensität des Stoffwechsels) zu bestätigen.[11] Dabei sollte nicht übersehen werden, daß *Das Chagrinleder* sich noch in einem anderen Sinne lesen läßt. Dieser Lektüre zufolge ist das teuflische Leder ein Sinnbild für das Dilemma eines jeden ehrgeizigen jungen Mannes der Epoche. Denn Raphaël hat auch eine schwierige Entscheidung zwischen zwei Frauen zu treffen, die eine genau entgegengesetzte Haltung zur Gesellschaft der Zeit verkörpern: hier die reiche, gefühllose, sorgsam auf ihre gesellschaftliche Stellung bedachte Gräfin Feodora, dort die arme, aber reine und natürliche Pauline (die sich am Ende des

11 Vgl. z. B. Roland Prinzinger, »Ist die Lebensdauer ein Energieproblem?«, in: *Kosmos* 78 (1982) H. 8, S. 82 f.

Romans auf ebenso phantastische Weise buchstäblich in Luft auflöst, wie sie am Anfang von Raphaëls »Todeskampf« als reiche Frau wiedererscheint). Die in den späteren, »realistischen« Romanen der *Comédie humaine* immer wieder thematisierte Alleinherrschaft des Geldes, diesem Allerheiligsten der modernen Zeit, verbunden mit dem Gesetz des Gewinns um jeden Preis, verbiegt die Menschen und stellt den einzelnen vor eine Wahl mit gleichermaßen vernichtenden Folgen: Wer in der Gesellschaft eine Rolle spielen möchte, muß sich verleugnen, wer sich nicht verleugnen will, spielt in der Gesellschaft keine Rolle.

Der Zweifel an der Beherrschbarkeit der Natur durch Wissenschaft und Technik, den *Das Chagrinleder* darüber hinaus formuliert, macht den Zeitroman von 1831 am Ende des 20. Jahrhunderts noch in einer besonderen Hinsicht aktuell. Den Beginn der Industrialisierung vor Augen, zeigt Balzac Selbstzerstörung als Kehrseite grenzenloser Macht. Dieser verhängnisvolle Zusammenhang, den Balzac noch im Gewand der Phantastik darstellt, läßt sich heute als symptomatisch für ein Dilemma verstehen, das recht eigentlich unsere Gegenwart kennzeichnet. Leben wir doch in einer hochindustrialiserten Gesellschaft, die sich weiterhin zu stetem Wachstum genötigt sieht und die durch seine Konsequenzen sich unaufhaltsam selbst zugrunde zu richten droht.

Michael Scheffel

Inhalt

Das Chagrinleder

I Der Talisman 7
II Die Frau ohne Herz 87
III Der Todeskampf 209
Epilog 313

Anmerkungen 315
Nachwort 329

Französische Literatur

IN RECLAMS UNIVERSAL-BIBLIOTHEK

Anouilh: *Jeanne oder Die Lerche.* 8970

Apollinaire: *Les Mamelles de Tirésias / Die Brüste des Tiresias.* Zweispr. 8396

Balzac: *Das Chagrinleder.* 2440 – *Eugénie Grandet.* 2108 – *Oberst Chabert.* 2107 – *Vater Goriot.* 2268

Baudelaire: *Les Fleurs du Mal / Die Blumen des Bösen.* Zweispr. 9973

Butor: *Fluglinien.* 9314

Chamfort: *Früchte der vollendeten Zivilisation.* Zweispr. 9864

Chateaubriand: *René. Atala.* 976

Chrétien de Troyes: *Erec et Enide / Erec und Enide.* Zweispr. 8360 – *Perceval.* Zweispr. 8649

Constant: *Adolphe.* 8452

Corneille: *Der Cid.* 487

Daudet: *Briefe aus meiner Mühle.* 3227 – *Die wunderbaren Abenteuer des Herrn Tartarin aus Tarascon.* 1707

Diderot: *Jacques der Fatalist und sein Herr.* 9335 – *Rameaus Neffe.* 1229 – *Das Theater des Herrn Diderot.* 8283

Dumas: *Die Kameliendame.* 245

Fabliaux. Schwankerzählungen des Mittelalters. Altfrz./dt. 8058

Fénelon: *Die Abenteuer des Telemach.* 1327

Flaubert: *Madame Bovary.* 5666 – *Salammbô.* 1650

Französische Chansons. Von Béranger bis Barbara. 8364

Französische Poetiken I 9789, *II* 9790

Die Französische Revolution. 8535

Gide: *Die Pastoral-Symphonie.* 8051

Giraudoux: *Amphitryon 38.* 9436 – *Die Irre von Chaillot.* 9979 – *Undine* 8902.

Goncourt: *Renée Mauperin.* 8625

Ionesco: *Die kahle Sängerin.* 8370 – *Die Stühle. Der neue Mieter.* 8656 – *Die Unterrichtsstunde.* 8608

König Artus und seine Tafelrunde. 9945

La Fayette: *Die Prinzessin von Clèves.* 7986

La Fontaine: *Fabeln.* Zweispr. 1718 – *Die Fabeln.* 1719

La Rochefoucauld: *Maximen und Reflexionen.* 678

Lyrik des Mittelalters. Probleme und Interpretationen. *Bd. 1: Mittellat. Lyrik. Altprovenz. Lyrik. Mittelalterl. Lyrik Nordfrankreichs.* 7896

Maeterlinck: *Pelleas und Melisande.* 9427

Marivaux: *Das Spiel von Liebe und Zufall. Die Aufrichtigen.* 8604 – *Verführbarkeit auf beiden Seiten.* 7810
Maupassant: *Bel-Ami.* 9686 – *Fettklößchen.* 6768 – *Der Schmuck. Der Teufel. Der Horla.* 6795
Mérimée: *Carmen.* 1602 – *Colomba.* 1244 – *Mateo Falcone. Das Blaue Zimmer.* Zweispr. 9795
Mittelalterliche Lyrik Frankreichs. I: Lieder der Trobadors. Zweispr. 7620 – *II.: Lieder der Trouvères.* Zweispr. 7943
Molière: *Amphitryon.* 8488 – *L'Avare / Der Geizige.* Zweispr. 8040 – *Der Bürger als Edelmann.* 5485 – *Dom Juan ou le Festin de pierre / Don Juan oder Der steinerne Gast.* Zweispr. 8556 – *Don Juan.* 5402 – *Der eingebildete Kranke.* 1177 – *Der Geizige.* 338 – *Die gelehrten Frauen.* 113 – *George Dandin.* 550 – *Le Malade imaginaire / Der eingebildete Kranke.* Zweispr. 7697 – *Der Menschenfeind.* 394 – *Les Précieuses Ridicules / Die lächerlichen Preziösen.* Zweispr. 460 – *Scapins Streiche.* 8544 – *Die Schule der Frauen.* 588 – *Tartuffe.* 74 – *Le Tartuffe ou l'Imposteur / Der Tartuffe oder Der Betrüger.* Zweispr. 8353
Montaigne: *Die Essais.* 8308
Montesquieu: *Persische Briefe.* 2051
Murger: *Boheme.* Szenen aus dem Pariser Künstlerleben. 1534
Nerval: *Aurelia. Sylvia.* 7958
Pascal: *Gedanken.* 1621
Perrault: *Sämtliche Märchen.* 8355
Phantastische Geschichten aus Frankreich. 9869
Prévost: *Manon Lescaut.* 937
Proust: *Combray.* 8620
Racine: *Britannicus.* Zweispr. 1293 – *Phädra.* 54
Rimbaud: *Une Saison en Enfer / Eine Zeit in der Hölle.* Zweispr. 7902
Robbe-Grillet: *Die Jalousie oder die Eifersucht.* 8992
Rodenbach: *Das tote Brügge.* 5194
Rostand: *Cyrano von Bergerac.* 8955
Rousseau: *Emile oder Über die Erziehung.* 901
Saint-Exupéry: *Durst.* 7847
Saint-Simon: *Erinnerungen.* Der Hof Ludwigs XIV. 7954
Sartre: *Die ehrbare Dirne.* 9325
Scarron: *Die Komödianten.* 7999
Scribe: *Das Glas Wasser.* 145
Stendhal: *Die Äbtissin von Castro. Vanina Vanini.* 5088
Verlaine: *Gedichte: Fêtes galantes, La Bonne Chanson, Romances sans paroles.* Zweispr. 8479
Villon: *Das Kleine und das Große Testament.* Zweispr. 8518
Voltaire: *Candid.* 6549 – *L'Ingénu / Der Freimütige.* Zweispr. 7909
Zola: *Das Fest in Coqueville. Die Überschwemmung.* 4142 – *Germinal.* 4928 – *Thérèse Raquin.* 9782

Philipp Reclam jun. Stuttgart

Fremdsprachentexte

IN RECLAMS UNIVERSAL-BIBLIOTHEK

Französische Erzähler

Marcel Aymé: Le Passe-muraille et autres nouvelles. 9179
Honoré de Balzac: Le Colonel Chabert. 9159
Boileau / Narcejac: Le Fusil à flèches. 9269
Albert Camus: L'Étranger. 9169
Gilbert Cesbron: Le Pays où l'on ne meurt pas. 9271
Colette: Le Blé en herbe. 9260
Pierre Daninos: Vacances à tous prix. (Ausw.) 9199
Alphonse Daudet: L'Enfant espion. (Contes du lundi.) 9188
Gustave Flaubert: Un Cœur simple. 9200
Anatole France: Crainquebille. / Les Juges intègres. 9162
André Gide: L'École des femmes. 9189
Maurice Leblanc: La Partie de baccara. / La Lettre d'amour du roi George. 9201
Guy de Maupassant: Contes. 9153
François Mauriac: Thérèse Desqueyroux. 9230
Prosper Mérimée: Carmen. / Vision de Charles XI. 9171
Montesquieu: Lettres persanes. (Ausw.) 9226
Charles Perrault: La Barbe bleue et autres Contes de fées. 9264
Marcel Proust: Violante ou la mondanité. 9273
Christiane Rochefort: Les Petits Enfants du siècle. 9265
Françoise Sagan: Aimez-vous Brahms . . . 9238
Antoine de Saint-Exupéry: Courrier Sud. 9174
Sempé / Goscinny: Le Petit Nicolas. (Ausw.) Mit Zeichn. 9204
Stendhal: Vanina Vanini. / San Francesco a Ripa. 9194
Jules Verne: L'Éternel Adam. 9186
Voltaire: Candide ou l'Optimisme. 9221
